华夏古典小说分类阅读大系

家将英雄系列

薛丁山平西

[清]中都逸叟 编次

华夏出版社

出版者的话

我国的古典小说题材的丰富多样性显现得尤为突出。经过与古典小说专家学者的座谈沟通,我们把中国古典小说(白话小说)依照内容的不同,大致划分出如下几个板块:

有讲述古代名臣断案的作品("名公断案系列");
有反映历朝历代开国进程的作品("开国征尘系列");
有以家族宗亲为核心的英雄传奇作品("家将英雄系列");
有笔墨集中反映市井生活的作品("市井风情系列");
有传统武侠类作品("侠义雄杰系列");
有名著大作的续书("名著续作系列");
有表现人间欢愁冷暖的作品("世情万象系列");
有以揭露批判社会异变的作品("狭邪烟粉系列");
有记述神人奇事的作品("奇人异事系列")等等,
当然,更有影响深沅、成就辉煌的经典如"四大名著"等("金声玉振系列")。

将已然很多的系列化出版进一步细化、规整化,是"华夏古典小说分类阅读大系"最根本的特色。强调"类型化",既是对不同读者口味的关照,也是对我国古代小说一次有机的整合;"分类大系"的各个系列,聚,则皇皇大大,分,则旗号鲜明。

"分类大系"充分考虑读者阅读的便捷,选择了目前国内最权威、最流行的的版本作为底本,通过对疑难字词的释义与注音,达成对阅读障碍的"清剿",版式方面,采用了以降低读者视觉疲劳为目的的"稀疏化"设计。同时,这套精装书以比平装书还低的价位,更表明了它"接地气"的特质。希望"分类阅读大系"受到广大读者、收藏者的欢迎。

《薛丁山平西》一名《征西说唐三传》全书九十回,大约成书于乾隆年间,"题中都逸叟编次"。版本较多:经文堂藏本,小本,十卷八十八回,首

"如莲居士题于似山居中"之序;嘉庆十二年(1807)福文堂小型本,十卷九十回;芥子园刻本;民国初年上海广益书局石印本等。

《薛丁山平西》采用章回体形式,主要描述薛仁贵一家三代征服西辽前后的荣辱兴衰。贯穿于小说始终的是对薛家三代人忠君爱国品质的歌颂。围绕这一主题,小说又明显地体现出一些进步的思想因素:首先,在忠奸斗争的描写中,作者对奸佞人物无情揭露讽刺,对受害忠良满怀赞美同情,对解危救难的志士仁人大加称誉,流露了作者强烈的爱憎感情,表现出较鲜明的人民性。其次,作者运用浪漫主义手法,热情歌颂妇女的才智胆识,塑造了一批巾帼英雄形象,充分肯定其历史作用和地位,表现了进步的社会观。

小说把神魔小说和英雄传奇结合起来,书中主要人物多是上天星宿下凡,连篇累牍地描写神妖斗法、诸仙赌阵,还出现了不少神话传说人物,包括善才童子、孙大圣、二郎神等等。从小说发展的角度来看,《薛丁山平西》反映了历史演义小说、英雄传奇小说在清中叶以后已经出现的逐渐衰落之势,它们没有办法开辟新路,写出富有创造性的作品,只好向神魔小说演化,用神魔斗法来增加作品的新奇。《薛丁山平西》正是反映了历史演义、英雄传奇向神魔小说转化的趋势。

此次出版,我们对原书中的笔误、缺漏和难解字词进行了更正、校勘和释义,对原书缺字的地方用□表示了出来,以方便读者阅读。由于时间仓促,水平有限,其中难免有所疏失,望专家和读者予以指正。

2017年9月

目 录

第一回	李道宗设计害仁贵　传假旨星夜召回京	/1
第二回	郡主撞死翠云宫　程咬金保救薛礼	/4
第三回	薛仁贵受屈落天牢　众小儿痛打李道宗	/7
第四回	薛仁贵天牢受苦　王茂生义重如山	/9
第五回	薛仁贵绑赴法场　尉迟恭鞭断归天	/12
第六回	徐茂公回朝救仁贵　苏宝同遣使下番书	/15
第七回	唐天子御驾征西　薛仁贵重新拜帅	/18
第八回	一路上旗开得胜　秦怀玉枪挑连度	/21
第九回	界牌关驸马立功　金霞关尉迟逞能	/24
第十回	空城计君臣受困　宝同一困锁阳城	/27
第十一回	苏宝同大战唐将　秦怀玉还铜身亡	/30
第十二回	尉迟弟兄遇飞刀　宝同大战薛仁贵	/33
第十三回	苏宝同九口飞刀　薛仁贵沙场受苦	/36
第十四回	薛仁贵魂游地府　擎镜台照出真形	/39
第十五回	薛仁贵死去还魂　宝同二困锁阳城	/43
第十六回	徐茂公激将求救　程咬金骗出番营	/46
第十七回	薛丁山受宝下山　柳夫人母子重逢	/49
第十八回	薛丁山领兵救父　窦仙童擒捉丁山	/52
第十九回	薛丁山山寨成亲　窦一虎归唐平西	/56

第二十回	勇罗通盘肠大战　锁阳城天子惊慌	/59
第二十一回	薛丁山大破番营　苏宝同化虹逃走	/62
第二十二回	唐天子君臣朝贺　薛仁贵父子重逢	/65
第二十三回	唐太宗驾回长安府　苏宝同三困锁阳城	/68
第二十四回	飞钹僧连伤二将　窦一虎揭榜求婚	/71
第二十五回	窦一虎盗钹受苦　秦汉奉命救师兄	/75
第二十六回	监中放出小英雄　丁山大破铁板道	/79
第二十七回	番后火鹊烧八将　薛元帅子媳团圆	/82
第二十八回	寒江关樊洪水战　樊梨花仙丹救兄	/85
第二十九回	神鞭打走陈金定　梨花用法捉丁山	/88
第三十回	樊梨花移山倒海　三擒三放薛丁山	/91
第三十一回	樊梨花无心弑父　小妹子有意诛兄	/94
第三十二回	薛仁贵兵打青龙关　烈焰阵火烧薛丁山	/97
第三十三回	樊梨花登坛点将　谢应登破烈焰阵	/100
第三十四回	穿云箭射伤灵塔　薛丁山休弃梨花	/104
第三十五回	薛丁山身陷洪水阵　程咬金三请樊梨花	/107
第三十六回	薛金莲劝兄认嫂　闹花烛丁山大怒	/110
第三十七回	樊梨花怨命修行　玄武关刁爷出战	/113
第三十八回	刁月娥铃拿唐将　师兄弟偷入香房	/116
第三十九回	仙翁查看姻缘簿　迷魂沙乱刁月娥	/119
第四十回	刁月娥失身秦汉　窦一虎变俏完姻	/123
第四十一回	白虎关杨藩妖法　薛仁贵中箭归天	/126
第四十二回	唐太宗世民归天　唐高宗御驾征西	/129
第四十三回	樊梨花诰封极品　薛丁山拜上寒江	/132
第四十四回	难丁山梨花佯死　薛丁山拜活梨花	/136
第四十五回	樊梨花登台拜帅　薛丁山奉旨完姻	/139
第四十六回	梨花大破白虎关　应龙飞马斩杨藩	/142
第四十七回	梨花破关除二怪　秦汉借旗收双徒	/145
第四十八回	凤凰山番将挡路　薛应龙神女成亲	/148
第四十九回	月娥摇动摄魂铃　梨花灵符破宝伞	/151
第五十回	捆仙绳阵前收服　救龟蛇二将腾空	/154

第五十一回	苏宝同布金光阵	樊元帅连抢关寨	/157
第五十二回	薛应龙劫阵丧命	二刘将公主招亲	/160
第五十三回	梨花大破金光阵	产麒麟冲散飞刀	/163
第五十四回	丁山神箭射妖龙	应龙芦花为水神	/167
第五十五回	窦一虎盗仙剑被拿	樊梨花擒番将释赦	/170
第五十六回	铁笼火烧窦一虎	野熊摄去二多娇	/173
第五十七回	二郎神大战野熊	圣母收服二牛精	/177
第五十八回	芙蓉设计杀朱崖	梨花兵打铜马关	/181
第五十九回	盗金莺秦窦逞能	摄魂铃擒花伯赖	/184
第六十回	哈迷王坐朝议敌	梨花观看五龙阵	/187
第六十一回	樊梨花一打五龙阵	窦一虎求借芭蕉扇	/191
第六十二回	善才途中战秦汉	五公主阵上收宝	/194
第六十三回	元帅营中产薛强	善才大破五龙阵	/197
第六十四回	欢娘刺死花叔赖	梨花兵打玉龙关	/201
第六十五回	梨花仙法捉宝同	神光扇软窦仙童	/204
第六十六回	仙翁触动金教主	妖仙大战樊梨花	/207
第六十七回	教主摆列诸仙阵	二教斗法有高低	/211
第六十八回	老祖大破诸仙阵	教主群妖俱已逃	/214
第六十九回	番王纳款朝金阙	圣主班师得胜回	/217
第七十回	丁山奉旨葬仁贵	应举投亲遇不良	/220
第七十一回	劫法场御赐金锤	鞭张保深结冤仇	/223
第七十二回	众英雄大闹花灯	通城虎打死内监	/227
第七十三回	御花园打死张保	劫法场惊死高宗	/231
第七十四回	武后下旨捉丁山	三百余口尽遭灾	/234
第七十五回	薛刚一扫铁丘坟	武则天借春天顺	/237
第七十六回	骆宾王移檄起义	薛刚二扫铁丘坟	/240
第七十七回	薛刚三扫铁丘坟	西唐借兵招驸马	/244
第七十八回	张君左秦府出丑	九炼山薛刚团圆	/247
第七十九回	武三思四打九炼山	程咬金夜劫周营寨	/251
第八十回	尉迟景鞭打太阳枪	净道人圈打众英雄	/254
第八十一回	俞荣丹药救诸将	武三思月下遇妖	/257

第八十二回　莲花洞徐青下山　三思五打九炼山　/260
第八十三回　武三思大败回京　薛蚪走马取红泥　/264
第八十四回　薛蚪兵打临阳关　薛孝争夺打潼关　/267
第八十五回　盛兰英仙圈打将　美薛孝帅府成亲　/270
第八十六回　驴头揭榜认太子　梨花仙法斩驴头　/273
第八十七回　狄仁杰一语兴唐　唐中宗大坐天下　/276
第八十八回　笑煞程咬金哭煞铁牛　打开铁丘坟报仇雪耻　/279
第八十九回　山后薛强遇旧友　汉阳李旦暗兴帅　/281
第九十回　仇怨报新君御极　功名就薛府团圆　/283

第 一 回
李道宗设计害仁贵　传假旨星夜召回京

　　前言说到薛仁贵大小团圆,今不细述。且说程咬金进京复旨,君臣相会,朝见已毕,退出朝门,回到府中。裴氏夫人接着说:"老相公辛苦了。"程咬金道:"如今这个生意做着了,果然好钦差!落了有三万余金,再有个把做做便好。"老夫人道:"有利不可再往。如今你年纪高大,将就些罢了。"吩咐备酒接风。程铁牛过来,拜见父亲。孙儿程千忠也来拜见祖父,他年纪止得十三岁。今日夫妻儿孙吃酒,是不必说。次日自有各公爷来相望,就是秦怀玉、罗通、段林等。徐茂公往河南赈济去了,尉迟恭在真定府铸铜佛,也不在。唯有魏丞相在朝,他是文官,不大来往,唯以程咬金是长辈,也来相见。坐满一殿,上前见礼,程咬金一一答礼。程铁牛出来相见,把平辽王之事说知。众公爷辞别起身,各归府中。又有周青等八个总兵官,一同到来问安。问起薛大哥消息,程咬金道:"他有两个老婆,又有女儿,兴头不过,不必挂念。"周青对姜兴霸、李庆红、薛贤徒、王心鹤、王心溪、周文、周武说:"如今在长安伴驾,不大十分有兴。薛大哥在山西镇守,要老柱国到驾前奏知,保我等往山西一同把守,岂不是弟兄时常相会,操演武艺,好不快活,胜似在京拘束。"程咬金道:"都在老夫身上。"周青等叩谢而出。

　　次日五更上朝,天子驾坐金銮,文武朝见已毕,传旨:"有事启奏,无事退班。"程咬金上殿俯伏,天子一见龙颜大悦,说:"程王兄有何奏闻?"程咬金奏道:"老臣并无别奏,单奏周青等总兵,愿与薛仁贵同守山西全省,还要封赠樊氏夫人、王茂生等。"传旨:"依王兄所奏,卷帘退班。"龙袖一转,驾退回宫。文武散班,程咬金退出朝门。周青等闻知,不胜之喜,到衙门收拾领凭①。八个总兵官辞行起程,文武送行,离了长安,径到绛州,至王府与薛大哥相会。王茂生实授辕门都总管,柳氏原是护国夫人,樊氏

---

① 领凭——即凭证。

封定国夫人。王府备酒,弟兄畅饮,自有一番言语,不必细表。

次日薛仁贵传令,八位总兵官各处镇守,以下副总、参将、都司等官,都是总兵掌管。果然仁贵到任以来,四方盗贼平息,境内太平,年岁丰稔①,安乐做官,不必细述。

再说长安城中,有皇叔李道宗成清王在朝,晓得薛仁贵在山西镇守,朝廷时常赐东西,袍带、盔甲、名马等项,自不必细说。这日回到银銮殿中,想起那薛仁贵,朝廷如此隆重②,执掌兵权,镇守山西,手下又有八个总兵。我只生一女,名唤鸾凤,年方十七,是元妃所生,才貌双全。意欲招他为婿,使他退了前妻,难道他不从?但是张美人与他有仇,因他将张士贵子婿五人斩首,每每对我哭哭啼啼,要报冤仇。想那薛仁贵没过失算计他,不如且回宫中,将此事劝他。算计已定,退回宫中。来到安乐宫,张妃朝见,宫娥备办筵席,李道宗朝南坐着,下首张美人相伴,采女③敬酒。酒过数巡之后,已到二更,退回内宫,与张妃安寝。成清王与朝廷只差一等,也有内监、宫娥采女,东西两宫,殿前有指挥,一人之下,万人之尊,此话不表。

次日王爷起身梳洗,用过了早膳。张妃流泪说:"父兄惨死,请千岁与贱妾复仇,杀得薛仁贵,方泄胸中之恨。"成清王道:"孤家岂不知之,但仁贵朝廷十分隆重,朝廷大小爵王俱是他心腹。左丞相魏征、鲁国公程咬金在朝,圣上最听信。他无过失,难以寻他短处。倘然有反叛之心,孤家就好在圣上面前上本。如今一些响动无有,难以动手。今孤家倒有心事,我家郡主鸾凤未招佳婿,意欲招仁贵为婿,使他休了前妻。若然允了便罢,若然不允,说他欺骗亲王,强逼郡主,私进长安。此节事就好摆布他了。"张妃听得呆了,心想:"这岂不让他因祸而得福了?只得含糊答应,待我与张仁商议,他足智多谋,又是我赠嫁,他屡屡要报老爷之仇,忿忿不平。"于是勉强对王爷道:"千岁之言不差,也要从长计较。"王爷说:"美人之言不差。"传旨令带了兵丁出长安打猎去了。

张妃忙宣张仁。那张仁黑碜碜一张糙脸,短颈束腮,犬眼鹰鼻,颔

---

① 丰稔(rěn)——庄稼成熟。
② 隆重——器重。
③ 采女——汉代宫女的一种,后用作宫女的通称。

第一回　李道宗设计害仁贵　传假旨星夜召回京

下六撮胡须,其人刁恶多端,奸巧不过。随了张妃来到王府,成清王看他能事,凡事与他商议,言听计从。听得娘娘传宣,他头戴圆顶大帽,身穿紫绢摆开直身袍,粉底乌靴,来到宫中,口称:"娘娘,奴才叩见,不知呼唤奴才有何事干?"张妃道:"张仁,你悉知老爷、公子、姑爷都被薛贼陷害,夺了功劳。昏君听信,不念有功之臣,竟将我家满门屈杀,倒封薛贼做了王位,十分隆重。我想起来,此仇何日得报?今日千岁要把郡主招他为婿,如今想起来,此事怎样处?故此特地唤你到来,与我定下一计,须要摆布他才好。"张仁低头一想,说:"有了。郡主又不是娘娘所生,须要……如此如此,这般这般。"张妃听了大喜,命张仁出去,候大王回来听宣伺候。

再说王爷回归府中,张妃接着王爷,又说此事,说:"千岁须要与张仁商议,他极有高见。"王爷听了,忙唤张仁。张仁听唤,来到宫中,叩头已毕,立起身来,说:"大王呼唤奴才,有何吩咐?"王爷道:"孤家有一事与你商议,但不知你主见如何?"张仁道:"千岁有什么事,说与奴才知道。"王爷道:"孤家想将郡主招薛仁贵为婿,事在万难。"如此如此。张仁道:"这不难,千岁要招仁贵,他已有二位夫人,定然不顺。莫若假传一道旨意,骗他进长安。待奴才邀到王府,他顺从便罢,若不顺从,王爷将酒灌醉,五更上本,说他私进长安,闯入王府,有谋反之心,今已擒拿,候万岁发落。凭他认什么罪,难道万岁叔父倒弄不倒仁贵不成?此计如何?"王爷听了大喜道:"张仁此计倒也绝了,公私两尽。若不成,王府宫中之事,外边也不晓得。倘不允,也报了张美人杀父之仇,摆宴饮酒。"张妃在旁极口称扬。这老头儿就该死,难道将女儿做成这勾当?当晚就在张妃宫中歇息,来朝与张仁做成旨意,差官往山西,此话不表。

再说薛仁贵在山西,太平无事,与二位夫人朝朝寒食,夜夜清明①,已经一载,四方宁静。这一日正坐银銮,忽探子报进,说:"圣旨下。"仁贵吩咐快开中门,忙摆香案,接进天使。天使当殿开读:"奉天承运,皇帝诏曰:朕念卿救驾之功,思念之深。朕忽有小恙,召卿来京,君臣相见一面,作速来京。钦此。"仁贵谢恩道:"我皇万岁,万岁,万万岁。"一面香案供

---

① 朝朝寒食,夜夜清明——指朝朝暮暮都像过节一样。形容生活豪华奢侈,寻欢作乐。

着圣旨,一面相待天使,问:"圣恙如何?"天使道:"前日龙驾危险,如今天子幸好了,故此召平辽王进京,朝廷还有圣谕。"仁贵听了,吩咐总管王茂生:"武官各守汛地,文官不必相送。本藩连夜进京,二位夫人不必想念。君命召不俟驾而行①。"即同天使上了赛风驹,离了绛州,一路星日星夜竟往长安而来。不知吉凶祸福,且听下回分解。

第 二 回
郡主撞死翠云宫　程咬金保救薛礼

　　却再讲天使,原是张仁扮的,假传圣旨。仁贵见旨上说圣上有恙,故不敢耽搁,此乃仁贵一点忠心。不多日,来到长安,进了光大门,走近成清王府前,有一班指挥相迎,邀进了府中。仁贵不知是计,竟到银銮殿,同这假天使,朝见王爷,口称千岁。王爷见了大悦,吩咐内监办酒,邀入宫中,说:"薛平辽在山西辛苦,朝廷想念,孤家无日不思。今日来京,特备水酒与平辽王接风。"仁贵道:"承老千岁美意,但是臣未见天子,不敢从命。待见过万岁,然后领情。"王爷苦苦相留,仁贵只是不允。天使道:"大王相留,平辽王不必推却。少不得下官原要与你同去复旨,今日天色已晚,明日五更朝驾,大王也要进朝。暂且相留,却是老大王美意。"仁贵听了他劝,信其实意,上前谢了大王,然后安席。大王主位,天使同仁贵坐了侧席,仁贵告礼坐下。席中笙箫盈耳,灯烛辉煌,珍馐百味。太监上前敬酒,天使又在旁相劝,杯杯满,盏盏干。仁贵吃的是药烧酒,不好落肚的;大王与假天使吃的是平常酒,酒壶有记认的,仁贵落了他们圈套。直饮到三更时,仁贵吃得大醉,不省人事,睡在地下。王爷传旨:"一面撤去筵席,闲人赶出外面,然后将仁贵绑出。明日见驾就说仁贵私进长安,闯入王府,行刺亲王,此节事就可处死他了。"张妃道:"这节事不稳,倘然朝廷问起,说怎么私进长安,他说奉旨钦召来京。天使是假的,圣旨也是假的,说闯

---

　　① 君命句——意即君主有召,臣子不待车马驾好就先行。这是古代臣事君应尽的礼节。

第二回　郡主撞死翠云宫　程咬金保救薛礼

入王府行刺亲王这节事，一发无影无踪。况且朝中鲁国公程咬金，圣上最亲密的。秦怀玉、罗通、尉迟宝林、宝庆又是他心腹。倘反坐起来，就当不起了。"王爷听了这话，目瞪口呆，忙说："坏了！坏了！如今怎么处？"张妃道："如今木已成舟，悔已迟了，想出一个妙计才好，还是张仁你去想来。"张仁原要王爷上当，说："果然娘娘虑得到。朝廷追究根由，奴才这狗命，虽万剐千刀情愿的，但是大王金枝玉叶，遭其一难，甚为可惜。"李道宗听了发抖说："依你便怎样？"张仁道："如今事不由己，只得如此如此。"大王无可奈何，将仁贵抬进翠云宫，放在郡主娘娘床上。郡主一看大怒，说："父王听信妖精，将丑事做在我身上。"大哭一场，一头撞死在房中，血流满地。家人忙报知千岁。张妃好不喜欢。李道宗凄然泪下，说："害了女儿，可恨薛礼这厮，我与他不共戴天！"忙乱了半夜，传殿前指挥，将仁贵发到廷尉司勘问。那廷尉司奉承王府，将仁贵百般拷打，昏迷不醒。乃用大刑，将锡罐盘在身上，用滚水浇进，其身犹如火烧，他只是不醒。正在那里审问，郡王们都晓得了。秦怀玉听报大惊说："反了！反了！从来没有这般刑法。若见了朝廷，自有国法，怎么私下用刑？"吩咐殿前侍卫，速到廷尉司将薛爷放了，不必用刑。侍卫奉了驸马爷之命，来到与廷尉司讲了。他惧怕驸马，只得放了仁贵，所以没有得到仁贵口供。

次日，太宗圣驾坐朝，文武百官朝参毕，班中闪出一位亲王。皇叔头戴闹龙冠，身穿黄袍，足下乌靴，执笏①当胸，上前哭奏道："陛下龙驾在上，老臣有事，冒奏天颜，罪该万死。"天子道："皇叔有何事启奏？"李道宗道："老臣只生一女，名唤鸾凤。不想薛仁贵昨日私进长安，闯入王府。老臣将酒待他，他强逼郡主为配，老臣回绝了他。不想他竟闯入翠云宫，将小女强逼。小女立志不从，他竟拿起台上端砚，当头就将小女打死。现今血流满地，尸首尚存。"说完亲手将本送上。天子听奏，龙颜大怒，又将本在龙案看过，暴跳如雷，说道："这逆贼，行此不法之事！擅敢私离禁地，私进长安，闯入王府，竟将御妹打死。寡人不斩这贼子，埋没了萧何法律！"天子怒发冲冠，喝叫指挥："将逆贼绑出法场枭首②，前来缴旨。"指

---

① 笏（hù）——古代君臣在朝廷上相见时手中拿的狭长板子，用玉、象牙、竹制成，上面可以记事。
② 枭（xiāo）首——古时的刑罚，把人头砍下并悬挂起来。

挥领旨，竟到廷尉司，将仁贵绑缚牢拴拥进朝门。仁贵还是昏迷不醒。那些众臣子一见，哪里知道曲折之事，不知仁贵犯了何罪，皇上如此大怒，立刻要把他斩首。内中又有尉迟宝林兄弟等，好似天打一般，乱箭钻心。把皇上一看，又不敢保奏。程咬金见陛下大发雷霆，又不敢救他。只见仁贵推出午门，竟往法场去了，只得闪出班来，大喊"刀下留人"。午门前指挥回头一看，是鲁国公保救，只得站住了脚。程咬金连忙跪下，说道："陛下在上，仁贵犯了何事，龙颜如此大怒，要把他处斩？"皇上说："程王兄不知细故。"就将此事说明，"王兄你道该斩不该斩？"咬金道："万岁还要细问，不可斩有功之臣。"众公爷又上前俯伏保救。皇上道："诸位王卿、御侄在此，都去问他，为何打死御妹？"秦怀玉等谢了恩，离了金阶，来到午门，见了仁贵问道："大哥，此事因何而起？"仁贵原是不知人事、满身打坏，低了头，被两旁指挥扯定，一句话也没有。众公爷也没法，只得复旨道："人是打坏的了。"皇上哈哈冷笑说："这个十恶不赦之罪，斩首有余，王兄还要保什么？"咬金看见皇上赦是一定不肯的，且保他下落天牢，另用计相救。又奏道："他跨海征东，有十大功劳，万岁可赦其一死。"万岁道："虽有功劳，封平辽王已报之矣，今日因奸打死御妹，朕切齿之恨，王兄且退班。"咬金没法，只得说："陛下，他在三江越虎城滩上救驾，又在长安救了殿下，百日内两头双救驾，功盖天下。念此功劳，将他暂监天牢，百日之后处斩。"皇上听了："准奏，以后不可再奏，恼着寡人。若有人后来保奏，一同斩首。"传旨放绑，下落天牢。文武谢恩退班。驾退回宫。

　　成清王回府与张妃说知："圣上大怒，立刻处斩。因有程老头儿苦苦保救，如今下落天牢，百日之后枭首。"张妃听了流泪道："倘有百日之后，圣上回心，又有一番赦免，怎么处？只是不能报父兄之仇。"王爷说："美人不必悲伤，他害了我女儿，此恨难消。慢慢在圣上面前奏明，定将他处斩。"遂吩咐开丧，收拾女儿尸首。不知后事如何，且看下回分解。

第 三 回
薛仁贵受屈落天牢　众小儿痛打李道宗

再说仁贵下落天牢，才得苏醒，满身疼痛，对禁子①道："这是哪里？"禁子说："千岁你还不知。"就将如此长短一一说明。仁贵听了说："昨晚我在王府饮酒，怎么因奸打死御妹？此事没有因头，分明中了奸王之计。若无程老千岁相救，我必有杀身之祸。我府中二位夫人怎得知道，恩哥恩嫂未得报知。李道宗如此害我，不知有何冤仇。罢！罢！唯命而已。"

不表仁贵在牢中受苦，再说那一班公爷都到程千岁府商议。咬金道："侄儿们且回去，一面差人先到牢中探望，倘圣上回心就好相救了。"众公爷称是，都回府中。只有秦怀玉同了尉迟宝林进牢相望。禁子见了驸马即忙叩头，开了牢门，放进二位。外面跟随之人，不容进去。秦怀玉、尉迟宝林，见里面俱是披枷带锁的囚犯。又到了一处，原是干净一个房子。狱官出来跪接。二人吩咐："你且回避，不要伺候。薛爷在哪儿？"回禀在那里面。二人走进，一看仁贵身上刑具，实是伤心，叫声："哥哥，为何受了这般苦楚？"仁贵抬头一看，见了二位，便大哭说道："兄弟，愚兄有不白之冤，要与兄弟讲明。"立起身来见礼，拜谢救命之恩。二人说："哥哥不必如此，你且讲来。"仁贵把天使钦召进京，王府相留饮酒，以后之事，并不晓得。秦怀玉道："你中了奸王之计。张士贵之女与李道宗为妃，恨你杀了他父兄，他在奸王面前做成圈套。圣上有甚小恙，哪里有天使相召，他是将女儿逼死，陷害你强奸郡主，将砚打死。圣上龙颜大怒，竟无宽赦。程叔父保救一百天，倘圣上回心，我等保救出狱。"仁贵道："二位哥哥，不消费心，君要臣死，不得不死。奸王将女儿污吾，圣上岂不大怒。吾若一死，赴到阴司，决不饶他。烦致谢程老柱国，我薛礼生不能补报，来生犬马相报。"秦怀玉说："哥哥何出此言！"

再说那张仁，打听得驸马公爷在监相望，报知千岁。道宗听了大怒，

---

①　禁子——即狱卒。

忙差人到监中禁约,一面抱本上殿奏知。天子传旨:"差指挥到天牢,说薛仁贵是钦犯。若有人到监,统统与本犯一起治罪。"狱官接旨开读,秦、尉二位无奈,只得出监回府。从此监牢紧闭,牢不通风。就是罗通等到来相望,也不能够了,只得差人暗暗送饭。王爷又晓得了,对张仁说:"如今怎么摆布他?"张仁说:"千岁,他同党甚多,哪里绝得米粮!若要绝他,只要大王亲驾守住牢门,不容人送饭。十天之外,绝了他的食,就饿死了。况且他斗米一餐,哪里挨得三天。愿王爷明日就去。"道宗听了大喜,张妃又在旁撺掇①。果然次日道宗带了家将,竟到监门守住,十分严密。禁子哪里用得情来,如此守了一天。次日又到临门把守查问,差人守住牢中,禁子不许进内送饭。

秦怀玉闻知了,十分着急,无计相救。怀玉正在着急,报说罗千岁等到来相望。怀玉接进殿前,有罗通、尉迟宝林、宝庆、段林、程铁牛等,坐满一殿。罗通开言说:"薛大哥此事,如今怎样相救?"宝林道:"如今绝食要饿死的,我们无计可施,特来与大哥商议。"程铁牛道:"我家老头儿也无主意。"怀玉说:"圣上十分不悦,皇叔做了对头,如今绝了食,要饿死了。待进了食,然后另寻别计,就好做了。如今奸王守卫监门,哪里容得进去!这便如何是好?"大家在殿上议论纷纷,不能一决。只见殿后走出一个小厮,年八九岁,满身丽华,面如满月,鼻若悬胆,还是光着头儿。来到殿前,对着众人说:"伯父、叔叔,要救薛伯父,待侄儿救他,使他不能绝食。"怀玉听了大喝道:"小畜生还不进去,满殿伯叔,俱不能有计,要你出来胡说!"小厮他却不走,对着怀玉说:"爹爹不依,看你众人怎么救法。"笑了一声,走进去了。那罗通说:"此子何人?"怀玉道:"不瞒诸位兄弟说,小弟有两个孩子,一个名唤秦汉,年纪三岁时,在花园玩耍,被大风刮去,至今并无下落,公主十分苦楚。方是二小儿,名唤秦梦,才年八岁,公主爱惜如珍。小弟只有此子,方才出来无礼,兄弟们莫怪。"众人道:"原来是侄儿,年少如此高见,后来必成大器。"怀玉道:"不敢。"

再说秦梦出了后门,吩咐家将,请各府小将军,罗章、尉迟青山、程千忠、段仁等,都是八九岁,平日嬉游惯的,有十多个,闻得秦梦相请,都到秦府后门,见了秦梦说:"二哥,今日呼唤吾等来,向哪儿玩耍?"秦梦道:

---

① 撺掇——从旁鼓动、怂恿人做某事。

"兄弟们，吾有一事，要与你们同去。"将薛伯父如此长短，要去打那皇叔之事一说。小英雄听了高兴说："快快吩咐家将，不必随从。"兴兴头头来到监门，果然道宗见了这般小厮说："此是什么所在，擅敢来探！"吩咐手下打开。这班小英雄听见来捉，倒也乖巧，忙动手，见一个打一个，打得那些王府家将，头青脸肿，没命地跑了。剩得李道宗，被秦梦当胸一把扭住，面上巴掌乱打，胡须扯去一半，小拳头将皇叔满身打坏，跌倒在地，只叫饶命。秦梦道："今日才认得秦小爷。"恐防打死了，弄出事来，说："饶了你老狗头罢。"这道宗好像落汤鸡。又见罗章等将车轮轿伞都打得粉碎，说："兄弟们去罢。"打得这模样回去各自回府。

再说那李道宗爬起身来，满身疼痛，胡须不见了一大半，黄冠蟒袍扯得粉碎，乌鞭劈断，忙唤家将。只见那些家丁一个个犹如杀败了的公鸡，强了头颈，俱喊疼痛。道宗骂道："狗才！为何都躲过了？看见孤家被人打得这个模样，回去处死了你们！"家将道："大王不看见么，小人们被他都打坏了，性命都不保。这般人年纪虽小，力大无穷，小人才动得手，被他一拳一脚，哪里当得起。"李道宗道："如今不必讲了，为首的是秦怀玉之子，我明日上本奏他，如今轿伞都打碎了，就扶我回府去罢。"家将忙扶了王爷回府，与张仁商议，连夜修成本章，待五更上朝，奏明圣上。不知后事如何，且看下回分解。

第 四 回
薛仁贵天牢受苦　王茂生义重如山

再说秦梦回至后门，心生一计，将鼻子一拍，又将三角石头将头磕破，满面流血，大哭进房，见了公主哭倒在地。公主看见忙问："孩儿被何人打得这般？说与母知。"秦梦道："孩儿被李道宗打坏。"公主听了，柳眉倒立，信以为真，便吩咐摆驾。内侍、宫娥依旨。公主上了金銮，带着宫娥、宫监出了后门。进了后宰门，来到保身殿。见了长孙娘娘，朝拜已毕，皇后传旨平身。公主谢了恩，立起身来，金墩坐下。长孙娘娘说："公主女儿，又不宜召来到，必有缘故。"公主禀说："那皇叔十分无礼。外孙年少，偶然走到牢门,只见皇叔在那儿把守,竟唤家将把外孙打坏,特来奏明父王。女儿况且只生一子,念他祖父、父亲,要与孩儿出气。倘若死了,要李道宗偿他的。"唤秦梦过来,拜见娘娘。秦梦见了皇后大哭。娘娘看见外孙被打得头破血流,十分爱惜,说:"孙儿不必如此悲泪,外祖母都晓得了。"正在那儿讲,忽报驾到,长孙娘娘与公主俯伏接驾。天子问道:"御妻,为何皇儿也在这儿?"公主奏道:"父王,孩儿被人打伤,特来奏知。"万岁道:"皇儿乃朕的外孙,哪个敢打?"公主说:"我儿过来,朝皇外祖。"秦梦年小伶俐,见了万岁,啼啼哭哭上前来奏说:"孙儿出外游玩,偶然在监门经过,闻得薛伯父在监,看一看,只见成清王守住监门,要绝他的食。这也罢了,竟将孙儿毒打,要将吾拿去处死。亏了孙儿逃得回来,奏明皇外祖。"圣上看了,果然有伤。公主又奏道:"他祖父秦叔宝东荡西除,打成唐朝世界,就是驸马也有一番功劳,望父皇做主。"万岁道:"甥儿你总会生事,所以有这番缘故。"公主又奏道:"父皇,看孙儿年纪才八岁,皇叔居尊上,难道小童打了老的不成?"长孙皇后又在旁边帮忙说:"果然不差。八岁的小孩,难道倒打了皇叔?"圣上说:"知道了。"一声传旨:"退宫与皇儿解愁。"命左右置酒在宫宴饮。

　　再说贞观天子五更三点,景阳钟撞,龙凤鼓敲,珠帘高卷。底下文武朝见已毕,谢恩退班。只见班中闪出一位大臣,当殿跪下,奏道:"臣成清王李道宗有本奏明。"万岁道:"奏来。"成清王奏道:"秦怀玉纵子秦梦将老臣毒打,胡须扯去大半,蟒袍扯碎,遍身打坏。还有行凶多人,要万岁究出处治。"圣上一看,果然皇叔胡子稀稀朗朗,面上俱是伤痕,蟒袍东挂一片,西挂一片。朝廷因昨日公主先已奏明,是晓得的,开言叫声:"皇叔,你在哪儿被秦梦打的?秦梦年方八岁,倒来打你,毕竟在外多事。"李道宗道:"老臣不过在天牢门首经过,被他殴打,万望圣上详夺①。"朝廷道:"姑念你皇叔,不来罪②你。你守着监门,要绝仁贵的食,而朝廷自有国法,百日之内少不得偿御妹之命。本也不必看了,拿去!"竟丢了下来,天子龙袖一卷,驾退回宫,文武散班。只有李道宗满面羞惭,被秦梦打了,还被圣上道他不是,只得闷闷回去。

---

① 夺——定夺,做决定。
② 罪——怪罪、治罪,用作动词。

第四回　薛仁贵天牢受苦　王茂生义重如山

再说怀玉这一班在朝看见李道宗抱本上殿,只见他唇上胡须都不见了,满脸青肿,一双眼睛合了缝,奏出许多事来。众人都捏把汗,听得圣上不准,才放下心。一齐来到秦府,差人到监门打听,果然不差。就密密与禁子商议,暗暗送饭。这仁贵如今有命了,差人回复驸马,秦怀玉等欢喜,秦梦走出外面,来到殿上,见了这诸位,叫声:"伯父、叔父,倘没我,薛伯父真要饿死。"秦怀玉道:"畜生!几乎弄出事来,皇叔是打得的么?倘打死了,为父的性命活不成了。"秦梦道:"孩儿打他不是致命处!要打死他有什么难处。"罗通道:"果然侄儿主意不差。"秦梦道:"罗叔父说的极是,我去也。"就往里头去了。秦梦伤是外伤,头是自己磕伤的,停了一天就好了。再说银銮殿上,这班公卿称扬秦梦,商议要救仁贵,无计可施,只得各自回府,慢慢地与程伯父计较。

且讲仁贵进京时,家将跟随,见王府邀进。家将在外闻了这个消息,耽搁了数天,有程千岁保救,下落天牢中,连夜回到山西,报知王茂生,如此长短,一一说了。王茂生大惊,忙进后堂报与二位夫人听了,二位夫人昏倒在地。樊员外忙来相劝,扶起柳氏夫人。王茂生说:"二位夫人不必悲伤,如今我要赶到京中与奸王拼一拼。"换了青衣小帽,带了盘缠,吩咐妻子:"好生伺候二位夫人,防奸王又生别计,来拿家小。"员外道:"此刻不必费心,朝中大臣自有公论,决无有累家属,王官人放心。"茂生含泪别了二位夫人,竟上长安,端正告御状不表。

再言八位总兵,晓得这个消息,也无可奈何,只俱暗差人来京打听。王茂生一路风惨雨凄,到了长安,进了这光大门。又走了数里,只见前面喝道之声,乃是程老千岁朝罢回来,乘了八人大轿,一路下来,看见王茂生乃认得的,命左右唤他到府中来。左右领命,上前唤王茂生先到府中。咬金回府,到后堂唤王茂生进来问道:"你来京做什么?"王茂生见了咬金叩头说道:"老千岁,我是一个小人,明日朝中告御状,就死也罢。况且我兄弟正人君子,不做这样污行。奸王听信张妃,将女儿陷害。圣上不明,反将有功之臣处斩,此理不明。明日与奸王拼命。"咬金说:"我都知道,朝中多少公侯,尚不能救他,御状切不可告。倘动了圣怒,你的性命难保,平辽王反要加罪了。且到监中望兄弟,待吾寻计相救就是了。"茂生听了,谢了千岁。如今是午饭时候,同了众将竟往天牢。禁子不肯放进茂生,茂生多将银子相送,然后进监,与仁贵相会,抱头大哭,言讲了半日。禁子催促起行，无奈回到程府。明日又到牢中送饭。天天如此，程咬金想："这一百日能有几天，倘然到了日期，焉能保救？吾一面修书二封，差人往汉阳府报知徐大哥，真定府报知老黑，待他二人到来，就好相救了。"

不表差人望二处投递，却说英国公徐茂公在那儿救饥，一见来书，要去保救薛仁贵的事，他晓得阴阳，算定薛仁贵有三年牢狱之灾，早了救不得，忙回书付原人带回。差人接了回书，竟到长安。来到府中，咬金接了忙取回来打开一看，书上说："朝中现有魏大哥同众兄弟还可相救，要我无用。"竟回绝了。咬金说："坏了！坏了！"怀玉道："老叔不必着忙，还有尉迟老叔到来，就可有救了。"又等了数天，尉迟恭不到，好生着急。为何尉迟恭不到？如今一百日相近，故此着急。汉阳府是旱路多，水路少，来得快。真定府是水路多，旱路少，来得慢。尉迟恭何日到来，救得成救不成，且看下回分解。

第 五 回
薛仁贵绑赴法场　尉迟恭鞭断归天

再讲尉迟恭奉旨在真定府铸铜佛，还未完工。看了咬金来书，十分震怒。忙将公事交与督工官，带了从人，不分星夜，竟往长安。来到府中，三位公子，同了黑白二位夫人接着。尉迟恭问起情由，宝林、宝庆就将事长事短说明。老千岁一闻此言大怒，说："哪有此事！圣上昏迷，忘了有功之臣。罢了！我明日进朝，先要扳倒奸王，必要救出仁贵。如不然有打王鞭在此。"等不到五更，三更就上朝了。二位爵主相随来到朝房，百官还未到。黄门官①听报虢②国公尉迟老千岁上朝来，吩咐开了午门。老千岁来到朝房坐定，不多一刻，百官都到了，上前参见。鲁国公程咬金、驸马秦怀玉并那殿下罗通一班小公爷都到了，上前参见。程千岁叫声："尉迟千岁，来得正好。仁贵受了奸王屈陷，吾保救监牢中一百天。如今限期将

---

① 黄门官——官名。
② 虢（guó）。

满,要你相救。"尉迟恭说:"老千岁,某家特为此事,星夜赶回。吾今日上朝,少不得与圣上奏明,无有不赦之理。"那倒运的奸王也在朝房,听得此言,忙出来到尉迟恭面前,叫声:"黑匹夫,薛贼犯了大罪,你在此胡言乱语。"尉迟恭一见李道宗,怒从心头起,恶向胆边生,喝声:"奸王,唐朝哪有你这不争气的!自己亲生女儿,将奸情污他,羞也不羞?还有何颜立在朝房,还不回去。"李道宗听了这番羞辱,心中大怒,说:"黑贼!你擅敢得罪亲王,罪该万死!少不得要凌剐你。"尉迟恭听了说:"你剐我,我先挖你这双眼睛看看。"李道宗看见,就把袍袖一遮,把头一仰。尉迟恭两个指头要挖他眼睛,他袍袖长大,竟将他两个门牙捺落了,满口鲜血,疼痛不过,说:"反了!反了!黑厮擅打亲王。打落门牙,与你一齐面君再说。"尉迟恭原是莽夫,见道宗满口流血,倒着了急。程咬金说:"果然打亲王,老臣见的。大王快将牙齿给我做贼证,少不得上朝要见驾,老臣是个见证。"李道宗只道他好意,就忙将两个门牙交与咬金。咬金拿来,竟往朝门外抛了去,无影无踪。皇叔见了说:"你们这班都是一党;将吾门牙抛哪儿去了?拿来还我!少不得面君。"咬金哈哈大笑道:"大王你进朝门,年纪高大,性急了,跌落了门牙,与老黑什么相干?"尉迟恭看见程咬金丢了门牙,他就胆大了,说:"你自己性急跌落门牙,不要来欺诈。"李道宗听了一发大怒说:"打脱了我门牙,倒来说反话。"咬金对文武百官道:"那大王方才进朝,自己跌落了这个门牙,你们都看见了么?"百官听了也不好说跌,也不好说不跌,只把头点点。咬金道:"自己跌了下来,倒来诈人!"

只听净鞭①三声,驾坐早朝。文武朝见,三呼已毕,退班就位。只见虢国公当殿见驾。圣上一见,龙颜大悦,说:"朕久不见卿,想是完了工,前来缴旨么?"尉迟恭上前奏道:"尚未完工。久不见龙颜,老臣前来,有表上奏朝廷。"下面成清王李道宗,见他要保救仁贵,倘圣上准了怎么处?只得也上金阶奏道:"尉迟恭不奉圣旨,私进长安,在朝房擅打亲王,将老臣打落两个门牙,望万岁处置。"尉迟恭奏道:"皇叔进朝房时跌下马来,撞落门牙,现有文武百官、鲁国公程咬金等都见。"圣上听了半信半疑,宣鲁国公上殿。咬金走上金阶,跪下俯伏。圣上说:"王兄,此事如何?"咬金奏道:"皇叔进朝性急,年纪高大,在马上跌下来,偶然跌落门牙是真

---

① 净鞭——帝王仪仗的一种,亦称"鸣鞭"。振之发声,使人肃静。

的。"万岁听了此言,低头一想,说:"皇叔退班。"李道宗又吃了一番大亏,只得退在班中。朝廷细看了尉迟恭本章,说:"尉迟王兄,薛仁贵因奸不从,打死御妹,朕甚可恨。曾降旨,若有保救者,与本犯同罪。王兄与朕患难相从,焉肯舍卿。"传旨:"殿前指挥,速取牢中薛仁贵,午时三刻处斩,前来缴旨。"指挥奉旨,往牢中将仁贵绑缚停当,送往法场去了。王茂生一见大哭,到法场活祭。

再言尉迟恭听见本章不准,反将仁贵绑赴法场,吩咐左右抬鞭来。左右忙将鞭取过,尉迟恭接了忙上金阶说:"圣上既不准老臣之言,为何又将仁贵立刻斩首?这鞭乃先皇所赐,有几行字在上,求万岁龙目亲看。"天子只做不听得,传旨退回宫。尉迟恭好不着急,难道为臣子的,拿起鞭来打君王不成?没有此理。尉迟恭没法可施,在万岁后面,一路随了,口中大叫说:"万岁要赦薛仁贵的罪。"朝廷进了止禁门,将门闭上,要进里头不得了。尉迟恭没法可施,只得对着门上高叫:"薛仁贵有十大功劳,征东血战十二载,海滩上又有救驾之功,万望万岁准老臣之言,放了薛仁贵,不然有功之臣心中不服。老臣冒奏天颜,伏乞圣恩宽赦。"忽内监传圣上有旨:"薛仁贵犯了十恶,罪在不赦。老千岁不必苦奏,少不得明日早朝讲明此事。"尉迟恭听得此言,心中大怒,说:"此鞭是先君所赐,上打昏君,下打奸臣。善求不如恶求,只得用强了。"叫道:"昏君,听了奸臣,当真不赦?"内使说:"圣旨已出,不能挽回。老千岁回府去罢。"尉迟恭见难以保救,"且待吾打进宫门,与昏君性命相拼,必要救仁贵性命。如不然,难在朝中见人"。拿起竹节钢鞭,对着止禁门一鞭,听得一声响,那鞭分为十八段。尉迟恭大惊说:"不好了,当日师父有言说:鞭在人在,鞭亡人亡。"再看门上,写着"止禁门",说道:"宫中止禁门,任你什么大臣,不奉宣召,不准到这儿。倘无宣召到此,就要斩首。我倚仗着这条鞭。如今断了鞭,焉能得出去?也罢,性命难保了!"对着止禁门说:"老臣苦苦来奏,万岁只是不准。念臣相随多年,效忠报国,如今就此拜别了。"向止禁门拜了二十四拜,立起身来,将头向着止禁门一撞,血流满地,竟死在门下。内宫圣上闻知,将止禁门开了。圣上一听,说:"王兄何苦如此?"心中十分苦楚,龙目滔滔下泪。传旨鲁国公程咬金、尉迟宝林兄弟。他三人原在外面打听,闻听传旨,急忙进宫,看见尉迟恭撞死,俱大哭。圣上说:"御侄不必悲伤,就在止禁门首开丧,文武挂孝,以报王兄尉迟恭开国之功。"宝林兄弟谢恩。程咬金奏道:"尉迟恭保薛仁贵,将性命来换。念他征东救驾之功,独马单鞭救王之功,望万岁将仁贵还禁监牢,至来年秋后处斩。"朝廷听了,龙首一点,传旨:"将薛仁贵仍下天牢。"圣旨一下,刽子手就放了绑。王茂生扶了薛仁贵,复进天牢。仁贵到监牢中,晓得尉迟恭身死,放声大哭,说:"尉老啊,你今为了区区,将身惨死,吾好痛心。"茂生再三劝慰。不知后来如何,且看下回分解。

第 六 回
徐茂公回朝救仁贵 苏宝同遣使下番书

再说那宫中,朝廷亲自祭奠,文武百官、皇亲国戚都来祭奠。三日之后出殡,在朝文武俱来相送,一路素车白马。安葬已毕,兄弟谢了圣旨,复谢百官。朝廷降旨:封宝林荫袭父爵號国公,宝庆封陈国公,尉迟号怀封平阳总兵。黑白二夫人见老相公身死大哭,蒙圣恩御祭御葬,又封了三位儿子,感念圣恩,在家守孝。

朝中九事,太平天下,不知不觉,又是一年了。到了秋后,万岁驾坐早朝,文武朝见已毕,圣上对程咬金说:"如今没的说了。"咬金无可奈何,不能保救,下边秦、罗、尉迟等,好似雷打相同,都不敢出来保救,面面相觑。圣上即降旨:"将仁贵绑出法场斩首,报来缴旨。"旨意已出,竟将仁贵绑缚去了。合当有救,却好徐茂公汉阳府救饥完工,前来缴旨。正见法场处决仁贵,茂公说:"刀下留人!"指挥见了英国公徐千岁,怎敢动手。徐茂公来到殿上,俯伏金阶复旨。圣上看见徐茂公,龙心不胜之喜,说:"先生在湖广救饥,想是完毕了,百姓如何?"徐茂公奏说:"湖广汉阳府前年大荒,蒙万岁洪恩,救活了数百万百姓。今年麦熟,百姓就好活了。如今来复旨。老臣来朝,见法场处决薛平辽,已请刀下留人,欲求保薛仁贵。"万岁道:"他犯了十恶不赦之罪,朕旨意今日一定要斩,先生你不必再管他。"徐茂公奏说:"老臣亦奉旨要救薛仁贵。"万岁道:"徐先生痴了,只有寡人的旨意,哪个做得朕的旨意?"徐茂公说:"万岁三年前已降过旨意,老臣是奉旨的。"圣上说:"先生一发荒唐了。三年之前，哪儿有什么旨意？"徐茂公说："万岁前年在东辽三江越虎城外打猎，老臣奏明要遇见应梦贤臣，但这人福浅，早见不得君主，还要得三年之后。望陛下不见他，过了三年，班师到京，见他尚未为晚。就是圣上金口玉言说：'早见朕三年，难道他还要折寿？'臣说：'寿倒也不折，只怕有三年牢狱之灾。'万岁说：'卿益发糊涂了，这牢狱之苦只有寡人做主，哪个监得他在牢！如今朕发心要见，虽然应梦贤臣，将来犯了十恶大罪，寡人只将功折罪，并不把他下在天牢。'老臣又奏道：'万岁金口玉言说在此的，后来薛仁贵有什么违条犯法之罪，求陛下要赦的。'蒙吾主金口说：'自然赦他。'故此，老臣今日是奉三年前万岁的旨意。"贞观天子听了，龙首点头说："先生主意怎么样？"徐茂公说："如今仍将薛仁贵发下天牢，明年秋后处决。"天子说："依先生所奏。"传旨放绑，仍落牢中。万岁龙袖一卷，驾退入宫。

程咬金这一班公爷，今朝见要斩仁贵，恨不能保救。今见徐茂公上朝，欢喜不过，料是一定放的，不道又下天牢。众人不解，程咬金上前叫声："二哥久违了。方才圣上倒有心赦宥，二哥为何又发天牢？"徐茂公说："兄弟你不知，天数已定，他命中注定有三年牢狱之灾，就早出来也没路的。圣上终究疑心，另寻别事斩他。明年欢欢喜喜出来，岂不妙哉！"程咬金等大不悦，各自回府。

光阴似箭，日月如梭，不觉一年相近了。再讲西番哈迷国，有一元帅，是苏定方之孙、苏凤之子苏宝同，国王封他为扫唐灭寇大元帅，坐镇锁阳城，与陕西交界。他差使臣来到长安。此日万岁驾车早朝，有黄门官朝见。天子说："宣进来。"使臣来到金阶，俯伏奏道："番邦使臣杨魁叩见，愿天朝圣主万寿无疆。今有番表一道，献与龙目观看。"朝廷说："什么表章？取上来。"杨魁把本一呈，接本官呈上龙案开拆，龙目一看，有数行字在上面写着：

扫唐灭寇苏元帅，三世冤冤要报仇。手下雄兵千百万，要灭唐朝尽九州。战书到日休害怕，不夺长安誓不休。若要我邦不兴兵，唐主称臣自低头。

唐太宗一见番表，不觉龙颜大怒，说道："罢了！罢了！那些蝼蚁之邦，如此无礼。苏宝同无知小人，也来欺负寡人。过来，把使臣斩首午门，前来缴旨。"两旁一声答应，将使臣绑赴午门，一声炮响，斩了首级，

第六回　徐茂公回朝救仁贵　苏宝同遣使下番书

上朝去缴旨。两班文武官不解其意,徐茂公出班说:"陛下龙驾在上,西番国王表章上说了些什么,万岁龙颜如此大怒?为何把使臣斩首?"太宗道:"徐先生,你拿表去看便知。"徐茂公上前,取过表章一看,果然无礼。"天朝反惧番邦?今斩了来使,恐防有争战,不比扫北征东容易。"太宗说:"苏宝同何等样人,这般厉害?先生讲个明白。"徐茂公说:"苏宝同乃是苏定方子孙,苏凤逃入番邦,生下一男一女,男名宝同,国王招为驸马,女唤锦莲,纳为后妃。今宝同父已死,宝同有飞刀二十四把,一纵长虹三千里。手下有妖僧妖道,都是吹毛变虎之人,撒豆成兵之将。他镇守锁阳城,和陕西交界。他晓得杀了使臣,必然乘势出兵前来,怎生拒敌?不如先起兵征讨。"太宗说:"朕主意已定,谁人挂印征西?"连问数声,无人答应。太宗问徐茂公道:"先生,如今哪个为帅?"徐茂公说:"征西还是征东将。"圣上说:"先生又来了,征东是薛仁贵,难道又是他不成?"徐茂公说:"还是应梦贤臣。"圣上龙首一点:"如今用兵之际,待他立功赎罪。"传旨意一道,速往天牢赦出薛仁贵,封为天下都招讨、九州四郡兵马大将军、挂印征西大元帅。天使来到天牢开读,仁贵也不谢恩,也不受旨。天使回殿复旨。天子问道:"薛仁贵不肯受旨,情愿受死。怎么处?"徐茂公说:"他受三年苦处,心不甘服。要万岁赐他尚方宝剑①,倘若有文武不从,先斩后奏,必然肯受招的。"圣上依议,就将尚方宝剑交付与天使,到了天牢开读。仁贵说:"只要成清王到牢中,同我到万岁驾前奏明冤情,三年受苦,三赴法场。如皇叔不到,臣愿受死。"天使只得又将此言奏明,圣上听了,宣皇叔成清王到。皇叔忙跪伏金阶奏道:"老臣不往牢中去了,他今掌了兵权生杀之柄,倘有羞辱,老臣性命难保了。望圣上恩宥。"天子想想也是。程咬金见圣上不决,只得上前说:"老臣前去宣仁贵,不怕他不受圣旨。"天子闻言说:"程王兄此去,必然薛仁贵前来。"程咬金接了圣旨,竟往天牢。开读已毕,仁贵谢了恩,对咬金说:"老柱国,你晓得晚生受奸王哄骗,三年受牢狱之苦,必要杀他祭旗,以泄此恨。"咬金说:"平辽公只都在老夫身上,包你祭旗。"仁贵说:"老柱国担当得么?"程咬金说:"担当得的。"二人出了

---

① 尚方宝剑——皇帝用的宝剑。被皇帝赐于尚方宝剑的人有先斩后奏的权力。尚方,制作或储藏御用器物的官署。

监门,有左右请换了袍甲,上马竟入朝来。不比前番三次上法场,如今大不相同,兵将跟随,文武簇拥,昂昂然来到金阶俯伏,口称:"罪臣薛仁贵,蒙吾主不斩之恩,又封为元帅,愿吾主万岁、万岁、万万岁。"圣上道:"赐薛王兄平身。"当殿披挂征西大元帅,钦赐御酒三杯,仁贵谢恩。如今重做元帅,心中欢悦不过。底下武职官一个个上前恭见,仁贵说:"明日相见。"圣主赐宴金銮殿,众小公爷、驸马秦怀玉、罗通等陪。仁贵及各兄弟饮酒,庆贺今日相逢,欢喜不尽。饮至三更,各自回府。次日五更坐朝,天子命大元帅薛仁贵在教场之内,自团营总兵官及大小三军武职们等操演半个月,演好武艺,然后就此发兵。仁贵领陛下旨意,出了午门,来到元帅府,此话不表,未知后事究竟如何,且听下回分解。

第 七 回
唐天子御驾征西　薛仁贵重新拜帅

　　话说徐茂公在朝奏说:"万岁,西番不比东辽,那些鞑囚一个个都是能人,厉害不过,必须要御驾亲征才好。"圣上说:"先生,苏宝同这厮朕甚痛恨,必要活擒拿来碎剐,方称朕心,以泄此忿,方称朕心。"茂公说道:"这个自然。"一面降旨意着户部①催促各路粮米,户部领旨。圣上把龙袖一转,驾退回宫。明日清晨,薛仁贵打发哥哥王茂生往山西绛州安慰二位夫人,并告知周青等八位总兵操演三军,不日调用。此话不表。

　　再言仁贵打发王茂生回去,自家在教场中操演三军。圣上忙乱纷纷降许多旨意,专等薛仁贵演熟三军,就要选定吉日,兴兵前去征西。不想过了半月,仁贵上金殿奏:"臣三军已操演得精熟了,万岁几时发兵?"圣上说:"徐先生已选定在明日起兵,小王兄回府筹备周密,明日就要发兵了。"仁贵领了旨意,退回帅府,另有一番忙碌。这如今各府公爷,都是当心办事。到了明日五更三点,驾登龙位,只有文官在二班了,武将都在教场内。有大元帅薛仁贵戎装上殿,当驾官堂前捧过帅印交与元帅。皇上

---

　　①　户部——朝廷掌管财赋、户口的官署。

第七回　唐天子御驾征西　薛仁贵重新拜帅

御手亲赐三杯酒,仁贵饮了,谢恩退出午门,上了赛风驹,竟往教场来了。先有众公爷在那儿候接,都是戎装披挂,挂剑悬鞭。这一班公爷上前说:"元帅在上,末将们在此候接。"薛仁贵说:"诸位兄弟、将军,何劳远迎,随本帅上教场内来。"诸位国公、驸马秦怀玉等,同元帅来到教场中,只见团营总兵官,同游击、千把总、参将、百户、都司、守备等这一班武职们,都是金盔银铠,跪接元帅。仁贵吩咐站定教场两旁。教场中三军齐齐跪下,迎帅爷登了帐,点明队伍,共起兵三十万。大队人马,秦怀玉为先锋:"带一万人马,须过关斩将、遇水成桥。此去西番,不比东辽,这些鞑囚甚是骁勇,一到边关,停兵候本帅大兵到了,然后开兵打仗。若然私自开兵,本帅一到,就要问罪。"秦怀玉得令,好不威风,头戴白银盔,身穿白银甲,内衬皂罗袍,腰挂昆仑剑,左悬弓,右插箭,手执提罗枪,跨上呼雷豹。尉迟兄弟为左右接应,段林护送粮草,程铁牛、段滕贤为保驾。

鲁国公程咬金、英国公徐茂公同了天子在金銮殿降旨:命左丞相魏征料理国家之事,命殿下李治权掌朝纲。天子降旨已毕,然后同了鲁国公、英国公出了午门,上了日月骍骦马,一竟来到教场。有元帅薛仁贵接到御营,即刻杀牛羊祭了旗。元帅对程咬金说:"老柱国,晚生前日有言,要将李道宗祭旗,老柱国一力担当。如今皇叔不来,晚生承老千岁屡屡相救,不曾报得。今日论国法,要借重老先生一替了。"咬金听了大惊说:"借不得的,待我去拿来罢。"走出帅营,心中想道:"王爷怎么拿得?"拿了令箭一枝,传先锋秦怀玉。驸马说:"老叔父有何使命?"咬金说:"贤侄,如今不好了。李道宗不到,要将吾祭旗。你到王府,且不可拿他,若先拿他,定不出来,只说奉旨点了先锋,特来辞行。骗他来到银銮殿,叫人拿住。捉了他来,交与元帅,吾就没事了。"驸马依言,来到王府,叫人通报说:"驸马爷做了先锋,要去西征,特来辞行。"家将报进,对王爷说了,李道宗想道:"秦驸马乃朝廷爱婿,倒来辞行,难道不去见他?"命左右请驸马进来。果然秦怀玉下马,来到银銮,李道宗出来相迎。秦怀玉一见李道宗大喜,命左右:"与我拿下!"王爷说:"为何前来拿我?"驸马说:"圣上在教场,命吾来请你去商议。"竟带了李道宗,出了王府,直往教场而来。那个倒运的张仁,看见王爷被带去,也跟到教场内来了。程咬金一见大喜说:"贤侄之功不小,救了老夫性命。"天子同元帅在演武厅,仁贵一见李道宗身边的张仁,就是假传圣旨的,命左右:"速拿李王爷身边长大汉子、大顶凉帽的人。"左右一声答应，忙将张仁拿上将台。薛元帅奏道："假传圣旨，哄进长安，骗入王府，都是这人，望圣上必须究问。"天子道："你叫什么名字，为何把元帅骗入长安？此节事情你从头讲来。说得不明，取刀伺候。"张仁吓得魂不在身，口中说道："没有此事，小人从来不认得元帅，冤枉的。"元帅奏说："不用刑法，焉能得招？"天子传旨："取箍头带上！"张仁一上脑箍，口中大叫说："小人愿招。小人是张娘娘赠嫁，来到王府，蒙王爷另眼相待。后来太爷父子都被元帅斩首，娘娘十分怨恨，用计假传圣旨，将元帅召进，用酒灌醉，抬入郡主宫中。郡主畏羞，撞阶而死。求圣恩饶小人狗命。"天子听了，龙颜大怒，说："有这等事！倒害了元帅三年受苦，朕悔无及。"命指挥斩首报来。一声答应，将张仁绑出法场斩首。又传旨将张妃白绫绞死。圣上再对薛仁贵说："元帅如今屈事已清，张仁处斩，张妃绞死。但皇叔年纪老了，作事糊涂，倒害了御妹，如今又无世子，看朕之面，免其一死。"薛仁贵说："只要万岁心下明白，晓得臣冤屈，也就罢了。"程咬金听得说："不好，不好。仁贵做了王位，尚且被他算计，死中得活；想起来我乃是国公，也被他算计，就当不起了，必须斩草除根为妙。"忙上奏道："皇叔不死，元帅征西恐不肯尽命去拿苏宝同。"皇上听得此言，心想："朕深恨番邦，要活拿苏贼。如元帅不肯用心，如之奈何？"只得说："王兄所言不差，但天子无有杀皇叔之理。"程咬金说："这不难，如今诈将皇叔放入瓮中闷死。待今日起了兵，明日差人暗暗放他出来，岂不公私两全？"圣上说："如今哪里得有一个大瓮来？"咬金说："长安城中有一古寺叫玄明寺，大殿上有一口大钟，倒也宽大，将皇叔放在当中。"圣上就依议。程咬金谢了恩，带了李道宗，竟到玄明寺。看了那大殿上是汉铸的一口钟，倒在地下，钟架子是烂掉了。叫许多军士将钟抬起，请皇叔坐在当中。李道宗懊悔，不该听了张妃。如今是奉旨的，倘皇天有眼，等他去了，还有一条生路，只听天而已。军士看见皇叔坐定，将钟罩皇叔在内。咬金吩咐取干柴过来，放在钟边，四面烧起。军士果然拿火来烧，李道宗在内大叫："程老头儿，这个使不得的！"凭你喊破喉咙，外面只做听不见。顿时烧死，竟来到教场复旨说："皇叔恶贯满盈，忽天降大火，将殿宇烧坏，皇叔竟烧死在殿内。"天子听了，也无可奈何，命户部将玄明寺大殿修好。

再讲元帅祭了大旗，皇上御奠三杯。元帅祭旗已毕，吩咐放炮拔营，是弓上弦、刀出鞘。有文官同殿下李治,送父皇起程。传旨:"皇儿不必远送,文武各回衙署理事。"殿下谢了父皇,回转长安。那些人马,离了长安,竟望西凉进发,好不威声震耳。家家下闼①,户户闭门。正是:

太宗在位二十年,风调雨顺太平安。迷王麾下苏元帅,差来番使到中原。辱骂贞观天子帝,今日出兵往西行。剑戟刀枪寒森森,旗幡五色鬼神钦。金盔银铠霞光见,洁白龙驹是端飞。年老功臣多厉害,此番杀尽西番兵。

若要看征西如何,且看下回分解。

第 八 回
一路上旗开得胜　秦怀玉枪挑连度

再讲大唐人马,旌旗烈烈,号带飘扬,正往陕西大路而行。前去征西平番,不比扫北征东,所以御驾亲征。大队兵马行过了宁夏、甘肃一带地方,出了玉门关,过了瀚海,一路都是沙漠之地,来到界牌关。界牌关外五百里是西凉国地方,人烟稀少。此处划有江界,若是大唐人马到来,必须要穿过宁夏,过了玉门关,然后到西鞑靼地方。前日贞观天子将杨魁斩了,随来的使命飞奔锁阳城,报与苏宝同,早已防备的了。各关守将日夜当心,差小番儿探马远远打听。

界牌关有一位镇守总兵,此人姓黑名连度,其人身长一丈,头大如斗,膀阔腰圆,一张朱砂脸,面短腮阔,眼如铜铃,腮下一连鬓红须,两臂有千斤之力。他上阵用一柄九连环大刀,重一百二十斤,其人厉害不过。他正在私衙与偏将们讲:"国舅批战书到中原,被大唐天子将使臣斩了。国舅知道大怒,要起人马取唐天下,要报父母之仇,早晚必有厮杀一番。"忽有小番见报进来了,说:"不好了,启平章爷,小番打听得南朝圣主,御驾亲征,带了大兵三十万,有平辽王薛仁贵为元帅,前部先锋驸马秦怀玉,左右先行有战将数员,底下合营总兵官,前来攻打界牌关。"黑连度听了大笑

---

① 下闼(tà)——关门。

说:"方才在这里讲,国舅出兵欲取中原,谁知他们来送死。可打听明白了?"小番道:"在玉门关打听明白的。"问:"离关有多少路?"答:"头站先锋出玉门关,快到了。""速去打听!""是。"诸将连忙问道:"大老爷,南朝兵马到来,何以这等大笑呀?""诸位将军,国舅欲取中原花花世界,所以前日打战书与大唐君主,他反将使臣杀了,国舅大怒,奏知狼主。狼主怒甚,命国舅起兵,不料他倒出兵前来。亦算狼主洪福齐天,大唐天下该绝的了。仁贵为帅,他是火头军①,有什么本事? 盖苏文堕其术中,他征东容易,看来如今征西颇难。我邦元帅厉害,乾坤一定是我狼主的了。"众将道:"何以见得?"连度道:"今唐朝所靠仁贵本事,只道西番没有能人,所以御驾亲征,领兵前来征战。他远不晓得西番狼主驾前,都是英雄豪杰,何惧仁贵、秦怀玉? 待唐兵到来,必然攻打界牌关。本镇出去活擒唐将,以献国舅,岂不是本镇之功!"诸将大喜,叫声:"平章爷,这个关头全靠你。小将们回衙,操演人马,早晚必有一番厮杀。"不说这个花智、鲁遂、不花等告别回衙,各自小心去料理。那黑连度吩咐把都总:"关上多加火炮、灰瓶、石子、强弓、弩箭,若唐兵一到,即来报我,紧守关头为要紧。"

再说大唐先锋秦怀玉领了一万人马,从陕西、宁夏、甘肃一带地方出了玉门关。有军士报说:"启上驸马爷,前面是界牌关了。"问:"还有多少路?"说:"离关十里。"吩咐放炮安营,说:"军士们过来,打听大兵一到,速来报我。"领命前去。如今要说大唐天子统带大队人马,过了玉门关,一路西来,早有驸马秦怀玉相接,说:"小将在此接候龙驾、帅爷。前面就是界牌关,不敢抗违帅爷将命,扎营在此。"薛仁贵说:"驸马辛苦了,听了本帅之命,马到成功,西辽可定。"吩咐大小三军扎了营寨,忙进御营。天子说:"薛爱卿,前日宣召八位总兵曾到否?"薛仁贵奏道:"前蒙圣恩,闻报离了山西,早晚必到。"话未了,外面报进说:"周青等八位总兵见驾。"天子大悦,吩咐宣进来。周青等跪下,奏说:"周青同兄弟七人朝见。"天子说道:"八位总兵在此保驾。"即谢了恩,立在旁边。传命拔营,进兵攻关。放炮三声,安下营齐进。

又说关里小番报进:"启平章爷,唐兵已到关下了。"黑连度说:"方才

---

① 火头军——近代小说戏曲中称军队中的炊事员,常用作戏谑的话。

第八回　一路上旗开得胜　秦怀玉枪挑连度

关外放炮之声,想必唐兵到了安营。若然有唐将讨战,前来报我。"番儿得命,在关上观望。再说唐营元帅问:"哪一位将军出去讨战?"闪出先锋秦怀玉说:"小将出去讨战。"元帅大喜说:"西番鞑子,甚是厉害,第一关开头,须要取他之胜,才算得唐将英勇。"又令:"驸马出去,必定成功。命尉迟宝林、宝庆兄弟二人为左右翼。若驸马胜了番将,你二人乘势抢关。""得令。"秦怀玉骑上呼雷豹,手执提罗枪,挂铜悬鞭,顶盔贯甲。一声炮响,大开营门。尉迟弟兄也结束①停当,随了秦怀玉,金鼓声响,豁喇喇豁喇喇一直冲到关下。小番兵看见,好一个唐将,乱箭纷纷地射下来。秦怀玉扣住马说:"关上的,快报与主将得知,唐朝天兵到了,天子御驾亲征,叫他早出关投降。"秦怀玉关下大叫,早有小番报进:"启平章爷,南朝蛮子在关外讨战。"黑连度听报,传令:"诸将大小三军,同本镇出关,杀那唐兵片甲不回。""得令!"黑连度脱了袍服,顶好盔,穿了甲,拿了刀,上马出了总府衙门,来到关上。往下一瞧,唔呀!好一个蛮子!但见他头顶闹龙银盔,身穿索子黄金甲,面如银盆,三绺长须飘扬脑后,左悬弓,右插箭,坐下呼雷豹,好不威风。远远有二员恶相的唐将在后面。黑连度吩咐把都儿,发炮开关。一个鞑子,往吊桥直冲下来。见他头顶双凤翅金盔,斗大红缨,面如红砂,狮子口,大鼻子,朱砂脸,一双怪眼,短短一面连鬓胡子;身上穿一领猩猩血染大红袍,外罩龙鳞红铜铠,左悬弓,右插箭,手执一柄九连环大刀,坐下一匹乌昏点子马,直奔阵前,把刀一起。秦怀玉提罗枪嘎嘟一声架定,说道:"那守关将留下名来。"连度道:"唔,你要问本镇之名么?俺乃西凉国驾下红袍大力子、国舅大元帅苏麾下,加封镇守界牌关总兵大将军黑连度。你可晓得本镇的刀法厉害么?"秦怀玉说:"不晓得你无名之辈。今天兵已到,把你们一国蝼蚁杀个尽尽绝绝,何在乎你这胡儿霸住界牌关,阻大兵去路。顺吾者生,挡路者死,快快献关,方免一死。若有一声不肯,那时死在秦爷枪头之上,悔之晚矣。"黑连度大怒,喝道:"你这狗蛮子,有多大本事,如此夸强么!俺不斩无名之将,通下名来,俺家好斩你。"秦先锋说:"你要问爷之名么?洗耳恭听!吾乃大唐驸马,大元帅薛麾下,加封护国公保驾大将军、前部先锋,姓秦名怀玉。难道不闻得秦驸马之名么?"黑连度哈哈大笑说:"原来就是秦琼之子,我也

————————
①　结束——装束。

晓得中原有你之名,到西凉就不足奇。唐主尚要活捉,何况你这狗蛮子。"秦怀玉说:"休得多言,招秦爷枪罢。"枪一起,直往黑连度面门刺来。不知后事如何,且看下回分解。

第 九 回
界牌关驸马立功　金霞关尉迟逞能

　　黑连度把手中大刀噶喇叮当运转几刀,战到二十几个回合。怀玉这条提罗枪,神出鬼没,阴手接来阳手发,阳手接来阴手发,迎开些,挡开去,抬开去,返转刀来,左插花,右插花,苏秦背剑,月里穿梭,双龙入海,二凤穿花,左上右落,却砍个不住。他二人战到四十个回合并无高下,黑连度大喊一声:"诸将,快与我上前擒捉秦怀玉。"众将齐声赶到,花智、鲁逵、不花数十员将官,一齐上前,围住秦怀玉。唐将尉迟兄弟,二马冲到阵前,叫声:"驸马,休得着忙,兄弟来助战。"秦怀玉见二人来到,方得放心。黑连度提刀就砍宝林,宝林急架相迎,敌住黑连度。宝庆把数员番将尽皆杀散,番兵死了大半。单有黑连度一口大刀厉害,战住秦怀玉、尉迟宝林二人,见个雌雄,一场好杀,三将战到又四十冲锋①,黑连度刀法渐渐松下来,回头看那自家兵将多被宝庆杀死,好不慌张,却被秦怀玉一枪兜咽喉刺来,叫声:"呵呀!我命休矣!"要招架来不及了,只得把头偏一偏,肩膀上中了一枪,大叫一声带马就走。宝林纵一步,马上叫声:"哪里走!"提起竹节钢鞭,夹背心儿一击。黑连度大喊一声,口吐鲜血,马上坐立不稳,被秦怀玉兜心一枪,跌下马来;复一枪结果了性命。吩咐:"军士取了首级,快抢关哩!"喝叫得一声:"抢关!"秦怀玉一马先冲上了吊桥,宝林、宝庆兄弟二人,把枪一招说:"诸位将军,快抢吊桥!"有周青、薛贤徒、姜兴霸、李庆红、周文、周武、王心溪、王心鹤八位总兵官,上马提刀,抢过了吊桥。那些小番儿闭关不及,却被秦怀玉一枪一个,宝林兄弟同众将挥刀乱砍、斧劈的、枪挑的,杀死不计其数。杀进帅府,查盘钱粮国库。粮食丰

---

①　冲锋——即回合。

第九回　界牌关驸马立功　金霞关尉迟逞能

盈,仓廒①充足。遂请关外大元帅同贞观天子、大小三军陆续进关。百姓香花灯烛,挂灯结彩,迎接天子。又将银钱粮草开清在簿,送上元帅。怀玉、宝林兄弟上前奏道:"小将们杀退了番奴,已得关了,钱粮开写明白,献上元帅。奏请缴令。"薛仁贵说:"三位贤弟取了界牌关,西辽丧胆,其功不小,果称英雄!"太宗大悦:"王儿、御侄,真乃将门之子,比秦王兄、尉迟王兄更狠。"传旨:"整办御筵,庆贺功劳。"一宵过了。明日清晨在关上打起大唐旗号,养马三日。如今发炮抬营,三军如猛虎,众将似天神,离了界牌关,一路往前。人马向金霞关进发,探马打听失了界牌关,飞报进关去了。行兵三日,地广人稀,青草不生。又行三日,来到关外,将人马扎住。后队大元帅人马已到,吩咐安营。放炮三声,安下营寨。

再说金霞关守将名唤忽尔迷,身长一丈,头如笆斗,面如蓝靛,发如朱砂,颔下黄须,力大无穷,镇守金霞关。这一日升堂,有小番报进:"界牌关被大唐打破,夺取关头,黑平章阵亡。现有败将把都儿在外。"忽尔迷闻说界牌关失了,大惊说:"快宣进来。"把都儿走进跪下说:"大老爷,不好了!大唐兵将实为骁勇,界牌关打破,不日兵到金霞关了。"忽尔迷一听此言,吓得胆战心惊,说:"本镇知道,速去锁阳城报与苏元帅知道,早早救援。"吩咐:"关头上多加石子、灰瓶、炮石、弓弩、旗箭,小心保守。大唐兵将到来讨战,报与本镇。"

再说关外元帅升帐,聚齐众将两旁听令。尉迟宝林披挂上帐,说:"启元帅,界牌关驸马立了头功。如今金霞关,待小将出马取此关头,以立微功。"仁贵说:"好贤弟,此言真乃英雄,但要小心。"怀玉听了,说:"启知元帅,界牌多亏了二位贤弟助战,取这关头,今日还是我去,枪挑番将。"元帅说:"将令已出,驸马可去押阵接应。""得令!"尉迟宝林顶盔贯甲,挂剑悬鞭,提枪上马,带领军士冲出营门,来到关前大喝一声:"咄!关上的,快报与关主知道,今南朝圣驾亲征,前来破番,要杀尽你这班胡儿。界牌关已破,早早出来受死。"一声大叫,关上小番听了,进来报道:"启爷,关外大唐人马已到,有将讨战。"忽尔迷闻报,忙取盔甲,上马提刀,披挂结束,打扮停当。带过马跨上雕鞍,提刀出府,来到关前,吩咐开关。轰隆一声炮响,大开关门,放下吊桥,一字摆开,豁喇喇一马冲出。宝林抬头一看,此将甚是凶恶。你看他怎生打扮?头戴红缨亮铁盔,身披

---

① 仓廒(áo)——贮藏粮食等的仓库。

龙麟铁甲,面如蓝靛,发如朱砂,眼如铜铃,两耳招风,一脸黄须;坐下一骑红鬃马,大刀一挥光闪烁,枪刀双起响叮当,喝声似霹雳。宝林大叫道:"哪来的胡儿羯①狗,通下名来。"忽尔迷只说:"你要问魔家的名么?俺乃红毛大力子、苏元帅麾下,加封镇守金霞关大将军,忽尔迷便是。"宝林说:"看你这尽是西辽羯狗,今日天兵已到,不思迎接献关,反阻抗天兵去路,分明活得不耐烦了!"忽尔迷大怒,也不问姓名,提起刀来,向宝林头上劈将下来。宝林叫声:"来得好!"把枪噶啷一声,便一枭。忽尔迷即喊声:"不好了。"在马上一仰。宝林把手中枪紧一紧,一枪当心刺进来。忽尔迷避闪不及,枪中前心,将身一仰,跌下马去,复一枪刺死。宝林吩咐诸将抢关,叫得一声"抢关",一骑马先冲上去了。秦怀玉在那儿押阵,见宝林刺了番将,急把枪一招,说声:"诸将军快去抢关!"麾下尉迟宝庆、周青、王心溪、王心鹤、李庆红、姜兴霸,这六骑人马带三军将士从后赶来。宝林赶上吊桥,小番扯也来不及了,忙发狼牙箭如雨点,被宝林用枪拨开,从箭中赶近刺了几个小番,一拥赶上。诸将也过了吊桥,六骑人马杀进关中,鼓声如雷,叫杀喧天。这关内偏将、正将、牙将们顶盔贯甲,上马提刀,前来抵敌。宝林兄弟两条枪好不了得,来一个,刺一个;来一对,挑一双。这番兵都被杀伤。周青使动铁剑,说:"胡狗儿,快来受死!"番兵逃走不得,尽被杀死。尉迟宝庆、王心溪等,提大刀杀人如切菜。进入帅府,盘查钱粮,迎请唐朝大元帅,同天子及御军进关。宝林上前启奏,说:"小将缴令。"元帅说:"贤弟,取此关头,其功不小。"天子说:"御侄,少年扫北,本领还与秦驸马一样。"立即传旨在帅府设宴驾功,称赏恩犒。

次日清晨,把西辽旗号去了,换了大唐旗号。养马三日,放炮起行。三军浩浩荡荡,行兵三日,往接天关进发。来到关外,人马扎住。后队大元帅人马已到,吩咐离关十里安营。有尉迟宝庆上前说道:"驸马与哥哥取了二关,今接天关,元帅且慢安营,待小将走马去取关,先开一阵。倘挑了番将,就此冲进关门,马到成功,岂不为美?若不能取胜,安营未迟。"秦怀玉说:"此处番将厉害,我自去罢。"尉迟宝庆说:"驸马何轻视我。我枪法厉害,未曾与朝廷出力,此关定要让小将去破。"元帅说:"将军若果然要去,必须小心,待本帅与你押阵。靠着陛下洪福,将军胜了番将,本帅

---

① 羯(jié)——我国古代民族,匈奴的一个别支。这里泛指少数民族。

领人马冲进关中,也是你之功劳。""得令!"头盔贯甲,挂铜悬鞭,上了乌骓马。把马一催,来到关前,大喝一声:"守关的快报进去,说天兵到了,速速献关。若有半言阻抗,本将军要攻关了。"不知宝庆如何胜得番将,且看下回分解。

第 十 回
空城计君臣受困　宝同一困锁阳城

不讲外面宝庆攻关,且说小番报进来了:"启总爷,大唐人马已到,有蛮子讨战。"总爷大惊道:"中原人马几时到的?可曾安营么?""启上平章爷,才到,不曾扎营,走马端枪讨战。"总爷说道:"连取二关,又要取接天关。"吩咐带马过来。结束停当,挂剑悬鞭,手执狼牙棒,带领众把都儿,一声炮响,大开关门,一马当先,冲过吊桥。宝庆抬头一看,原来是一员恶将,十分凶脸。怎生打扮?头戴一顶四凤双龙亮铁盔,身穿锁子黄金甲,手执惯使狼牙棒,坐下一匹千里银驹马。好一位鞑子番将!直到阵前。宝庆大喝一声:"呔!来的胡儿住马,可通下名来。"总爷把棒一起,噶喇架定说:"你要问魔家名么?对你说:我乃镇守接天关总兵段九成便是。可晓得本将军厉害么?还不速退,休来纳命。"宝庆便把枪直刺过来;段九成把棒一架,回手就是一棒,喝声"招打"!当头向顶梁上盖打将下来,好厉害!果然泰山一般。宝庆把枪往上一挡,噶喇一声响,架开在旁,回手一枪,正中咽喉,跌下马来,死于非命。小番儿见主将已死,晓得金霞关内杀得厉害,大喊一声,各自逃生,往锁阳城去了。元帅好不快意,领人马随宝庆杀进关去了,一卒皆无,一齐到总府驻扎。宝庆进帐缴令,勇力取关,朝廷大悦,说:"其功非小,御侄英雄更胜父兄,果然是将门之子。"宝庆见朝廷赞他,好不快乐。即传令改换大唐旗号,盘查国库钱粮,养马三日。元帅与军师商议取锁阳城,此话不表。

再言锁阳城,乃西辽大地方,人烟稠密之处,周围百里,三关十门。元帅苏宝同镇守,帐下有雄兵十万,战将千员。他是苏定方之孙,苏凤之子,都是罗通扫北,将他父亲杀死,逃走了苏凤,投在西凉国招为驸马,其姊纳为皇后。苏宝同幼年投师在金凤山李道符仙长门下学法,练就九口飞刀、飞镖三柄,一纵长虹三千里,时时切齿要报祖父之仇。差官打战书到中原,不料唐主斩了差使,苏宝同闻报大怒,正欲兴兵夺取长安,不料唐主拜仁贵为帅,御驾亲征,又失了三关,告急文书飞报锁阳城。苏宝同大慌,忙请二位军师商议,你道这两个军师是哪一个?是扫北野马川李道人,名唤铁板道人。用一尺长、半寸阔铁打成的铁板,共有十二块,块块有符。要与他交战,念动真言,掣在空中,打将下来,要打为灰泥。身长一丈,头如笆斗,眼似铜铃,尖嘴大鼻,颔下红胡根如铁线,惯用孤定剑。当年被尉迟恭杀败,在西凉投在苏宝同帐下,拜为军师。另一僧乃敖来国出身,名唤飞钹禅师,用两副金钹,与人交战,掣在空中,打将下来,头儿打得粉碎。自称西天活佛,身长不满四尺,阔倒有三尺,相貌不扬,似石敢当。这二位合得投机,都在元帅帐下。闻得元帅相请,二位来到帅府,见了宝同,主客坐定。铁板道人说:"不知帅爷唤吾二人到来何干?"宝同说:"二位军师有所不知,本帅欲取中原,报祖父之仇。不料唐主拜薛蛮子为帅,兴兵前来,征伐西凉。前日小番来报,已夺了三关,不日来攻锁阳城。吾与军师商议,今唐兵到来,必要一网而擒,拿住唐王活捉薛蛮子。然后反兵杀上长安,夺了中原国位,狼主为君,将罗家满门抄灭,方称吾心。不知二位军师有何妙计与本帅雪恨?"飞钹禅师与铁板道人道:"只要我二人略施小计,管教唐兵百万一网打尽,钱粮兵马尽归我邦,唐朝君臣尽将诛戮,直上长安,狼主身登龙位,帅爷十大功劳,可以报仇雪恨。"苏宝同一听此言,欢喜大悦,开言说:"二位军师有何妙计,早说与本帅知道。"铁板道人说:"一些①也不难。那薛仁贵遣将讨战,不必与他交战,现在元帅统领三军出城,退至寒江关,留此空城,这薛仁贵必赶进城来。只要一进城中,我们将百万雄兵把锁阳城团团围住,此时十门攻打,管教他外无救兵,内无粮草,插翅也难飞去,不出三月尽皆饥死。他若出城交战,帅爷弄起飞刀,吾二人相助,杀他片甲不留。能人亦难出营。然后慢慢攻打,岂不是拿唐皇如反掌矣。"元帅说:"军师计算甚高。"众将无不欢欣。传令大小儿郎官员等,尽搬到寒江关安营,把座城池调空。宝同同了二位军师、诸将,离却锁阳城,竟往寒江关居住。点齐数十万人马,暗中埋伏,专听合围城池,不

---

① 一些——方言,"一点儿"的意思。

第十回　空城计君臣受困　宝同一困锁阳城

许漏泄。

再说薛仁贵在接天关,传令发炮起行,夺取锁阳城。进兵几日,乃陆续都到了锁阳城。有探马报进,禀道:"启知元帅,前面就是锁阳城,但见城头上旌旗展荡,又无兵卒,大开城门,吊桥并不扯起,不知什么计策,故禀上元帅。"仁贵呼呼大笑道:"诸位将军,你们莫轻视此关,料此苏宝同无能,大开关门,兵卒全无,内中有计。今日圣驾征讨,谅无大事。你们大家须要小心进关,看他使何诡计?"那徐茂公开言道:"元帅,那苏宝同不出关门交战,竟带三军去了,留此空城,吾军兵马休要乱动,不可进关。不然又是征东三江越虎故事了。"程咬金叫声:"军师非也,我们的秦驸马并尉迟二位将军,英雄无敌,连夺三关,不用吹灰之力,锁阳之将难道不晓得么?决然是闻此威风,谅来不敢迎敌,所以弃城逃遁。就闻我老程之名,他亦胆战心惊,哪儿有什么计?分明怕我们,逃去了。"薛仁贵说道:"老千岁之言不差,他这班都是犬羊之辈,何足惧哉?闻我大唐天兵一到,他便望风而走。此关又非建都之地,怕什么!且入锁阳城,然后进兵取西辽,吾皇洪福齐天,西辽必定该灭。"吩咐大小三军开进城去。元帅一令,都往关内而走。军师徐茂公屈指一算,圣上该有几年灾难,将官有此一劫,天机不可预泄。元帅命尉迟宝林四处查点明白,恐防暗算奸计。盘查钱粮,原是允足,竟有数年之粮,百姓安顿如故。军师传令,军士先运粮草进关,然后请圣上进城。元帅诸将远远出城迎接天子进入关中,身登银銮宝殿。众臣朝参已毕。大元帅传令,把三十万人马,扎住营头。把十门紧闭,商议取寒江关。

再言苏宝同暗点人马探听,今见唐王君臣已进城中,四面号炮一起,有百万番兵围绕十门,齐扎营盘,共有十层皮帐。旗幡五色,霞光浩荡。吓得城上唐军急忙报入帅府,奏上万岁道:"不好了,城外有百万番兵,围住十门,密不透风。"吓得天子魂不在身,众大臣冷汗淋漓,分明上了空城之计。天子道:"薛王兄,这便如何是好?中了他们诡计了。这个城池有什么坚固,若他们攻打进来,岂不是要丧命。快快拨备人马出关,杀退辽兵,以见英雄。"仁贵说:"陛下,且往城上去看虚实。若果然厉害,再出主意。"圣上说:"有理。"同了军师、元帅、程咬金及众将上西城一看,围得重重,又杀气腾腾,枪刀威烈森森。唐主见了,心慌胆裂,诸大臣无不惊慌。

忽听得三声炮响,营头一乱,都说大元帅到了。这苏宝同又来围住西门,九门有能将九员,数百万雄兵,截住要路,凭你三头六臂,双翅能上腾云也难杀出辽营。如何是好,且看下回分解。

第十一回
苏宝同大战唐将　秦怀玉还铜身亡

　　不表城上君臣害怕,单表苏宝同全身披挂,坐马持刀,号炮一声,来到西城,两旁骁将千员,随后旗幡招展,思量就要攻打城池。忽抬头一看,见龙凤旗底下坐着唐天子。怎么打扮?头戴嵌宝九龙珍珠冠,面如银盆,两道长眉,一双龙目,两耳垂肩,颔下五绺花须长拖肚腹;身穿二龙戏水绛黄袍,腰围金镶碧玉带,下面城墙遮蔽看不明白,坐在九曲黄罗伞下,果然好福相。南有徐茂公;北有程咬金;还有一个头戴白银盔,身穿白绫显龙袍,三绺长须。苏宝同在城下高声大呼道:"城上的可就是朝廷李世民么?可晓得在木阳城听信罗通,将我祖父杀死。吾祖有功于朝。吾伯苏林又被罗通斩了,吾父苏凤被打四十,奔入西辽,生我兄妹二人。正欲兴兵到长安,不料天网恢恢,疏而不漏,今日已中我邦暗计,汝等君臣休想活命。快把罗蛮子送下来,万事全休,放你君臣回去。若不放出,休想回去。"这声喝叫,吓得天子毛骨悚然。薛仁贵、秦怀玉奏道:"万岁休要慌忙,待臣发兵出去,擒此苏贼。"圣上依言回帅府。

　　元帅来教场,聚集诸将,说:"如今苏宝同在城下猖狂,本帅起兵到此,未曾亲战。他口口声声要拿罗通,此情可恨。待本帅开关与他交战,立斩番将,方消此恨。"闪过先锋秦怀玉说:"元帅不可,待小将出去开兵。"元帅说:"驸马出城,待尉迟兄弟与你押阵。""得令!"怀玉顶盔贯甲,准备停当,吩咐放炮开城。金鼓一声,大开城门,一马冲先,来至阵前。抬头一看,见一员番将,十分厉害。他头戴凤翼盔,斗大红缨满天威,身穿青铜甲,内衬绿绫袍,绣金龙凤腰,左有宝雕弓,右插琅琊箭,坐下乌龙驹,四蹄蹬跑声如雷;左手提刀,右手抚三绺长须,果然是中原人物。苏宝同提刀一起,喝声:"蛮子,少催坐马,通下名来。"秦怀玉说:"我乃唐天子驸

第十一回　苏宝同大战唐将　秦怀玉还锏身亡

马,世袭护国公,大元帅薛仁贵帐下前部先锋秦怀玉便是。可知驸马爷枪法厉害么？还不速退,休来纳命①。"苏宝同哈哈大笑说："原来就是秦琼之子,大唐有你的名,本帅只道三头六臂,原来是一个狗蛮子。不要走,看本帅的刀法罢！"把刀一刺。秦怀玉拈起提罗枪串一串,噶喇一声响挡住,说："且慢了,我这条枪不刺无名之将,通名下来！"苏宝同说："本帅乃西辽国王驾下之舅,加封灭寇大元帅苏宝同便是。你君臣快投降吧。"秦怀玉说："原来就是你这逆子,你的祖父、伯父受唐朝厚恩,你却不忠反叛了。休要走！"一个月内穿梭,一枪刺来。苏宝同手持大砍刀,噶喇一声挡过去。一连几枪,都被苏宝同架在一旁,哪里肯让一毫。连转几刀,前后隔架。好刀法,秦怀玉亦架上手。彼此一场大战,鼓声如雷,炮声惊天,二人战了五十回合,马交五十个照面,杀个平手。宝同暗想："待我诈败下去,暗放飞刀伤他。"虚晃一刀,带转马就走。秦怀玉哪肯放松,把提罗枪押住,不容他放出飞刀,大叫一声："苏宝同,你乃堂堂汉子,不要暗器伤人,与你战几百合,分个胜负。"宝同兜起缰,又把手中刀一架,喝声："秦蛮子,难道本帅怕你不成？暗器伤人,非为英雄。你是中原驸马,我是西辽国舅;你晓得我刀法,我尽知你的枪势。英雄遇好汉！你后面所背的是何兵器？且看得毫光直透,耀日争辉。"秦怀玉叫一声："胡儿,你还不晓得么？此乃露骨昆仑锏。我父双锏,打成唐朝天下。灭十八路诸侯,归北征东,都是这两口宝锏。重一百二十四斤,外裹赤金六斤,共一百三十斤。你闻知也要丧胆,可晓得此厉害么？还不投降,休来送死。"宝同道："原来如此,我道是邪法,原来金妆锏放光。借我一观,未知肯否？"怀玉说："苏宝同,你要看吗？也罢,吾付你去看。"怀玉十分好心,忙向腰间解下,把双锏拿在手中,叫一声："苏宝同,你拿去看。"宝同接在手中,仔细一看,连声称赞说："好锏！果然名不虚传。吾父也曾说起此锏曾挡李元霸双锤。"越看越好,说声："秦蛮子,此锏送与我罢。"兜转就走。驸马看见,大叫："无信义的胡儿！不过借你去看,你倒骗了去,难道不还我不成？"把呼雷豹一拍,追上来了。那苏宝同听见"无信义"三字,呼呼冷笑说："秦怀玉,你好小器,本帅不过取笑,难道果然要你的不成,双锏在此还了你。"便把双锏抛在半空,叫声"秦怀玉收锏"！那时天数已定,怀玉

---

① 纳命——送命。

合该丧命。那秦驸马抬头一看,双铜跌将下来,光光打在面门,大叫一声:"嗄唷!"一跤跌下马来。苏宝同回马,正要取首级。尉迟弟兄正在那里掠阵,看见驸马落马,双马齐出,抢了尸首回来。可惜一双宝铜,失落沙场,被苏宝同得了。尉迟弟兄回城,吩咐军士紧闭城门,来见元帅。

　　元帅听知驸马还铜身亡,惊得魂不在身,大哭一声:"我那驸马啊!"众将劝住,忙报知天子说:"驸马与苏宝同大战,骗去宝铜,还铜身亡。"天子一听此言,哭倒龙床之上,叫声:"王儿,你为国身亡,十大功劳,麒麟阁上画影,五凤楼前标名①,必要活擒苏贼,以祭王儿。"龙目滔滔下泪。徐茂公开言说:"也是驸马命该绝数,望吾皇不必悲伤,有损龙体。"天子依言,传旨:"将驸马尸首御葬,文武戴孝三日,开丧祭奠。"秦梦闻知父亲阵亡,也大哭来见元帅,说:"吾父亲战死沙场,害在苏贼之手。侄儿愿做先锋,亲提人马,杀此苏贼。若不把冤仇相报,枉为人在世,望叔父早发兵马,让侄儿出城。若不杀此叛贼,侄儿情愿战死沙场,不回城来了。"仁贵听了说:"贤侄虽然猛勇,武艺精通,但年轻力小,不是苏贼对手。待吾另点别将,与你父报仇。"元帅传令:"点尉迟弟兄出城,杀那苏贼。""得令!"二将顶盔贯甲,提枪上马,一声炮响,开了城门,放下吊桥,来至阵前。宝同抬头一看,见来了二将,打扮甚奇,都是凶恶之相。面如锅底,扫帚眉,一部胡须,头戴乌金盔,双龙戏珠;身穿乌金甲,内衬玄色暗龙袍;左插弓,右插箭,腰间悬竹节钢鞭,手执乌缨枪,坐下乌龙驹。这尉迟弟兄冲将过来,宝同喝声:"呔!你这两个蛮子留下名来!"宝林说:"你要问某家之名么?吾乃大唐天子驾前虢国公,薛元帅麾下左右先行,尉迟宝林、宝庆弟兄便是。你前日将我邦秦驸马打死,今日奉元帅将令,特来取汝首级,与驸马报仇。好好下马受死,免爷爷动手。"苏宝同说:"前日秦蛮子何等厉害,尚然被本帅打死。何在乎你这两个蛮子?你在中原有你的本事,今到西凉,没有你的名字,不要走,招刀罢!"把大砍刀往头上砍下来。宝林把手中乌龙枪一架,只听得噶啷叮当。宝庆把手中蛇矛枪来助。苏宝同这口刀挡住两条枪,全不在心上。这两条枪也是厉害,上一枪禽鸟飞奔,下一枪山犬惊走;左一枪英雄死,右一枪大将亡。宝同这口刀也厉害,逼住

---

① 麒麟句——麒麟阁为汉代阁名,供奉功臣,后以此表示卓越功勋或最高荣誉。五凤楼为古楼名,后比喻能文之人。

了两条枪,往头顶面、两肋、胸膛、心窝就砍。正是:

三马冲锋各分高下,三人打仗各显输赢。大砍刀,刀光闪耀;两条枪,枪似蛟龙。他是个保西凉掌兵权第一元帅,怎惧你中原两个小蛮子?我乃扶唐室定社稷的二位大将,哪怕你番邦一个胡儿?炮响连天,惊得锦绣房中才子搁笔;响杀之声,吓得阁楼上佳人停针。宝林兄弟两条枪要挑倒灵天塔,苏宝同恨不能一刀劈破翠屏山。大砍刀如猛虎,乌龙枪似恶龙。

这三将不知胜败如何,且听下回分解。

第 十 二 回
尉迟弟兄遇飞刀　宝同大战薛仁贵

前言不表,再说苏宝同这把刀,哪里挡得住两员大将的枪?战了四十回合,实在来不得了。心想倘一时失错,被他伤了性命,不如先下手为强。他一手提刀在那里招架,一手掐定秘诀,背上有一个葫芦,他把葫芦盖揭开,口内念动真言,飞出两口柳叶飞刀,长有三寸,有蒜叶阔,伴有一丈青光耀眼。尉迟弟兄见了,还不知是什么东西,只听得一声响亮,犹如霹雳豁喇喇一响。那弟兄二人抬头一看,吓得魂不附体。只见两口飞刀,好似两条火龙一样。宝林、宝庆大叫一声:"我命休矣"! 忙把手中枪来挡,哪里挡得住。但听到喀哧一声,往顶门上斩将下来! 二人只把头偏得一偏,左膀子斩掉了,又一刀右膀子也斩掉了,又一刀斩掉了首级。三军大战,来抢尸首,被他挠钩搭去,将头号令。

苏宝同大胜,来到关前大骂说:"快快献出罗通,万事全休。若然不放出来,本帅杀进城中,踏为平地。"探子报进城中:"启元帅不好!尉迟二将被他飞刀斩死,又来讨战。请元帅爷定夺。"元帅一听此言,勃然大怒,说:"可惜二位将军死于飞刀之下。"吩咐:"抬戟备马,待本帅亲自出去,除此番贼。"闪出尉迟号怀放声大哭说:"二位哥哥死得惨啊!"轰隆一响,跌在地下,晕死过去了。吓得诸将魂儿不在,连忙扶起,大家流泪。仁贵泪如雨下,说:"贤弟,不必悲伤。待本帅与你二兄报仇。"号怀悠悠醒转,立起身来说:"我尉迟号怀今日不与二兄报仇,不要在阳间做人了。"

吩咐备马。元帅等俱挡不住他。跨上雕鞍,把鞭一抽,豁喇喇豁喇喇,一马冲出城去。元帅点起三千铁骑,一同出城。轰隆三声大炮,号怀来到阵前大骂:"狗胡儿,杀我二兄,今来报仇。"不问因由,劈面就是一枪,说:"你把我二兄乱刀斩死,我与你势不两立。三爷挑你前心后透,方解我胸中之恨。招枪罢!"飕的一枪,劈面门挑进来。苏宝同呼呼冷笑,说道:"乳臭小儿,也来送死。可怜佛也糊涂。也罢!"把手中大刀,噶啷一声响,架在旁首,马上交锋,逞起英雄。闪背回来,宝同把刀一起,往着号怀头上砍将下来。号怀闪在一旁。二人在沙场上,战到三十回合,难胜号怀。苏宝同暗想:"唐朝来的将官,多是能人。这人年轻,本事倒高。不免诈败下去,用飞刀伤了他。"算计已定,兜转马,把刀虚晃一晃,叫声:"小蛮子,果然凶勇,本帅不是你对手,我去休得来追。"带转丝缰,往营前就走。号怀叫声:"胡儿哪里走"!正待要追,只听得城外鸣金。号怀听得:"元帅要我回军。也罢!不与二兄报仇,要这性命何用?如今违令了。"把马一拍,随后追上来。宝同又将柳叶飞刀来伤号怀。号怀一见,魂飞魄散,大叫:"二位哥哥,兄弟不能与你报仇了。"说罢,放声大哭。合当有救,韦驮天尊①在云端,看见苏宝同飞刀要斩号怀,知他后来要与唐天子代主出家,佛门弟子不该死于飞刀之下。使佛力把降魔棒一指,即时飞刀不见了,依旧云开见日,苏宝同大惊说:"这飞刀哪里去了?"叫声:"狗蛮子,本帅的飞刀,被你一阵哭不知哭到哪里去了,还我的宝刀来!"尉迟号怀抬头一看,果然不见了飞刀,心中暗暗称奇,连自己也不信,开言叫一声:"胡儿,本将军自有神通,哪怕你飞刀,快快下马受死。"苏宝同说:"休得胡言,看宝贝!"只听得一声响亮,又是一口飞刀下来了。天尊又把降魔棒一指,飞刀又不见了。一连三起飞刀,弄得无影无踪。那苏宝同慌张,心中一想:"我九口飞刀,连失三口。如若再放,依然杳去,便怎么处?没有了飞刀,怎报得杀父之仇?倘有疏忽,前功尽弃。也罢!如今且自回营,另寻妙计,杀退唐兵。"主意已定,传令鸣金收军,兜转丝缰,回马就走。尉迟号怀飞马追赶。只听得空中大叫一声说:"尉迟将军,你快快收兵,莫可恋战。若追赶苏宝同,性命难保。"尉迟号怀抬头一看,见空

---

① 韦驮天尊——佛教天神名。为南方增长天王的八大神将之一,佛教列之为护法神。

第十二回　尉迟弟兄遇飞刀　宝同大战薛仁贵

中有金甲尊神,手中提着降魔棒,立在云端。"嗄!我晓得了,方才救我的是这尊神仙。"不免望空拜谢。只见天尊冉冉往西而去。尉迟号怀收兵进城,来见元帅缴令。贞观天子传旨:"将二位将军衣冠埋葬,必要剿灭西凉,方雪朕恨。"又说:"连失三员大将,叫寡人寸心不忍。"仁贵道:"龙心暂安,臣明日发兵出城,擒此番将。"天子说:"元帅出去,须得小心。征西凉全靠你,不要失着与他。""这个自然。"

不表君臣商议,再言次日探子报进说:"帅爷,苏宝同又在城外讨战。"薛元帅闻报大怒,连忙打扮,结束停当。八位总兵官及程铁牛、秦梦、段仁、王宗一、尉迟号怀等进帐说:"元帅出城破贼,小将们愿同往。"仁贵说:"诸位将军兄弟们,今日本帅第一遭出阵,有八位总兵在此,不劳诸位将军去得。"众将说:"说哪里话来,元帅出阵,末将随去听用。"说:"这个不消,在城中保驾。""是。"元帅上了赛风驹,发炮三声,城门大开,鼓噪如雷,二十四面大红蜈蚣旗左右一分,冲出城来。你道他怎生打扮?但见头戴一顶亮银盔,二翅冲霞双龙蟠顶;身穿一件银丝铠,鸳鸯护心镜,内衬暗龙袍;背插四杆白绫旗,左边悬下宝雕弓,右首插几支狼牙箭,腰挂打将白虎鞭,坐下一匹赛风驹,手执画杆方天戟,后面白旗大字"招讨元帅本姓薛"。那薛仁贵来到阵前,抬头一看,但见苏宝同怎生模样?他头戴一顶青铜盔,高挑雉鸡尾两边分,白面颔下微须;身穿一件青铜甲,砌就龙鳞五色,甲内衬一领柳绿蟒,绣成龙凤,二龙戏珠前后护心;背挂葫芦,暗藏飞刀,插箭杆旗四面,左边挂弓,右边挂箭,足踏虎头靴,踹上一骑白龙驹,手托大砍刀,后面扯一面大旗,上写"灭寇大元帅苏",果然来得威风。仁贵把马住说:"呔!你这番将可就是苏宝同么?"说:"然也。既晓得本帅大名,何不早早自刎,献首级过来。"仁贵呼呼冷笑,叫:"苏贼!你乃一个无名小卒,擅敢伤我邦三员大将。本帅不来罪你,你又在关前耀武扬威。今日逢着本帅,要与三将报仇,难道不闻我这画杆方天戟厉害?好在用你祭我戟,也不为奇。不如卸甲投唐,等我主将你慢慢斩首挖心,以祭驸马、二位尉迟爵主。若有半句不肯,本帅就要动手。"苏宝同大怒说:"你口出大言,敢就是什么薛元帅薛仁贵么?""既晓得本帅之名,何不下马受缚。"苏宝同说:"薛蛮子,你不晓得我与大唐不共戴天,杀父之仇,恨得切齿。我也晓得你的本事不丑,今日将你一刀斩为几段,快放马来。"把大砍刀双手往上一举,喝一声:"薛仁贵,招我的刀罢!"把这一刀往仁贵顶梁上砍将下来。仁贵说声："来得好！"把画杆方天戟往刀上噶啷这一枭，刀反往自己头上绷转来了，说："嗄唷，果然名不虚传，好厉害的薛蛮子。"豁喇冲锋过去，又转过战马来。苏宝同刀起，咔一声，往着仁贵又砍将下来。仁贵把戟枭在一旁，还转戟往着苏宝同前心刺将过来。这宝同说声："来得好！"把大砍刀往戟上噶啷这一抬，仁贵两臂震一震说："嗄唷！今遇这苏贼抬得住我戟，果然有些本事。"马打交锋过去，英雄闪背回来。仁贵又捣一戟过去，宝同又架在一边，二人大战沙场，不分胜负。正是棋逢敌手，将遇良才。二人大战有四十回合，正是石将军遇了铁将军，不见输赢。又战了十合，杀得宝同呼呼喘气，马仰人慌，刀法甚乱，汗流脊背，两臂酸麻。"嗄唷！厉害的薛蛮子。"招架不住，带战马就走。仁贵不舍，随后追来。天子同了军师、程咬金在城上看见元帅得胜，天子大悦，对徐茂公说："军师，你看元帅得胜了，果然杀得苏贼大败。"盼咐三军擂鼓。听得战鼓擂动，仁贵不得不追。但不知性命如何，且听下回分解。

第 十 三 回
苏宝同九口飞刀　薛仁贵沙场受苦

　　话说苏宝同回头看见薛仁贵追上来，心中大喜，把葫芦盖拿开，口中念动真言，飞出柳叶飞刀，青光万道，直往薛仁贵顶上落将下来。这仁贵抬头一看，知是飞刀，连忙把戟按在判官头上，抽起震天弓，拿起穿云箭，搭在弦上，往飞刀上飕的一箭，射将过去。只听得豁喇一声响，三寸飞刀化作青光，散在四面去了。吓得苏宝同魂不附体，"啊呀！你敢破我的法宝"。飕飕飕，一连发出五口飞刀，阵面上俱是紫青光。仁贵手忙脚乱。当年九天玄女娘娘①曾对他说："有一口飞刀射一支箭。"前年在魔天岭失了一支，现只存得四支。如今他连发五口飞刀，就有五支箭，也难齐射上。所以暗自着急说："啊呀！我命休矣！"无法可躲，只得一把拿起三支穿云

---

① 九天玄女娘娘——古代神话中的女神，后为道教所信奉。《黄帝内传》说他为黄帝之师，曾助黄帝破蚩尤。

第十三回　苏宝同九口飞刀　薛仁贵沙场受苦

箭,往青光中一撒,只听得括拉拉连响数声,青光飞刀尽皆不见。四条箭原在半空中不落下来,仁贵把手一招,四条箭落在手中,将来藏好。那边苏宝同见破了飞刀,魂不在身:"嗄唷,罢了,罢了。本帅受李道符大仙炼就之刀,你敢弄些邪术来破,与你势不两立!"只得把腰间飞镖祭起,雷鸣电闪,日色天光,不辨东西南北。仁贵抬头一看,见影影绰绰好似那怪蟒一般,飞奔前来,张牙舞爪,要来吃人。仁贵十分慌张,忙将手中画戟招定飞镖,招架十分沉重,犹如泰山一般打将下来,招架不住,兜转丝缰往城下逃来了。那飞镖好不厉害,紧追紧赶,插翅腾云,也难躲避。追至吊桥边,打下来了。仁贵把头一偏,正打在左膀上。仁贵大叫一声,仰面一跤,跌下马来。周青等八员总兵看见元帅落马,一齐上前抢了主将,进入城中。苏宝同后面追来,这里发起狼牙,扯起吊桥。宝同看见箭发如雨,带了三军,只得回营。此话不表。

再言天子在城上看见仁贵落马,传旨鸣金收军,城上多加灰瓶、炮石、强弓、弩箭,紧守城门。军士将仁贵抬进帅府,安寝在床,连忙把衣甲卸下。哪晓仁贵昏迷不醒,只有一线气在胸中。周青、薛贤徒、周文、周武、姜兴霸、王心溪、王心鹤、李庆红等,急忙到殿前奏说此事。

天子大惊,同了徐茂公、程咬金前来看视。只见仁贵闭眼合口,面无血色,膀上伤痕,四周发紫。徐茂公说道:"吾主有福,若是中了飞刀,尸首不能完全。此镖乃仙家之物,毒药炼成。凡人若遇此镖,性命不能保全。今天元帅受此毒镖,还算上天有靠,不至伤命。"天子说:"先生又来了,见元帅这般疼痛,多凶少吉的了,还说什么'有靠',岂非是荒唐之言?"龙目滔滔下泪。徐茂公说:"陛下不必悲伤,臣昨夜观天象,主帅该当有血光之难,命是不绝的,少不得后来自有救星到临。目下凶星照耀,不能顷刻根除,只怕要三番死去,七次还魂,要等一年灾满,救星到了,自然病体脱险。此乃毒气追心,必须要割去皮肉,去此毒药,流出鲜血,方保无虞。"天子点头说:"先生所见不差。"来对仁贵道:"元帅,今日徐先生与你医治,你需要熬其痛苦,莫要高声大叫,有伤元神。"仁贵说:"承万岁厚恩,虽死不辞。"又叫:"先生,多谢你费心。"徐茂公说:"不敢,元帅且自宽心。"吩咐军士把战衣脱落,面孔朝床里。八人扶住,一人动手,拿一把小刀,连忙将紫肉细细割去,有二寸深,不见鲜血,多是黑炭的肉。天子问道:"为何不见血迹?"徐茂公说:"此镖乃七般毒药炼成,一进皮肤,吃尽人血,变成紫黑。必须再割一层,叫痛而止,见血而住,方能有命。"天子道:"先生,这叫元帅如何熬当得起?"军师道:"万岁,不妨事,决无妨害。"天子听言,把头一点,吩咐军士用心服侍,回说:"是。"细细割去三层皮肉,方才见鲜血流出来了。元帅大叫:"好疼痛呀!"擂床擂席,好不伤心。八个军士扶不住了。徐茂公说:"元帅且定了性儿,忍痛要紧。"那血不住放出来,仁贵悠悠晕去,又醒转来,对徐茂公说:"先生,如今再熬不起了,负了万岁洪恩,杀身难报,如今要去了。"大喊一声,两足一蹬,呜呼哀哉。天子看见身死,大哭,对徐茂公说:"啊呀!军师不好了,元帅气绝了呀!"徐茂公叫一声:"万岁,不妨。他疼痛难熬,故而死去,少不得醒转来的。"吩咐军校快将丹药敷好伤痕,不可惊动元帅。请万岁回宫,待他静养几日,少不得自能"还阳活命"。吩咐八位总兵小心看守。那周青等异姓骨肉,床前轮流服侍。天子无奈,同了军师回进宫中,心中忧闷。暂且不表。

另言薛仁贵阴魂渺渺出了锁阳城,身上却是轻快,跨上了赛风驹,手内执了方天戟,把马一拍,"待吾去杀此苏贼,报一镖之仇"。大叫:"苏贼,快出来纳命!"高声大骂,横冲直撞。杀到前边,抬头一看,见一座高城池,上写着"阴阳界"。只见牛头马面①侍立两旁;往城中仔细一看,城内阴气惨惨,怨雾腾腾,心内一想:"此是阴间地府世界,我要杀苏贼,如何到这里来?心中好不着急,回转去罢!"带转丝缰忙回旧路。只听得城中鼓声大震,冲出一彪人马,为首一将大叫:"薛仁贵,你要往哪里去?还我命来。你当初征东,我在海中求你,你不肯放松,至我一命身亡。我在此久等,各处寻你再遇不着,不道今日狭路相逢,你休想回去,定要报仇了。"仁贵抬头一看,见此人青皮脸,却原来是东辽国盖苏文,说:"我道是谁,原来是你。不要走!本帅要取你之命。"回转马来,开言叫声:"盖苏文,你本事低微,自来送死,今日如何怨我?可晓得本帅厉害么?"盖苏文听了大怒,把赤铜刀一起,说声:"招刀罢!"劈面门砍来。那仁贵不慌不忙,把手中画戟噶啷一声架在旁首,圈得马来,把手中方天戟向前心刺将进来。盖苏文把铜刀一招,招架过去。两下交锋,有二十回合。正是青龙与白虎战在一处,杀在一堆,并不见输赢。一连战到百余回合,盖苏文有些招挡不住,刀渐渐松下来。仁贵戟法原高,紧紧地刺将过来。盖苏文说

---

① 牛头马面——佛教中指阴曹地府的鬼卒。

声:"不好!"把赤铜刀往戟上噶啷啷啷一抬,这一抬险些跌下马来。仁贵抽出一条白虎鞭,喝声:"招打罢!"三尺长鞭手中亮一亮,倒有三尺长白光。这青龙星见白虎鞭来得厉害,说:"不好了!"连忙躲闪。只见白光在背上晃得一晃,痛入前心,口喷鲜血,把赤铜刀拖落,二膝一催,豁喇喇,豁喇喇,往城中好走哩。仁贵喝道:"往哪里走!"随后追赶,盖苏文进了城门,牛头马面将城门紧闭,军士一个也不见了。仁贵十分恼怒,开言说:"城上的听着,将盖苏文放出来。若不放出,本帅要攻城哩。"一声大叫,牛头马面忙下城来,开了城门说:"将军,我这里并不见什么盖苏文,不要在这里撒野。"仁贵大怒,一戟刺死了牛头马面,进了阴阳界内,必要寻盖苏文。哪里又寻着?追下去有数里,远远听得吆喝之声,只得走向前边。抬头一看,见一所巍巍大殿,上边匾额上写三个大字"森罗殿"。仁贵心中一想:森罗殿是阎君所居,不要管它,只寻盖苏文便了。来到殿上,只见阎君正坐宝殿,判断人间善恶。那崔判官立在东首,下面都是夜叉、小鬼、牛头、马面。丹墀①之下,跪着许多人犯,披枷戴锁,着实惨伤。都是生前造孽、忤逆不孝、瞒天昧地、使用假银、奸盗邪淫、不公不法之徒,正在那里发落。这些人犯也有打的、夹的,只听得叫苦连天。仁贵在下面看见,暗想说:"生前原要做好人,死后免受地狱之苦。"见他发落已完,正要上前去要盖苏义。不知有盖苏文否,且看下回分解。

第 十 四 回
薛仁贵魂游地府　孽镜台照出真形

诗曰:
　　梦魂追杀姓苏人,渺渺茫茫一路寻。
　　意马心猿忽见面,青龙白虎斗输赢。
　　闲话少讲,再言阎君天子发落已毕,抬头见了仁贵,说声:"将军哪里人?因何到此?乞道其详。"仁贵开言说:"阎君有所不知,本帅住在山西

---

① 丹墀(chí)——古时宫殿前的石阶,以红色涂饰,故名。

绛州龙门县,姓薛名礼,号仁贵。蒙贞观天子洪恩,跨海征东,救驾有功,封平辽王之职。今奉旨来征西凉,来到锁阳城,被逆贼苏宝同,二将飞刀伤我邦三员大将。圣上大怒,命本帅擒拿苏贼。不料又中飞镖,故此追杀苏贼。不想错走了路途,谁知遇盖苏文,方才与他大战。他力不能敌,败进阴阳界。我随后追来,无形无影无踪迹。故而来到宝殿,相烦将仇人盖苏文还与本帅,也好复旨。"阎君听了开言说:"薛大人,你还不知。盖苏文乃青龙星,上天降下来的,该有这番杀戮。本大王这里阴阳簿上,没有他的名姓,不在阴司。虽然光降,多多得罪。"仁贵大怒说:"阎君,你好欺人。他亡故多年,转世投胎,你也不知么?说什么'簿上无名'、'不是阴司该管'这些胡言。快快放出,万事全休。若再藏头露尾,本帅就要动手了。"阎君说:"将军息怒。"吩咐判官:"取阴阳簿过来,付与薛大人看。"那崔判官领命,忙将簿子送与仁贵。

仁贵接了一看,从前到后,果然没有姓盖的名字。仁贵说:"方才与他大战,追了阴司,难道就不在这里?此话哄谁?"阎君说:"将军但知其一,不知其二。本大王这里铁面无情,判断人间善恶,岂能徇私将人藏过来骗大人?委实不是我管,不在阴司地面。大人请回。"仁贵说:"他既然簿上无名,要这簿子何用?将火烧掉了罢。"阎君听了,遍身香汗直透,上前夺住道:"这使不得。本大王奉玉帝敕旨,掌管阴阳簿子。一日一夜,万死万生,生前行善造恶,都在这簿子上。大人若是毁了它,人间善恶不能明白,上不能复旨天庭,下不能发放酆①都地狱罪犯。此事断然使不得。逆犯天条,罪该不赦。大人还要三思。"仁贵说:"既然不容我毁阴阳簿子,只要还我盖苏文,我就不毁了。"大王听了呼呼笑道:"大人你既然要看,这不难,随我到孽镜台前,一看就明白了。但是还有一说,只许远观,不宜近看。大人阳寿未终,还该与朝廷建功立业。倘复还阳世,此事不可泄漏天机。本大王其罪不小了。"仁贵说:"这个自然。"

大王出殿上马,同仁贵来到孽镜台前。转轮大王吩咐鬼卒:"把关门开了,请大人观看。"鬼卒领法旨,忙把关开了。二位同上楼中。开了南窗一看,又是一个天朝了。分明是中原世界,桃红柳绿,锦绣江山,好看不

---

① 酆(fēng)都——道教七十二福地之一,以"鬼国都城"闻名,道教传说乃"阴曹地府"所在,在今重庆市丰都县。

过。大王说:"大人,你看西边尊府可见么?"仁贵仔细一看,果然一些也不差。但见平辽王府里面,二位夫人愁容满面坐在那里。旁边薛金莲手内拿着一本兵书,在那里看视。仁贵看了这般情景,放声大哭:"我那二位夫人啊,你终日望我得胜班师,不想受许多折磨,如今死在阴司,你如何晓得,如今再无团圆之日,也顾不得许多。也罢!"开言叫声:"老大王,但不知我圣上在哪里。"轮转大王叫一声:"薛大人,难得你忠心耿耿,思念朝廷,不恋家乡,实为可敬。随我到这里来。"吩咐开了西窗,便叫:"大人往西一带沙漠之地,就是当今天子了。"仁贵抬头一看,果然就是锁阳城。但只见天子愁容满面,军师徐茂公、鲁国公程咬金不开口立在旁边。主帅营中寂静无声,只见牙床上睡着一人。仁贵大惊说:"阎君大人,本帅营中床上睡一死尸,这是什么人?"大王说:"难道你忘了本来面目,睡的死尸就是将军。""嗄!原来就是我。这般说起来,我身已脱臭皮囊①,再不能回阳世了。我那圣上啊!今生休想见面了。"泪流不止。阎君说:"大人且免愁烦,方才本大王说过阳寿未终,少不得送大人还归旧路。"那仁贵忽然醒悟,开言说:"适才冒犯天颜,多多得罪,受我薛礼一拜。"大王连忙扶起说:"何出此言?大人不见责就好了,何必言谢。"仁贵满面惭愧,开言相求:"望老大王放吾还阳,还要保主征西,灭那苏贼。但不知秦驸马、尉迟二位将军,如今在哪里,待吾会他一会,可使得么?"大王说:"这不能。他天数已定,寿算已绝,如今已上天庭去了。本大王开东窗你看。"仁贵抬头一看,见楼台有数丈高,中间悬一面大镜子,上写着"孽镜台"三字,望着镜子里面看去,别有一番世界。龙楼凤阁,仙鹤、仙鹿成群,内中也有牛头、马面、判官、小鬼许多在那里。看到半边好作怪,囚笼车内坐着一位将军,饿得来犹如骷髅,脚掩手扭,链条锁住。仁贵问道:"老大人,此人犯的何罪,受此锁禁?"大王说:"大人,你今朝到本大王这里要寻仇人,这就是他。今日仇人当面,还问我是何人?"仁贵道:"这般说起来,这就是盖苏文了。他为何这般光景?我明明与他交战,何等威势,如今弄得这样形容。"大王说:"大人,这交战的原非盖苏文。也是大人被苏宝同飞镖所伤,疼痛难熬,其魂出壳,梦游地府,转念那人,那人就来了,并非盖苏文真来索命。这是大人的记心。"仁贵道:"呀!原来如

---

① 臭皮囊——佛教用语,指人的躯体。

此。"又叫一声:"老大人,那盖苏文死后何罪,罚在囚笼里面受苦?"大王说:"大人但知其一,不知其二。当初大人未遇之时,奉奸臣张士贵命探取地穴,金龙柱上用九根火链锁住,就是他了。蒙大人恻隐之心将他释放,来投阳世,他若改过自新,其罪也无了。不想他来到东辽国,逆天行事,好杀生灵,伤害百姓,致死数十万性命。虽蒙大人除掉了他,他的罪孽更重。虽是青龙下降,合当受此磨难。只要等他罪完孽满,方可上天复位。"仁贵点头想:生前作恶阴司记得明白,断断躲不过的,如今为人必要正直无私。开言又问说:"老大人,但不知我后来结局如何,伏乞老大人指示。"大王说:"你平生正直,三下天牢,不忘恩主,并无怨心。扶助紫薇圣主①,打成唐朝天下,并无罪孽。你何必心慌?"仁贵说:"虽是如此,究竟后来如何?"大王说:"既然如此,北窗一发开给你看,就明白了。"吩咐鬼卒开了北窗。

北窗鬼卒得令,连忙开了北窗。大王对仁贵说:"一生结局都在里面。"仁贵抬头一看,全然不解。只见一座关头,写着"白虎关"。只见关中冲出一彪人马,为首一将,生得凶恶,身长丈二,青脸獠牙,赤发红须,眼如铜铃;坐下一匹金狮猊,手端铁方量,冲到阵前。前边来了一员大将,白盔白甲,手执方天画戟,与他交战。那时将军杀败,只见顶上现出一只吊睛白额虎,张牙舞爪,随着那将军一路追上来。旁边又赶出一员年少将军,浑身结束,年纪只有十六七岁光景,坐下一匹腾云马,手执狼牙宝箭,搭上弦,只听得飕的一声,弓弦响处,一箭正中猛虎。片刻不见猛虎,前面将军跌下马来。霎时飞沙走石,关前昏暗。少停一刻时候,天光明亮。只见仙童玉女,长幡宝盖,扶起那中箭的穿白的将军上了马,送上天庭,冉冉而去。定睛一看,只是影影绰绰,看不明白。又只见射箭的年少将军号啕大哭,前来追杀那恶将,却被这恶将杀得大败。只见一员女将,十分美貌,手舞双刀,接住恶将大战,不上十合,被双刀女将砍下马来。霎时又不见了。那仁贵看了,全然不晓得是何缘故,忙问阎君说:"内中景界仓然不解,乞道其详。"大王说:"大人,此将名叫杨藩,有万夫不挡之勇,乃是上界披头五鬼星临凡。大人若遇此人,须要小心。"仁贵道:"老大人,关中

---

① 紫薇圣主——星宿名,后指帝王宫殿,故又借指帝王。这里说唐太宗即紫薇星下凡。

赶出那一员青面獠牙、使铁方量的,想来就是杨藩了。"大王说:"然也。"不知后面还有何景象,再将下回看。

第 十 五 回
薛仁贵死去还魂　　宝同二困锁阳城

　　闲话不提。仁贵又看到后边,忙问:"这一员将官是哪一个?"大王道:"后面将军,就是大人了。"仁贵道:"嗄!就是本帅。为什么泥丸宫①放出一只白虎来?主何吉凶?"大王道:"大人,这是你自己本命真魂出现。"仁贵说:"啊呀!这般说起来,本帅乃白虎星临凡了。""然也。"仁贵又问道:"老大人,那旁边那一员小将,我与他前世无仇,今生无冤,为何将本命星一箭射死?但不知他姓甚名谁?为何前来伤着本帅?"阎罗天子微微冷笑说:"大人,这小将就是你的令郎,名唤丁山。"仁贵道:"老大人,本帅没有儿子的,他是龙门射雁的小厮。嗄!原来是我的丁山儿,他为何伤我?"大王说:"你当初无故将他射死,今日他来还报。你无心害子,他有心救父。白虎现形,故而射死白虎,怪他不得,这叫一报须还一报。"仁贵道:"我儿已被我射死,尸首又被猛虎衔去,本帅亲眼见的,如何又得重生?又来助战?"大王说:"你令郎有神相救还阳,目下应该父子相逢,夫妻完聚。""嗄!原来如此,有这个缘故。我后死于亲人之手。"二位说毕,同下楼来。大王吩咐鬼卒:"送薛爷回阳间去,不可久留在此,恐忘归路。"仁贵拜谢。鬼卒同了仁贵离了森罗殿,来到前面。只见一个年老婆婆,手捧香茶,叫声:"吃了茶去。"仁贵听得,叫声:"婆婆,我不要吃。"大王叫一声:"大人,这个使不得。倘然复还阳世,泄漏天机,其罪不小了。请大人吃了这盏茶②。"仁贵吃了,作别大王,还回旧路。看看相近锁阳城,鬼卒叫声:"薛爷,小鬼送到此间,阴阳阻隔,要去了。"仁贵叫声:

---

① 泥丸宫——道家谓之上丹田,在顶门两眉间。
② 吃茶句——老婆婆即孟婆,传说人死后又托生还阳之前,喝了孟婆的迷魂汤,尽忘前生之事。

"慢去，还有话讲。"只听得大叫："元帅苏醒转来了。"那周青等八位昼夜服侍，在此守候。听得元帅大叫，周青说："好了，元帅醒过来了，快快报与万岁知道。"薛贤徒急忙来到银銮，奏说此事。朝廷大悦，同了茂公前来看视，叫声："元帅，你七日归阴，朕七日不曾安睡。今日元帅醒转，朕不胜之喜。要耐心将养为主。"传旨煎茶汤。仁贵只得翻转身来，说："臣该万死，蒙圣主如此隆重，杀身难报，只得在席上叩首了。"朝廷："这倒不必，保养第一。"仁贵说："军师大人，这几天苏贼来攻城否？"茂公说："他失了九口飞刀，不来十分攻打。"仁贵对周青说："你等不要在这里服侍，自有军校承值。你带领人马十门紧守，多备灰瓶、炮石、强弓、弩箭，防他攻打以惊圣驾。"那八员总兵一声："得令！"都往城上紧守去了。又对徐茂公说："待本帅好些，然后开兵，不要点将出城，再送性命。"茂公说："这个自然，元帅且宽心。"仁贵说："请万岁回銮。"朝廷再三叮嘱，同了茂公自回宫不表。

另回言苏宝同为何不十分攻打？因前日与尉迟号怀交战，失去三把飞刀，又与薛仁贵开兵，又失去六把飞刀，如今一齐失了，剩得飞镖三柄，哪里敌得唐兵过？复要上仙山炼就飞刀，再来复仇，未为迟也。忙吩咐三军："把城门围住，不许放走一人，否则本帅回来军法处治。""得令！"那苏宝同又往仙山炼飞刀去了，我且慢表。

再言锁阳城中，徐茂公善知阴阳，晓得苏宝同上山炼飞刀去了，应该点将出战。为何不发兵？明晓得他营中飞钹和尚、铁板道人两个厉害不过，出去枉送性命，故而不发兵。也是灾难未满，所以耽搁。他日日到帅府看视。仁贵用敷药敷好，只是日夜叫疼叫痛，也无法可治。不料耽搁有三个月，君臣议论纷纷，我且慢表。

如今要讲到西凉元帅苏宝同，他上仙山求李道符大仙，又炼了九口飞刀。别师下山，到狼主那里，又起雄兵十万，猛将千员，带领大队人马来到锁阳城。量城中薛仁贵不能就好，老少将官也无能冲蹿，竟胆大心宽，传令："与我把十门周围扎下营盘。""嘎！"一声号令，发炮三声，分兵四面围住，齐齐扎下帐房。前后有十层营盘，扎得密不通风，蛇钻不过马蹄，乌鸦飞不过枪尖。按下四方五色旗号，排开八卦营盘，每一门二员猛将把守。元帅同军师困守东城，恐唐将杀出东关，到中原讨救，所以绝住此门。今番二困锁阳城，比前番不同，更是厉害。雄兵也强，猛将也勇，坚坚固固，

第十五回　薛仁贵死去还魂　宝同二困锁阳城

凭你神仙手段、八臂哪吒也难迎敌。此一回要杀尽唐朝君臣,复夺三关,杀到长安,报仇泄恨。暂且不表。

城中贞观天子在银銮殿与大臣闲谈,着急仁贵病体不能全好。正在此刻,忽听城外三声炮响,朝廷大惊。一时飞报进来,上殿启奏:"万岁爷,不好了,番兵元帅又带领雄兵数万,困住十门,营盘坚固,兵将甚众。请万岁爷定夺。"朝廷听得此报,吓得冷汗直淋。诸大臣目瞪口呆。徐茂公启奏道:"既有番兵围绕十门,请万岁上城窥探光景如何,再图良策。""先生之言有理。"天子带了老将、各府公子,都上东城。往下一看,但见:

征云惨惨冲牛斗①,杀气重重漫十门;风吹旗转分五色,日照刀枪亮似银;銮铃马上叮当响,兵卒营前番语情;东门青似三春柳,西接旗幡白似银;南首兵丁如火焰,北边盔甲暗层层;中间戊己黄金色,谁想今番又围城。

果然围得凶勇! 老将搔头摸耳,小英雄吐舌摇头。天子皱眉道:"徐先生,你看番兵势头厉害,如之奈何? 薛元帅之病不知几时好,倘一时失利,被他攻破城池,便怎么处?"茂公说:"陛下龙心且安。"遂令秦梦、尉迟号怀、段仁、段滕贤,各带二千人马,同周青等八员总兵保守十门,"务要小心。城垛内多加强弓、硬弩、灰瓶、石子,日夜当心守城。若遇苏宝同讨战,不许开兵,他有飞刀厉害。若来十门攻打,只宜十城坚守。况城池坚固,决无大事。不要造次,胡乱四面开兵。一门失利,汝四人一齐斩首。""得令!"四人领命,各带人马,分十门用心紧守。朝廷同老将、军师退回银銮殿,叫声:"先生,此事如何是好?"茂公道:"陛下降一道旨意,到长安讨救兵来才好。"朝廷说:"先生又来了。城中多少英雄,尚不能冲杀番兵。寡人殿前,哪一个有本事的独蹚番营?"茂公道:"有一员将官,他若肯去,番兵自退矣。"天子道:"先生,哪一位王兄去得?"茂公笑道:"陛下龙心明白,讨救者扫北征东里人也。臣算定阴阳,此去万无一失。他是一员福将,疾病都没有的。陛下只说没用,老臣自有办法,遣将不如激将。"天子点头,心中才晓得是程咬金。就叫:"程王兄,军师保你能冲杀番营,前去讨救。未知可肯与朕效力否?"程咬金跪奏道:"陛下,为臣子者正当效力,舍死以报国恩。但臣年迈八旬,不比壮年扫北征东,疾病多端。况

① 冲牛斗——牛、斗皆为二十八宿之一。此指怒气冲天。

且到长安,必从东门而出。苏宝同飞刀厉害,臣若出去,有死无生,必为肉泥矣。徐二哥借刀杀人,臣不去的。"朝廷说:"先生,当真程王兄年高老迈,怎能敌得过苏宝同?不如尉迟御侄去走一遭罢,他那条枪还可去得。况程王兄风中之烛,只好伴驾朝堂,安享富贵。若叫他出去,分明送他残生性命,反被番邦耻笑。军师,此事还要商议。"不知程咬金肯去不肯去,再看下回分解。

第十六回
徐茂公激将求救　程咬金骗出番营

适才话言不表。再言徐茂公说:"陛下,动也动不得他。臣算就阴阳,万岁洪福齐天,程兄弟乃一员福将。苏宝同虽有飞刀,邪法多端,只伤无福之人,有福的不能受伤。故而保我程兄弟出去,万无一失。若说尉迟小将军,他本事虽高,怎避得番帅飞刀之患?况他二兄已丧,此去兵不能退,又折一员栋梁。程兄弟,当年扫北时也保你出去讨救,平安无事,得其功劳。向年在三江越虎城,也保你往摩天岭讨救,也太平无事,今日倒要推三阻四起来。"咬金道:"这牛鼻子道人!前年扫北,左车轮本事,系用兵之法不精,营帐还扎得松,可以去得;向年征东,盖苏文认得我的,不放飞刀,还敌得过,所以去得。如今我年纪增添,苏宝同好不厉害,营盘又坚固,更兼邪法伤人,我今就去,只不过死在番营,尽其臣节。只恐误了国家大事,我之罪也。"天子说:"程王兄之言不差。他若出去,被苏宝同见笑,说城中没有能人大将,遣一个年老废物出城,岂不笑也笑死了?"程咬金一听此言,心中不忿,开言叫声:"陛下,何视臣如草芥!当初黄忠老将年纪七十五岁,尚食斗米,能退曹兵百万。况臣未满八旬,尚有廉颇之勇,何谓无能?待臣出去。"天子道:"既然王兄愿去,寡人有密旨一道,你带往长安开读。讨了救兵到来,退得番兵,皆王兄之大功也。"程咬金领旨一道,就在殿上装束起来。按按头盔,紧紧攀胸甲,辞了天子,手端大斧,开言说:"徐二哥,你们上城来看。若然吾杀进番营,营头大乱,蹿得出番营。营头不乱,吾就死在番营了。

第十六回　徐茂公激将求救　程咬金骗出番营

另点别将去讨救。"茂公说："我知道你是福将,自有灵助。"程咬金说："诸位将军,今日一别,不能再会了。"众公爷说："说哪里话来,靠陛下洪福,神明保佑,老千岁此去,决不妨事。"程铁牛上前叫道："爹爹,你是风中之烛,不该领了旨意到长安去。"咬金说："我的儿,自古道:'食君之禄,与君分忧。'国家有难,情愿舍身而报国,生死皆由天命,即死亦不为寿夭①。况为父的受朝廷大恩,岂有不去之理?"程铁牛流泪说："待孩儿保着爹爹前去,一同杀出番营,同到长安。"咬金摇摇手道："这使不得,你伴驾要紧。倘一同出去,有甚三长两短,就不妙了。"父子二人大哭。诸臣见了,好不伤心。咬金辞王别驾,上了铁脚枣骝驹,也不带一兵一卒,出了午门,独骑同茂公来到东城。天子同公卿上马,都到城上观看。咬金又叫一声："徐二哥,你念当初结拜之盟,要照管我儿的。"茂公说："这个自然,不消吩咐。但愿你马到成功,回到长安,早讨救兵到来。愚兄在这里悬望。"咬金说："二哥,我出了城门,冲杀番营,营不乱,你们把城门紧闭,吊桥高扯;若营中大乱,你们不可闭城,吊桥不可乱扯,防我逃进城来。"茂公说："这不消兄弟吩咐。你且放胆前去,我自当心的。"铁牛看了不忍,君命所差,无可奈何,同茂公竟上城头观看。一边放炮开门,吊桥坠落。咬金一马当先,冲出城来,过了吊桥。茂公一声吩咐,城门紧闭,吊桥扯起了。

这程咬金回头一看,见城门已闭,吊桥扯起,心中慌张,叫声："二哥,我怎样对你讲的?"茂公叫声："程兄弟,放胆前去。我这里城门再不开的,休想进来,快回长安,我自下城去了。"咬金心中大恼,说："罢了!罢了!这牛鼻子道人,我与你前世无冤,今世无仇,何苦要害我!"在吊桥边探头探脑,却被营前小番瞧见,都架弓矢喝道："咄!城中来的将官,单人独骑,敢自来送命。看箭哩!"飕飕地乱发狼牙。程咬金好不着忙,向前又怕,退后无门,叫一声："番儿,慢动手。借你口中言语,去报与番将得知。说我兴唐鲁国公程老千岁,有话要面讲。"小番听了忙报营中说："启上帅爷得知,今有城中走出一名奸细,口称鲁国公咬金,坐名要与元帅搭话。"苏宝同道："那人带多少人马?用何兵器?""启上帅爷,那人并无兵马,单人独骑,手内端着一柄斧子,余外并无什

---

① 寿夭——短命而夭亡。

么。"苏宝同吩咐带马来。军士带过马,宝同上了龙驹,来到营前,大喝一声说道:"老蛮子,你姓甚名谁?请本帅出来有何话说?"程咬金开言叫声:"胡儿!只为飞刀厉害,主帅命我程老千岁到长安催取粮草,来杀你们。"苏宝同说:"原来就是程老蛮子,本帅也悉知。我也不杀你,你回去罢。"咬金叫一声:"胡儿,我中原还有上天入地英雄好汉,倘然一到西凉,你们一个个性命就难保了。我老人家还有孙子,名叫程千忠,用十六个军士扛抬一柄板斧。若一到西凉,你们就难逃生路了。"叫一声:"苏宝同!你若怕杀,宜快把我程爷爷这就杀了;你若是英雄好汉不怕杀,放我过去搬兵取运粮食。"苏宝同听了此言,心中一想:哪里有什么上天入地英雄好汉?哪里有十六个人扛抬的斧子?一概胡言。他分明粮草全无,运粮是真情了。我想这老头儿杀他也无益,不如放他去罢。倘有粮草到来,我就一鼓而擒,乘机攻破城池,将仇人杀尽,拿住唐王,搜寻御玺,呈与狼主,功劳无限。主意已定,叫一声:"老南蛮,本帅也不怕你钻天好汉,也不怕你入地英雄,放你过去。"程咬金道:"胡儿,你果然不怕死?"苏宝同说:"老匹夫,你不要骂,俺不怕。放你过去。"程咬金叫一声:"胡儿,你好奸诈啊!这会儿假意放我程爷爷过去,前边关口都被你番兵占去,你差兵到关津嘱咐,教他拿住我,将程爷爷一刀两段,岂不是上了你的当了?要杀,就在这里杀。"苏宝同道:"嗄!你说哪里话来?本帅乃堂堂汉子,岂肯巧言令色①。我若不容你过去,一刀就砍你骡头下来。难道见钟不打,反去炼铜?决无他意。你不要介怀,放心过去罢。"程咬金道:"胡儿,你程爷爷此去搬兵到来,杀你这班番兵。你也请吾一请,好叫我吩咐孙子程千忠,斧子磨快些,把你这班胡儿一刀一个,杀快些,少受些苦痛。"苏宝同说:"军校们,那老蛮子噜噜苏苏讲些什么?"小番禀说:"启爷,那蛮子要酒饭吃。"苏宝同道:"老匹夫不知饿了几天了,本帅做个好事。"吩咐小番赏他些酒食。"得令!"军校连忙取出鱼肉好酒,送与咬金。咬金大悦,将来吃了,有些酒意,开言说:"胡儿,快将令箭批文与吾,好到关前做个执照。"苏宝同听了,吩咐小番,将批文令箭与他前去。咬金接了令箭批文,出了营门,上了马,叫声"多扰",打马加鞭往前,至一里之地放起流星,此话不表。

---

① 巧言令色——花言巧语,假装和善的样子。

再讲唐王君臣在城头观看,稍停,只见远远流星放起。天子大悦,叫声:"先生,你看营后流星放起,程王兄想来无害了。"茂公道:"臣算定不妨碍。"程铁牛听了不胜之喜。传旨回宫。此话也不表。

再言程咬金一路上倒也太平,到了关隘,有了执照令箭,俱皆放行。不一日,到了玉门关,是中原地方。闻知钦差多来远接。咬金不敢耽搁,救兵如救火,日夜兼行,不分昼夜,过了宁夏一带地方。一路上风惨惨,雨凄凄,行过了陕西,早来到长安。进了城门,不到自己府中,当日就到午门,驾已退殿回宫去了。有黄门官抬头一看,说:"啊呀!老千岁,随侍圣上龙驾前去征西平番,可是得胜班师了么?"咬金说:"非也。快些与我传驾临殿,今有陛下急旨到了。"黄门官听见有万岁急旨降来,不知什么事情,连忙传与执殿官。不知圣驾如何,且看后回,便知分解。

第十七回
薛丁山受宝下山　柳夫人母子重逢

话说执殿官急忙鸣钟击鼓,内监报进宫中。殿下李治整好龙冠龙服,出宫升殿。宣进程咬金,俯伏尘埃:"启殿下千岁,老臣鲁国公程咬金见驾,愿殿下千岁,千千岁。"李治叫声:"王伯平身。取龙椅过来。"程咬金谢恩坐在旁首。殿下开言叫声:"王伯,我父王领兵前去平西,未知胜败如何?今差王伯到来,未知降甚旨意?"程咬金说:"殿下千岁,万岁龙驾亲领人马,一路势如破竹,连夺三关,如入无人之境。不想入了他圈套,设个空城之计,进得锁阳城,被苏宝同调百万兵马将锁阳城团团围住,水泄不通,日日攻打。开兵驸马出阵,被他骗去昆仑铜,还铜身亡,死于马下。次日尉迟宝林、宝庆弟兄二人,被他飞刀所害,尸首不能完全。元帅亲领六师自出,又被飞镖所伤,众将救回,死过七日,然后还阳,至今未好。事在危急,有惊天子龙驾。所以单人独马,杀出番营,到此讨救。现有旨意一道,请千岁亲观。"李治殿下出龙位,跪接父王旨意,展开在龙案上,看了一遍说:"原来我父王围困锁阳城内,命我不要点朝中大将为帅,要出榜文,是有能人到来,领兵前来破番,方能得胜。"殿下对咬金说:"父王旨意上要出榜文，不知何意？"咬金说："这是牛鼻子道人善晓阴阳，所以得知。"殿下说："事不宜缓，救兵如救火。老王伯与我调齐三军，操演各将，一面张挂榜文。"咬金说："老臣得知。"就此辞驾，出了午门，回到自己府中。裴氏夫人早已亡故，孙儿千忠接见，他也是青脸獠牙，使一柄大斧，倒有八百余斤，两膀有千斤之力。咬金无暇细谈，自去料理。单有秦、尉迟二家公主夫人闻此消息，苦恨不已，悲伤哭泣，但见随驾而去，不得随驾而回。设立灵座，殿下亲临吊唁，文武百官皆来祭奠。暂且不表。

另回言云梦山水帘洞王敖老祖，当年救了薛丁山，留在洞中，收为门徒，教习兵法，不觉已过了七年。晓得紫微星被困锁阳城，白虎星有难，目下应该父子团圆。是以唤徒弟丁山，叫他前往西凉救驾，使他父子相逢，又能建功立业，有何不美。叫声："徒弟过来，有话要对你说。"丁山听得师父呼唤，忙到蒲团前跪下，说："师父有何吩咐？"王敖老祖叫声："徒弟，你今灾难已满，应该离我仙山。今有西凉苏宝同作乱，唐天子有难锁阳城，汝父被飞镖所伤，我命你下山，前往锁阳城救驾，致使父子相会，平定西番回朝，其功不小。"丁山听言，叫声："师父，弟子蒙师父相救，情愿在山中修道，学长生之法，不愿红尘中去走走。"说罢，泪流不止。老祖说："徒弟，你命该享人间福禄，修道之中你无缘，根行浅薄。你此去巧遇良缘，有大功于国，以救汝父。你若不听我言，不忠不孝之罪人也，焉能修道得成？"丁山说："师父，弟子本事低微，才疏学浅，武艺手段平常，如何到得西凉，杀退番邦人马？倘一失手，岂非败坏师父仙名？不能救驾，父子又不能会面，这便如之奈何？"老祖点头说："是，果然不差。此去到西凉，关关有大将，寨寨有能人，焉能到得西凉？苏宝同又厉害不过。嗄，有了。"吩咐仙童："去取我十件宝贝出来，付与师兄。"仙童领法旨，取出递与丁山。老祖说："此十桩宝贝，可能破得番邦，你要好好收藏，后有用处。"哪十件？太岁盔一件；索子天王甲，刀枪不进；一双利水云鞋，穿上会腾云驾雾；一把方天画戟；一柄昆仑剑；玄武鞭；朱雀袍；宝雕弓；三支穿云箭；牵出一匹驾雾腾云龙驹马。丁山受了十件宝贝，全身披挂。老祖说："这十桩宝物，你带在身边，就能平复西凉。天机不可泄漏，去罢！"丁山叫声："师父，徒弟此去不知何日再见师父？"老祖说："吾赠你偈言四句，日后富贵荣枯结局都在里头，你须要牢牢记着。偈曰：

第十七回　薛丁山受宝下山　柳夫人母子重逢

一见杨藩冤孽根,红丝系足①是前生。两世投胎重出见,自家人害自家人。

丁山说:"师父,不知吉凶,乞师父指引。"老祖说:"不须问我,后有应验。""是,谨依师父严训。"拜辞师父,离了仙洞,上了龙驹。老祖又叫:"徒弟转来,吾还有话讲。"丁山道:"不知师父还有何法旨?""汝父有难西凉,被苏宝同飞镖所伤。我赠你丹药,前去救父一命。""是,谨依师父法旨。"那时便把葫芦收好,叫一声:"师父,弟子此去往于何地?"老祖说:"汝往西南而行,往龙门县。汝父职受平辽王,镇守山西。你回去母子相逢,速往长安,收取榜文,西凉退贼。你功名富贵,在此一举了。"丁山一听此言,心中明白。将弓箭、鞭挂在腰间,别了师父下山。

这匹龙驹好不快便,但听得风声,不消片时来到山西。看看相近龙门县,按落云头一看,早到平辽王府门首,说道:"吾七个周年不在世间,但不知母亲妹子如何?"只见走出一个人名薛青,抬头一看,问起因由,丁山细说一遍。薛青叫一声:"小主人,你自经龙门射雁身亡,夫人终朝痛苦。难得今日生还,使小人喜出望外,待小人进去通报夫人。"薛青来到中堂,双膝跪下说:"主母,当年小主人未死,今日回来,特来禀知夫人,现在辕门外面。"夫人听得此言,心中大喜,吩咐薛青:"快快出去请大爷进来。""是,晓得。"来到外面,同了世子来到中堂。见柳氏夫人坐在中堂,丁山叫一声:"母亲,孩儿丁山拜见。"夫人抬头一看:"果然是我丁山孩儿。"抱头大哭:"七年不见,今日相逢,孩儿细细说来。"丁山道:"母亲,那日孩儿射雁,误被父亲射死。王敖师父差虎将孩儿衔去,救活性命,在山学道。今日师父命孩儿下山,付十桩宝贝。说圣驾被困锁阳城,父亲被飞镖所伤,无人往救。目下长安挂榜求贤,孩儿要往长安揭榜,领兵前往西凉救父要紧。故此先来拜见母亲,就要起程。"夫人听了大喜,说:"难得仙师相救,七年恩养,又叫前去救父亲,这也难得。"金莲小姐在内闻知哥哥回来大喜,忙走到中堂,见了哥哥,满心喜悦。兄妹二人也有言语。回身拜见樊氏二娘,设团圆酒,与孩儿接风。

酒席之间,夫人下泪,说道:"儿嗄,闻得西凉兵将凶狠,但不知你父

---

① 红丝系足——为月下老人主管男女婚姻的措施之一。唐人小说中言,红绳以系夫妻之足,此绳一系,即使世代之仇,贵贱之隔,天涯海角,终不可逃。

亲死活存亡,叫做娘的哪里放心得下。"丁山听了,跪下说:"母亲不必愁烦,待孩儿明日到长安揭榜,前去救父。母亲放心!"夫人说:"孩儿,你要往长安,西凉去救父。也罢么,生死愿同一处,做娘的同你前去,免得牵肠挂肚。"金莲小姐上前说:"哥哥,做妹子的有仙母教习仙法,炼就六丁六甲,金甲神将,武艺精通。凭他番兵百万,哪里在妹子心上。与哥哥一同前去救父。"丁山说:"妹子果有本事,一同前去更妙。但不知家室田园王府托与何人?"夫人想一想说:"王茂生伯伯夫妻今已去世,如今怎么处?嗄,有了,不免尽行托与樊氏二夫人便了。"母子兄妹三人讲了半夜,说起王茂生身故,丁山下泪,酒筵席散,各自归房。未到天明,各自抽身,将家事托与樊氏夫人。收拾完备,兄妹结束停当,同母亲离了山西。有官员相送,吩咐不必相送。放炮三声,竟往长安大路而行。

不一日到了长安,进城果见教场演兵马。来到午门,看见榜文大张。圣谕:"有将领兵到西凉,救回圣驾,封万户侯,妻封一品夫人。"丁山大悦,忙上前揭榜文。有守榜官看见,忙来见鲁国公程咬金。咬金听说,忙上马来到榜前,见一年少将军揭了榜文,程咬金大喜,说:"昨日张挂,今就有人揭榜。待我问他姓名,不知可有怎样本事退得番兵。"不知此人是谁,且看下回分解。

第 十 八 回
薛丁山领兵救父　窦仙童擒捉丁山

适才话言不表。再言程咬金带年少将军来到自家府中,说:"小将军姓甚名谁?有何本事来揭此榜文?"丁山说:"老千岁,我乃薛平辽王之子丁山,向年被师父救去练习兵法。师父命小将下山,往西凉救君父,同母亲妹子一同到此。望老千岁奏明殿下,领兵前去征番。"咬金听了大喜说:"你原来是平辽公之子,可喜。待吾二人一同去朝见殿下。"二人上马,来至午门。当驾官奏知,李治殿下升殿。程咬金同薛丁山来到金銮,朝见已毕。殿下问道:"卿家,何人揭此榜文?"程咬金说:"殿下洪福齐天。这小将军乃元帅之子薛丁山,前来揭榜领兵。"殿下说:"原来是薛卿,平身。卿家有何本领领此重任?"丁山奏

第十八回　薛丁山领兵救父　窦仙童擒捉丁山

说:"千岁在上,臣父蒙圣上洪恩,拜将征西,随驾番邦,不料被困锁阳城。闻千岁招贤纳士,臣遇仙师传授仙法,哪怕番兵百万、苏宝同厉害?臣此去必要杀却苏贼,平定西凉。得胜班师,犹如反掌。"殿下抬头一看,果然相貌不凡,人才出众,必是大将之材,心中大悦。封丁山为二路元帅,就当殿挂印。殿下李治亲递三杯御酒,说:"薛卿领兵前去,一路旗开得胜,马到成功,救了父王龙驾,得胜回来,其功非小。"丁山谢了恩。这一头程咬金说:"殿下千岁,救兵如救火,殿下速降旨意,命各府爵主,明日教场点起大队人马,连日连夜往西凉救万岁龙驾要紧。"殿下说:"老王伯,这个自然要紧的。"就降旨意。如今各府公爷,回家整备盔甲,殿下回到宫中不表。

单讲薛丁山威威武武回到程府中,咬金设酒饯行,当夜之事不表。到了五更天,有各府公爷都是营妆披挂,结束齐整,到教场中听令。丁山头上戴顶闹龙束发太岁盔,身披一领索子天王甲,外罩暗龙白花朱雀袍,背插四面描金星龙旗,足穿利水云鞋。上节装成乌缎描凤象战靴,手端画杆方天戟,腰间挂下玄武鞭,左边悬下宝雕弓,右边袋衣插下三支穿云箭,坐下一匹驾雾腾云龙驹马。后面扯一面大纛旗①,书着"征西二路大元帅薛"。丁山好不威风!来到教场,诸将上前打躬已毕,点清了三十万人马,薛丁山命尉迟青山先解粮前行;点罗通为前部先锋;后队点程千忠,逢山开路,遇水成桥。后面丁山祭过了旗,放炮三声,摆开队伍,众将保住了元帅。程咬金也是戎装甲胄,竟往西番大路而行。薛夫人、小姐也结束打扮,一同征进。尽戴乌金盔,都穿亮银甲。果然马不停蹄,出了陕西,过了宁夏,人马出了玉门关。

前面有座棋盘山,山势高峻。只听得山上一声锣响,罗通在马上说:"前面高山必有草寇下来,尔等须要小心。"话声未绝,山上数千喽啰下山来了。冲出一个大王,年纪还少,仪貌堂堂,身长三尺,头戴高银盔,身穿熟铁甲,手执黄金棍。他是王禅老祖的徒弟,武艺高强。他在山上望去,见唐军中一员女将,生得齐整不过。好色之徒见了金莲,不觉神魂飘荡,妄想争来成亲。便拿了黄金棍,飞奔前来,挡住去路,大叫一声说:"到我山前过,十个头,留九个。若是没有买路钱,走你娘的清秋路,快快留下买路钱来。若是不肯拿出来,你军中留下这少年女子,与我做压寨夫人。"

---

① 纛(dào)旗——古代军队里的大旗。

罗通听了大怒："好大胆的狗强盗！天兵到此，你出此胡言乱语。"把枪一起："招枪！"一枪往面门上挑将进来。窦一虎是步战的，把黄金棍往枪上噶啷这一枭，来得厉害！罗通这条枪绷转来了，圈得战马来又是一枪，如今一虎棍抬不起了。纵跳如飞，枪来棍架，棍去枪迎，二将交锋三十余合。罗通本事高强，杀得窦一虎浑身是汗，险些被他刺着，把身子一伸，一扭不见了。罗通抬头一看："啊呀！这也奇了，方才这子正要拿他，为何就不见了？"军卒看见说："强徒做戏法的，忽然不见。"罗通心中想到："不如追上山去捣其巢穴，除此草寇，好让客商往来。"算计已定，带领三千铁甲，杀上山来。

小姐正坐忠义堂，喽啰报上山来："启小姐，不好了。大王在山前打探，不远来了唐朝大队人马。大王要截住讨买路钱，那军中闪出一员先锋，十分凶勇，与大王交战有三十余合，大王大败，土遁走了。那唐兵追上山来了。"小姐大怒："嘎，有这等事。待吾自去拿他便了。"上了白花龙驹，带领三百女兵冲下山来，刚刚正迎着罗通。罗通看见一员女将冲下来，抬头一看："嘎唷，好绝色的女子！"你看他怎生打扮？但见他

头上挽就螺蛳髻，狐尾倒照，雄鸡尾高挑，眉似柳叶两弯清，面如敷粉红杏色，一口银牙，两耳金环，十指尖尖如春笋，身穿索子黄金甲，八幅护腿龙裙，足下小小金莲，果然倾城倾国，好似月里嫦娥来下降。

罗通见了，不禁呼呼大笑说："你这女子，有何本领，口出狂言。快快随我到营中，送与元帅做个夫人。""嘎！狗南蛮，你不知俺窦小姐的厉害么？擅敢讨我便宜。不要走，招刀罢！"把刀一起，往罗通头上砍将过来。罗通把枪逼在一旁，还转枪来，一枪劈面门挑将进去。小姐把刀噶啷啷一声响架在旁首，马打交锋过去，英雄闪背回来。二人在山前战到二十回合，小姐那番虚晃一刀，带转马就走，叫一声："狗南蛮，俺不杀你了，好走哩。"罗通不知他使计，拍马也追上来了。仙童回头一看，正中机谋，忙向怀中取出捆仙绳，抛在空中。罗通抬起头，只见一道亮光一烁，他被捆住，昏迷不醒，翻身一跤，跌下马来，被喽啰拿上山去了。那窦仙童收了仙绳，又到阵前讨战。

有败残兵卒报进营中，说："元帅不好了，山中有一女将，能使妖法，把先锋罗千岁用红绳生擒活捉上山去了。"丁山听报大怒，吩咐："军校备

第十八回 薛丁山领兵救父 窦仙童擒捉丁山

马抬戟,待本帅亲自擒泼贼。"打扮完备,结束停当,跨上龙驹,手执画戟,带领三军,冲出来。来到阵前,大叫一声:"贱婢,你好好放我先锋出来,若不然,本帅要将巢穴踹为平地了。"窦小姐见营中出来一将,甚是齐整,面如敷粉,唇如涂朱,两道秀眉,一双凤眼,好似潘安转世,犹如宋玉还魂①。窦小姐心中一想:"我生一十六年,从不见南朝有这等美貌郎君。我枉有这副花容,要配这样才郎不能够了。"他有心拿这丁山,喝道:"嗯!来的唐将少催坐骑,留下名来。"丁山道:"你要问本帅之名么,我乃唐王驾下二路元帅薛丁山便是。快快放罗千岁出来,好往锁阳城救君父。"小姐说:"郎君,奴家有言相告。""有话快说来。""奴家已非俗人,乃九龙山连环洞黄花圣母徒弟。蒙师传授仙法,武艺精通,虚度青春十六岁。父母双亡,只有哥哥窦一虎。他有地行之术。奴家窦仙童欲与将军成就匹配,同往西凉认救圣驾,不知将军意下如何?"丁山一听此言,心中大怒,说:"你这不识羞的贱人!我乃堂堂世子,岂肯与你草寇为婚!你这无廉无耻不顾羞惭的贱人!你不必多言,招本帅的戟罢。"一戟往小姐面门上刺将来。那小姐不慌不忙把双刀一起架在一边,马打交锋过去,走转来,那仙童忙举双刀砍将下来,丁山急架忙还。刀来戟架,戟去刀迎,杀在一堆,战在一处。一连二十个冲锋,战得小姐满面通红,两手酸麻,哪里是丁山故手?只得把双刀抬定方天戟,叫声:"郎君,且慢动手,看我的法宝。"往怀中取出捆仙绳,往空中一抛,照前一样,将丁山捆住,得胜回山。将丁山绑起,解进忠义堂。丁山方苏醒,见了仙童立而不跪,骂道:"泼贱妖婢,你用妖法拿我天朝元帅。"仙童说:"奴家怜你人才出众,饶你一死。今日依我山上成亲,我就劝我哥哥归顺大唐,同到西凉。你若执迷不悟,如今就要斩了。"丁山听说,大怒道:"妖婢,你出言无礼,强逼成婚,要杀就杀,何必多言。"仙童听了吩咐喽啰:"推出斩首报来。"喽啰得令,将丁山推出斩首。不知性命如何,且听下回分解。

---

① 潘安、宋玉——潘安,即潘岳,西晋文学家;宋玉,楚国辞赋家。潘、宋皆为古代美男子。

第 十 九 回

薛丁山山寨成亲　窦一虎归唐平西

再言窦小姐令喽啰将丁山推出斩首,正要开刀,只听得叫一声:"刀下留人!"你道是哪一个? 就是程咬金。他在大营听得军士报进说:"帅爷与女将交战,不上三十回合,被他红绳线索把帅爷活捉上山去了。"咬金听了,吓得魂飞魄散,开口又问道:"怎么说?""他阵上女将要与帅爷成婚,帅爷不肯,被他拿去。"问道:"此女生得如何?"回道:"好一个绝色女将。"咬金忙对柳氏夫人说:"侄媳,令郎捉去,多凶少吉。不如待老夫为媒,对了亲,成了婚姻,好去西凉救驾。"金莲听见哥哥被捉,柳叶眉边生杀气,说:"老千岁,待我前去与兄报仇。"夫人说:"女孩儿不可。你哥哥尚然如此,何在于你。听老柱国之言,前去就亲,救驾要紧。"咬金听了,连忙上马,来到山林,大叫:"刀下留人!"喽啰抬头见一员年老将军,喝声:"呔!你这老头儿何等之人,擅呼刀下留人?"咬金说:"你去报与女将知道,说我大唐天子驾前,吾唐鲁国公程老千岁,有话要对女将军面讲的。"喽啰听了,来到堂上说:"大王,有位大唐程千岁来见小姐。"仙童听了,心中暗喜,莫非此人来与我做媒,不可怠慢他。吩咐喽啰:"且慢开刀,请程千岁进来相见。""得令!"喽啰来到外面说:"唐将且慢开刀。请程千岁进去相见,见过之后定夺是非。"程咬金下了马来到殿上,窦仙童忙来迎接。接上银安殿,分宾主坐下,就开言道:"老将军到山寨来,有何话讲,乞道其详。"程咬金说:"小姐,老夫到此,非为别事,特来与小姐作伐①。就是平辽王世子,官封二路元帅,今日被捉的人,与小姐年纪仿佛,郎才女貌,休教错过这段良缘。"那小姐听了满面通红,开不得口,倒害羞起来了。那窦仙童今日阵上私自对亲,拿到殿上强逼成婚,为何见了媒人倒怕羞起来,必有缘故。咬金看见小姐不言,开口说道:"小姐,此乃终身大事,不必害羞。老夫所说都是金玉之言,劝小姐允了罢。"那仙童听了,

---

① 作伐——做媒。

第十九回　薛丁山山寨成亲　窦一虎归唐平西

只得硬了头皮，叫声："老千岁，多蒙光降到来作伐。然婚姻大事，虽然父母去世，还有兄长。自古说长兄为父，烦请老将军问我哥哥允不允就是了。"咬金想道："这个丫头，倒会做作，方才阵上明明白白招亲，今推与哥哥做主，做得干干净净。"想了一会，开言说："小姐既要令兄做主，请来相见。"那窦一虎在地中听得明白，想道："吾有心要与他妹子成亲，不想自己妹子倒与他做亲。正是我要算计他人，不想被他人倒算计了去。也是天赐良缘。"在地中钻上来了。咬金一见稀奇，想道："好似周朝土行孙①，会地行之术，投了唐朝，也是我主洪福。"对一虎道："将军真是天神了，世上并无有二。"上前见礼，说起因由："与令妹作伐，对世子薛丁山。"窦一虎早知妹子心事，一口应承，将丁山放绑，请到银安殿，一同见礼。咬金说："元帅恭喜，老夫与你作伐，成其佳偶。"丁山说："老柱国，这个使不得。况且父亲在西凉，被伤锁阳城，更兼国难未安，如何私自对亲？不忠不孝之罪，实难从命。"程咬金说："贤侄孙，万事有我老人家在，这倒不妨。虽令尊不在，有你令堂做主，是一样的。就是老夫做主为媒，令尊决不来罪你，允了罢。"丁山心中一想，前日下山时，师父曾言，前途有良缘。况此女有法宝，前往西凉救驾有帮手。开言叫一声："承老柱国美意，晚生从命了。"咬金听了大喜道："今日正是黄道吉日，好与令妹完婚。"窦一虎道："领教。"吩咐喽啰下山，接取夫人到来，同观花烛；放了罗通，当夜成亲。银安殿上摆了筵席，款待唐朝众将。此话不表。

再言窦一虎分散金银，放火烧山，喽啰都归伏。放炮三声，离了棋盘山。一路下来，行了三天，到了界牌关，吩咐放炮安营。三声大炮定下营寨，我也不表。

那界牌关守将姓王名不超，官封一等侯。年九十八岁，身长一丈，面如银盆，五绺长须一根根好似银丝；斗米一餐，食肉一秤，使一根丈八蛇矛，重百二十斤，有万夫不挡之勇，四海闻名。那日正在关上操演兵马，说："前回，此关南蛮所破。如今魔家镇守，须要小心把握。"忽有小番来报："启平章爷，南朝差二路元帅薛丁山，领兵三十万，勇将千员，已到关前了，请爷定夺。"王不超一听此言，大怒道："可恶南蛮，这等无礼。都是我国元帅，放那老蛮子程咬金过去，被他勾兵取救。如今既有大队人马到

---

① 土行孙——《封神演义》中的人物，善地行之术。

来,我若放他一个过去,也不为盖世英雄了。"吩咐备马抬枪,取披挂过来。结束停当,挂剑悬鞭,上马提枪,来到关前,吩咐放炮开关。一声大炮,开了关门,放下吊桥,带领三千人马,冲出关来。来到唐营,高声大叫说:"程老蛮子,俺元帅放你出关,取讨救兵来了。俺若今朝不杀你这程咬金,也不为好汉。哪怕你二路元帅薛蛮子,必要一网而擒。快快将程老蛮子放出会我。"营前大骂。有探子报入营中:"启上元帅爷,今有番将王不超提兵讨战,大骂程老千岁,坐名要元帅出战。"丁山闻报大怒说:"何物胡儿,敢如此无礼。左右取本帅披挂过来,待我亲手去拿他。"罗通上前说:"待小将出去擒来。"旁首走出一将,生来青面,四个獠牙露出,膀阔三尺,腰大十围,抢步上前说:"罗家叔叔,这功待小侄去取罢。"元帅抬头一看,原来是后队先锋程千忠。巴不得要在咬金面前讨好,说声:"贤弟出去,须要小心。""得令!"那程千忠上马,提了大斧,带领三军,一声炮响,开了营门,冲出营来。来到阵前,王不超一看说:"来将少催坐骑,通下名来,本将军好挑你下马。"程千忠一听此言,气得三尸神①直冒,七孔内生烟,大喝道:"休得夸口,只怕你闻我之名,就要惊死你。我乃吾唐鲁国公长孙,小将军官拜猛虎大将军,二路元帅帐下后队先锋程千忠便是。"王不超道:"嘎,原来你就是老蛮子程咬金的毛孙子,你来得正好。汝祖骗出关去,勾兵到此,将你万剐千刀,方消我恨。看枪罢!"推开马,兜面一枪。程千忠把大斧当头劈下,王不超把手中银枪这一枭,千忠在马上一晃,斧子倒绷转来了,叫声:"不好!"斧子又起,王不超又架在一边。战到六七个回合,程千忠哪是番将对手,把斧虚晃一晃,带转马,豁喇喇,豁喇喇,往营前走了。进入营中说:"元帅,西凉番将甚是厉害,小将不能胜他,望元帅恕罪。"丁山说:"胜败兵家常事。谁人出去会他?"罗通上前说:"小将愿往。""须要小心。"带马抬枪,挂剑悬鞭上马,开了营门,冲出阵前。王不超抬头一看,来将不善,把手中枪架住,说:"方才那一员蛮子,不够老将几个回合,杀得他大败。你今来送死,快通名来。"罗通呼呼笑道:"你要问我么,我乃太宗天子御驾前越国公罗千岁的爵主干殿下前部先锋罗通是也。"王不超听了道:"嘎,原来你就是什么扫北的罗通。本

---

① 三尸神——道教名词,谓人躯体内有三虫,即三尸,一在脑中,一在腹中,一在足中。

将军向闻你名,原有些手段,但是今日要与俺西凉老将王不超老子比武,只怕不是俺对手。劝你免来讨死罢。"罗通大怒道:"休得夸口,在我马前战二十回合之上,不斩你头下来,不为稀罕。"王不超呵呵笑道:"我的儿,口说无凭,看本事分高低。"不知胜败如何,且看下回分解。

第二十回
勇罗通盘肠大战　锁阳城天子惊慌

　　适才话言不表。再讲罗通听得此言,开言说:"不必多言,招枪罢!"劈面一枪。王不超哪里肯惧你,把手中枪一架,二人交锋,各显本事,一来一往,一冲一撞,你拿我麒麟阁上标名胜,我拿你逍遥楼上显威名。两边战鼓如雷,马叫惊天。二人战到三十个回合,并不分胜败,杀得罗通汗流浃背,王不超的马呼呼喘气,把手中枪抬住说:"厉害的罗蛮子。"罗通说:"老狗,你敢是怯战了么?""呔!谁怯战?今日本将军不取你命,誓不进关。"罗通说:"本爵主不挑你下马,也不回营。"吩咐两边擂鼓,鼓发如雷,两骑马又战起来。正是:

　　　八个马蹄分上下,四条膀子定输赢;枪来枪架叮当响,枪去枪迎嘣火星。

　　二马相交,又战到五十回合,未定输赢。那王不超越老越有精神,这一条丈八蛇矛真个好枪,阴诈阳诈,虚诈实诈,点点梅花枪,纷纷乱刺。罗通这条枪也厉害,使动八八六十四枪抵住。又战了二十回合,看看枪法要乱了。薛元帅在营前观见:"啊呀!不好了。罗将军枪法都乱了。"传令鸣金。只听到锣声一响,罗通抬起头听,被王不超一枪直刺过来,罗通大惊:"啊呀,不好了!"把那身子一闪,可怜那枪尖往左肋一刺,好不厉害,登时透进铁甲,直入皮肤五寸深,肋骨伤断三根,五脏肝肠都带出来了,血流不止。主帅营前看见,吩咐大小三军快上前去相救。只见罗通飞马来到营前,叫一声:"主帅,不必惊慌,吩咐众将助鼓。罗通若不擒此老狗,死也不能瞑目。"说罢拔出腰刀,将旗角一幅割下,就将流出五脏肝肠包好,将来盘在腰间。扎来停当,带战马冲出阵前,开言大叫:"老狗,俺罗将军再来与你决一死战。"那王不超睁睛一看,吓得魂不附体,说道:"啊呀,好蛮子,看你肋中金枪把肚肠都带了出来,盘在腰间,还敢前来厮杀,真乃非凡人也。"倒看得浑呆。不想罗通来得恶,把手中长枪向前心一刺。那王不超大叫一声:"不好了!"仰面一跤,跌下马来。罗通跳下马来,割了首级,上马加鞭来到营中,献其首级。一跤跌下马来,众将扶起。罗通大叫一声:"痛杀我也!"一命归阴去了。元帅大哭,备棺成殓。其子罗章大哭拜谢。元帅差官护送棺木回长安去了。一面整兵抢关。罗章愿为前部先锋,当先杀入界牌关。众小番见主将已死,闭门不及,被这秦梦、罗章带领众将杀进关内,如入无人之境,得了界牌关。盘查钱粮,养马三日,放炮起程。

一路上来到金霞关,吩咐安营。三声大炮,扎下营寨。次日清晨,元帅升帐,聚齐众将,两旁听令。罗章披挂上前,叫声:"元帅,小将新在元帅麾下,不曾立功。今日这座金霞关,待小将走马取关,以立微功,方可久得帐下听令。"丁山说:"有其父必有其子。贤弟乃年少英雄,但要小心在意。""得令!"罗章接了令箭,上了马,提梅花枪,带领大小三军,杀到关前,大叫一声:"呔!关上的,报与你主将知道,小爵主乃大唐越国公罗先锋是也。今界牌关已破,奉元帅将令来此打关。你若晓事,快快献关,饶汝一死。"小番报进来:"启爷,关外大唐二路人马已到,有将讨战。"巴兜赤闻报大怒,说:"呵呀呀!可恼,可恼。都是苏元帅不是,放程咬金出关,今勾兵到了。想这乳臭小儿,敢出大言,欺我太甚。不斩此夫,不算为西凉大将。小番取我披挂过来。"传令放炮开关。轰隆一声炮响,大开关门。罗章抬头一看,见此将甚是凶恶。你看他怎生打扮?他头戴红缨亮铁盔,一匹黑鬃马,手执大刀,冲出关来。来到阵前,罗章大叫:"出来的胡儿通下名来。"巴兜赤说:"你要问魔家之名么?魔乃红袍大力子苏大元帅加为镇守金霞关大将军,巴兜赤便是。"罗章说:"什么巴兜赤!今日二路元帅已到,要往锁阳城杀那苏宝同,不思让路献关,反阻我去路,分明活得不耐烦了。"巴兜赤大怒,也不问名姓,提起刀来,"招魔家的刀"!往罗章领梁上劈下来。罗章叫声:"来得好!"把枪噶喇这一枭。巴兜赤喊声:"不好!"在马上乱摇,这把刀倒绷转来了。豁喇一声冲锋过去,兜转马来。罗章把手中枪紧一紧,喝声:"去罢!"一枪当心挑进来。巴兜赤叫得一声:"我命休矣!"躲闪不及,正中前心,仰面一跤,翻身滚下马来。罗

第二十回　勇罗通盘肠大战　锁阳城天子惊慌

章下马,取了首级,复上马吩咐诸将抢关。叫得一声"抢关",一骑马先冲在吊桥上了。营前程千忠见罗章挑了番将,把大斧一起说:"诸位将军,快抢吊桥。"有窦一虎等二十余将,上马提枪,端刀执戟,豁喇喇,豁喇喇,正抢过吊桥来了。那些番兵把都儿望关中一走,闭关也来不及了,却被罗章一枪一个好挑哩。众将也有把刀斩的,斧砍的,有时运逃了性命,没时运杀得精光,关中落得干干净净。查盘钱粮,关外请太夫人、元帅夫妻、小姐都到帅府。罗章上前缴令。丁山道:"贤弟走马取关,其功不小。将西凉旗号去了,立起大唐旗号。"养马一日,放炮拔营,前往接天关进发。行兵三日,来到关外,放炮安营。一声炮响,扎下营盘。我且不表。

另回言接天关总兵黑成星闻报失了界牌关、金霞关,王不超、巴兜赤二员总兵阵亡,大兵已到接天关,忙与胡猎花、智不花等商议说:"今两关已失,兵到接天关。想此关兵微将寡,不能抵敌,倘被他打破,兵民遭害,不如投降,免一城生灵之难。诸将以为如何?"两旁众将说:"平章之言有理。况前年薛蛮子到来,番兵遭其大害。不如献关为上。"黑成星大喜,吩咐小番扯起投降旗,开了关门,百姓香花灯烛接二路元帅。探子报进营中,丁山大喜,传令不许惊动百姓,秋毫无犯,摆队伍进关。重赏黑成星,扯起大唐旗号。养马三日,招安番兵。次日发炮起行,竟往锁阳城进发。此话不表。

再讲大元帅苏宝同想:"程老蛮子骗出番营,必定勾兵到来,粮草尽有。不如先打破城池,拿住唐王,然后杀那后面人马,岂非一举二得?"主意已定,传下令来,十座城门一共架起二十座火炮,各带兵五千,围绕护城河边,连珠火炮打得四处城楼摇动,震得天崩地裂。齐声喊杀,惊得荒山虎豹忙奔;锣鸣鼓响,半空中鸟鹊乱飞。城外杀气冲天,神仙鬼怪心惊。这个攻城不打紧,城中百姓,男女老少挈妻扶母,觅子寻爷,呼兄唤弟,哭声大振。街坊上纷纷大乱,众将慌张不过。朝廷在殿听得四处轰乱,毫无主张,诸大臣也心惊。茂公奏说:"龙心暂安,虽然十座城门,六座俱在山上,量不妨事,只有四处要紧。纵然厉害,有八员总兵,秦、尉迟、程、段等四将,在城上抵敌,料不能破,决无大事,请陛下宽心,望降旨差官招安黎民,料想过几日自有救兵来到,里应外合,好破番兵。"唐天子依言,遂差使臣往四处招安百姓,使臣领旨,各处招安,略略哭声少些。天子说:"先生,程王兄回国许久,应该救兵到了。"茂公说:"依臣阴阳算起来,救兵不日将到,臣原说过的。"天子半信半疑,心惊肉跳。不知如何,且看下回分解。

第二十一回
薛丁山大破番营　苏宝同化虹逃走

　　前言不表。再讲薛丁山行兵相近锁阳城,远远望去,不见城池,都是旗号,炮声不绝,周围都是番兵番将,剑戟如林,营头扎得坚固,想是被困死在里面。此一番大战不比往常! 元帅全身披挂,扎住帅营。丁山升帐,点窦一虎、副将王奎:"领人马二万,挂白旗为号,前往锁阳城城西,离营一箭之地扎住营盘,听号炮一起,杀进番营,不得有违!""得令!"窦、王二将接了令箭,带领白旗兵马二万,竟往西城去了。又点程千忠、副将陆成:"往南城冲杀,也听号炮,领兵踹入番营。""得令!"二人接了令箭,带领红旗兵马二万,离了帅营,往南城不表。又点尉迟青山、副将王云:"你二人领兵二万,往城北停扎,听号炮冲杀番营。""得令!"二人接了令箭,带领黑旗人马二万,往北前进,不必表他。

　　再讲薛丁山点将,接了三处城门,传令拔寨起程。三声炮响,元帅上了马。程咬金、薛金莲、窦仙童执了兵器同了元帅,带领大队绣绿旗人马,往东城而来。丁山坐在马上往营前一看,但见一派绣绿旗飘荡。营前小番扣定弓箭,摆开阵势,长枪手密层层钳住。里面宝同闻小番报知,大唐救兵已到,复夺三关。心中大惊,点将出来。三声大炮,冲出营前,正迎着薛丁山人马。大喝道:"程咬金,老匹夫! 你果然勾兵到此,救应唐主。本帅恨不能把你万剐千刀,也还嫌轻。快快出来,吃我一刀。"程咬金大怒,一马冲出,叫道:"苏宝同,你这胡儿,我程爷爷又不哄你,原说道勾兵取救前来杀你这班胡儿。你自装好汉,放我过去,与程爷爷什么相干? 你如今反怨着我。今日天兵到来,你该下马受死,还要胡言乱语。"苏宝同听了大怒,把手中大砍刀劈面砍来。薛丁山把方天戟迎住说:"苏贼,休得无礼,招本帅的戟罢!"飕的一戟,分心就刺。苏宝同大刀扑面交还。二人战到十合,不分胜败。左右飞龙将军赵良生,猛虎将军金宇臣二骑马冲将出来,相助苏宝同,丁山左右薛金莲、窦仙童上前敌住交战。

按下东城交锋,另言南门。程千忠、陆成听得东城炮响,也起号炮,带领人马,杀入番营。程千忠舞动大斧,乱斩乱砍,杀了几名番将,踹进营盘,砍倒帐房。陆成手中枪胜比蛟龙,杀进营盘,手起枪落,小番逃散不计其数。冲到第二座营盘,忽一声炮响,来了两员将官,大叫道:"唐将有多大本事,敢冲我南门,前来送死。"二人抬头一看,见二员番将,生得凶恶,开口说:"本爵主不斩无名之将,通下名来。"说:"我乃苏大元帅麾下,大将军孙德、徐仁便是。不必多言,放马过来。"孙德晃动乌银枪,往程千忠劈面便刺。程千忠把大斧噶嘟一声,枭在旁首。陆成挺枪上前。那边徐仁持棍,坐下马一步纵上迎住。枪棍并举,大战番营,不分胜负。

按下南门之事,再言西门。窦一虎、王奎听得南门发了号炮,也起一声炮,带领二万人马冲进番营。里面炮响一声,闪出两员大将,乃是雄虎大将军葛天定、威武大将军杨方,喝声:"有何本事,擅敢破我西营。放马过来,待本将军一刀砍两个。"把大刀直取窦一虎。一虎把手中黄金棍敌住葛天定,来往交锋。一虎本来厉害,忽在马前,忽在马后,将黄金棍乱打。葛天定将大刀砍下来,一扭不见了;又在马后钻将出来,打马屁股一棍,那马乱跑乱跳,几乎把葛天定跌下马来。杨方前来要救,只见王奎使动金背刀,手起刀落。

再言北门尉迟青山抡动竹节钢鞭,听得号炮一响,同了王云带领人马鞭枪,直杀进番营,挑倒帐房,番兵四路逃走。见二员番将冲出来,大叫:"唐将少来冲我北营。"尉迟青山说:"胡儿,本将军这条鞭不打无名之将,留下名来。"说:"要问我之名,洗耳恭听。我乃苏大元帅标下加封为雄虎大将军,姓赵名之。""我乃猛虎大将军李先便是。放马过来!"把坐下黑毛马一纵,大砍刀一举,直往尉迟青山劈面砍来。尉迟青山把手中钢鞭一迎,架在一边。冲锋过去,勒转马来,尉迟青山提起鞭来,照头打去。赵之大刀护身架住。二人大战,并无高下。王云摇枪来战,那边李先使动斧子迎住,尽力厮杀。一往一来,四手相争,雌雄未分。

不表四门混战,喊杀震耳,锣鸣鼓响,炮震连天,四散兵逃。又要说城中将官在城上见番营大乱,鼓炮不绝,杀声大震。茂公晓得救兵已到,奏知天子。天子龙颜大悦,众将放下惊慌。茂公当殿传令:"汝等快结束,整备马匹,带领队伍,好出城救应。两路夹攻,使番邦片甲不留。""得令!"点尉迟号怀、秦梦:"你二人领一万人马,开东门冲杀救应,共擒苏宝同。""得令!"二员将出了银銮殿,上马到教场,领兵一万往东门不表。

又点周青、薛贤徒:"你二人带兵一万,往南门冲出,须要小心。""得令!"二员将出外上马,到教场领人马往南城进发不表。又点姜兴霸、李庆红:"你二人带兵一万,往西门冲出,不得有违。""是!"二人上马提兵,领人马往西城进发不表。又点周文、周武:"你二人带领人马一万,开北门接应。""得令!"领兵往北城而行。放炮一声,城门大开,吊桥放落,二马当先,冲到番营。手起一枪,番兵尽皆冲散。踹进第二座营盘,一万军混杀,番兵势孤,不能抵敌,弃营逃走。二人直入,无人拦阻。见尉迟青山、王云大战二员番将,有二十回合,不分胜负。恼了周文、周武,纵马上前,喝声:"去罢!"手起一枪,把赵之挑在地下,李先见唐将多了,心内一慌,兵器一松,被尉迟青山一鞭打下马来。四人大踹番营,喊杀连天,番兵逃亡不计其数。北门已退,营盘多倒。

又要讲到西门开处,放下吊桥,冲出一标人马,踹踏番营。那姜兴霸、李庆红各执一条枪,杀散小番,冲进营盘。只见窦一虎、王奎与敌大战数十合,不定输赢。姜兴霸把枪刺个落空所在,一枪将葛天定挑下马来。杨方被窦一虎一棍打死。四将杀得小番尸骸堆积,旗幡满地,皮帐践踏如泥。西城又得破了。又表周青、薛贤徒带兵冲出南门,杀进番营。见程千忠、陆成与番将战有三十个冲锋,未分胜负。恼了周青,纵马上前,手起一锏,把徐仁打死。孙德措手不及,被程千忠一斧砍死。这回乱杀番兵,大踹番营,都抛盔弃甲四散而逃。各处尸首,马踏为泥。四下里哭声大震,寻路逃奔。唐朝人马,紧追厮杀。

又再讲到东门薛丁山与苏宝同大战。薛金莲将六个纸团一抛,都变做二丈四尺长的金甲神人。苏宝同兵将多被金甲神人乱砍。窦仙童祭起捆仙绳乱来拿人。苏宝同见势头不好,将葫芦盖揭开,放出柳叶飞刀,直奔丁山头上落将下来。那薛丁山头上戴的太岁盔,毫光一冲,飞刀散在四方不见了。苏宝同一连放了八把飞刀,只听拼玲拍珰,又作为灰飞。又放起飞镖,丁山放下戟,左手取弓,右手拿穿云箭,搭在弦上,一箭往飞镖上射去,无影无形;将手一招,其箭落下,用手接住,放在袋内。苏宝同大惊,回马要走。丁山抽出玄武鞭,长有三尺,青光也有三尺,将鞭一起,苏宝同回头一看,见一道青光在背上一晃,叫声:"啊呀,不好了!"后心着鞭,口吐鲜血，大败而走。窦仙童叫声："哪里走！"祭起捆仙绳，将苏宝同捆住。苏宝同见仙绳来得厉害，化道长虹而去。丁山见了，倒却心惊。程咬金说："此乃非凡人也，焉能擒得他着？"只见后面秦梦、尉迟号怀带了人马，杀上前来帮助。吩咐追杀番兵，追下去有三十里，杀得尸横遍野，血流成河，遗下刀枪、戟剑、旗幡、粮草不计其数。程咬金传令鸣金收军。丁山说："老千岁为何就收兵？"咬金说："陛下久困在城，望之已久。待见过圣上，然后发兵竟取西凉，擒拿苏宝同，未为晚矣。"丁山说："老千岁之言有理。"聚齐三处人马，一同到锁阳城见驾。不知见了圣上有甚言语，下回分解。

第二十二回
唐天子君臣朝贺　　薛仁贵父子重逢

前话不表。再言天子同徐茂公、程铁牛在城上观看，只见程咬金带了人马，飞奔来到城边。天子看见，知已杀退番兵，下落城头，回到银銮殿上，命程铁牛接进父亲。领旨上马，来到城外。后面大队人马，在城外扎营。城门大开，咬金同了二路元帅诸将来到殿上，朝见万岁。山呼已毕，天子开言说："王兄到长安勾兵，二路元帅是谁？"咬金奏道："殿下出榜招贤，不想挂榜一日，来了薛元帅之子名唤丁山，王敖老祖的徒弟，有十桩宝贝，武艺精通。殿下拜为二路元帅，领兵三十万，来救圣驾。"朝廷大悦，开言叫声："王兄，阵上有二员女将，朕远观看，只见遣出一长大金甲神将，将番兵乱砍。又见一女将抛起红绳，有万道金光，将番兵捆住。又只见一子，在地中钻进钻出，手提黄金棍子，打死番将无数。此四人哪里降下来的，扶助寡人破番，克期①平复，不知是谁，奏与朕知道。"程咬金奏道："使戟的乃薛世子；遣金甲神将的乃仁贵之女；用捆仙绳者，臣有罪不敢奏明。""卿有何罪，但奏无妨。"咬金奏道："薛丁山同护国夫人、妹子金莲一同来征西，路过棋盘山。山上有兄妹二人拦路。世子出战，被捆仙绳

---

① 克期——严格限定期限。

拿去要处斩。老臣看他兄妹手段高强,又有仙术,可救圣驾。又且女将才貌双全,与护国夫人商议,老臣为媒,成就婚姻,臣该万死。使双刀用仙绳者,二路元帅之妻窦仙童也。用黄金棍地行者,窦一虎也。"天子闻奏,龙心大悦,开言说:"王兄无罪有功,成其美事,又来扶助寡人,乃天赐良缘。不知还有何将一同前来?"咬金奏道:"有罗通为先锋,程千忠、尉迟青山某人等,一同征剿。但是越国公来到界牌关,遇守将王不超。他年九十八岁,勇猛难当。与他战了百合,误被刺其肋也,肝肠都带出来。罗通盘肠腰间,一枪刺死老将,他忍痛而回,死于营中,已送柩归乡。其子罗章愿代其父,领挂先锋,连破二关,来到这里。"天子闻听罗通已死,龙目滔滔下泪。茂公道:"龙心万安。罗通乃是大数①。""罗通有何大数?"茂公奏说:"万岁不记得那年扫北,罗通曾与屠炉公主立终身之誓,若忘了,死在八九十岁老番之手。今果应其言。"天子点头,传旨命程王兄速带丁山,往帅府父子团圆。诸将谢恩,领旨出朝。

　　咬金同了丁山母子来到帅府。有军士报进。仁贵卧病在床,一载有余,不能全好。军士说:"启元帅爷,程千岁要见。"仁贵听言,咕噜翻身,朝向外面,说:"程千岁取救兵到了么?""到了。""你说帅爷有病,不能远接,多多有罪。请千岁进来面谢。"军士听了,到外面说:"小将奉元帅之命,禀上老千岁,因元帅伤病疼痛,卧床不起,不能远接,多多有罪。请老千岁面会相谢。"咬金听了,同着丁山,进到里面,见了仁贵说:"我去了一载有余,你背上伤病如何还不能好,起身不得?幸好我骗出番营,逃回长安,请得救兵,破了界牌关、金霞关、接天关,复夺三关,来到锁阳城,杀退番兵番将及苏宝同,方解此围,才得会你。"仁贵听了说:"多谢老千岁。不知朝中点谁为帅,本事高强,胜过于我,杀退苏宝同,进城救驾?"咬金呼呼大笑说:"平辽公,幸皇上洪福齐天,二路元帅不是别人,就是平辽公之子名唤丁山,领兵前来救驾。"仁贵听了说:"老千岁不要骗我。我儿丁山,被我神箭误伤性命,亡过多年了,哪里有什么儿子?"咬金道:"元帅你是不晓得的。幸亏王敖老祖救去,收为徒弟,在山学法,现奉旨宣来会你。你看此位是何人?"丁山走到床前,跪在地下说:"爹爹,孩儿未死,师父救活的。"仁贵却见稀罕,人死哪有复生之理?不免问他说:"你果是我丁山

----

① 大数——旧谓气数、命运。也指寿限、死期。

第二十二回　唐天子君臣朝贺　薛仁贵父子重逢

儿子？王敖老祖救活的么？"丁山纷纷下泪说："爹爹，孩儿命中不该死，幸遇师父救活还魂，在山中学习七年。师父吩咐，速往西凉救君父。殿下封孩儿为二路元帅，杀退番邦人马，前来见父亲。"仁贵欢喜道："这也难得。父子相逢，真真谢天谢地。儿啊，为父的膀中飞镖，伤痕深透，一载有余，疼痛异常。你既是王敖老祖徒弟，可有什么灵丹救为父的一命么？"丁山道："我师曾言父有灾难，付我丹药一丸，敷在伤处，立刻就好。"仁贵听了说道："儿啊，快将丹药来敷。"丁山连忙立起身子，身边取出小葫芦，倒出一粒仙丹，含在口中嚼碎，敷在伤病之处。倏然膀上发痒，流出毒水，方消一刻，伤病痊愈，绝无疼痛。仁贵好不欢喜，咕噜翻身立起，走下床来，说："果然仙丹妙药。难得！难得！"身子伸一伸，腰背俱全好。丁山又说："爹爹，母亲妹子都在辕门外，同孩儿起兵来的。望父亲接见，骨肉团圆，相逢见面。"仁贵听了，叫声："孩儿，你母亲同来了？你可出去致意母亲，待为父大开辕门谢恩之后，然后进见便了。"丁山依言，忙到外面见了母亲说："爹爹伤病已好，开门谢了圣恩，然后接见。"夫人听了欢喜不已。程咬金也就辞别回去，仁贵相谢送出，此话不表。

　　再讲元帅传令，吩咐开门。"得令！"忙到外面说："元帅爷有令，大开辕门。"只听得三吹三打，三声炮响，元帅升帐，供好香案，二十四拜，叩谢圣恩。诸将打躬立在两旁。夫人、小姐、媳妇三乘大轿，抬进辕门，来到帐下出轿。仁贵出迎接夫人，吩咐掩门。来到后厅，夫妻见礼，金莲上前见父。叩拜已毕，仁贵不悦说："夫人，下官奉旨征西，沙漠重地，乃承王命，不敢违逆，所以大战沙场，身中飞镖，几乎一命难逃。若非圣上洪福，焉能得活？你与女儿深闺弱质，不该同孩儿一齐到此，有伤千金之体，出乖露丑，甚为不便。"夫人道："相公不知，妾与孩儿深知闺门女训，岂肯轻举妄动？只因在家闻报，说相公困在锁阳城，身中飞镖，伤人绝命。那时吓杀我母女二人。幸得孩儿仙师相救，学成仙法，先回到家中，说有灵丹妙药，能救父亲。奏明殿下，点兵起行。妾不舍孩儿远行，愿欲相随，况闻相公凶变，不知死活，故此来的。女儿也放心不下，随我一同起程。女儿虽是千金之体，兵书战策无所不晓，乃桃花圣母传授兵法，武艺精通，也来助战。杀散番兵，女儿也有功劳在内。"仁贵道："夫人如今既来，也不必说了，但不知此位何人？"夫人说："媳妇过来，拜见公公。"仙童听见忙来见礼。仁贵道："何等之人，称为媳妇？请道其详。"夫人道："相公，此女乃棋盘山夏明王窦建德之孙女也。当初七十二路烟尘反乱,未经归伏。与兄窦一虎屯兵数载,抢棋盘山招兵买马,十分骁勇。我孩儿奉命征西,到山下经过。那窦家兄妹下山讨战。我孩儿大怒,与他大战。谁知两下都有仙法,竟把我儿拿去,强逼成亲。我儿大骂,登时绑赴山前斩首。有军士报知,吓坏了我母女二人。程咬金千岁慌张,情愿为媒,两边说合成亲。他兄妹二人改邪归正,拔寨烧山,同归唐朝,扶助圣主。杀退番兵,也有一番大功。今日帐前听令,理当拜见。"仁贵听了大怒,说:"罢了!罢了!生这样逆子。我治家不整,焉能治国?做主将,管领三军就难了。"夫人看见仁贵大怒,说:"相公,今日骨肉团圆,为何发怒?"仁贵说:"夫人有所不知,我恨丁山这小畜生,既为二路元帅,领兵救应,虽被不服王化的草寇窦家兄妹捉去,理当杀身报国,如何逼令成亲?身为主帅非同小可,三军司命全在于你,应该请旨定夺。擅敢私自成亲,那畜生十恶不赦之罪难免。"吩咐军校:"绑这畜生辕门斩首。"那军校们一声答应,将丁山绑起。不知性命如何,且听下回分解。

第二十三回
唐太宗驾回长安府　　苏宝同三困锁阳城

前言不表。再讲柳氏夫人大哭说:"啊呀!相公啊!身为大将,不晓得父子至亲。前年征东回来,把孩儿射死。若非王敖老祖相救转,定做绝嗣之鬼。今日得见亲人,犹如枯木逢春。我不舍得孩儿,万里相随;况且救君救父之功劳极大。不料小过即要斩孩儿。劝相公不必如此,放了绑罢。"仁贵道:"夫人,那畜生日下年少,尚不把君父看在眼内,自行做主成婚。倘外夷知道他好色之徒,将美人计诱之,岂非我君父性命尽要被他断送了?军令已出,决不轻饶。夫人,不必啰唆,请退后厅将息①。刀斧手过来,推出斩首报来!"夫人大哭,叫声:"住手,相公啊,妾身做主的,央程老千岁为媒,三军皆知。非是孩儿贪其美色,自行做主,背逆君父。伏望

---

① 将息——休息,将养。

第二十三回　唐太宗驾回长安府　苏宝同三困锁阳城

相公看妾之面,饶了孩儿一死。"仁贵听了,全然不睬,喝令:"快斩讫报来!"军校正要将丁山推出,只见程咬金大怒,抢步上前,连叫:"刀下留人!"赶上帐来,开口叫道:"元帅,自古道虎狼尚且不食儿,为人反不如禽兽。小将军英雄无敌,勇冠三军。令媳窦小姐仙传兵法,才貌不凡。目下朝廷用武之际,虽小将军不遵教令成亲,此乃是老程之罪,不该请尊夫人做主,早成花烛。想将起来,与令郎毫无干涉。你若固执一己之见,必欲处斩,老程愿代一死。"将头颈伸出,叫道:"快斩老程!"仁贵听言说:"老柱国说哪里话来?只因我家小畜生,既蒙东宫①之命,拜为二路元帅,如何不知厉害?倘遇敌人对阵,知他好色,便将美色诱而斩之,岂非我百万三军多被其害啊。老柱国,别样事情领教,此事断然不遵。明日到府负荆请罪。"咬金听说,真正急煞。忽报圣驾到了。仁贵出帐,俯伏奏道:"陛下何事降临?"天子开言说:"元帅军令甚严,闻得小将军犯过,幸有破贼救驾之功,可偿其前罪。况用武之时,请元帅宽罪。""谢恩。愿我皇上万岁,万万岁。""赐卿平身。"驾退回宫。仁贵吩咐:"带畜生过来。方才恩旨赦其一死,死罪赦了,活罪难免。军校们把这畜生捆打四十铜棍。"两旁一声答应,正要将丁山捆打,只见咬金走过,将身扑上,大叫:"平辽公,休要打小将军,望乞饶恕。老程要叩头了。"仁贵连忙扶起说:"既是老千岁再三用情,免打。追还帅印,监禁三月,以赎前罪。窦仙童野合②之女,焉能算得我家媳妇?打发兄妹自行归山。"窦家兄妹无奈何,只得收拾要行。仙童小姐纷纷下泪,上前拜别婆婆柳氏、姑娘金莲,婆媳姑嫂难舍难分。看见仁贵认真得紧,面铁青青,不好上前相劝,只得放手。兄妹二人正要到营门上马,咬金上前留住,再见元帅说:"啊呀!那窦小姐与令郎成亲,怎么说不是你家媳妇?叫他回去于理不通。况且他兄妹英雄无敌,令郎尚且被擒,如今打发他回去,难道他心中不恨,逼其反也。他霸踞棋盘山,兴兵杀入长安,其祸不小。纵然灭得西凉,岂不是反失中原?不该放虎归山,还该留他随阵调用。"仁贵一听,便醒悟说:"老千岁苦劝,只好权且相留,叫他兄妹二人军前效用便了。"咬金听了,来到营门说:"窦将军、窦小姐,我再三劝留,元帅如今依允了,快进营相见。"窦氏兄妹一听

---

① 东宫——乃太子居住之处,后代指太子,这里即李治。
② 野合——原指男女苟合,此指婚姻不合于礼法。

此言，来到帐前参见元帅。仁贵认了媳妇，一虎称为大舅。窦仙童随了婆婆进入后厅。一虎退出外边，安心效力，此话不表。

再讲贞观天子对茂公说："寡人自离长安出兵以来，历有六载，幸喜杀退番将。寡人意欲起驾回朝，命元帅督令进兵，早灭叛贼，以雪朕恨。"茂公领旨，同文武退出朝门。传旨起驾，圣主还朝。众大臣多有思归之念，闻君要回，都喜之不胜，收拾行囊，候驾起行。又有旨下：一应文官同军师徐茂公保驾还朝，武将随元帅进兵伐叛。文武官领旨。唐王起驾，出了宫门，武臣送出锁阳城。天子又传旨：将阵亡诸将骸骨收殓，带回长安安葬。"谢恩。"不表天子回京，再表仁贵送出圣驾，回到帅府，传令诸将："本帅奉旨重任，即日征西，尔等各要尽忠。灭得西凉，得胜班师，论功升赏，不得有违。""是，得令！"此言不表。

再讲苏宝同杀得大败，回转头来，不见追兵，忙鸣金收军。百万人马，点一点不见七十万，所剩者多是伤胸折臂之人，好兵不满二十万。大将二百员，只剩二十员。九口飞刀，三口飞镖，尽化灰飞。不如且回西凉，再整兵复仇。主意已定，往前而行。只见前面一支人马下来。苏宝同吓得魂不在身，说："前有兵马，后有追兵，我命休矣。"相近不远，睁眼一看，原来是飞钹和尚与铁板道人领兵前来。一见苏宝同忙问道："元帅，俺闻南蛮大破锁阳城，特来与元帅共议报仇之计。请问元帅为何带了兵马回转西凉，莫非惧怯大唐，让他了么？"宝同双目流泪说："军师不知，只恨自家不是，放出程咬金这老蛮子，欺他老迈没用。谁知他回朝勾兵前来，就是薛仁贵之子薛丁山为二路元帅。兵多将广，手下又有二员女将，十分凶勇。把我飞刀、飞镖尽行灭去，被他里应外合，杀得我大败，夺去锁阳城。我欲回转西凉，奏过狼主，再整兵马，前来雪恨。"飞钹和尚、铁板道人两个听了呼呼大笑道："元帅，你枉为主将管领三军。自古说得好，兵来将挡，水来土掩。长他人之志气，灭自己的威风。胜败兵家常事，如何今日就要收兵？若还回往西凉，却不是笑煞唐朝兵将，道我西凉没有人物？幸我等二人提兵到来，正好遇着元帅。如今再把军威重整，兴兵复打锁阳城，拿住薛蛮子父子碎尸万段，方出元帅之气。"苏宝同听了大喜，传令大小三军，共有精兵三十万，连夜星飞赶到锁阳城。三声号炮，又将锁阳城团团围住，水泄不通。营盘扎得坚固，鸟雀飞不过枪尖，蛇虫钻不过马蹄。好厉害！此番三围锁阳城，果然凶勇。

有蓝旗报进营中，忙到辕门上击鼓。元帅升帐，叫中军官："半夜三更，谁人击鼓？"中军道："启帅爷，辕门外有探子飞报军情紧急，故此击鼓。""既如此，唤他进来。"中军领命，到外面说："探子，帅爷唤你。""是。"探子随到帐下，禀道："帅爷在上，探子叩头。"元帅说："你有何紧急军情，半夜三更前来击鼓？快快讲来。"探子道："启帅爷，探子打听西凉苏宝同，前被二路元帅小将军杀得大败而逃，如今合了飞钹和尚、铁板道人两个军师，复领了三十万人马，方才二更时分，又把锁阳城团团围住。喝号摇铃，锣鸣鼓响，马嘶炮震，好不惊人。故此前来击鼓。"元帅听了大怒道："杀不尽的番儿。我原想苏贼败去，必然再来猖獗。如今幸喜圣驾前日出城，已回朝去了。番儿啊，你如今休说三十万雄兵再围锁阳城，你就是三百万围住，俺薛元帅何足惧哉！左右！赏探子银牌一面，再去打听。""是。"探子谢赏，出府而去。

再讲元帅侧耳而听，果然炮响连天，鼓声震耳，人喊马嘶，有攻城之势。忙传令军士："紧守城门，城上多加灰瓶、炮石、弓弩、簇箭，小心保守，候明日开兵。"军中得令。不表城中之事。

再言苏宝同二位军师次日抵关讨战。那飞钹和尚全身披挂，结束停当，带了三千罗汉兵，一声炮响，冲出营门，来到西城，大叫："城上的，快报与薛蛮子知道，今有苏元帅标下，左军师飞钹和尚在此讨战。有本事的早早来会俺，不然攻打进城，你这一班蝼蚁，都要丧命哩。"一声大叫，惊动了守城军士，飞风报入帅府去了。不知交战胜败如何，且听下回分解。

第二十四回

飞钹僧连伤二将　　窦一虎揭榜求婚

不表番营讨战，再言军士报入帅府："启元帅爷，城外番将讨战。"元帅说："哪位将军出去会他？""小将愿往。"元帅抬头一看，原来是龙镶将军王奎。元帅说："将军出去，须要小心。"王奎得令，出了帅府，上马来到教场，点了三千铁骑人马，来到城边，吩咐放炮开城。三声炮响，开了城门,放下吊桥,冲到阵前。抬头一看,见一员凶恶和尚,头戴一顶毗卢帽①,身披一件烈火袈裟,内穿熟铜甲,骑一匹金狮狐,手执混铁禅杖,纸灰脸。两边摆齐三千罗汉兵。王奎大叫一声:"狗秃驴,休来纳命。快叫苏贼出来会我。"飞钹和尚听了大怒说:"狗蛮子,休得多言,放马过来!"王奎说:"少催坐骑。你敢是飞钹和尚么?"应道:"然也。既知我名,焉敢与俺对敌?俺不斩无名之将,通下名来。"王奎说:"你要问本将军之名,洗耳恭听。我乃大唐天子驾前龙镶将军,薛大元帅麾下王奎便是。"飞钹和尚听了,把马一拍,抡起铁禅杖,"招打罢!"劈头打将下来。王奎把手中大刀往上只一枭,架在旁首;冲锋过去,回转马来,把手中大刀还转一刀。和尚也架在一边。一来一往鹰转翅,一冲一撞凤翻身。刀来杖去叮当响,杖去刀来迸火星。二人战了有三十回合,和尚料不能胜,兜转马来就走。王奎哪里肯舍,把马一拍,追上来了。和尚回头一看,正中机谋。忙将禅杖放在判官头上,怀中取出飞钹祭起。王奎抬头一看,见一道光亮劈面打来,嗄,叫一声:"不好,我命休矣!"躲闪不及,打得脑浆迸出,死于马下。三千铁骑上前来救,被罗汉兵杀得大败,回进城中,折了一千五百人马。紧闭城门,忙报进帅府:"启元帅爷,不好了。王将军出阵被和尚打死了。"仁贵听了大怒,说:"这妖僧伤我一员大将。"传令点陆成、王云过来。"你们带领三千人马出城,与我将妖僧斩首。"点马标带领人马去掠阵,"若二将得胜,即前去砍杀番妖人马;倘有差错,鸣金收军。"马标得令。那二将出了帅府,全身披挂,结束停当,上马端兵器来到教场,点了人马。来到城旁,吩咐放炮开城。三声炮响,大开城门,放下吊桥,二将冲出。听得战鼓如雷,和尚抬头看见来了二员大将,金盔金甲,各使长枪,向和尚便刺。那飞钹和尚也不问姓名,把铁禅杖挡住。二下大战,竟挡得两条长枪如长蛇一般,飕飕不住,不在前心,就在两旁,和尚哪里挡得住,又将飞钹打将过来,可怜两员英雄,都丧在两扇飞钹之下。马标看见魂飞魄散,鸣金收军,紧闭城门,前来报与元帅知道。仁贵听报大怒道:"这妖僧如此骁勇,一刻之间连伤我三员大将,不知用何兵器,这等厉害?"马标禀道:"启元帅,他用飞钹祭起空中,有万道毫光,蔽人眼目。故此三将不曾

---

① 毗(pí)卢帽——放焰口时主座和尚戴的一种绣有毗卢佛像的帽子。亦泛称僧帽。

第二十四回　飞钹僧连伤二将　窦一虎揭榜求婚

提防,被他打死。"元帅又怒道:"马标你既为掠阵官,见有飞钹妖术,何不早说?报事不明,何为掠阵?左右将马标绑出枭首。""得令。"将马标推出辕门,一刀斩首,进营回禀:"元帅,献上首级。""将头号令。"元帅看看两旁诸将,都惧怕飞钹,不敢出头。单有窦一虎上前说:"小将愿往。"元帅说:"窦将军,闻你仙传地行之法,定能破得妖僧。与你令旗一面,步兵三千,作速出阵。"一虎得令,出了帅府。他不戴盔,不穿甲,头上扎就太保红巾,身穿绣云黑战袍,脚踏粉底乌靴,大红裤子,拿了黄金棍,带了三千步兵,开了城门,行至阵前。飞钹和尚抬头一看,见城中走出一队步兵,不见主将,心中倒也稀罕,就被窦一虎腿上打了两下,好不疼痛。往下一看,见一个矮子跳来跳去。和尚便将禅杖打下,他用棍子相迎。杀了几合,和尚在马上终是不便,倒被一虎往马屁股上一棍,打得那马乱跳,几乎将和尚跌下马来,忙打下飞钹。一虎看见,想来厉害,身子一扭不见了。和尚四下一看不见一虎,一虎在地下叫道:"妖僧不必看,我在地中了。"和尚想道:"唐朝有此异人,怪不得元帅大败,怎能夺转锁阳城。"忙将两手拿了两扇飞钹,对地下说:"你你这个矮子怕我,躲在地下,岂不要闷死了?少不得气闷不过,还要钻将出来。我把你活活打死,方雪此恨。"那一虎在地中听了和尚这般言语,他在地中呼呼大笑说:"呵呵呵,你要将飞钹打我,只怕还早哩。我会地中行走,不怕闷死。我今回营去也。"说罢,呼呼大笑,只听得笑声渐远。和尚气得满面通红。一虎行到城门首,钻将出来,鸣金收军,紧闭城门。

一虎回进帅府。元帅一见说道:"窦将军你回来了,方才出兵胜败如何?"一虎禀道:"元帅,那和尚用的是两扇飞钹,果然厉害。若无仙传地行之术,也要被他打死,做为肉酱了。"元帅听了,心中暗想:"那妖僧用飞钹如此厉害,挡住在此,怎好进兵?"便开口说道:"窦将军且退,待本帅思一妙计,必要擒他。"传令城外高悬免战牌。"得令。"

不表窦一虎退出,再言和尚看见城上挂了免战牌,呼呼大笑回营。明日又来讨战,又见免战牌还挂了。那和尚百般大骂,至晚而回。一连三日,俱是如此。那薛元帅聚齐诸将说:"和尚如此厉害,诸将有何计可退番兵?"尉迟青山上前说:"要破妖僧,必须释放世子丁山。他有仙传十件宝贝,王敖老祖弟子出阵可擒妖僧。"众将齐声说:"尉迟将军之言不差,必须小将军方可退得。"元帅说:"军令已出,不可挽回,诸位将军不必言他。"众将无可奈何,各自回营。看看又过了三日,元帅无计可施,传令挂榜营门,有人退得和尚,破得飞钹,奏闻圣上,官封万户侯,锦袍一领,玉带一围,黄金千两,决不食言。榜文一挂,那窦一虎晓得挂榜,心中得意:"此番小姐稳稳到手了。"来到帐前说:"元帅,小将有计能破飞钹,要求元帅恩赏。"元帅大喜说:"窦将军你果有妙计,破得飞钹,本帅赏你锦袍一领、玉带一围,还要请旨封官。"一虎笑道:"小将也不要请旨封官,也不想锦袍玉带,只是有句话儿不好说。若元帅见允,小将便能破得飞钹。"元帅道:"将军,你俱不要,要本帅赏赐什么,快快说来。"一虎带笑说:"小将也是明王之孙,当今天子之表侄。曾见令爱小姐尚未许婚,元帅将小姐许配我,我有妙计能破飞钹,然后进兵西征。未知元帅肯允否?"仁贵未听此言犹可,一听此言,心中大怒,想道:"夫人好没见识,不该带金莲女儿一同到此,被矮子看见,倒来求亲。开言说:"嗾①!你这蠢物。本帅虎女,焉肯配你犬子?也罢,你若破得飞钹,本帅另眼相看。若说起亲事,断断不能。"一虎道:"元帅既不肯将小姐许我,我焉能肯与元帅破飞钹?"元帅大怒说:"蠢物如此无礼,军校们绑出去,斩讫报来。"一虎道:"元帅不必发怒,小将自回棋盘山去了。"军校正要来拿,见一虎身子一扭不见了。元帅见了,无可奈何,心中暗想:目下正在用人之际,他若回去了,飞钹又不能破,兵又不好进。也罢,不如骗他破了飞钹,允不允由我。元帅开言对地下说道:"窦将军,我不杀你,你且出来。只要你破得飞钹,回朝之日,将小女与你成亲便了。"一虎在地中听得元帅相许,从地下钻了出来说:"既蒙允诺,如今便称岳父了。"仁贵心中敢怒不敢言,只得说:"但不知你有何妙计能破妖僧飞钹?"一虎说:"元帅,待小将今晚三更时分,往番营盗收飞钹,杀了妖僧,明日元帅就好进兵了。""既是如此,命你今晚前去,依计而行便了。""是,得令!"不知一虎如何盗得飞钹,且听下回分解。

---

① 嗾(dōu)——早期白话文中用作怒斥声。

第二十五回

窦一虎盗钹受苦　秦汉奉命救师兄

　　前言不表。单讲窦一虎回归自己营中,结束停当,等至三更,钻入地中,竟往番营,此言不表。再讲苏宝同见飞钹和尚连日得胜,斩了唐朝三员大将,杀得他闭城不出,高悬免战牌。便安排筵宴,请飞钹和尚、铁板道人。大开营门,用长竿挂起飞钹庆贺,名为祭宝会。那窦一虎来到营门,将头探出,往上一望,却被和尚看见,对苏宝同说:"元帅,方才说唐朝有一地行之将,今番来也。"宝同说:"在哪里?"和尚说:"在地中钻出来了。""怎么拿他?倘被他又去了,反为不美。"和尚说:"不难。"忙用指地金刚法,使那地皮坚硬。一虎钻出头来了,和尚忙将飞钹抛去。一虎一见大惊,欲要钻下地,地皮坚硬不能去了,被钹一合,放在飞钹内面了,好不气闷。在钹内心中一想说:"师父有言,日后有难,付我一粒丹药吃了,可免灾难。"如今在衣缝内面,忙取出来,吃在肚内,果然不气闷,又不饥渴,安心住在钹内,不表。再言苏宝同说:"军师拿住矮子,何不将他斩首,放在钹内做甚?"和尚说:"他是王禅老祖弟子,有仙法道术,斩他不得。放在钹内,凭他神仙道术,不消七日,化为脓血,不久自死。"苏宝同听了大喜,称赞军师之功,此话不表。

　　再讲仁贵见一虎往番营盗钹,候到天明不见回报,心中狐疑不定,"若盗不动也该回来了。他满口应承,欣然而去,想是被妖僧拿住也未可知。嗄,有了,不免点程千忠出去,到城上观看,若被斩首,决有号令。"主意已定,命程千忠:"前往城上,看番营可有首级号令,速来回报。""是,得令!"那千忠出了帅府,上马来到城上,往番营观看,静悄悄不见什么首级号令出来。等了一回,不见动静,只得下城回到帅府缴令。元帅听了,心中好不烦闷。欲要差探子出城打听,忽城上军士报进:"启元帅爷,城外有铁板道人讨战。"元帅对诸将说:"前日有个和尚,今日又有个道士,想是多有左道旁门之人,今日不可与他交战。待等三日之后,商议开兵。"众将说:"元帅之言有理。"传令城上高悬免战牌。那铁板道人看见了免战牌，大笑回营。此话不表。

再言双龙山莲花洞王禅老祖驾坐蒲团，忽心血来潮，屈指一算，说："不好了！大徒弟窦一虎有飞钹之难，幸有灵丹相救，七日灾难已满。不免唤二徒弟出来去救师兄。童儿唤秦汉出来。"那童儿领法旨，来到里面说："师兄，师父唤你。"那秦汉正在里面学习，听得师父呼唤，忙来到蒲团前，倒身下拜说："师父，唤弟子出来有何事干？"老祖说："徒弟，你师兄有飞钹之难，命你前去相救。况你业缘已满，我今与你两件宝贝，名曰钻天帽、入地鞋。你快往锁阳城，用灵符一道救取师兄窦一虎，就在薛元帅麾下，助他征伐西凉，夫妇团圆便了。"秦汉听了，叫声："师父，弟子本来面目，望乞师父训示。"老祖说："你原是大唐秦怀玉之子，金枝玉叶。你三岁时，在后园玩耍。我从云端经过，被你冲开足下红云，收留到此二十余载。今已缘满，下山去罢。"那秦汉也是矮子，头上挽起个空心丫髻，大红绒须两边披下，身穿绣绿袄子，手上带个黄金镯，赤了一双脚，好似红孩儿一样。听到师父如此言语，心中大悦，便叫声："师父，请问两般宝物有何用处？"老祖呵呵笑道："秦汉，你要问这两宝物有何用处？我对你讲，那钻天帽乃王母娘娘瑶池中真宝贝，戴在头上，便会腾云随风，可入天门，朝拜诸天日月星宿。那入地鞋，乃是南极仙翁宝贝，穿在足下能入地中，可到森罗宝殿，十殿阎君前来迎你。这两般宝物付与你去，可助大唐。还有一对狼牙棒，随身器械，灵符一道，一齐拿去。"秦汉欢喜不过，拿了狼牙棒，拜辞了师父，即便下山。心中起了凡心，戴了钻天帽，那宝物说也作怪，刚刚戴在头上，忽听得耳边豁喇喇一阵风，便将秦汉提在空中。秦汉哈哈大笑，按下云头，抬头一看，别有一番世界。见一座仙庄极其华丽，内面走出一个女子，生得十分美貌，天姿国色，见了秦汉，叫声："郎君，因何到此？"秦汉见了遍体酥麻，说："小娘子下问，我乃王禅老祖徒弟秦汉，奉师命往锁阳城去救大师兄窦一虎，在此经过，得遇小娘子，莫非我三生有幸了，愿求片刻之欢。"那女子半推半就，满面通红。秦汉欲火难禁，便问："小娘子尊姓？"女子说："我姓松，爹爹出外去了，并无人在家。"问道："小娘子青春多少？"回言："虚度一十八载，尚未曾适人①。"秦汉又说：

---

① 适人——出嫁。

"我乃秦驸马之子,公主所生。娘子不弃,愿为秦晋①。不知娘子意下若何?"女子道:"既有美意,恐辱尊躯。"秦汉色胆如天,将女子抱进房,解带宽衣。那秦汉赤了身子,抱着女子,正要求欢,只见一阵狂风,抬头一看,房子不见了,连那女子也不知去向,两手抱着一棵大松树。忽见师父来到,置身无地,两手又拿不开,口叫:"师父救我。"老祖说:"业障②!业障!你做的好事,还要怎么?"秦汉说:"师父,弟子以后再不敢了。望乞饶恕。"老祖说:"看天子之面,以后再不可起凡心。""是,再不敢了。"老祖将拂尘一拂,秦汉两手松了,"拜谢师父救弟子之恩"。老祖说:"去罢。"原来老祖试他之心,点化他的。

那秦汉辞了师父,戴上钻天帽,不消一个时辰,倏然③落下锁阳城。薛元帅正与众将商议,忽见一个矮子从天而降。大家都认作窦一虎,非但地行,如今七日不见,竟在天上也会走的?元帅也觉骇然。只见那矮子上帐,见了元帅,长揖不跪。众将仔细一看,方知不是窦一虎,另有一个矮子,身材一样,身子阔些。元帅问道:"你是何处来的怪物?却从天上下来。快将情由细细说来。"那个矮子嘻嘻笑道:"我乃秦叔宝嫡孙,秦怀玉之子,秦汉是也。三岁时被风刮去,王禅祖师收为徒弟,学道二十余年。今奉师父之命下山,一则救师兄窦一虎飞钹之难,二则相助元帅一臂之力,共征哈迷国。"元帅听了大笑说:"原来他也是王禅老祖徒弟,秦驸马之子,好笑祖师收的徒弟都是矮子,这倒稀罕。"说道:"秦将军,既蒙来助本帅,你师兄窦一虎去盗飞钹,今已七日,不见回营。既能相救,快去走一遭吧。"秦汉应道:"小将就去。"正要走出去,只见左班中走出秦梦,闻知哥哥到此,忙出来,"待我认认长兄"。兄弟两下一见,彼此相拜,各诉衷情。秦汉说:"兄弟,我往番营救出师兄,再来会你。"还戴上钻天帽,轻轻飞出锁阳城,下落番营,有黄昏时分。只见旌旗不动,枪刀如林,杀气腾腾,好不惊人。正在营前观看,只见前面一个巡军走来,被秦汉上前,将手中狼牙棒照头上一下,把巡军打死。脱了衣服,除了帽子,解了腰牌,看看上面有名字,那巡军名唤哈得强。"我就冒了他的名字,打听师兄消息。"

---

① 秦晋——春秋时,秦晋两国世为婚姻,故后称两姓联姻为"秦晋之好"。

② 业障——佛教徒指妨碍修行的罪恶。

③ 倏(shū)然——迅速,极快的。

正行之间,只见又来了一个小番,手里拿了一支令箭。秦汉问道:"哥儿,你往哪里去?"番儿说:"我奉活佛军师之命,因南蛮地行子前来偷盗飞钹,被元帅捉住,封合飞钹之内,今已七日,必成脓血。故此佛爷特将令箭一支,叫我到元帅营中,取飞钹内中矮子脓血,烧干祭钹。"秦汉听了,吓得大惊,"师兄性命休矣!如今有此机会,打死番儿,将他令箭到苏宝同处,骗了飞钹,救出师兄,再作理会。"走上前去,狼牙棒一起,把番儿打死,盗了令箭,来到营中,见了苏宝同,叫声元帅:"小番奉佛爷之命,要取飞钹前去祭钹。"宝同看了令箭,不知真假,将飞钹付与秦汉。秦汉背上飞钹,戴上钻天帽,片刻飞到锁阳城。他在云中一想,不知师兄死活如何,待我叫他一声看:"窦师兄。"一虎在钹中听得声音似秦汉师弟,一虎应道:"师弟,你为何也在此,做什么?"秦汉说:"不瞒师兄,师父在山上说你有飞钹之难,命我前来相救。我今连飞钹骗到城中,见元帅请功。"一虎听说,好不着急。前日在元帅面前夸口,要与他小姐金莲成亲,倒被妖僧将我合在钹内,七日已到,众将面前开看,有甚意思,反被元帅见笑,叫声:"师弟,就在此地开了钹,我好出来。"秦汉说:"你七日也过了,如今一刻也等不得?我奉师父之命必须要到元帅面前开的。"说罢,依然飞上。早到营前,按下云头,连忙传报。元帅闻报升帐,问道:"秦将军可曾救得师兄么?"秦汉放下飞钹说:"师兄现在钹内,请元帅开看。"元帅大喜,唤军校快快开钹。"得令!"忙将铁索解下,重有千斤,用尽力气,哪里开得。众将一看,这钹合笼犹如生成,没有缝的,果然难开。凭你刀砍斧劈,只是不动。元帅说:"秦将军,这样如之奈何?"秦汉道:"不难。师父说,金丹久炼,炼成至宝。有灵符一道贴上,其钹即开。"秦汉取符贴上,钹分两扇。一虎一个跟头跳出地下,双手遮脸,自觉羞杀。元帅同众将一见,大笑道:"果然仙家妙用,窦将军暂且将息。"吩咐收免战牌,众将回府。

再讲番营和尚差小番取钹,不见回报。早有小番报说:"启佛爷,不好了!方才差去的番儿被南蛮打死,骗了令箭。元帅不知真假,竟将飞钹与他。一霎时人都不见了。"和尚听了,吓得魂不附体,说:"完了,我一生功夫,如今休矣!救去矮子,倒也罢了。我的飞钹,我全靠它,如今失去,怎么与唐兵交战?"铁板道人说:"道兄失去飞钹,还有我铁板十二面,厉害不过,师兄放心。"不知后事如何,且看下回分解。

第二十六回

监中放出小英雄　丁山大破铁板道

却说次日道人出阵,见去了免战牌。有兵士报进:"启上元帅,城外道人讨战。"元帅道:"今有道人讨战,谁去出阵?"秦汉走将出来说道:"小将愿往。"元帅道:"既然如此,与他步兵三千,出城破敌。"

秦汉接令出了帅府,来到校场,点起步兵三千,手持两条狼牙棒,来到城边放炮开城,炮声一响,开了城门,冲出城外,来到阵前。那道人抬头一看,原来又是一个矮子,哈哈大笑道:"唐朝不用大将,俱用矮子……"话言未了,只见秦汉走至面前,将双棒照道人腿上便打。道人在马上不便架迎,忙下了马,手执古定剑劈面砍来。一来一往,战了二十回合,道人不能取胜,忙抽出铁板来。秦汉抬头一看,见铁板打下,把入地鞋一登,不见了。道人看见心中大惊:原来唐营中多是异人,前日矮子有地行之术,今这矮子也会地行。必定仙传妙法,不如收兵再处。再言秦汉到了城边,也收兵进城,回到帅府交令。

次日,道人又来讨战。元帅问道:"今日谁去?"秦汉应道:"今日必要活捉妖道回营。"元帅道:"既然如此,将军须小心的。"秦汉得令,原带了三千步兵,出城来到阵前。道人见了笑道:"小矮奴,昨日被你逃去,今日又来,必要活捉,方见俺的手段。"秦汉道:"休要夸口,吃我一棒!"举起狼牙棒,当头就是一下。道人持剑向上一迎嘎咯一声响,架在一边。回转马来一剑,往面上砍来。秦汉将棒一晃,亦跳在一边,杀得道人浑身是汗。念动真言,忽然天昏地暗,无数青面獠牙鬼怪杀来。秦汉见了,幸有钻天帽戴在头上,如飞纵上云端。只听得霹雳一声,霎时鬼怪化作无影无形,依然云开见日。道人看了心内慌张:昨日钻到地下,今日又会上天,定是异人。正在心内想,秦汉亦料道人邪法多端,不能降服,向道人哈哈笑道:"你不要想,我收兵去了。"一声鸣金,收兵进城。道人亦收兵而回,千思万想,一夜未睡。次日又领兵讨战,探子入报。

元帅说:"今道人又来讨战,谁去出阵?"两边走出八员总兵,周青、周文、周武、姜兴霸、王心溪、王心鹤、李庆红、李庆先,进营启禀元帅:"末将愿去阵前,杀此妖道。"元帅说:"众人出去,须要小心。"就令窦一虎、秦汉为左右军押阵。"接令。"众人各领命出了帅府,持了兵器,出了城门,来至阵前。道人抬头一看,只见城中走出许多将官来,这八员将官,把道人团团围住,将他刀砍棍打。

道人把古定剑执在手中,竭力接架,这八员将,忽在马前,忽在马后,杀得道人招架不定,哪能还剑过去,心中一想,说:"不好!寡不敌众,不可一时失错,有丧性命,不如先下手为强。"忙祭起铁板,众将见了魂飞魄散,叫声:"不好了!"俱打中后心,跌下马来。冲出窦一虎、秦汉上前抵敌,底下步兵救了八将。

窦、秦二将无心恋战,鸣金收兵。回进城中,报入帐内,元帅听了大惊,说:"铁板如此厉害,伤我八个兄弟,如何是好?"程咬金说:"前年元帅中了飞镖一年之灾,幸而小将军到来救活。如今这八员总兵,命在旦夕。乞元帅监中放出小将军,要用他仙丹,救了这八员总兵方好。"

元帅听了此言有理,传令即到监中放出小将军,来到帅府,拜见父王。薛仁贵道:"我儿前日灵丹有么?"丁山道:"现还有。"薛仁贵道:"既有,你将仙丹到后营去救八位将军。"丁山领命,到后营取出葫芦,倒出仙丹,口中嚼碎,敷在八将背上。只听一声"唔呀",俱立起身,道谢丁山。元帅闻知心中大悦,果然仙丹妙用。即唤丁山进后堂叩见母亲,再见妻、妹。吩咐后堂设宴,合家团圆。

再言铁板道人杀败了二将得胜,连伤八员大将。苏宝同说:"军师今日阵上全胜,那南蛮必定惧怕。明日须要打破他城池,杀他个片甲不留,方称俺心。"道人说:"这个自然。"当夜营中庆贺。

再言次日苏宝同领了大队人马,分作三路攻打:铁板道人领了二万人马,攻打东门;飞钹和尚领了人马,攻打南门;苏元帅领了大队人马,攻打北门,单留西门不攻。摇旗呐喊,鼓炮连天,架上云梯,三门攻打。

探子忙报元帅。元帅升帐,点窦一虎、秦汉二将,领了三千人马,出南门,听号炮一响,各自进兵。忙接令出了帅府,往教场点兵,出南门;又点丁山、窦仙童夫妇,领了人马三千,出东门,忙接令,往教场领兵;元帅自领兵三千,同了女儿金莲出北门,其余众将守城。

飞钹和尚正攻打南门,只见一声炮响,三千步兵冲出阵来,一对矮将

第二十六回　监中放出小英雄　丁山大破铁板道

冲到城外。和尚一见大怒,把手中铁禅杖打来,窦一虎将黄金棍架住,喝道:"妖僧!你的本事平常,如今飞钹没了,如何杀得我过!不如快快受死,免得出丑。"和尚大怒道:"杀不了的小南蛮,前日被你诡计,骗去宝贝,今次决不饶你!招杖罢!"一禅杖当头打来,窦、秦二将,奋勇争先,忙起棍棒相迎。杀了几个回合,和尚哪里战得过二将,带转马大败而走。二将在后追赶。

再言薛丁山夫妇,领兵至东门。只听号炮一声,东门大开,冲出阵来,正迎着铁板道人。道人一见窦仙童,好一个美貌佳人,不免先打死了少年将军,抢这女子过来,还俗成亲。算计已定,回马过来就走,薛丁山拍马追上去。铁板道人回头一见了追来,满心欢喜,忙将铁板祭起,当头打下,只见丁山头上一道红光射出,铁板见了红光,化为飞灰。道人一看,见打他不中,又祭一块起来,照前一样。连祭了十块铁板,一齐烧了无影无形。吓得道人魂不附体,无心恋战,带回马就走。薛丁山夫妻在后追赶。

再言元帅同了金莲小姐,杀出北门,正迎着苏宝同,两下大战,杀得大败。倒拖大砍刀回马,金莲小姐在后追赶。苏宝同忙取腰中飞剑打来,谁想薛金莲有六丁六甲护身神,见宝剑飞来,被六甲神收去。此时苏宝同急得汗流浃背,心中慌张,又见女将追上来了,只得回来又战。不到三十个回合,后面元帅杀上来了,苏宝同哪里杀得出重围,只听元帅高声传令:"休要放走了!"金甲人上前来拿,苏宝同一看大惊,只得化道长虹而逃。三军追至三十里,杀得血流盈河,尸横遍野,喊叫之声连天。遗下刀枪剑戟旌旗,不计其数。元帅传令收兵。

妖僧妖道,大败而走,三路同归一处,点一点人马,三十万只剩了不足一万,都是折手坏脚之人,三人抱头大哭。一同商议,只得再往仙山去炼宝贝,若是此仇不报,枉做西邦元帅。和尚说:"元帅之言有理。"

三人领了败兵,一路下来,相近寒江关,只见冲出一彪人马,回头一看,只见龙凤旗升起,上写着"征东皇后"。苏宝同一见大喜,原来是我姐姐苏锦莲,即行下马,进营中朝见千岁娘娘。朝见已毕。赐平身,说:"贤弟你奉旨出师,因何还在这里?"苏宝同大哭道:"前日兄弟即欲报祖父大仇,奏知狼主,起兵伐唐朝。不想第一阵被我设计,将唐朝君臣困住锁阳城,要把他粮绝饿死。谁想他雄兵似虎,猛将如龙,与他大战几阵,用飞刀杀他大将几十余员。那大唐元帅,幸得被我飞刀飞镖打伤他左臂,败回城中,闭城不出。怎晓得他粮草带得充足,困住城池一年有余,不想被程咬金骗出营中,竟回中原,取了救兵。这第二路元帅,就是薛蛮子之子,名唤丁山。他法术高强,本事厉害,我的九口飞刀、三只飞镖,俱被他破化了。内应外合,杀得大败,我即化道长虹而走。撞着两位军师,飞钹和尚、铁板道人提兵到来,说起此事一同兴兵,三困锁阳城,交锋三个月,阵阵俱胜,城中出了两个矮子,法术精通,又被薛丁山出阵交兵,将飞钹、铁板化作飞灰,又是大败而散。如今各人再往仙山去炼就法宝,再来复仇,不想会着姐姐千岁。"

苏锦莲听说前情,大怒说:"贤弟,你既要再上仙山,去炼宝贝,以复大仇。我奉狼主之命,领精兵四十万,战将数千员,前来助你。不想你杀得大败,损兵折将,有何面目回见国王。你将帅印交付与我,我要杀尽南蛮,与祖父报仇便了。"

苏宝同听了,心中大悦,知道姐姐仙传妙法,英雄无敌,有打将神鞭,厉害不过。忙把帅印兵符上前交割,付给皇后,同那和尚、道人拜别娘娘,各自上山炼宝去了。此话不表,未知苏锦莲可有本事破唐否,且看下回分解。

第二十七回

番后火鹊烧八将　薛元帅子媳团圆

却说苏锦莲皇后,传令放炮起行。炮响三声,大队人马,竟向锁阳城进发。不一日早到锁阳城,吩咐按下营盘,将锁阳城四面困得水泄不通,鸟飞不过枪尖,蛇钻不进人马,好不厉害。

再言薛元帅大获全胜,三支人马,一同进城,所得粮草器械旌旗,不计其数。与众将商议起兵西征。这一日升帐,只听得炮声连天,探子报入营中,启上元帅:"西凉国苏皇后,领兵四十万,要来报仇,又将城池围住了。请元帅定夺。"元帅听了大怒道:"可恨苏宝同,将帅印交他姐姐番后,复领兵到来,又将城池困住,你这小小番后,有何本领,前来与本帅对敌? 也罢,趁他安营未定,点兵出城,杀他片甲不回。"点周青等八员总兵出城,

第二十七回　番后火鹊烧八将　薛元帅子媳团圆

必要活捉番后。

周青等忙接令出帅府上马，各人结束停当，手执兵器往教场点了一万人马，来到城边，放炮开城。三声炮响，城门大开，那八家兄弟，都出城来到阵前。两边射住阵脚，营中鼓响如雷，抬头一看，只见苏锦莲带领了三千番婆，一声炮响，冲出营来，但见他

　　头戴开龙金冠，狐狸尾倒挂，雉尾高挑，面如满月敷粉，妆成两道秀眉，一双凤目，小口樱桃，红唇内细细银牙。身穿一件黄金砌就鱼鳞甲，腰系八幅护腿绣龙白绫裙。小小金莲，踹定葵花镫，腾云马，手持打将神鞭。胜比昭君再世，犹如西子还魂。

那周青纵马上前喝道："胡妃狗后，本总兵看你无缚鸡之力，敢领兵到此与我祭剑么？"苏锦莲喝道："你这般狗蛮子，将我兄弟杀得大败，因此娘娘来取你这蛮子性命。"周青冷笑道："你的狗弟，尚且不胜，何况你一女流，贱婢放过马来！"

两边战鼓擂动，苏锦莲把鞭一指，喝道："招打罢。"这里八员将官一齐上前，将番后围住。苏锦莲看见将多，虚晃一鞭，勒回马败阵而走。八家兄弟，随后追来。苏锦莲把鞭一指，即忙取出身边葫芦，念动真言，放出无数火鹊，往八员总兵烧将来了，十分厉害。

周青等一见，魂飞魄散，都烧得焦头烂额，败进城中。一万兵被番后杀得大败，折了八千人马，上前哭诉。元帅看见，心内慌张，不想兄弟们遭番后火鹊烧伤，谁去出阵？丁山上前说道："孩儿出阵，擒此番后。"元帅道："我儿出去，须要小心。"传命秦、窦二将同去掠阵。"得令！"

三人同出了帅府，领了人马，来至阵前。那苏锦莲抬头一看，只见薛丁山面如白玉，唇若涂朱；胜比宋玉，貌若潘安。不觉欲火难禁，浑身发痒。丁山喝声："番婆！不要呆呆看我，招戟罢。"一戟直往面门上刺将过来，那番后吃了一惊，忙一催坐马上来，放出火鹊。薛丁山说："来得好！"左手挽弓，右手拔出穿云箭，照火鹊一射，只听得一声响，那些火鹊，无影无踪。

番后看见破了他的火鹊，十分大怒。忙祭起神鞭，薛丁山叫声不好，正中后心，口吐鲜血，大败而走。幸得身上穿天王甲，不致伤命，若是别将，便成肉饼矣。那番后叫声："哪里走！"把二膝一夹，紧紧追来，追过荒山有百里，看看追上。

薛丁山正在着急，只听山头上有虎啸之声，抬头一看，见一个打柴女子，生得奇形怪状，手持铁锤，在那里打虎。薛丁山叫一声："姐姐，救我一救！"那女子往下一看，说道："小将军你是哪一个，为何一人一骑，奔到此间，求救于我？"薛丁山说："女将军，我是平辽王薛元帅之子。因奉圣旨征西，方才阵上被番后打中后心，我负痛而逃，他在后面追上来了。我中伤甚痛，不能抵敌，万望姐姐救我一救，没齿不忘大恩。"那女子嘻嘻笑道："这个容易。请世子暂避树林之下，待他追来，我当敌住，杀他个有死无生。"

说罢，只见苏锦莲追上山来。薛丁山心慌，躲在林内。后面番后见了女子，问道："方才有一少年将军，可曾到此？"女子说："他在林内。"番后听了，连忙追入林中，不提防女子将死虎照番后头上打将下来，那番后措手不及，叫声"哎呀"！跌下马来。被薛丁山上前，取了首级，忙来叩谢救命之恩："请问姐姐，姓甚名谁？回营告知父亲，前来相谢。"那女子道："奴家姓陈，名金定，祖贯中原人氏。父亲陈云，昔为隋朝总兵，奉旨借兵，流落西番乌龙山居住，樵柴为生，母亲毛氏，乃番邦之女。上无兄，下无弟，我今年一十七岁，只为生长西番，而又黑丑，混号母天蓬。舍下不远，还有言语相问。"薛丁山道："多蒙姐姐盛情，但我有军令在身，不及细谈，我交令之后，再来叩谢。"陈金定见他执意要去，忙将丹药与他装好说："我明日望你到来，不可失信。"薛丁山说："晓得。"上马出了山林，走了半路，撞见秦、窦二将，三人大喜。同到城中，入帐交令。元帅问道："方才秦、窦二将说，你被番后金鞭打伤，吐血而走。番后拍马追赶，如何反得他首级，前来交令？"薛丁山道："爹爹啊，孩儿被他打伤，落荒而走。被他追到山林，正在危急，幸有那打柴女子，暗起死虎将番后打死，救了孩儿。他父隋朝总兵，名唤陈云，流落西番。望父王送金帛，谢他救命之恩。"元帅道："既是我儿的大恩人，理当相谢。"问程咬金道："老千岁，他父前朝总兵，必然认得，就烦一行。"咬金应允。

次日同丁山带了金银缎匹，往乌龙山而来。陈云闻知，远远相迎，接入草堂，分宾主坐下，各通姓名。咬金说："昨蒙令爱相救世子，今日元帅备礼，差老夫同世子前来叩谢救命之恩。"陈云说："老千岁，下官流落西番，数十余年，久闻中原已归大唐。每欲思归，恨无机遇。我家小女，乃武当圣母徒儿，前日有言，与世子有姻缘之分，不嫌小女丑陋，我就明日送到营中，与世子成亲。我老夫妇，情愿执鞭随镫，报效微劳，相助征西。承蒙礼物，作为聘仪，望乞周旋。"程咬金说："极是，老夫作伐。"就此告别，回到营中，说明因由，元帅依允。薛丁山说："爹爹，这使不得的。"元帅说："陈云既要将女儿送你成亲，理当应允，方不负救命之恩。况陈金定小姐，虽然貌丑，他乃武当圣母门下，法力无边，将他带在军中，定助一臂之力。我儿你明日须备下礼物车马，前往迎接他父母，来到帅府。为父的做主，与你成亲。"薛丁山不敢有违，即忙端正。

再说后营夫人、小姐知道，心中喜悦。窦仙童闻知陈金定本事高强，亦是心中愿意，催促丁山："早些端正，想陈家父女，即要送来了。"话言未了，只听炮声连响，陈云夫妇亲领女儿到了。薛元帅连忙接入帅府，安排筵宴，当夜成亲。陈金定敬重大娘，窦小姐感他救夫之恩，不分大小，姐妹相称。一夫二妻团圆，合营庆贺。

再言那番兵四十万人马，见主将已丧，又都被他杀得七零八落，四散而逃。不知后事如何，且看下回分解。

第二十八回
寒江关樊洪水战　樊梨花仙丹救兄

却说薛元帅杀死苏锦莲，薛丁山与陈金定成亲，此话不表。再说苏宝同逃去锁阳城，太平无事。左近依附州县，俱皆纳款投降，一面打本进朝，差薛贤徒镇守界牌关，点兵一万，文武数员，一同保守。周文镇守金霞关，周武镇守接天关，俱有兵马、文官同守。一路直到玉门关，俱归中原所管，百姓安堵如故。

这一日元帅升帐，商议西进。有陈云老将上帐说："此去四百里，有寒江隔阻。对江有一座寒江关，关上老将姓樊，名洪。足智多谋，官封定国王，有两个儿子，长子樊龙，次子樊虎，皆有万夫不挡之勇，一同保守。他知我兵西进，必然防备。此去非船不能征进，必须造下大船，方好过江。"元帅听了，叫声陈亲翁之言有理，就令程铁牛、尉迟号怀、王宗一、姜兴霸四将，带领军士四千，上山伐木督造战船。耽搁一月，船已造完。停留江口，候元帅起兵。薛仁贵在教场点起大兵三十万，命罗章为前部先锋，秦梦押后队，尉迟青山解运粮草，程千忠二运解粮官，周青催赶各路粮草，命王心溪、王心鹤二将留兵五万，镇守锁阳城，老将陈云为向导官。点齐众将，放炮三声，往教场祭旗。然后起行，一路三军司命浩浩荡荡，离了锁阳城。往西而进，不一日来到寒江渡口，放炮停行，驻扎营盘，候下船过江。

元帅到江口一看，果然白浪滔滔，又见大小战船无数。程铁牛等四将上前交令。薛元帅传令，向罗章、秦梦、窦一虎三将说："本帅昔年跨海征东，进狮子口，箭射戴笠篷，鞭打独角兽，飞走金沙滩，也曾过河，何在这个小小江面！你们三位将军，须要并力同心，过了寒江，取了关头，就好西进，本帅自在后督阵。"三将听了，说声："得令！"各执器械，下船去了。大小俱皆下船，一声炮响，开了战船，俱望江中而行。你看那船头上，旗旌布满，炮声连天，此话不表。

再言寒江关主将樊洪，正与二子及左右偏将在衙中言及关内苏宝同，要报祖父之仇，兴师东征，反失数座关头。苏娘娘阵亡，元帅不知去向，寒江以东，均属中原。今又造大小战船，要来取寒江关。别处还可，料想寒江难过。有番儿报进："启爷，不好了！中原薛蛮子领兵过江来了！"樊洪一听此言，吓得魂不附体，说："有这等事，再去打听。"令二子，"带领水军十万下江，等待唐兵半渡之时，听号炮一发，当腰冲出，使他首尾不能相救，杀他片甲不回，我大兵在后接应。"二人得令，领兵下江。随后樊老将军，带领大小众将，纷纷下江。

再言唐朝大兵，行至半江中，忽听炮声连珠响，只见各港中驶出无数番船，船上番将俱是红扎巾，身上穿水纳袄，手持长枪，摇旗呐喊，冲了出来，勇不可挡。竟把大小战船，冲做两处。后面元帅看见，即忙下令："水战不比岸战，须要向前，不可退后。"众将得令。秦梦迎着樊龙，罗章接着樊虎，两下大战。后面老将樊洪，看见二子大战，划动兵船，冲上前来，被窦一虎接住厮杀。

秦梦与樊龙，战到三十余合，秦梦放下提罗枪，抽出银装锏，照樊龙肩膊上一下。樊龙负痛，拿不起大刀。番兵见主将受伤，急忙划转番船，大败而行。樊虎被罗章腿上一枪，那番船樊老将军看见二子大败，弃了窦一虎，也把战船划回。这里元帅见胜了番将大喜，传令擂鼓追赶。樊家父子

第二十八回 寒江关樊洪水战 樊梨花仙丹救兄

连忙弃船登陆,竟望关中去了。剩下番船,逃走得快的,俱逃走了,逃不走的俱被杀死。传令收兵,一齐登岸,杀到关前,两边高山,中间一条关路。此关在半山之中,山上檑木、炮石,打将下来,众将只得退回。元帅见此山难破,就令按下营盘,商议攻打。

再言樊洪老将,同二子败进关中,吩咐番儿,关头上多加灰瓶、石子、强弓、硬弩、檑木、炮石。夫人接说道:"妾身久闻跨海征东薛仁贵,十分厉害。水战被他取胜,二子又被他打伤,幸喜女儿前日回家,或有仙丹妙药,可以医治。"樊洪道:"我却忘了,昔年黎山老母①,收去八年,传授法术,有移山倒海之法、撒豆成兵之术。又赠他诛仙剑、打神鞭、混天棋盘、分身灵符、乾坤圈,五遁俱全,谅来必有妙药的。"吩咐丫环:"请小姐出来。"丫环领命,到房内道:"小姐,老爷相请。"

那樊梨花听了,来到中堂,见了父母,说道:"呼唤孩儿,有何吩咐?"夫人道:"女儿啊,唐朝差薛仁贵领兵西征,直杀到寒江,倘此关有失,西番不能保全。故此你父同二位哥哥截住寒江,俱被他打伤,败阵而回。今你父闷闷不乐,特地唤你出来商议,不知你可有仙丹,相救了二位哥哥,然后杀退唐兵,解得你父烦闷?"

小姐听了,心中暗想:"记得师父吩咐说,我与大唐小将薛丁山有姻缘之分,故此命我下山完聚姻缘,一同征西。如今果然他兵来到寒江关,伤我兄长,也罢。"只得开言说:"父亲,既是二位哥哥受伤,女儿自有妙药医治,父亲不必多虑。"樊洪听了大喜,连忙唤进二子说:"你妹有仙丹救你。"小姐把丹药敷在他伤处,不消一刻,其伤即愈。弟兄二人大喜:"难得妹子来救我,其中必有奇谋,杀退唐兵,复回番邦,狼主必加封赠,我一门功劳不小。"小姐说:"这个何难!不是妹子夸口,且待妹子明日出阵,必要活捉唐将,以泄二兄之忿。"二兄听了,说:"既是妹子出阵,做哥哥的与你掠阵。"老将哈哈大笑道:"难得女儿志量高大,虽然你多仙法,出阵之时,须要小心。"樊梨花道:"这个自然,女儿有主意的,不用父亲叮嘱。"当晚不表,各归房内。

小姐回到房中,想姻缘该配薛世子,但不知他相貌才能如何。又闻得

---

① 黎山老母——道教传说中的女仙,常作为传道授艺的神仙出现,也作骊山老母。

父母有言，将我许配白虎关总兵杨藩。打听得他生得丑陋不堪，面如青靛，目似铜铃，岂可配我！想我师父黎山老母，能知过去未来，许我薛丁山是夫主，谅来杨藩决不是我夫君。待我明日出阵，看看薛丁山，就晓得了。主意已定。

再言次日樊老将军升帐，樊梨花披挂上前领兵，樊龙、樊虎结束停当，各执兵器，同妹子出阵，点齐本部人马，来到关前。放炮三声关门大开，冲下山来，来到平阳之地，排齐队伍。樊梨花一马冲出，高声大叫，坐名要薛丁山出阵。探子报进营中说："启上元帅，今有樊老将军之女樊梨花，带领了女兵，出关讨战。"元帅说："昨日他父子兄弟这般骁勇，尚且大败，何况他的女儿，值得什么！"探子说："元帅不要看轻樊梨花，他英雄无敌，仙法多端。他指名要小千岁出阵，不然要杀进营中来。"元帅听了，大怒说："这番女好夸口！我偏不点孩儿出阵去，另点别将出阵。谁将出去，擒此番女？"

那窦一虎好色之徒，听说樊梨花美貌超群："待我出阵活捉进营，元帅自然将来配我。"想罢，上帐说："小将窦一虎愿出去会他。"一边又走出先锋罗章上前喊道："元帅！待小将出阵，必要活捉番女。"

元帅道："既然你二人愿去，一同出阵便了。"二人接令出阵，不知后事如何，且看下回分解。

第二十九回

神鞭打走陈金定　梨花用法捉丁山

却说罗、窦二将领兵到阵前，樊梨花一看，不是薛丁山。小姐骂道："南蛮果来与我对敌，免污我刀。快唤薛丁山出来，与我决一胜负！"二将听了，说："好一个娇滴滴声音。"二人各执兵器，笑吟吟指定樊梨花说道："难道我们不是男子，你指名要小千岁出来？你若胜我二人手中兵器，便请小千岁会你；你若被捉，伴我二位一宿，方得称心快意。"小姐听了大怒骂道："匹夫，少要胡言！放马过来，斩为肉泥，方泄我恨。"遂举起双刀，往罗章面上砍来。罗章把枪架住，窦一虎将黄金棍向马头上打来。樊梨

第二十九回　神鞭打走陈金定　梨花用法捉丁山

花不慌不忙,将刀一指,只见四面喊声大起。

二人抬头一看,俱是青面獠牙、长大汉子,金盔金甲,大刀阔斧砍来,吓得唐兵都逃散了。二将看来抵敌不住,鸣金收兵,报知元帅说:"末将被番女用撒豆成兵之法,杀得大败而回。如今又在营前讨战,指名要小千岁出阵。"元帅听了大怒道:"这小贱人如此无礼,他有妖术,况且男不可与女敌。"便点窦仙童出阵迎敌,窦仙童全身披挂,手执双刀,跨上了马,带领了兵将,出营来到阵前。看见樊梨花果然美貌,"我不及他"。

樊小姐见一员女将出阵,身边藏许多宝贝,又生得俊俏,暗想道:善者不来,莫要失手。便开口喝道:"来的女将少催坐骑,通下名来。"仙童说:"我乃薛元帅之媳、小千岁之妻,窦仙童是也。你这无耻贱人,坐名要我夫君,可不羞死人么!"

樊梨花大怒,便把双刀砍来,窦仙童把双刀迎住。两下大战,正是棋逢敌手,将遇良才。战到四十回合,樊小姐料难取胜,忙祭起打神鞭,窦仙童一见,说:"不好了!"闪避不及,一鞭正打中肩膊,负痛伏鞍逃入营中。

金定见了大怒,便上前讨令:"待小将出去会他。"元帅说:"须要小心。"陈金定领令,结束停当。上马提锤,冲出营门,来到阵前。樊梨花抬头一看,倒也稀奇:方才女将其为齐整,今来此女,好似灶君夫人,面如黑漆,丑陋不堪。好笑唐朝元帅帐下,都用怪异之人。便喝道:"黑蛮休来送死了,快唤薛丁山出来,方是我的对手。"陈金定大怒道:"你这贱人,又非娼妇,如何指定要我丈夫出战?"樊梨花听了倒也好笑:难道这般丑陋,亦收为妻,正是瞎猫偷鸡死不放。便说:"你这黑脸,只好配挑柴运水火头军,怎可配小千岁?"金定听了大怒,便把五百斤的铁锤,当头打来。梨花将双刀迎住,一来一往,战了三十回合,不分胜负。樊梨花忙祭起斩仙剑,金定躲闪不及,正中左肩,大喊一声,败回营中。

元帅一见大怒道:"可恶番女,连伤我二将!"又令女儿金莲出阵,须要与二位嫂嫂出气。金莲接令,上马来到阵前。只见樊梨花千娇百媚,耀武扬威,"不若说他投唐以便西进"。主意已定,便道:"樊梨花,你既有如此本领,何不投降我国,择配才郎,夫荣妻贵,岂不美哉!"梨花看见薛金莲貌美,听他婉言,便问:"女将何名?方才所说,奴岂不知。但奉师命下山,要会薛丁山。若然胜我兵法,与他成为夫妇,故此指名要会他一面。谁知连战数将,俱不合我之意。"薛金莲微微笑道:"女将听了:我乃唐朝大元帅之女、薛丁山之妹,名唤金莲,随父西征到此。既然要会我哥哥,待我告知父亲。今天色已晚,明日出营会你。"说罢二人各自收兵。那薛金莲回营上帐,对父亲细说番女之事。

却说薛丁山回见二妻,说及此事。窦、陈同说:"今日这无耻番女,阵上将我二人打坏,幸有仙丹治好。口口声声要会你,定要和你成亲,明日阵上切不可从他,若然与他成了亲事,我二人决不肯干休。"薛丁山暗想到:未分黑白,先要吃醋。便说道:"二位夫人请自放心,卑人不是这样人。"

再说次日,薛金莲说:"樊梨花又来讨战。"元帅传令:"丁山出兵!""得令!"结束停当,挂剑悬鞭,跨上腾云马,手执方天戟,带领了兵将,放炮三声,出了营门,冲到阵前,樊梨花抬头一看:一位少年将军出阵,但见他头戴太岁盔,身穿天王甲,坐下腾云马,手执方天戟,背插四支小角旗,写了"二路元帅薛"。果然美如宋玉,貌若潘安,心中十分之喜,师父之言不谬。

再说薛丁山,看见樊梨花姿容,赞道:我夫人窦仙童虽然美貌,不及他一二,妹子金莲亦不能比他。虽然心中得意,家有二妻,此心休生。叫声:"番婆看戟!"刺将过来。梨花把手中刀架住说道:"你就是薛丁山么?奴奉师父之命下山,说与你有夙世良缘,应当配合。我父兄虽是番将,你若肯从议婚姻,我当告知父母,一同归降西征,你意下如何?"薛丁山听了骂道:"无耻贱人,只有男子求婚,何曾见女子自己说亲者,你羞也不羞?我薛丁山正大光明,唐朝大将,岂肯配你番邦淫乱之人,不必妄想。放马过来,与你决一死战。"樊梨花被他羞辱,心中大怒,手持双刀,劈面砍来。薛丁山把方天戟架住,两下大战三十回合。樊梨花念动真言,顷刻之间,将高山遮住。薛丁山见前面昏暗,被樊小姐活捉过去,吩咐捆起,问道:"薛丁山,你今被擒,若肯联姻,饶你一死。"

薛丁山睁眼一看,身上被绑,料难脱身,待我骗他一骗,遂道:"既蒙见爱,回去告知父母,然后央媒说合。"樊梨花微微笑道:"世子这句话,果然真心许我?当赌个誓来,我才相信。"薛丁山心中一想:那个女子倒也老成,不若权且赌一个无着落的咒,有何不可。便说:"若放我回营,背负了你,我就半天吊挂,没有存身之处。"樊梨花见他赌了咒,便解其缚,吩咐带过马来,放了薛丁山。薛丁山回马不及一箭之地,重又勒回马头,回过头来大骂樊梨花道:"你这不知羞耻的贱人,我方才中你诡计,被你擒住,岂肯与你联姻,不要想错了念头。快快放马过来,与你决一胜负。"梨花大骂薛丁山:"无信义之人,看我刀罢!"又战不数合,樊梨花念动真言,便见前面一座山。樊梨花诈败上山,薛丁山在后追赶。赶到半山,忽听霹雳一声,回头不见了樊梨花。周围并无去路,见四面都是高山遮住,心中好不着急。只听山顶松林之中,有一樵夫在那里砍柴。薛丁山大叫:"樵哥,救我一救!出得此山,重重相谢。"那樵夫听得山坑内有人叫唤,忙向下一望。见了薛丁山,笑嘻嘻说道:"小将军何故在此山凹内?"薛丁山道:"不瞒你说,我因追赶番邦之女,迷路到此。"樵夫听说便道:"小将军既要我救,待我丢下担绳,你系在腰间,扯你上来,就有路了。"薛丁山道:"樵哥既如此,快些丢下绳来,扯我上去。"那樵夫回身,便把担绳丢将下去,薛丁山将绳系在腰间,说道:"樵哥,我系好了,快快扯我上去。"那樵夫答应道:"晓得。"不知可能救得上来,且看下回分解。

第 三 十 回
樊梨花移山倒海　　三擒三放薛丁山

却说樵夫用力将绳扯动,扯到半山之间,将绳扣在松枝上,把薛丁山倒挂在虚空。薛丁山叫道:"樵哥快扯我上去,因何将我吊在空中?"樵夫大笑道:"小将军,你罚了无着落之咒,善于骗人,我也骗你一骗。只就是半天倒挂,没有存身之处了,我去了。"丁山想道:方才赌的咒如今应了,叫我怎处?正慌急间,只见两个松鼠,走在松枝,将绳乱咬,咬断两股,将要落下来,吓得丁山魂不附体,叫道:"松鼠你也欺我,此绳断了,跌了下来,碎骨粉身,万无生理。"竟大哭起来。只见山上有一女子,打扮犹如仙子一般,八个丫环跟随,说说笑笑,说道:"底下有一个人,吊在那里,将来要饿死了。"薛丁山在下听见,大声喊道:"山头上姐姐们救我一救!"小姐便叫丫环:"你去问他姓甚名谁,家住何处?"丫环奉命望下问道:"我家小姐问你名姓住居,说明因何吊此,好好救你上山来!"薛丁山说:"几位姐姐,我姓薛名丁山,乃唐朝二路元帅,征西到此,因被女将樊梨花诱我上山,迷失归路。樵夫作弄,把我绳系腰间,扯至半空,吊在松枝,如今绳将断了,万望姐姐们向小姐帮衬一声,开恩救我上山,万代鸿恩了!"丫环问明,回报小姐。小姐说:"你们再去问他,他要相救,须要依我言语,方肯救他。他若不允,便不相救了。"薛丁山只得满口答应。小姐说:"既是他肯依我言,扯他上来相见。"小姐回进园中百花厅上坐下。

再言丫环向下说道:"小将军好了,如今你有命了,待我们扯你上来。"便把担绳扯上,丁山来到山上,说"好了",忙向腰中解下担绳,说:"姐姐们,方才你家姐姐哪里去了?待我谢一声,不知有何言语吩咐?好待本帅回营去。"丫环说:"前面这座花园,就是我家住宅。"薛丁山道:"请问姐姐们,你家小姐姓甚名谁,何等人家之女?"丫环道:"我家主人姓崔,官拜兵部尚书,单生这位小姐。"薛丁山道:"原来如此,望姐姐们领我进去。"

果然园中景致非常。过了石桥,来到百花厅上,只见小姐坐在湘妃椅上,薛丁山上前叩谢,小姐连忙还礼,宾主坐下,丫环进了香茗①。薛丁山道:"承蒙小姐救我上来,不知有何见教?乞道其详。"小姐笑道:"樊梨花是奴中表②,他是黎山老母徒弟,与将军有夙世姻缘,若不见弃,奴家为媒,结成秦晋,归顺唐朝。若还不从,休想回去。"薛丁山叫道:"恩人,本帅已娶过拙荆③二人,此事断难从命的了。"那小姐听了大怒道:"你这忘恩负义之人,我好意救你上来,这事又不肯依我吩咐。丫环把他绑了,关锁在此。"不由分说,竟上前来拿。忽听得一声霹雳,抬头一看,花园不见,花厅变作囚车,原在战场上。

樊梨花仗剑立在面前说:"今次肯依允否?再不依允,我便斩你了。"薛丁山说:"今放我回去说合。"小姐说:"方才赌了咒,如今也立个誓来!"薛丁山道:"若再为反悔,身投大海而死。"樊梨花见他赌咒,又不着落的,便卖弄手段,叫兵士打开囚车,放他回去。

薛丁山出了囚车上了马,便骂道:"我被你这贱人两次羞辱,岂肯与你成亲,放马过来!"樊梨花原晓得他反悔,复又相战。不到十个回合,樊

---

① 香茗——香茶。
② 中表——同姑母、舅父、姨母的子女之间的亲戚关系。这里即表姊妹。
③ 拙荆——旧时谦称自己的妻子。

梨花念动真言，薛丁山面前昏暗，被那些军士将丁山活捉下马来绑住。薛丁山抬头一看，茫茫大海，口叫"救命"！只见海中来了一只大船，船上坐着一位太子，听见岸上喊救，叫船家救上船来。船家将薛丁山救上船来，太子说："你是何人？丢在大海滩上？"薛丁山就说同樊梨花如何交战，将自己姓名细说一番。

太子说："今便怎么处？"薛丁山说："难得太子相救，伏望送我回国。"太子劝道："你原是唐朝大将，樊梨花既然招你成婚，应许了才是。不然将你一门杀尽，西辽又不能平，前功尽弃，不如从了他。"薛丁山说："太子你不晓得么，我乃王禅老祖徒弟，说有大难，必来相救，岂怕他神通广大，定然不从。"太子听了大怒道："你既不从，寡人亦不救了。"吩咐："取大石过来，把这个无义畜生，绑与石上，置之海中，自然必死。看师父救你不救。"后梢走出四个金刚大气力的人，就把薛丁山捆倒，放在大石之上，望海中噗咚一声。薛丁山自道必死，忽见太子没有了，大海全无，船亦没了，原在山旁边。坐马依然立着，单单身上捆住大石，不能够起来。

正在没法，只见樊梨花飞马过来，大叫一声："薛丁山！你今次被擒，有何理说？"薛丁山道："如今再不敢了，望乞小姐放我回去，立刻央媒说合便了。"樊梨花道："你这薄情人，奴家一心待你，你反来背我，你两番的立誓，俱已报应，若要放你再赌咒来。"薛丁山道："我此去负心，该死于刀剑之下！"樊梨花见他赌了重咒，谅来没有更变，亲解其缚，千言叮嘱说："你回去即速央媒到来，我先去告知父母，劝令归唐，方能并力同心，平定西番。"薛丁山应诺，拜别上马，回到营中。元帅说："我儿，那樊梨花十分厉害，你今日见阵，如何对付他，直到日落西山，方才回来见我。"薛丁山道："爹爹呀，那樊梨花是黎山老母弟子，法术精通，要与孩儿结婚，孩儿已有二妻，抵死不从，他百般大骂，将孩儿三擒三放，作弄之言细说一遍，只得又许了亲事，立了千金重誓，才放孩儿回见爹爹之面。"复对元帅道："若要与此女成婚，孩儿情愿与他决一死战，定必不从。"

再言窦仙童遂向陈金定道："可喜冤家还有情义。"说罢，只见程咬金哈哈大笑道："吾主洪福齐天，西番可平矣。"薛元帅道："老柱国为何说此二句？"程咬金说："元帅你不听见么，此女有移山倒海之术、撒豆成兵之能。而唐营诸将，非他敌手，他既然要与世子成亲，父子一齐投降，杀到西番，擒了番王。功劳岂不是元帅所得，吾皇洪福齐天么？"元帅听了大喜道:"就烦老柱国前往做媒。"程咬金道:"这个都在老夫身上。别样做不来,媒人做过两回,如今老在行了。"元帅道:"既然如此,烦驾明日就行。"程咬金说:"这个自然。"不知后事如何,且看下回分解。

第三十一回
樊梨花无心弑父　小妹子有意诛兄

话说樊梨花见薛丁山收兵进关,却自鸣金收兵进到关中,来到内衙。樊洪说:"女儿今日出兵,胜败如何?"樊梨花说:"爹爹,孩儿今日开兵,会着薛丁山,被女儿连败他数阵,得胜而回。"老将听了大喜,说:"幸得女儿法术精通,以泄吾忿,明日必要把薛丁山擒了。"小姐道:"爹爹呀,孩儿奉师父之命,说我与薛丁山有宿世姻缘。女儿犹恐薛丁山亦如杨藩之丑,今阵上见薛丁山才貌出众,武艺超群,是以孩儿不忍加害。恐负师父所嘱,故此把终身相许,放他回营,明日必来说合。万望爹爹垂允,归顺唐朝,不知爹爹意下如何?"

樊洪不听此言犹可,一听此言,圆睁怪眼,怒发冲冠,骂声:"无耻贱人,哪有此理!婚姻自有父母做主,岂有女儿阵上招亲,不顾廉耻。你这贱人留你何用?"遂拔出腰间宝剑,往女儿头上砍来。樊梨花见父亲发怒,连忙躲避,不敢走近身前。小姐看来,势头不好,没法遮护,只得也拔出剑来招架。那老将一发大怒,连声大骂:"小贱人,你敢来弑父么?吃我一剑!"正要砍将过去,谁想脚上穿的皮靴一滑,将身一闪,一跤跌去,刚撞着小姐剑尖上,正中咽喉,扑通一声,跌倒在地,呜呼身亡。小姐见了,吓得魂不附体,忙抱住大哭道:"非是女儿有心弑父,事出无心,不想弄假成真。"早有人报知樊龙、樊虎。兄弟闻知俱大怒,一同提了宝剑,赶进内衙,大骂道:"你这小贱人,为何弑了父亲,忤逆不孝?饶你不得,吃我一刀!"小姐看见来得凶猛,也把宝剑架住,哭诉道:"二位哥哥,且休动手,容我一言。天理昭彰,岂敢乱伦弑逆?因父亲要杀小妹,妹子把剑架住逃走,刚是父亲一跤跌倒,撞着小妹剑尖而亡。两旁有家人共见,望乞哥哥饶恕错误之罪。"

第三十一回　樊梨花无心弑父　小妹子有意诛兄

樊龙、樊虎道:"父亲虽则错误,死在你手,饶你不得。"于是举刀乱砍。小姐无奈,把剑相迎。兄妹三人,在内衙混战。战到三十回合,樊龙措手不及,被樊梨花斩了。樊虎大嚷道:"反了!反了!"叫声未绝,也被一剑砍死,这叫做有意诛兄,无心弑父。樊梨花暗想:杀死二兄,出于家门不幸;骨肉相残,迫于势不两立,如何是好?放声大哭。老夫人闻知,吓得魂飞天外,连忙走到,见了三个尸骸,好不痛心,遂大哭道:"樊门不幸,生出这个不孝女儿,弑父杀兄,叫我如何了得?今日子死夫亡,靠着谁来!"叫一声:"老将军与两个孩儿,枉是官高爵显,今日死在无名之地。"大哭一番,晕倒在地。小姐见了,上前来救,半响方醒,遂劝慰道:"母亲,父亲与哥哥既死,不能复生。有女儿在此,决不教母亲受苦。须要收殓父兄,免得薛丁山知道。不然,姻事就不成了。"吩咐家人备办三副棺木,顷刻收殓,停在西厅,吩咐男女家人不许声扬。夫人无可奈何,只得依允不表。

再言次日,小姐披挂,升坐帐中,传令三军说:"只为父兄遭其不测,我今立意降唐,关头扯起降唐旗号,扯起降旗。"却好程咬金来到城外,见了投降旗号,心中大喜,吩咐报进。樊梨花母女闻知,出关迎接,接入府中,分宾主坐下。程咬金道:"本藩奉元帅之令,特来与小姐作伐,配对世子丁山。为何令尊、令兄不见出来相会,却令老夫人、小姐来会我,甚不可解?"樊梨花犹恐母亲说出前情,遂接口道:"不瞒老将军说,只为家父与二兄有病,不及接待,多多得罪,况且投唐一言既出,决无更改。只消元帅择一吉日完了姻,一同西进。"程咬金听了,叫声:"夫人,既然投顺了,我回去相请元帅兵马进关。"夫人说:"领教。"

程咬金辞别而出,来到营中,对元帅说了。元帅大喜。只有薛丁山不乐,因父亲做主,万不得已。传令大小三军进兵寒江关。"得令!"三军炮响,进了关门。夫人、小姐接入,元帅、柳氏夫人看见樊梨花十分美貌,夫妻二人大喜。程咬金说:"今日黄道吉日①,正好与世子成亲。"元帅说:"老千岁之言有理。"当晚就与世子成亲,乐人送入洞房。

洞房花烛前,夫妻坐下,薛丁山问道:"请问娘子,今日花烛之期,诸

---

① 黄道吉日——旧时迷信星命之说,谓青龙、明堂、金匮、天德、玉堂、司命六辰为吉神。六辰值日之日,诸事皆宜,不避凶忌。

人俱在,为何你父兄不出来相见?"小姐回说:"有病。"薛丁山道:"我不信,必要讲个明白,方好做夫妻。不说得明白,就要去了。"小姐见他盘问,满面通红,心中想道:"此事终是要明,况今既成花烛,不怕他再变更,何不明言?"遂将劝降反杀,误跌剑锋,二哥已骨肉相残,简单说了一遍。丁山听了此言大怒,骂声:"贱人!你不忠不孝,岂有父兄杀得的么?留你必为后患,少不得我的性命也遭汝手。"遂拔出腰间宝剑说:"要与你父兄报仇。"小姐道:"我与你既成花烛,须并胆同心。奴家纵有差池之处,伏望君子宽恕。"丁山叱曰:"要我饶恕,不能够了。"便一剑砍来。小姐也把宝剑迎住,说:"官人啊,奴家因念夫妻之情,不忍动手,为何这般气恼?我劝你须忍耐些吧。"丁山不听,又复一剑砍来。小姐说:"冤家啊,我让你砍了两剑,千求万求,你必要杀我么?"丁山道:"这样不忠不孝的贱人,不杀你,留来何用?吃我一剑。"小姐大怒,连忙举起宝剑敌住。丫环见了,飞来报知元帅。元帅大惊,传令两位媳妇快去劝解。

仙童同金定奉命一齐来到房中,金定一把扯住丁山,往外就走。仙童拦住梨花,说道:"妹妹,你与官人第一夜夫妻,为何就着起恼来?将来日后怎好过日子?做丈夫的也要忍耐,做妻子的也该小心。岂可磨刀相杀?我劝妹子忍耐,饶恕了他。"梨花道:"姐姐呀,我正在此让他,谁想他越舞越真了。他道我弑父杀兄,必要杀我,把我连砍三剑。姐姐你气也不气?"仙童道:"冤家原为这件事情发怒起来,真真可笑。与妹妹什么相干,怪不得你动气,待我去埋怨他,怕他不来赔罪?"梨花说:"多谢姐姐。"仙童出了房去。

再言金定扯了丁山来见元帅,元帅骂道:"畜生!你世务不知。樊小姐神通广大,营中谁是他对手?他奉师命与你联姻,归顺我邦,算我主洪福齐天。第一夜与他大恼,倘若急变,叫我如何是好?快快进房赔罪。若不依父言,军法处治。"丁山道:"爹爹,不是孩儿不见机,只为这贱人弑父杀兄,有逆天大罪,容他不得。若恕了他,将来杀夫杀公,无所不为,都会做出来的。宁可急变,孩儿断然难容这贱人。"元帅听了,喝声:"小畜生!你果然不进房去么?"丁山说:"孩儿今番就逆了父命,断然不要这贱人。"元帅吩咐军士,将他捆打三十荆条,将他监禁南牢中不表。

再言元帅对程咬金说:"烦老柱国相劝梨花,开导畜生。他若回心,自然完了百年大事。"咬金奉了元帅之命,来见梨花,说:"小姐,你公公命我来劝你,万事看公婆之面。方才已将丁山打了三十,监禁牢中,少不得磨难不起,自然回心。劝小姐忍耐片时罢。"梨花听见,满眼流泪道:"多谢老千岁劝我,焉敢不从?拜上公婆,我已立志守着薛门,再不三心两意,另抱琵琶。我也晓三从四德①,岂学俗女,请放心。"咬金听了说:"难得,难得。"别了梨花,回复了元帅,此话不表。再言小姐哭见母亲,说起此事,今日暂别,要往黎山去问明师父:"为甚姻缘如此阻隔?问个明白,方好回家。"夫人两泪不止,叫声:"女孩儿,你当初八岁时节去了,有二位长兄在此;如今去了,叫做娘的举目无亲,如何是好?"小姐说:"母亲放心,女儿此去不过几天,就回来的。"不知后日来与不来,且看下回分解。

第三十二回
薛仁贵兵打青龙关　烈焰阵火烧薛丁山

话说樊梨花道姑打扮,骑了匹骡,来到黎山,见了师父,说:"蒙师父吩咐,与薛丁山有夙世姻缘。谁想他薄幸,屡屡休婚,不知有甚因由,望乞指明。"黎山老母道:"徒弟,我一向不曾对你说,你夫妻二人原来有个缘故。当日蟠桃会上,有九天诸宿群仙来赴会,玉帝驾前则有金童,因与玉女②戏耍,打碎琼瑶,玉女也失手打碎了菱花镜。玉帝大怒,欲将金童玉女问罪。有南极老人出班启奏说:'他二人戏耍,有思凡之心,望吾皇赦罪。降他二人下凡,结为夫妇,了此夙缘。'玉帝准奏,立刻降下凡尘。玉女走出灵霄宝殿,撞着披头五鬼星,见他生得貌丑,不免一笑。五鬼星只道玉女有意,妄起痴心,也走下凡来了,目下就是白虎关总兵杨藩,央媒错对了你。那金童看见玉女逢人便笑,那时大怒,说你下贱,开言便骂:'贱人!'玉女回头向金童一连三啐,一同下凡。金童乃是薛丁山,玉女就是

---

① 三从四德——中国古代歧视和压迫妇女的封建礼教。三从指"未嫁从父,既嫁从夫,夫死从子"。四德指"妇德,妇言,妇容、妇功",即要求妇女屈从男权,谨守所谓品德、辞令、仪态和手艺的"闺范"。

② 金童玉女——道教称供仙人役使的童男童女。

你。故此有几番休弃,少不得日后夫妻自有完聚,不必忧心。将来仁贵兵到青龙关,有妖仙摆下烈焰阵,若还难破,赠你金钱,好请仙人。快快回去,倘有急难,前来见我。"梨花问明,拜别师父,就上马而回。母女相见,此话不表。

再言薛仁贵已得寒江关,养马五日,命李庆红镇守。起大兵离了寒江关,一路下来,兵到青龙关,传令十里安营。"得令!"放炮一声,扎下营盘,明日发兵不表。

再言青龙关总兵赵大鹏,一日升堂,小番报进:"启爷,不好了!大唐薛蛮子起兵前来,一路势如破竹,夺了许多关寨,寒江关以东尽属唐朝。我邦苏元帅大败,不知逃去哪里。今寒江关樊老将军,被女儿梨花弑了父兄,投降中国。不日兵到青龙关了。"赵大鹏听报,说:"有这等事,再去打听来!""得令!"大鹏想:"有我镇守此关,看薛蛮子过得否?"传令众将:"趁他未到关门,今夜领兵劫寨,杀他趁手不及,灭他锐气。"盼咐饱餐战饭,三更时分,杀到唐营。果然唐营不及防备,听得炮响连天,番兵拔开鹿角,杀进营中。元帅营中惊醒,连忙披挂上马,传令众将:"整备交战。"幸有众将尚未卸甲,各执兵器。你看满营火亮通红,各人上马厮杀,赵大鹏杀进营中,早有数员唐将迎了。大鹏看来难胜,祭起化血金钟,可怜数员偏将,遭其大难。那番恼了窦一虎,提起黄金棍,照马上打去。大鹏不能招架,又祭起金钟,罩将下来。一虎见金钟厉害,将身一扭,往地下去了。秦汉见罩了一虎,则来相救,又被金钟罩来。秦汉看见不妙,借土遁而逃。一场大战,黑夜交兵,十分厉害。杀到天明,大鹏得胜收兵。元帅点齐众将,折了兵马数千,偏将十员,幸得众将无事。秦汉、窦一虎逃回,共说金钟厉害,元帅好不烦恼。

正言未了,探子报说:"赵大鹏又来讨战,望元帅定夺。"仁贵心中大怒,传令窦仙童、陈金定二将出阵。"得令!"两员女将结束停当,手执兵器,上马出营,冲出阵前。大鹏抬头一看,见来了两员女将,想是唐营男子被我昨夜杀尽,故点女将出来交战。不要管他,待我再把宝贝祭起,见一个,罩一个;见一双,杀一双,将他杀得尽绝便了,便说:"你两个女子也来送死么?"窦、陈二女将看见大鹏面貌生得凶恶,亦非良善之辈,说道:"不必多言,看刀吧!"四柄刀如雪片砍来。那大鹏哪里招架得住,忙祭起化血金钟,当头罩来。二人看见,说:"不好了!"幸宝驹一纵如飞,败回营

第三十二回　薛仁贵兵打青龙关　烈焰阵火烧薛丁山

中。元帅见了，心中气闷。

大鹏又在营外讨战。众将都怕金钟厉害，俱不敢出战。程咬金说："元帅，世子丁山神通广大，老夫可保他破灭金钟。"元帅说："老柱国力保，本帅从命。"传令箭一支，差旗军四人，速往寒江关牢中，放出小将军来。旗军得令，到寒江关去不表。

再言元帅吩咐高挑免战牌。大鹏见了，呼呼大笑回关。次日丁山到了，大鹏又在营前讨战，就传令丁山出阵。丁山领命，全身披挂，带了宝贝，跨了宝驹，放炮出营，冲出阵前。大鹏抬头一看，见来了一员年少将军，喝声："少催坐马，通下名来。"丁山道："你问我爵主之名么？洗耳恭听：我乃薛元帅世子，薛丁山便是。你可是赵大鹏么？快快投降，免汝一死。"大鹏大怒："这乳臭小子，休得夸口，吃我一刀。"一刀向丁山面上砍来。丁山把方天戟望刀一架，大鹏叫声："小蛮子，好气力！"在马上乱晃，把这大刀直往自己头上反打转来，看来不是敌手，忙祭起金钟，谁想薛丁山身上穿着天王甲，头上带着太岁盔。有万丈毫光罩住，那金钟跌在地下，打得粉碎。赵大鹏见了，魂飞魄散。被薛丁山把画戟紧一紧，喝声"去吧"！一戟当心刺来。赵大鹏躲闪不及，正中了前心，仰面一跤，跌下马来。薛丁山下马，取了首级，吩咐诸将抢关。

元帅大队人马正要抢关，忽关上有一道人降下，乃蓬莱山朱顶仙。看见徒弟赵大鹏，被薛丁山所杀，欲来报仇，传令把灰瓶、石子、滚木、火炮打下。元帅见有防备，鸣金收军，关外按下营盘，明日开兵取关，此话不表。

且说那朱顶仙连夜出关，摆下阵图，名曰"烈焰阵"，极其厉害，四面杀气腾空。次日出阵，手中仗剑，指名"要薛丁山来会我，我要与徒弟报仇"。探子报入营中，薛丁山听了大怒，说："孩儿情愿出去，除此妖道。"元帅道："我儿出去，须要小心。"薛丁山领令，来到阵前，看见道人，红头绿眼，阔脸尖嘴，长颈短脚，看其人定是左道旁门之士，不如先下手为强。叫声："看戟！"道人把剑架住说："你不过王敖门下，焉敢伤我徒弟？你不要走，看剑！"薛丁山把戟架开，交战了三十回合，道人哪里敌得住，回马跑入阵中。薛丁山不舍，随后追来，元帅见了，即点窦一虎、秦汉并十员副将，兵马三千，一齐冲入阵中。那道士将背上一个红葫芦打开了盖，放出无数烈火，顷刻之间，满阵大火。兵马三千，偏将十员，俱皆烧死。窦一虎看来不好，把身子一扭，地行去了。秦汉满面烧坏，也借土遁而回。只有薛丁山陷在阵中,幸得身上穿着朱雀袍,纵有烈火,不能上身。这是丁山灾星到了,此话不表。

再说秦、窦二将逃回,说明此事,元帅大惊。柳夫人、金莲小姐听了,俱皆大哭。窦、陈二人,听得丈夫陷在烈焰阵中,皆上前讨令往救。元帅道:"这使不得,你们此去,性命难保。不如请程千岁,往寒江关请三媳妇到来,他有移山倒海之术,可能破灭烈火,方救得孩儿,那时不怕他不肯成亲。"夫人道:"相公之言有理,待妾身修书去请便了。"书中极写情切,元帅接来一看,说:"夫人真好才学。"连忙封好,送与程千岁。程咬金奉命上马,飞奔到寒江关,将书付与樊小姐。樊小姐一看,知薛丁山陷在阵中。婆婆书中致意许多不安,若不去救,便违公婆之命了,只得出来相见。程咬金见小姐道妆打扮,手拿拂尘,俨然修仙学道的人,便上前施礼,宾主坐下。程咬金道:"书中之意,想已尽知,相请去破烈焰阵要紧,快请上马。"小姐说:"老千岁你还不知,只恨奴家听从师命,立心要嫁此人,谁想花烛之夜,便即弃我。我自怨薄命,情愿出家学道,俗家之事,再不管了。烦老千岁回去,多多拜上元帅、夫人,说我如今不染红尘,是方外①的人了,方外之事可也不知。"不知樊梨花肯去否,且听下回分解。

第三十三回
樊梨花登坛点将　谢应登破烈焰阵

前言不表。再言程咬金说道:"小姐,虽是薛丁山无情无义,须念公婆面上,休得记恨,要做宽宏大量之人。破了阵图,好待元帅进兵。小姐十大功劳,我都晓得,快些去吧。"那小姐十分做作。程咬金在旁苦苦相劝。

小姐只得允往。遂别了母亲,上了马,夜宿晓行,相近青龙关。程咬金报进,柳氏夫人同两位夫人,并金莲小姐,迎接樊梨花入营中。樊梨花对元帅、夫人禀道:"元帅、夫人,自从被令郎休弃之后,我已出家修道。

---

① 方外——世外,即超然于世俗礼教之外。

第三十三回　樊梨花登坛点将　谢应登破烈焰阵

今蒙夫人书召,并劳老千岁远行,我只得勉强前来面辞,伏望元帅、夫人不见怪,我出家人不管俗事了。"元帅夫人流泪道:"媳妇呀,这畜生虽则薄幸,当以国家为重。但是这畜生,今陷在妖道阵中不知死活,若能救得出来,自然夫妻团圆。"程咬金道:"长话不如短说,请小姐出兵打阵要紧。"小姐道:"既然如此,待奴同二位姐姐去救世子,看一看,然后开兵打阵。"元帅说:"小姐见识甚高,赛过张良,胜如诸葛。"命女儿金莲,同了三位姐姐一同去看。

四人领命,全身披挂。樊梨花仍是道妆打扮。各跨上马,带了数千精兵,向番营东西南一看,对窦仙童、陈金定道:"那个妖道,果然仙机奥妙。今观此阵,非同小可,不识仙机,难破此阵。"金莲小姐问道:"此阵何名?怎生破得,如何救得哥哥?"樊梨花道:"此乃周朝十绝阵中第九阵,名'烈焰阵'。凡人若到阵中,立刻化为灰尘。幸得世子乃王敖老祖门下,身上有许多宝贝,不为大害。若要破此阵图,贫道权掌帅印,好号令众将,召请仙人,破此恶阵。"薛金莲道:"既能破此阵,待我禀知父亲,权交兵符将印,嫂嫂掌管,救出哥哥,自然赔罪,重谐花烛。"樊梨花见说,好不欢然,说道:"姑娘安慰我心极好,但不知你兄心中如何。我们且回营中,打点破阵便了。"于是姑嫂带马回营。

且说番儿报知道人,说:"有四员女将到来看阵。"朱顶仙听了,仗剑上马,赶出关来,大叫道:"好大胆的蛮婆,偷看我阵。不要走,看剑!"飞马赶来。四人住了马,樊梨花喝声:"妖道!慢来,看我法宝。"背上拔出诛仙剑,祭在空中。道人抬头一看,说声:"不好!"逃回阵中。樊梨花笑道:"你也晓得宝贝厉害,逃回去了。明日破阵,取你狗命未迟。"遂收了宝剑,四人回到营中,见到元帅、夫人,问起阵中如何,金莲禀道:"爹娘,樊梨花深识仙机,熟谙阵图。他说是十绝阵中之第九阵,名曰'烈焰阵'。凡人必死,幸兄有法宝护身,烈火不能侵害。要破此阵,必须全付帅印,嫂嫂代管,发兵请仙破阵,救兄出阵。爹爹意下如何?"元帅喜道:"请媳来破阵,自然悉听主张。"于是传令大小三军,明日三媳点将开兵便了。樊梨花说:"多谢元帅。"同了姑嫂三人,一齐回营去了。

次日,众将披挂完备,都在帐前候令。樊梨花顶盔贯甲,升坐帐中。只见元帅手捧兵符将印,在帐前等候。樊梨花连忙下阶赔罪,说:"元帅在上,我贫道今日代为发兵破阵,妄僭①威仪,先容告罪。"说罢,即便下礼。夫人连忙扶起,说:"今日全仗你出兵破阵,何消多礼。"樊梨花只得升帐,元帅送上兵符将印,樊梨花接下,放在案前。诸将上前打拱,说:"甲胄在身,不能全礼,望乞恕罪。"樊梨花道:"不敢。列位将军,请立两旁。贫道权掌帅印,各宜肃静,听候发令,不遵者立行枭首。"众将齐声答应:"是。"樊梨花道:"秦将军听令。"秦汉听了,连忙上帐,说:"有何将令?"樊梨花说:"你有钻天帽,把手过来,待贫道书五雷符一道,飞上当空,上管天门,不得有违。""得令!"秦汉戴了钻天帽,飞在云端等候。又说:"窦将军过来听令。"窦一虎听了,走上帐前,说:"帅爷有何将令?"樊梨花道:"窦将军伸手过来,待贫道书符一道,你有地行之术,下管地府,倘朱顶仙到来,不可放走。""得令!"窦一虎走下帐来,把身子一扭,往地下去了。又点窦仙童说:"与你青龙旗一面,守住东方,不得有违。""得令!"窦仙童即镇守东方去了。又点:"薛金莲过来听令。"薛金莲走上帐中说:"有何将令?"樊梨花说:"姑娘,与你红旗一面,守住南方。""得令!"薛金莲上马提兵往南方不表。又点:"陈金定听令。"陈金定连忙走上说:"主帅有何将令?"樊梨花说:"姐姐,与你白虎旗一面,镇守西方,不得有违。""得令!"陈金定上马提兵,往西方不表。又点:"先锋罗章过来听令。"罗章连忙走上前,说:"元帅有何将令?"樊梨花说:"罗将军,与你黑旗一面,带领本部人马,守住北方,不得有违。""得令!"罗章带兵上马,往北方去守,这也不表。

且说樊梨花自己即叫麾下人马小校,拿了黄龙旗,向中道而进。只见阵中烈火腾空,四面通红。樊梨花难进阵中,想起师父赠的金钱,"何不祝告,请了上仙,好进此阵"。口中念道:"金钱一个,祖仙传下,特请仙人,消灭烈火,焚香报告,虔诚感求。"念毕,摆下金钱,忽见一朵红云,落下来一位仙人,手执宝剑,头戴一顶逍遥巾,白面,五绺长须,布衣道服。樊梨花见了,连忙稽首②道:"大仙留名。"答道:"小仙乃蓬莱山散仙谢应登,前来助你,破此阵图。"樊梨花道:"既蒙大仙下降,快请入阵,消灭烈

---

① 僭(jiàn)——超越本分,古代指地位在下的冒用在上的名义、礼仪和器物等。

② 稽(qǐ)首——古时的一种跪拜礼节,为九拜中最隆重的一种。

第三十三回　樊梨花登坛点将　谢应登破烈焰阵

火,速擒妖道。"大仙听了,解下背上葫芦,揭开水晶盖,放出雪白一道亮光,变成四条白龙,张牙舞爪。顿见满天乌云,落了倾盆大雨,立刻将烈火泼灭。朱顶仙见破他法,大怒冲天。出来抬头一看,见谢应登在云端里,吓得魂不附体。大仙喝道:"孽畜,哪里走?吃我一剑!"朱顶仙臂生两翼,往东方逃遁。只见东方撞着青龙旗罩住,上有灵符,不能逃出。又见窦仙童手舞双刀,忙来敌住。朱顶仙无心恋战,向西方走,又被白虎旗守住,陈金定提起铁锤来打。只得逃往北方,又见黑星旗下,罗先锋飞马杀来。又往南方而逃,却撞着红云旗守住,薛金莲小姐手舞双刀杀出。朱顶仙无法可逃,难以脱身,说:"不好了,我乃逍遥自在神仙,为了徒弟,走入是非门。你看四面八方守住,叫我往哪里走?也罢,不如借土遁而去罢。"那窦一虎却在地下看见,开手放出一声霹雳,把黄金棍打来。朱顶仙见了大惊,只得飞身往天上而去。秦汉见了,把手一放,虚空一个霹雳,打将下来。朱顶仙半空跌下,秦汉也落下尘埃,手提狼牙棒,正要打去,只见一个道人喝道:"秦汉小侄孙,且慢动手。他是南极老人坐骑,逃身下凡,不可伤他性命。"秦汉大怒道:"我与你素不相识,讨人便宜,叫我侄孙。"举起狼牙棒打来。这个大仙把剑架住,只见樊梨花,带同三员女将,一齐到来,说道:"秦将军,休得无礼。此乃上界大仙谢应登便是。"秦汉回说道:"他讨我便宜,叫我侄孙,故此气恼。"大仙笑道:"你祖父秦琼,与我是八拜之交,故叫你侄孙。"秦汉道:"原来如此,多多有罪。"便倒身下拜。"请问叔祖,此道何物变成?现了真形看看。"大仙便念动真言,喝声:"孽畜,还不快现原形。"朱顶仙无奈,就地一滚,变成仙鹤,大仙道:"樊梨花,你夫身陷阵中,我收回四海龙神,你进去救出丈夫。我将这坐骑送还南极老人。"只见道人跨上鹤背,腾空而去。众将骇然,只得望空拜谢。然后一同入阵,只见火光尽灭。又见薛丁山如醉如痴,醒将转来,一见妻子、妹子,放声大哭道:"莫不是梦中相会么?"不知后事如何,且看下回分解。

第三十四回

穿云箭射伤灵塔　薛丁山休弃梨花

话说薛金莲，见兄长如梦初醒，便道："吾兄性命，幸亏樊氏嫂嫂救了，胜如重生再造。今且回营，再备花烛，夫妻和谐，休得异心了。"薛丁山见了樊梨花，拍马出阵，并无言语。樊梨花见他仍如此，不觉眼中泪落。遂收兵回营，缴回元帅印。乘便进了青龙关，杀得番兵无影无踪，遂扯起大唐旗号，查点仓库钱粮，一面差人回朝报捷。

再说薛丁山回见父亲，元帅道："今亏樊小姐破阵相救，趁此良辰吉日，整备花烛，与你成亲。以后夫妻和合，不得再逆父命。"薛丁山连说："不可，樊梨花既为唐将，应与朝廷出力，何恩于我？况他是不忠不孝之人，孩儿断不与那人为婚，望爹爹恕罪。"元帅大怒道："畜生！樊小姐真心为你，你偏偏不从。若不依从，重责不饶。"薛丁山道："孩儿情愿受责，亲事断不敢从。"元帅见他执意不肯，大怒，吩咐："将畜生吊起，捆打三十。"军士只得将薛丁山吊起。众将上前讨饶，遂劝世子道："小将军不须执意。一则是违逆父命，难逃不孝之名，枉受痛楚；二则樊小姐有救命之恩，遵了元帅之命，岂不是恩孝两全，小将军如何不三思？"薛丁山只是不依。元帅见众将劝他不听，吩咐重打三十皮鞭，上了刑具，下落监牢。樊梨花忍不住泪落，上帐禀道："元帅、夫人，不必着恼，贫道就此告别了。万望元帅、夫人保重。"夫人流泪道："这畜生无情无义，还看我公婆之面，耐心等候。就是破阵夺关的功劳，待奏过圣上，自然封赠。且慢慢降服畜生回心，定然团圆有日，决不使你独守。须听我言，随着公公西进为是。"窦仙童、陈金定也流泪劝道："妹妹你是有志气的人，心上明白的。虽是冤家情义太薄，还有我公婆爱惜之心。但得早灭西番，奏凯回朝，圣上做主，他敢不从么！"薛金莲劝道："嫂嫂且自宽心，虽今未成花烛，亦是薛门媳妇，况我们三人，还求嫂嫂教习兵法，一路谈心西进，不可回去。"樊梨花说："婆婆、姊姊、姑娘留我，我岂不知，也不怨冤家薄幸，只怨自己命苦。母亲年老，无人侍奉，

第三十四回 穿云箭射伤灵塔 薛丁山休弃梨花

故要辞别,日后自有会期。"元帅看来留他不住,只得准备香车送行。于是姑嫂三人送出关前,挥泪而别。

且说元帅养马三日,留姜兴霸领兵镇守青龙关,放炮起行,罗先锋开路。过了多少风沙之地,方到朱雀关。吩咐放炮安营,大兵一到,然后开兵。不数日,后队大兵到了,罗章接进营中。

次日元帅升帐,众将站立,元帅问陈云道:"老将军久住西番,此关主将厉害如何?"陈云答道:"那朱雀关守将姓邹,名来泰,生得红面青须,蛾眉凤眼,犹如我邦镇守铜旗关东方王一般,用宣花月斧,有万夫不挡之勇。更有异人传授一件宝贝,名曰伤灵塔,每层内有火龙两条,七层共有火龙十四条。张牙舞爪,口吐烈火,上阵时十分厉害,须要防备。"罗章听了笑道:"老将军休长他人志气,灭自己的威风。前日烈焰阵尚且破了,何况这个宝塔?待小将先取此关。"元帅说:"先锋出去,须要小心。""得令!"带了本部人马出了营门。来到关前,一声大叫,只见关门大开,冲出一队人马,一字排开。罗章看见一个红面番将,头扎红巾,身穿龙鳞甲,手执宣花月斧,骑下一匹骝马,把蜈蚣旗分开,来到阵前。看见罗章年少英雄,全不在意,喝道:"看爷爷的斧!"把斧往面上砍过来,罗章把枪一枭,宣花斧几乎拿不住,在马上乱摇,叫声:"小蛮子,好气力!"回转马来,又把斧一起,罗章又架在一旁。不几合,邹来泰实受不得了,带转马便走。罗章喝声:"红脸贼,哪里走?"把马一拍,随后赶来。邹来泰回头一看,见他追来,忙祭起宝贝,喝声:"唐将慢逞威风,看我宝贝下来了。"罗章看见宝贝来得厉害,十四条火龙喷出火来,唐兵尽皆烧破了。罗章烧得心慌,被番兵团团围住,不能脱身。元帅在帐中正与诸将商议,忽探子报道:"罗先锋出阵,被番将祭起宝塔围住,十分危急,望元帅快发兵往救。"元帅大惊,即令:"窦一虎、秦汉,领兵马前去救应!""得令!"一声炮,杀到关前。只见番兵围住罗章,二人奋勇,提起棒棍,杀散番兵,冲入阵中。邹来泰忙来抵敌,罗章见救兵已到,拍马杀来,邹来泰看见不对,又祭起火龙塔。二将见势头不好,各借地行而走。罗章吓怕过的,预先逃走。元帅在旗门下看见大惊道:"前日遇了烈焰阵,如今又有火龙伤兵,传命鸣金收军,再议破火龙塔。"邹来泰打得胜鼓回关,此话不表。

再言元帅传命,营中多加强弓弩箭,提防番人劫寨。对程咬金说:

"征西多难,关关多有异人。怎能破得火龙宝塔?"程咬金道:"待我再保世子出来,好破此塔。"元帅依言。程咬金上了马,不日来到青龙关,监中放出世子。咬金说出此事,"故此召你前去破火龙塔"。薛丁山听了道:"救兵如救火。"遂同了老将军,马不停蹄,来到朱雀关,忙入帐中,拜见父亲。元帅道:"有劳老千岁鞍马奔驰。"程咬金道:"皆为朝廷出力,何言多劳。"元帅见了世子说:"你这逆子,三番二次逆父之命,一见了你,心中不喜。但是番将宝塔厉害,若能破得,将功折罪,好进我门。"薛丁山说:"爹爹放心,都在孩儿身上。"带了人马,冲出关前,大叫道:"杀不尽的狗鞑靼!今世子在此,快出关受死。"关外大骂,关内小番报进。邹来泰一闻此言,心中大怒。结束停当,上马提斧,一声炮响,大开关门,冲出阵前,正迎着薛丁山。不上数合,又祭起伤灵宝塔。薛丁山抬头一看,说:"这些小技,何足为害。"向袋中取箭,壶中取弓,搭上穿云箭,望塔上一箭,火龙塔被箭射中了,跌在地下,打得粉碎。邹来泰见了,吓得魂不附体。被薛丁山一戟刺于马上,枭了首级。正要抢关,忽听得云端里面高声大叫说:"薛丁山!你这畜生,休要进关,吃我一鞭!"即腾空降下。薛丁山一看,见是一个凶恶道人,生得奇形怪状,像老龙精一般。头上挽起空心髻,面如噀①血,两道板刷眉毛,眼如铜铃,两个獠牙,一部胡须;穿着仙鹤道服,手执双鞭,背上系着两个葫芦,来到面前,叫道:"薛蛮子,我扭头祖师,与你同道教之门,如何伤我徒弟?特来与他报仇,吃我一鞭!"举起双鞭,照薛丁山打来。薛丁山忙将画戟迎住,大战三十回合。道人祭起双鞭,好似一对蛟龙舞下来了。薛丁山看见不好,带转马大败回营。见了元帅,说知此事。元帅说:"到了一关,就有妖人阻兵,皆是左道旁门之士,神通广大。"遂传令三军,暂且安营,扎好营寨,明日交战不表。

且说扭头祖师,见薛丁山败阵逃去,也不追赶,连夜摆成阵图,四面布列旗幡,摆得停当,回进关中。番兵送上酒肴,道人吃不合意,就道:"小番,向日我祖师在龙渊山,吃惯活猪活羊,你们快去取来我吃。"番儿连忙抬过猪羊来摆好,道人大喜,把刀向猪羊心中割开,将口吸了热血,然后割肉来吃,不多一回,吃得干干净净,说道:"饱了。取一大缸水来我用。"小

---

① 噀(xùn)——喷。

番听了想道:不知要水何用?只得依他。登时取了一缸清水,放在面前。只见道人和衣睡在缸内,呼呼睡熟。番儿见了好笑起来,从来不见有这么睡法,且自由他,只要退得唐兵,就好了。不知明日事体如何,且看下回分解。

第三十五回
薛丁山身陷洪水阵　程咬金三请樊梨花

适才话言不表。再言次日天明,大唐元帅同了诸将,走出营门上马,来到阵前。只见旗幡插满,杀气冲天,不知此阵何名。正在观看,阵中一个道人,手舞双鞭杀出,高声叫道:"薛仁贵!我闻你起初跨海征东,名闻天下。若能破得此阵,我教国王归顺唐朝。若是不能破我此阵,杀你片甲不回。"薛仁贵听了此言,气得三尸神直冒,七窍内生烟,心中大怒,问道:"谁将出去,杀此妖道?"闪过世子说道:"孩儿愿去见阵。"元帅道:"须要小心。"薛丁山应声:"得令!"冲出旗门,迎住道人厮杀。不上十个回合,道人便走入阵,薛丁山也追入阵。元帅看见,恐防薛丁山有失,命秦、窦二将出去助战。二将得令,连忙也杀入阵中。三人围住道人厮杀,杀得道人手忙脚乱,即忙解出葫芦,倒出洪水。顷刻平地水深几丈,大小三军,一齐淹在水中。

秦、窦二将看来不好,借土遁而回,报知元帅。夫人、小姐、窦仙童、陈金定大哭说:"此番性命休矣。"薛金莲道:"皆因哥哥不合,若得樊氏嫂嫂在此,决无今日之祸。"元帅听了,踌躇一番,遂向咬金道:"今日敌人如此猖獗,纵淹死这畜生,不足为惜,但三军不能西进,莫若烦老柱国再到寒江关一走。"程咬金道:"昔者破烈焰阵时,老夫去请他,他已不肯来。我许了他夫妻和合,今却依旧不从,看他恨恨之声而去,此番恐决不来。"元帅道:"事在危急,全在老柱国鼎力善言,前去请他到来方好。"程咬金说:

"非是老夫惮劳①,特②恐劳而无功耳。今元帅吩咐,只得老了面皮,再走一遭。"

遂别了元帅,跨上了马,加鞭上马而行,过了青龙关,不一日到了寒江关。心中想道:"今番去请樊小姐,谅不肯来。只便怎么处?不免哄他一哄,说今薛世子回心转意,特请小姐,前去做亲。他听得此言,或者肯来,也未可知。"算计停当,进了关门,来到辕门,说道:"门军,你去通报一声,说程老千岁要见。"那管门的认得程咬金,不敢怠慢,便笑嘻嘻问道:"老千岁,薛元帅进兵到哪里了?"程咬金道:"大军已到朱雀关,今世子回心,情愿与你家小姐完婚。我特来相请,烦你快快通报。"门军听了欢喜,连忙报知夫人、小姐。夫人说:"女儿,昨夜灯光报喜,今朝喜鹊临门,果然你丈夫回心转意了,故遣千岁前来相请。"小姐道:"无情无义的人,岂肯回心。今日老将军复来,决然大兵阻住,不能进兵,又遣老将军到来,必然请我去破阵。"夫人道:"不要管他做亲不做亲,承他远来,岂有不见之理?且请他进来相会,听他说话,就知明白了。"小姐道:"谨依母命。"出来接进程咬金,分宾主坐定。夫人道:"承蒙老千岁到舍,有何见教?"程咬金听了,叫声:"夫人,老夫前来道喜。如今薛世子愿与令爱再成花烛,奉元帅之命,央我媒人到此,速请小姐前去完姻。"夫人听了,回头看看小姐,说道:"做娘的说得不错了,如今难得贤婿回心转意,快快准备,同了老千岁前往。愿你夫妻和顺,做娘的有靠了。"小姐叫声:"母亲,你不知这薛丁山冤家,要他回心,万不能够。今老千岁到来,决为番兵阻住关门,前来求救。"程咬金听来,心内钦服,赞道:"见识胜于男子,我哪里及得他来?"只得开言大笑道:"小姐你不信么?难道老夫是个骗子?请收拾前去,自然夫妻百年和谐,方信我老夫是个好人。我从来不会说谎,若然此番不成花烛,我也再不上你门了。"程咬金再三用情,小姐只是不依。程咬金道:"若小姐不肯前往,叫我如何回复,见你公公?"夫人看见老程这般言语,叫声:"女儿,须看老千岁之面才好,今番走一遭,若然依旧无情无义,以后再请你不动了。快些端正,万事吉利为主。"小姐见母亲这般说,顺水推舟,说道:"老千岁,奴家本不欲去的,因是再三央求,只得前去。若还

---

① 惮(dàn)劳——怕出力。
② 特——只是。

第三十五回　薛丁山身陷洪水阵　程咬金三请樊梨花

依旧,后来休想见我。老千岁请先回去,我领兵随后就来。"程咬金想道:"今番被骗肯了,应许我提兵前来。"便道:"既蒙小姐见允,老夫奉命先行,望乞速领人马,快些来罢。"小姐道:"这个自然。"程咬金拜别,母女送出厅堂。程咬金上马回去不表。

却说樊梨花脱去了道服,戎装打扮,结束停当,带了女兵,拜别母亲,硬着头皮,跨上金鞍,出了关门。一路行来,忽见天边一群鸿雁飞来,小姐对天暗祝道:"此去果然夫妻完聚,便射中第一只雁。"左手扳弓,右手搭箭,搭上弦,刚好射中第一只鸿雁。两边女将看见,连声喝彩,拾了鸿雁送上。小姐心中暗喜,遂道:"苍天,苍天,既是天从人愿,巴不得早到军前,好与良人配合,不负当初一片痴心。若从大路去,要行二十天。闻得人说,另有一条小路,只消十余日,就到朱雀关。拣近些走的好。"吩咐军士,由小路进去。军士说:"若从小路,必从玉翠山八角殿经过。但是那座山中有一彪人马,不服王化的占住。若在他山前经过,必然要来寻事,反要耽搁,不如还从大路上去了。"小姐说:"不必多言,竟从小路走罢。"军士不敢违令,打从小路而行。

正行之间,只见山上一声炮响,冲出一队强人,为首一个少年将军,喝声:"留下买路钱。"樊梨花一见大怒,出马大喝一声:"我的乖儿子,你若杀我不过,须要认我为母。"小将应声道:"娇娇,你果有手段,我拜你为母。若输了我,你要做我的妻子。"小姐也不回话,将手中刀乱砍。小将将手中枪相迎,怎当得他有仙传,杀得大败而走。小姐伸手活擒过马来,吩咐绑了。传令上山,八角殿上坐定,登时推过,小姐说道:"我的儿子,方才有言。如今被擒,应该拜我为母。"小将说:"既蒙不杀之恩,愿拜为母亲。"命放了绑,小将忙跪下,拜了四拜,叫声:"母亲,孩儿有言,请问母亲,家住何方?姓甚名谁?爹爹还是何人,因何独自行兵到此?要往何方?请道其详。"樊梨花说道:"孩儿你要问我姓名么?我父亲樊洪封王,镇守寒江关。我两个哥哥俱封做总兵。只为唐朝薛仁贵奉旨征西,从寒江关经过,世子求亲,我父兄不允,在厅前要杀,你娘故此无心弑父,有意诛兄,相召世子成亲,归顺唐朝。你父薄幸,将姻退了,大闹销金帐。因此夫妻反目,回转寒江。前番请我去破烈焰阵,今者请我去成亲,故此打从小路而来,得你拜认为母。但不知你姓甚名谁?因何流落到此,说与为娘知道。"

小将说:"母亲,孩儿乃大唐薛举四代玄孙,名唤应龙。当初祖父领兵伐西戎,与番将刘必大之女雨花娘子成亲,后来归宁母亲,就在玉翠山居住,地名刘家庄。传流到我,我因父母双亡,自恃骁勇,占住八角殿,打劫为生,今年一十四岁。积草屯粮,招兵买马,处处闻名。久慕娘亲武艺高强,孩儿要习学,今日相逢,正是三生之幸也。今娘亲既要往军中与父完婚,孩儿情愿同行。"樊梨花道:"原来我儿姓薛,又是大唐人氏,既肯同去,甚妙。着你做个先锋,就此起程先往。"应龙道:"母亲在此半日,后殿已备酒筵,请用三杯,然后起程。"樊梨花听了,说声:"有理。"应龙接进到后殿,樊梨花坐下,应龙下面相陪。传令三军,多加犒赏。

酒至数巡,吩咐拔寨起程。离了玉翠山,一路前往,非止一日,来到唐营。探子报知,元帅夫妻喜之不胜,说:"程千岁尚未回来,三媳因何先到?"忙令金莲姑嫂三人出营迎接。樊梨花一见,下马就叫:"姑娘、姐姐,何劳远迎?"金莲说:"嫂嫂说哪里话来。"四人挽手同进,命:"应龙小将同我进去,拜见祖父、婆婆。"应龙领命,一齐进去。不知进来,说出甚话,且看下回分解。

第三十六回
薛金莲劝兄认嫂　闹花烛丁山大怒

适才话言不表。再言元帅、夫人见了梨花大喜,开口叫声:"三媳,你一向都好?"梨花上前拜见。元帅说:"不消多礼。"梨花道:"我儿过来,拜见了祖父、祖母。"应龙听了,上前拜见,回身又拜见了仙童、金定、金莲。金莲满心疑惑,叫声:"嫂嫂,哪里寻来这位侄儿?"梨花说:"姑娘,你不知,程老千岁到来请我,说冤家回心,到营中完姻。母亲听了,叫我还俗,不要出家。换了盔甲,奉母之命,领兵前来。大路又远,小路近些,故此先从小路行来。到玉翠山,遇着了他,两个交战,被我擒了,拜认为母。他是唐朝薛举玄孙,名叫应龙,今年一十四岁,随我到此,一同征西,要拜见父亲,但不知冤家今在何处?准于何日成亲?我待见他一面,问他是真回心还是假回心,还要问个明白。"金莲道:"嫂嫂,我哥哥陷在阵中,程老千岁

第三十六回 薛金莲劝兄认嫂 闹花烛丁山大怒

请你来破阵的。"就将此事细细说明。梨花听了,痴呆,不言不语。元帅、夫人看见梨花不开口,就叫:"媳妇,你是宽宏大量之人,看我夫妻面上,救了畜生,公婆做主,不怕他不依。"

正在里面说话,只见探子报进:"启元帅爷,妖道又在阵前叫骂。"元帅听了大怒,说:"可恶,这妖道欺人不过。"又对梨花道:"媳妇儿,你不听见探子报说,妖道十分无礼,明日仍望媳妇,救了畜生,破了番阵,自然成姻,做公婆的决不哄你。"梨花见了,开口说道:"公公大人,媳妇既与令郎订为终身,我不负他,宁可他负我。况且公婆待我如此,令郎既然有难,自然媳妇相救。且待看了阵图,再行计较。"即忙同了三位女将,探看番阵。来到阵前,往里一看,只见白水滔天。梨花叫声:"姑娘、姐姐,此阵名曰'洪水阵',并无兵马在内,借来北海之水,凡人进去,性命莫保。幸亏冤家身上穿了天王甲,不妨事的,容易可破,请自放心。"姑嫂三人听了,称赞梨花法力高强。看完番阵,回转营中。妖道有勇无谋,不出阵追赶。金莲对父亲说明。

次日众将披挂,候梨花发令,元帅亲自捧帅印交与梨花。梨花升帐,先点窦仙童、陈金定、薛金莲:"你三个人各带铁骑三千,分为三路打阵,休要放走妖道,如违军法处治。"三人得令,各人上马出营。又点窦一虎、秦汉二将听令,二将走上帐前说:"主帅有何将令?"梨花说:"与你各人五雷符一道,打东西二门,不许放走妖道,不得有违将令。"二将带了精兵出营而去。又点小将薛应龙:"与你水晶图一轴,冲入阵中,若洪水冲到,就把此图张挂,自然立刻消灭,须要小心。"应龙得令,收拾上马,提枪出营,直往番阵。梨花点将已完,走下将台,骑上宝驹,手执双刀,带领女兵,竟上番营。

再言仙童、金定、金莲三员女将,分兵三路,杀进阵中。只见一道寒光冲出,白浪滔天,滚到面前。三人先用避水诀,立住旗下,不能进阵。又见道人从空中飞下,见了三员女将,心中欢喜:"待我擒他回去作乐,有何不可?"忙提起双鞭来战,哪里抵得过三员女将?就把葫芦盖揭开,飞出一队火鸦,竟奔前来。三员女将见了,带转马头就走。妖道随后追赶,应龙小将提枪迎来,大喝道:"妖道!休得追赶,我来也。"挺枪接住。道人回身走入阵中,应龙赶进,只见白水滔天,就把水晶画儿挂起。忽见万丈水势,顷刻俱平。道人见了,说:"敢来破我洪水么?"又把火鸦放出,迎面飞来。应龙吓得魂不附体,带转马正要走,却值梨花手舞双刀杀进来。看见火鸦厉害，祭起乾坤圈，火鸦立刻跌在地下。那扭头祖师这两个葫芦，一个藏北海之水，一个藏南山之火，名为水火葫芦，不想今日俱为梨花所破。道人大怒，来战梨花，应龙接住。又被窦一虎、秦汉东西杀来。道人杀得有路无门，正要土遁，被樊梨花举起打仙鞭，打中肩骨，叫一声："啊呀！"跌倒在地，现出原形，乃是一条孽龙，摆尾摇头，钻入地中。一虎见了，一扭也入地中，提起黄金棍打来，孽龙即疼痛难当，俯伏于地，被樊梨花斩为两段。那些番兵见道人已死，逃入关中。梨花把五雷符焚化，霹雳一声，丁山阵中惊醒。抬头一看，不见了大水，只见妻、妹俱在面前。

　　元帅大兵已到，闻得妖道乃孽龙变化，亏了三媳斩死，除却一害。传令三军抢关，那番兵百姓，开了关门，香花灯烛，接入关中。元帅来到总兵府，梨花交还帅印。诸将都说樊小姐英雄，法力高强。元帅谢了樊花，丁山上前见父。元帅说："你被妖人水困阵中，若非贤媳救你，只怕你性命不保。这样大恩，杀身难报，快过去跪下请罪恩人。"丁山听了不开口，走过三位女将，金莲小姐为头，仙童、金定在后。那时不由丁山做主，竟扯到梨花面前，说道："三嫂嫂，如今哥哥来赔罪，要你宽恕他，不要记他薄幸。快些下礼！"仙童、金定一齐说道："冤家，快快跪下去请罪。"那丁山被姑嫂三人捉住，又见爹娘有不悦之色，勉强跪下，梨花见了，不记前恨，也慌忙跪下，一同拜见。然后丁山又拜了诸位。元帅见了大喜，只等大媒一到，完其花烛，此话不表。

　　再言丁山此夜先到仙童房内安歇，喜见仙童已有重身[①]。仙童说："若非樊妹二次破阵，谁人救你，你须完其花烛，顺礼方好。"丁山领命，次日又到金定房内，说起身怀六甲[②]，丁山大喜道："难得二妻有孕，须要保重。"也有一番吩咐，此话不表。第三日，程老千岁到了，见了元帅。元帅细说梨花之事，已经破阵进关："虽然三媳法力高强，还是老柱国智量高超，骗他到此，不然谁人破阵斩妖。小姐不记前恨，畜生也心愿情服。只等老千岁到，择日成亲。"程咬金听了，满心大悦说："非老夫之力也，此乃万岁洪福。今樊小姐夫妻和合，哪怕番兵百万，西番指日可平。趁今日乃黄道吉日，就此完姻。"元帅听了老将之言，吩咐准备，今夜完姻。丁山不

[①] 重（chóng）身——身中有身，即怀孕。
[②] 身怀六甲——古代妇女怀孕称身怀六甲。

敢违父之命,换了吉服,金花双插紫金冠,穿大红袍。小姐带了凤冠霞帔①,大红吉服。鼓乐喧天,待诏②谒礼,请出新人一对,同完花烛。参拜天地,夫妻交拜,然后拜见了公婆,又与姑嫂见礼,谢了大媒。欢天喜地,自不必说。

再言应龙上前叫声:"爹爹,孩儿拜见。"丁山一看,只见应龙面如满月,眉清目秀,相貌堂堂,身材雄壮,心中疑惑,说:"住了!我薛丁山与你年纪相仿,哪有这样大儿子,你是哪里来的野种,擅敢冒认我为父?快快说来,若有支吾,立刻斩首。"应龙说:"爹爹息怒,容孩儿说明。前日母亲在玉翠山经过,我要讨他买路钱,不料被他擒住,拜认为母,学习兵法。今宵父母团圆,孩儿应该见礼。"丁山听了一想,他前番见我俊秀,就把父兄杀死,招我为夫,是一个爱风流的贱婢。目下见我几次将他休弃,他又另结私情,与应龙假称母子,前来骗我。今宵虽成花烛,且幸尚未同床,不如休了这贱人,杀了应龙搭识私情。想罢,开言说:"你这小畜生我薛丁山官居极品,拜将封侯,焉可认你无名野种,坏我名日?左右,绑这小畜生,辕门斩首!"两边军校一齐答应,竟将应龙捆绑。梨花见了,说道:"官人,今日吉期,如何好端端把孩儿斩起来?他无过犯,杀之无名,还要三思。"丁山道:"贱人!还说没过犯,我问你,他年纪与你差不多,假称母子,我这样臭名,哪里当得起?还要在我面前讨饶,这样无耻贱人,快快回去罢了,休被人谈论。"梨花听他抢白一场,怨气冲天,晕倒在地。姑嫂三人,连忙扶起,丁山吩咐将应龙斩讫回报。不知后事如何,且看下回分解。

第三十七回
樊梨花怨命修行　玄武关刁爷出战

再说丁山将薛应龙令军校正要推出,元帅喝道:"畜生,今日才与樊小姐和好,怎么又起了风波?真正禽兽不如,要你何用?"吩咐:"放了应

---

① 帔(pèi)。
② 待诏——唐宋时待命供奉内廷的人。

龙，快把这畜生绑出枭首。"众将得令，放了小将，将丁山绑出帐前。许多官将，面面相觑，不敢相劝；姑嫂急得无法；老夫人看见仁贵大怒之下，暗暗垂泪；程咬金看见，说："刀下留人！待我去见元帅。"气吼吼走上，见了元帅，说道："世子与樊小姐，前世有甚冤仇，今生夫妇不得团圆？还望元帅念父子之情，天伦为重，再饶一死。"元帅道："老柱国，这小畜生几次三番休妻，本帅心尚不安。如今又把他休弃，反羞辱他，教我也无颜见三媳。还不斩此畜生，更待何时？左右与我速斩报来。"吓得咬金无法，只得跪下道："令郎乃皇家柱石，望乞刀下留人。看老夫之面，饶恕了他。若是元帅不依，我撞死在阶下。"元帅看见，忙扶起道："老千岁，这样畜生，待他死了罢，何苦救他。看老千岁面上，死罪饶了，活罪难免。"吩咐放了捆绑，重打四十，下落监牢。

再言应龙连夜带了本部人马，仍上玉翠山去了。再言梨花小姐，气得昏沉，亏了姑嫂三人，扶进内营，悠悠复醒，放声大哭说："姑娘啊，薄情无义犹可，反把污秽之言陷害于我，哪里当得起，怎好做人？不如撞死朱雀关下，表我清白之心。"仙童、金定劝说："公公将冤家捆打四十棍子，仍发下监，也为贤妹出气了。况且令堂老夫人，独守寒江，后来单靠贤妹，你若有差池，令堂所靠何人？须自做主要紧。"梨花只是痛哭，金莲小姐叫声："嫂嫂，哥哥虽是无情无义，还要看我们面上。我哥哥乱道之言，只当放屁，不要睬他。"老夫人过来，叫了声："媳妇，你是大贤大德之人，有志气的，宽心为主。"梨花见众人苦苦劝住，哭说道："婆婆、姐姐、姑娘啊！多承你们再三劝我，我想前生孽大，今生夫星不透，命中所招。三番花烛，三次休弃；反被众将谈论，留为话柄。从今以后，再不愿与冤家成亲。如今回家，剃了青丝，身入空门，无挂无碍，了却终身。落得个僧衣僧帽，修来身之事。"说罢大哭，拜别就要登程。柳夫人听了，咽住喉咙，不能出声，姑嫂三人哭个不了。金莲带哭说道："嫂嫂，谅你不肯同住。既决意要去，唯万不可落发。"梨花大哭道："姑娘，我恩怨俱绝，必要落发，独守孤灯，以了终身。凭你们怎样劝我，我心如铁石，决难从命。"姑嫂三人，见他执意，一齐跪下道："求贤嫂再发慈悲，留了青丝。丁山虽有不是，还要看我姑嫂三人情面，定然要奏过君王，封赠忠义有功之人，少不得奉旨成亲。"梨花见三人义重，也大哭跪下，说："姐姐、姑娘请起，不要折杀奴家。"仙童、金定说："要求妹妹应许，回去不落发，我们才起来。"金莲说：

第三十七回　樊梨花怨命修行　玄武关刁爷出战

"嫂嫂要答应一声,头发万落不得。只要应允,我们才放心起来;若是不从,即跪倒在此,不放你登程,愿听嫂嫂发放了我三人。"梨花说:"姐姐、姑娘,我今立意落发为尼,既蒙你们情义,怜我苦命之人,只得权且忍耐,带发修行,从你三位之情便了,快快请起。"金莲说:"嫂嫂只是口头之言,不过宽我们的意思,不是真心实意依从的。"又叫一声,"嫂嫂,非是不信,只是难舍你有恩有义,必要爹爹奏明圣上,表你功劳第一。倘你回去落了发,后来皇封诰赠,怎能当得?岂不是欺君之罪难当?必要立下誓来,方好信你。不然,不起来了。"梨花无可奈何。又见老夫人悲伤,叫声:"我的媳妇儿,你若不立下誓,做婆婆的也要跪下来了。"梨花听了,带泪说道:"婆婆,这个媳妇受当不起,待我对天立誓,安了婆婆之心。"说道:"我樊梨花回家带发修行,若负了诸亲,世守孤灯。"姑嫂见他立誓,一同拜毕。梨花又拜别公公,元帅说:"畜生无礼,望贤媳回家,休记恨于他,宽心忍耐。"梨花说:"多谢公公。"即忙传小将军。女兵说:"小将军昨夜就去了。"梨花听了大怒:"这小畜生,不服王化。虽然继父不仁,被祖父放还,理当静候,怎么就去了?倒也安静。"领了女兵,打从大路上回去。此话不表。

再言元帅传令,命周青带领兵马镇守朱雀关,起兵上路,往西而进。山路崎岖,难以行兵,亏了先锋罗章,逢山开路,遇水搭桥。在路行了十余日,早到了玄武关,传令放炮停行。一声炮响,扎下营盘,候大兵一到,即便开兵。不一日,元帅大兵人马到了,罗章接进营中,商议打关,此话不表。

再讲玄武关总兵,姓刁名应祥,妻亡过,只生一女,名唤月娥,年方十八,尚未成亲,文武双全。幼时拜金刀圣母为师,传授兵法。用双刀一对,又有摄魂铃一个。上阵之时,将此铃一摇,其人魂魄摄落,不杀自死。后来金刀圣母去了,金铃付与女徒,镇守关门。这日刁爷与女儿说:"大唐起兵前来,一路势如破竹,夺了多少关塞,如何是好?"正谈论间,忽有小番报道:"启爷,不好了,唐兵破了朱雀关,已到关前了。请爷早为定夺。"刁爷听了大怒,说:"有这等事,再去打听。"小番得令出去。刁爷立刻传令,吩咐大小三军:"明日与唐兵交战,须要三更造饭,五更披甲,天明出战,违令者立刻斩首。"众将得令,当夜不表。

再言次日天明,总兵升帐,点齐队伍,一声炮响,开了关门,冲出阵前。抬头一看,唐营扎得坚固,旗分五色,号带飘扬。传令:"先锋番将红里逵,出马讨战!"红将军得令,手执大刀,飞奔营前,一声大叫:"快叫唐将有本事的出营会吾。"有探子报入营中,那元帅正要打关,忽尉迟青山解粮来到,参见元帅。听探子报说:"启帅爷,玄武关总兵令先锋红里逵来讨战。"元帅说:"谁将出去会他?"闪出尉迟青山说:"小将初到,未曾立功,愿去见阵。"元帅见他骁勇,又是将门之子,心中得意,说:"将军出去,须要小心。""得令!"出营上马,提鞭冲到阵前。红里逵抬头一看:营中出来一位将军,但见他头戴乌金盔,身穿黑铁甲,骑下乌龙马,黑脸无须,手执钢鞭,冲到面前。红里逵喝声:"来将少催坐马,通下名来。"尉迟青山一见番将红里逵,红面青须,身穿红铜甲,坐下红昏马,手执大钢刀。说道:"你要问我之名么?我乃镇国公尉迟宝林长子爵主,大元帅薛解粮官,尉迟青山便是。我不斩无名之将,快通名来。"红里逵说:"我乃玄武关总兵官刁帐下前部先锋红里逵是也。你原来是尉迟蛮子之孙,中原有你之名,今到西番,轮你不着。"放马过来,拍马一催,提起大刀,劈面砍来。那青山把手中鞭往刀上只一挥,刀往自己头上打将来了。里逵叫声:"不好!"回马就走,却被青山喝声:"哪里走!"抢起竹节钢鞭,往红里逵背后上一鞭,里逵叫声:"我命休矣!"躲闪不及,正中后背,口吐鲜血,伏鞍而走。刁应祥在旗门下看见,大怒,抡动手中降魔棍,拍马飞奔,来到阵前,喝道:"休得无礼,我今来也。"只一声大叫,犹如半天中起个巨雷。不知交战胜负如何,且看下回分解。

第三十八回

刁月娥铃拿唐将　师兄弟偷入香房

再言尉迟青山看见刁总兵出阵,抬头一看,但见他头戴凤翅金盔,上有大红缨,穿着龙鳞金甲,手执降魔棍,骑下一匹花骢马,面如银盆,三绺长须,威风凛凛。一马冲到,护过了红里逵,把棍一起,照面打来。青山把钢鞭按住,两下大战,战到五十回合。

元帅在旗门下同众将官见总兵本事高强,添起精神,尉迟青山鞭法散乱,只有招架之功,没有还兵之力,命罗章出去助战。先锋听了,把马一

第三十八回　刁月娥铃拿唐将　师兄弟偷入香房

拍,冲将出来,叫声:"兄弟,为兄的来取番将之首。"尉迟青山见了罗章,才得放心。刁应祥提棍就打罗章,罗章急架相迎,双战应祥。应祥原来得厉害,抵住两家爵主见个雌雄,好杀。但见那

　　阵面上杀气腾腾,不分南北;沙场上征云滚滚,莫辨东西。他是玄武关总兵一员大将,怎惧你中原两个小南蛮;我邦乃扶唐定鼎爵主两个英雄,哪怕你番邦一个狗才子。番邦人马纷纷乱,顷刻沙场变血湖。

只见三将杀到四十回合后,刁应祥不能取胜,被罗章一枪刺过来,正中左臂,带转马就走。月娥见父被伤,忙出阵接住。

罗、尉二将看见月娥好齐整:但见他头戴金凤冠,双翅尾高挑,分为左右,穿一件龙鳞软甲,胸前挂一个金铃,足下穿着小蛮靴,坐下一匹玉狮驹,手舞双刀。果然生得倾城倾国、闭月羞花之貌,看得呆了。刁月娥叫道:"蛮子,不得无礼。看刀!"罗章听了,道:"好一个娇滴滴声音,待我活擒他过营。"把手中枪向前抵住,战不到十合,月娥胸前解下金铃,对罗章一摇。罗章马上就坐不住了,倒撞下马。刁月娥正要上前取首级,被窦一虎抢上抵住,罗章得尉迟青山救回。一虎看见月娥花容,遍体酥麻,虚将棍子来打。月娥定睛往地下一看,原来是个矮子,心中倒也好笑:这样人儿也来交战?忙将金铃摇动。只见一虎滚倒在地,被番兵捆住,拿进关中。小姐也不来讨战,打得胜鼓回关。总兵见了一虎,说:"此贼拿来做甚?斩讫报来。"此铃只有一时三刻之力,一虎醒转来,见满身捆着了,倒也好笑。见军士解绑,要斩他,他说:"不劳用心,我去也。"身子一扭,不见了。报知总兵,总兵父女听报,大惊说:"唐朝有此样异人,所以夺了许多地方。如今怎么了得?且待明日开兵,拿了矮将,不要放下地斩他,他有地行之术,提在空中斩他,怕他又去了不成?"

不表关内之事,再言元帅见青山救回罗章,众将一看,见他面如死灰,四肢不动。元帅大惊说:"尉迟将军,方才怎战法?罗先锋昏迷不醒人事,窦将军又被拿去,不知死活存亡,如此奈何?"青山说:"小将方才见西番女将与先锋交战,胸前取下了金铃,连摇几摇,罗哥哥就跌下马,窦将军接住,小将即回。"秦汉听了,说:"小将昔日在山中学法之时,听得师父说,金刀圣母有个金铃,名曰'摄魂铃',对人几摇,魂灵摄去,要一时三刻方还魂,莫非女将这个金铃就是摄魂铃,也未可知。"元

帅听了,心中不悦,传令收军。罗章才得醒转,一虎也得回营,细言其事,此话不表。

再言次日,女将又在阵前讨战。秦汉好色之徒,听了一虎之言,上帐请令,愿去会他。元帅依言。秦汉提了狼牙棒出营,赶到阵前,见了女将,笑嘻嘻说道:"小姐,你生得齐整,我秦将军爱你不过,随了我去做个夫人罢。"月娥听了大怒,仔细一看,不是昨日矮子,今日又有一个,不要与他开口。就把铃儿对他几摇,秦汉翻身栽倒,被番兵捉住。小姐得胜进关,刁总兵左臂未好,见小姐捉了矮将,抬头一看,不是昨日的,说:"拿去砍了!"秦汉才得还魂,只见刀来斩他,他有钻天帽,腾空而去。刁家父女一见,吓得胆战心惊:"如何唐营二个矮子,一个钻天,一个入地,大唐有此异人辅助,所以势如破竹,来到这里。我主误听苏宝同,起兵惹出祸来。幸亏我家有金铃宝贝,若无此宝,玄武关焉能保守?"一面打发番兵往朝中求救,一面准备迎敌,此话不表。

再言元帅在营,对众将说道:"连日出阵不利,秦将军又被拿去,此关如何得进?"秦汉回营,说起铃儿厉害:"我若没有钻天帽,性命休矣。"程咬金说:"这个不难了,只消你二人今夜盗了金铃,就不怕他了。"元帅听了有理,命秦、窦二将:"你们二人三更时分,盗金铃来,其功不小。"二将听了,满心欢喜。候到三更,一个上天、一个入地潜进关中。秦汉飞在云端之内,心中想道:"这番女花容月貌,师父前日说道,姻缘该配此女。今宵不如先到房中,做个偷香窃玉,眠他一夜,就死也甘心。"算计已定,轻轻落下地来,躲在黑暗之中,专等夜深,闯进卧房。不表秦汉呆心妄想,再言刁家父女,连日得胜,商议军情。只见庭前一阵大风,吹落残灯,月娥屈指一算,对父说:"今夜不要安睡,恐有刺客进营盗铃。"总兵说:"女儿之言有理,交战全赖此铃,倘被盗去,有些不妙。"小姐说:"父亲放心,女儿自有奇谋。吾父防他行刺,须要甲兵护身才好。"刁总兵传令,点了五百番兵,弓上弦,刀出鞘,明盔亮甲,灯球火把,照得如同白日,齐齐排列内堂之下,此话不表。

再言一虎到黄昏时候,在地下听得父女之言,说金铃挂在床上,竟往房中探出头来一看,见香房清雅,桌上红烛光明,果见天花板下挂着金铃,连忙取下,挂着衣内。小姐恐怕行刺,同在内营,卧房无人。一虎想,这样好床,不如睡在床上,天明回去。

不表一虎睡在床上,再言秦汉,挨到三更时分,摸到小姐房中,为何孤灯一盏,静悄悄并无使女? 走到床前,只听得鼻息之声,说:"妙啊,原来小姐日间交战辛苦,早已睡了。且与他快活一番。"揭开绣帐,叫声:"小姐,我来陪伴你。"一虎梦中惊醒,见说小姐,连忙抢住道:"小姐你来了么?"秦汉见不是小姐,原来是师兄;一虎一见是秦汉,二人满面羞惭。一虎道:"金铃我盗在此了,回去罢。"秦汉说:"师弟不要哄我。"一虎说:"谁来哄你?"取金铃一看,秦汉欢喜。一个钻天,一个入地,出了关门,来至营中,天色明了。二将上前交令,此话不表。
　　再言刁家父女,一夜未睡,守到天明。忽侍女来报,床上不见金铃。总兵听了大惊,连忙问道:"女儿,金铃失去,如何是好?"小姐笑道:"父亲,昨夜大风一起,孩儿就晓得这两个矮子要盗金铃,将真的藏过,假的就放在床上。父亲昨夜问我真铃,不敢说出,恐怕他听见,却把假铃盗去。"刁爷听了,说:"女儿,你的志气胜过男儿,为父的不及你了。"
　　再言秦、窦二将,缴令已毕,细说其事。元帅大喜道:"今你二人功劳第一,昨夜辛苦了,回营安歇。"二将正要回身,有探子报说:"女将又来讨战,指明要盗金铃之人。"元帅即传令,命秦汉、窦一虎二人忙出营会他。二将得令,一同出营,来到阵前,笑嘻嘻把伴棍棒。月娥大骂道:"昨夜偷盗金铃,就是你二人? 看你贼头贼脑,不是好人。今日捉你回去,碎尸万段,以泄我恨。"秦汉、一虎笑道:"我的活宝,你如今没有出手货,只怕难捉我,倒不如随了我罢。"月娥听了大怒,舞动双刀,杀将过来,二将连忙接住,一场大战。战了数合,月娥又把金铃一摇,二将见了金铃,钻天入地去了。月娥又来讨战,众将惧怕金铃,不敢出战,元帅传令,高挂免战牌。月娥见了,大笑回关。不知后来如何,且看下回分解。

第三十九回
仙翁查看姻缘簿　　迷魂沙乱刁月娥

　　适才话言不表,再言二将地中逃回,来到营前见了元帅,说:"小将弟兄二人,昨夜用尽心机,盗得铃儿,原来是假的,倒被他算计了。今日见阵交兵,几乎落了圈套,亏得地行,不致伤命。被他阻住兵马,焉得征西。"元帅道:"这便如何处置?"秦汉道:"小将下山之时,师父说我该与番女有姻缘之分。今见刁月娥容貌如花,不觉动了眷恋之心。他金铃厉害,小将若回山中,去见师父,问个明白,再来军前效用。"元帅道:"秦将军既要前去,限你三日就回。"秦汉大喜退去,戴上钻天帽,腾空而去。一虎在旁听见,想道:"我在棋盘山,遇见薛小姐也有了心,后来要盗钹,元帅曾把小姐许我,反被飞钹合住。亏师父救了,我自觉无颜,不好说起,我想师弟此去不远,待我向前,叫他替我问问师父,不知姻缘到底如何。"算计已定,出营地行而去,却被一山挡路。将头伸了出来一看,原来是一座大山,你看松柏成径,翠竹成林,飞崖峭壁,瀑布泉声,好一派山景。一虎心中一想:"我方才性急,往地下行来,不知到了什么地方,竟有这样去处,不是神仙所居,就是得道洞府。"一虎正在自言自语,只听得空中叫一声:"师兄,你为何也在这里?"一虎见了大喜,说:"师弟,我对你说。"秦汉落地,一虎叫声:"师弟,你为婚姻要往山中问明师父。愚兄也为婚姻,特地追寻你,幸得此间相遇。要拜烦你千祈代问师父,不知我与薛小姐姻缘若何。代我问一声看。"秦汉说:"晓得了。"

正要回身,只见一个白发老翁,打从山曲内走出,手抱竹杖上前,问道:"你二人在此做什么?"二人一看老翁,童颜鹤发,仙风道骨,知他不是凡人,即忙叉手向前,深深一礼,说道:"我二人乃王禅老祖门下弟子,因奉师父之命,相助大唐薛元帅麾下征西,只为姻缘大事,要去求见师父问明,所以走此经过。还要请问老翁尊姓大名?"老翁笑道:"我乃月下老人,在此乾坤山修炼长生,已得神仙不老之丹。蒙上帝命我掌管人间男女婚姻。你二人既为姻事访师,今日有缘,待我与你取姻缘簿子查查看。"二人听了大喜,便道:"仙翁,既有姻缘簿在此处,快快与我二人查一查看。"仙翁道:"你们随我进洞,到三生石[①]上查看便了。"

二人听了,同了仙翁来到洞前,上面写着"乾坤洞"三字。进了洞中,面前有一石板,写着"三生石"三字。仙翁说:"你们在此等候,我取簿子来看。"二人应诺,仙翁取出簿子,放在三生石上,揭开一看,上写着:"窦

---

① 三生石——三生即前生、今生、来生。后世诗文常把三生石作为姻缘前定的故事。

第三十九回　仙翁查看姻缘簿　迷魂沙乱刁月娥

一虎该配薛金莲,秦汉该配刁月娥,乃宿世姻缘。"看完,仙翁向二人说道:"你二个矮子,倒有这等大造化。如今不必耽搁,快去求师父做主为妙。"二人听了,拜谢老人,出了洞门分手。

一虎大悦回营。秦汉即向前行,不觉来到山中,进洞见师父。王禅老祖心早明白,说道:"徒弟,你此来莫非为玄武关刁月娥摄魂铃之事么?"秦汉说:"正为如此,故来见师父。"又将遇着老人之言说明,"弟子念念不忘,请师父与弟子做主,成就婚姻"。老祖说:"那刁月娥虽是与你有缘,应该配合。他是竹隐山金刀圣母徒弟,我与你同到竹隐山,求他做主,完就夫妻,好请元帅西下。"秦汉听了大喜,同了师父出门,驾起祥云,片时来到。仙童报进,圣母闻知,出洞接入,问说:"承蒙光降,有何见教?望道友说个明白。"老祖说道:"贫道无事不敢亲造,只为令徒刁月娥,他把金铃挡住玄武关,元帅不能征西,要道友将金铃收回,并来作伐。"就叫秦汉过来,拜见师父。秦汉拜完,圣母说:"此位何人?"老祖说:"就是顽徒秦汉,他与月娥有姻缘之分,过来相求。"圣母听了,抬头一看,见他身短体小,面貌不扬,"怎好配我徒弟"?开言说道:"收取金铃容易,若说亲事难成。"王禅老祖言道:"道友,贫道也只为小徒容貌丑陋,难配月娥,故来相恳,周全成人之美,我小徒感恩不尽。"圣母暗想:"若不允,道友面上不好意思;若允了,刁家父女不肯。"

正在踌躇,有仙女报道说:"外面有一个三只眼、金面孔道人求见。"圣母听了,连忙出来,迎接进洞,认得是氤氲使者①。老母见了大喜,上前相见,分宾主坐下,圣母说:"使者此来为何?"使者说:"蒙月下老人指引,说唐将窦一虎与薛金莲有宿世姻缘,秦汉与刁月娥为夫妻。恐他二位美人不嫁丑汉,违逆天命,故此特往乾元山,借了迷魂沙、变俏符两件宝贝,特来见道友,撮合成亲,完一宗公案。"王禅老祖听了暗喜。圣母听了暗想:他奉了玉帝旨意,配合人间夫妇,逆不得天命。开言叫声:"道友,既蒙借得迷魂沙,此时可付与秦汉拿去。待他迷了他,自然允从亲事,贫道再来撮合便了。"秦汉接了迷魂沙,依计而行。又与变俏符一道,道:"先对师兄说明,唐营成亲。"氤氲使者见他允从,辞别回复老人,王禅老祖也作别回山。

---

① 氤氲使者——传说中也为主管人间男女婚姻之神。

再说秦汉先到唐营，一虎在那里等。见了秦汉，问事体若何，秦汉细细说明，交付变俏符。飞到月娥营中，其时正打初更，将身钻在纱窗之外，只见月娥卸下妆来，内衬桃红紧身，外罩淡黑背心，下着湘江水浪裙。看他格外齐整，坐定身躯，手托香腮，昏沉睡着。秦汉就胆大了，喜得房中侍女尽皆安睡，就将迷魂沙身边取出，轻轻弹在月娥身上，只见月娥着了迷魂沙，乱了心，似梦非梦，说道："好笑，我家爹爹误我青春，我一向过了，今夜好不耐烦，欲火禁不住。"只见来了一位郎君，面如傅粉，唇若涂朱，却好十六七岁，走近前来，含情带笑，说："小姐，我乃王禅老祖徒弟秦汉，与你有宿世姻缘。今夜前来会你，望小姐不要推却，成就好事。"小姐被迷魂沙乱了心，并无主意，半推半就，被秦汉抱入床中，解带宽衣，落了许多好处。那迷魂沙一时三刻要醒的，睡到天明，吓得月娥魂不在身。身边一摸，睡着一个男子，被他双手搂住，说："不好了，被他放肆了！"只得起身，立刻穿好衣服，大呼小叫，又羞又愧。惊动了刁爷，赶进房中，说："女儿，奸细在哪里？"小姐含羞带泪，并不开口。

秦汉在床上大笑道："老丈人，你家女婿在床上。昨夜已经成亲，伏望岳父不要发怒，待我穿了衣服，好来拜见。"那刁总兵大怒，揭开纱帐一看，说："不好了！你是唐营矮将，赤条条睡在床上，分明女儿被你污了，教我怎好为人？"气冲牛斗，七窍生烟，将他一拧，传令："捉得奸细在此，绑起来，推出辕门，碎剐凌迟示众。"诸将得令，如狼似虎，将秦汉绑着，正要开刀，只见云端内来一仙女，身骑仙鹤，飞下月台说："刀下留人！"总兵认得是金刀圣母，忙出位迎接，见过了礼，立刻命小姐出来。小姐闻知，出外拜见师父。圣母说："刁将军，令爱与唐将秦汉乃宿世姻缘，应当配合。恐月娥嫌其貌丑，有违天命，连师父也不便，故烦氤氲使者，借取乾元山迷魂沙一撮，前来迷乱月娥，实非秦汉之罪，伏乞将军放他。他是王禅弟子，祖父秦琼，封护国公；父亲秦怀玉，当今驸马，三世公侯，不为辱了令爱。看我面上，何不投唐，不失封侯之位。"小姐听了，身子已被所污，钝口无言。刁总兵见女儿从顺，又有金刀圣母来劝，无可奈何，只得允了，命放下秦汉。穿了衣裳上帐，拜见圣母，又拜见刁家父女。众将暗笑，好块天鹅肉，倒被这矮子先占食了。不知后事如何，且看下回分解。

第 四 十 回
刁月娥失身秦汉　窦一虎变俏完姻

再言刁总兵对秦汉说道:"你这小畜生,如此无礼,不看金刀圣母之面,立斩汝首。如今归唐,你去说与薛元帅知道,快整备花烛,今晚亲送小女过来完姻。"

秦汉领命出关,回营见了元帅,说明此事,仁贵大悦。吩咐备花烛,等他投降唐营。正在忙碌,忽报桃花圣母来到。金莲小姐连忙出来,迎进圣母。父女营中相见,分宾主坐下,细说前来作伐:"令爱该配窦一虎,元帅当初应允,谁人不知,谁人不晓,今日是团圆之夜,与令爱完姻。"元帅听了,心中不悦;金莲小姐闷闷不乐。圣母见他父女不开口,明知嫌一虎身矮,便说:"这一虎回去,吃了仙丹,能会变化。如不信,唤他出来一看,就明白了。"元帅爷只得传令,唤一虎上前参见。一虎明知圣母说亲,把变俏符贴在胸前,将身一摇,变了七尺以上身材的美貌郎君。元帅父女看见说:"果然仙家妙术,真能变化。"况是建德之后,又有地行仙术,年前已经许过,只得允了。小姐见父亲允了,含笑应从。元帅说:"既蒙仙母作伐,下官就备花烛成亲便了。"一虎遂上前拜谢。桃花圣母辞别。是夜刁总兵送女来到营门归顺,元帅十分优待。两员矮将,当晚成亲,一虎仍变小了。金莲自知前生之事,况且月娥十分美貌,相配了秦汉,"与我命一般的"。月娥心内也这般想:金莲也肯配着矮子,同病相怜。此夜洞房花烛,万种风光,真说不尽。

再言元帅次日升帐,传命拔寨进关,养马三日,商议征西。刁总兵说:"元帅西进,左近下官手下有一十七路营寨。不消一月,先平了十七营寨,然后西进。不然,唯恐他在后面,挡住粮道,为害不小。"元帅道:"刁将军之言有理。"命一虎、秦汉、尉迟号怀、尉迟青山、程铁牛、程千忠、罗章等分兵十七路,同了刁总兵一路招安,不从者打破营寨。不消一月,杀得西番营寨,番将番兵逃的逃,降的降,杀的杀。秦汉、刁总兵等得胜回营,此话不表。

再言西番败残兵将,逃入西番,朝见哈迷赤国王,奏明此事,说:"西番被大唐人马杀进,夺去了万里地方、许多关寨。今刁应祥献了玄武关,将女许配敌国,又夺了十七寨。大兵已进西番来了,请旨定夺。"番王听奏,大惊失色,跌倒龙床之下,班中闪出一员大将,头戴金貂,身穿貂裘服,足下乌靴,出班奏道:"臣西云王黑里达,启奏狼主:自古道,兵来将挡,水来土掩。大唐薛仁贵虽然英雄,只怕难敌我邦杨藩。他十分骁勇,镇守白虎关,决能恢复。请狼主再发雄兵,前往白虎关相助。"哈迷王回嗔作喜,说:"王叔之言有理!孤家传旨,即日发兵,往白虎关助战。"众臣朝散。

不表番王之事,再言大唐元帅,平了十七寨,命新降总兵刁应祥:"领兵谨守十七寨,莫被番兵侵夺。"应祥得令,督令精兵,各守关寨,自仍镇守玄武关。元帅领大队人马,离了关头,滔滔一路前行。到了琅笾寨,传令扎营。次日正要打寨,只见寨门大开,番兵献册投降。元帅兵马进琅笾寨,停留寨中。是夜窦仙童生下一子,元帅、夫人大悦,取名薛勇。过三朝出寨,又往前行。行了三月,来到豹尾寨,寨中番兵早已逃去。大兵进了豹尾寨,安下营盘。军中陈金定也产下一子,元帅喜之不胜,对夫人说:"前日孙儿,下官留下名字,今日夫人取名。"夫人笑道:"大孙取名薛勇,二孙取名薛猛。"元帅大喜。传令三朝之后,拔寨前行。命秦汉、窦一虎带领本部精兵,攻打白虎关。

二将领令出寨,在关前叫骂,说:"快报与关主知道,早出来会我!若不献关,我爷打进关中,叫你一关蝼蚁一个不留。"早有番儿报进关中去了。那守关主将姓杨名藩,生得眉浓眼大,面如铁锅,有万夫不挡之勇。这日正在私衙,与左右偏将议论薛仁贵之事,忽有小番报进,说:"平章爷不好了!大唐兵将实为凶勇,一路势如破竹,兵马已到关前了。有将来讨战,请平章爷定夺。"杨藩听了大怒,吩咐备马,取甲抬刀。左右听了,取过盔甲。那杨藩头戴虎头盔,身穿锁子黄金甲,坐下一匹乌驹马,手执金背大砍刀,领了兵将,来到关门。传令放炮一声,关门大开,落下吊桥,冲出阵来。秦、窦二将敌住交锋五十余合,你看:二将是步战的,跳来跳去。杨藩在马上愈觉吃力,愈不能胜他,忙向袋中取出棋子,喝了一声:"招打!"二将抬头一看,正中面旁,负痛而逃,败进营中。元帅见了大怒,点偏将十二员出阵,又被金棋子打破,头青鼻肿,大败而回。

元帅说:"不知何物,那杨藩敢败我十四将。"带领秦汉、罗章,亲自出阵。三人冲到阵前，敌住杨藩。杨藩大怒说："来者何人？通下名来，好取汝之首级。"元帅听了大怒道："杀不尽的番奴，敢出大言，只怕闻我之名，吓破你的胆，我乃征西大元帅薛仁贵便是。"杨藩说："这老匹夫就是仁贵么？"元帅说："既知我名，何不早早献城！"杨藩说："你家儿子夺我妻，杀我岳父、二舅，今日相见，正好报仇。放马过来！"元帅大怒，把手中画戟迎面刺来，秦汉、罗章见主将动手，两条枪蛟龙一般挑来。这里杨藩焉能抵得住，倒拖大刀，败下阵来。元帅后面追赶，杨藩取出金棋子打来。元帅大惊，泥丸宫现出原形，是一只吊睛白额虎，抓住棋子，落下尘埃，才放下胆，举手中戟，喝声："哪里走！"拍马追赶。杨藩带转马，把手中刀迎住方天戟，说道："薛蛮子，你头上白虎哪里来的？"元帅答道："大唐名将，故有神虎相助。你金棋子都打完了，不能伤我。快快下马投降，免汝一死。"杨藩看来战他不过，把身子一摇，现出三头六臂，青面獠牙，举手中大刀，劈面砍来。元帅看见说："原来是一个怪物，不要与他战。"即忙左手拈弓，右手拨出穿云箭，搭上弦，飕的一声，一箭射去。只听杨藩叫声："不好了！"射中左边头上，几乎落马，负痛而逃。元帅也不追赶，鸣金收军。

　　杨藩败进关门，扯起吊桥，进了帅府，心中想道：果然薛仁贵骁勇，又有神虎来助，不如今晚往观星台一看，就明白了。候到天晚，走上星台，四面观看星象，只见唐营白虎星高照。原来薛仁贵白虎星临凡，故此今日阵上现出白虎，把我金棋子抓落。此处有一座白虎山，正犯他性命。不免明日出兵诈败，诱上山中。把撒豆成兵之术，伤他性命便了。算计已定，下观星台。

　　再言次日杨藩全身披挂，出关讨战，探子报知元帅。元帅大怒，立刻传令，分兵四路出营，排下一个阵图，名为"一字长蛇阵"。元帅喝道："昨日逃去，今日决个雌雄。"说罢，把手中方天画戟一紧，刺将过来。杨藩把大刀往戟上架住，冲锋过去，回转马头，把大刀往面上砍来，仁贵把戟架住旁首。两下交锋，战有三十余合。元帅把戟梢一指，四支兵马围将过来，把杨藩困在垓心，传令："不许放走，必要活擒。"杨藩看来没法，望西而逃。正逢着罗章，喝声："哪里走？"把枪劈面刺来，杨藩叫声："不好！"将金棋子打来，正中罗章面旁，手中枪一松，被杨藩杀出重围，落荒而走。元帅传令众将，快追番将。追上二十里，程咬金说："元帅，穷寇莫追，放他去吧。"元帅道:"老千岁,那番奴被本帅用长蛇阵围住,要活捉他。他仗金棋子厉害,打中先锋,冲阵而逃。不进关中,决无逃处。此时不擒,更待何时。大小三军,与我追上前去。"众将得令,一齐追杀上去。不知如何,且看下回分解。

第四十一回
白虎关杨藩妖法　薛仁贵中箭归天

　　方才话言不表,且说仁贵看看追到山林地面,探子报道:"杨藩逃上高山去了。"元帅道:"既然如此,一同追上山去。"元帅当先追上山。程咬金心中疑惑,喊道:"啊呀,不好了!众将且慢进去,不要中了番奴之计。"命秦梦快追,请元帅回兵。秦梦答应,飞马追赶。

　　再言元帅追上高山,抬头不见了杨藩,前有山石挡路,传令回兵。元帅正要退兵,忽听得四野鬼叫之声。抬头一看,只见杨藩立于高阜①之上,手执葫芦,放出红豆无数,往空中一撒,变成千百万的鬼兵,都生得青面獠牙,其形可怕,手执钢刀,把山头围住,只听得鬼哭神号之声。元帅大怒,喝道:"番奴!你把妖术惑我军心,你不要走,吃我一戟。"追到山阜上面。这杨藩一见,哈哈笑道:"薛蛮子,今番中俺之计,性命难保。"元帅听了,一戟刺去,只见杨藩身子一摇,就不见了,原来杨藩借土遁而回。元帅不觉心惊胆怯,吩咐亲随军兵,且退回去。哪知四下阴兵布满,并无出路,只得再往前山。远看一座庙堂,走到庙前,元帅下马,抬头一看,上写着"白虎山神之庙"。不免进去,来到神前,撮土焚香,祝告一番,立起身来,上马前去。只见鬼卒比前番更多,元帅毫无主意,仰天长叹曰:"老天,老天!我薛仁贵英雄无敌,再不想今日中了番奴之计,被困在此,且待天明再处。"

　　再言窦一虎,天晚不见元帅回营,只得领兵前来,到山下程老将军扎营之处。程老将军看见窦一虎来到,说:"你家岳父不听我言,追赶杨藩,

---

① 阜——土山。

第四十一回　白虎关杨藩妖法　薛仁贵中箭归天

被他诱上高山，用阴兵围住。我军欲要相救，杀不上去。秦梦杀上几次空回，如何是好？"一虎听了大怒，说："老千岁，独有我窦一虎不怕阴兵，待我上山相救岳父。"说罢领兵杀上。鬼兵挡住，只见磨盘大的石头打下来，吓得三军不敢前进，只好回来。见了程咬金说："老千岁，阴兵果然厉害。待小将去见岳母，再来相救。"就领三军回转，禀知岳母。夫人听了，吓得魂飞魄散。金莲小姐胆战心惊，叫声："母亲，爹爹兵困白虎山，此祸不小，女儿夜梦不祥。不如差秦汉释放哥哥前来，必能相救，不然爹爹性命难保。"

夫人听了，传令秦汉，往朱雀关放出丁山救父。秦汉领命，即戴上钻天帽，不消片时，来到关中监牢，放出薛丁山，细说一番。丁山听了大怒，说："番奴如此无礼，困住爹爹，我不去救，谁人去救？"即同秦汉登程。秦汉钻天而回，丁山借了土遁，来到营中，拜见母亲，相见妻房、妹子，方知生下两个孩儿。夫人说："你父被困山林，快去相救。"丁山说："谨依母命。"连夜造饭，天明披甲，出营上马，一支兵马飞出，杀到白虎山。见秦梦力战一员番将，丁山大喝一声："我来也！"把马一拍，冲入阵中。秦梦一看，原来是世子，满心欢喜。番将一见来将大怒，提刀挡住，大喝道："来将通下名来。"丁山道："我乃征西二路元帅薛世子是也。番奴，本帅不斩无名之将，快通名来，我好记账。"杨藩听说丁山二字，心中大怒："我白虎关杨藩便是。你这畜生，强夺人妻，罪不容诛。把你碎尸万段，才泄我恨。"举起大刀砍来了。丁山忙把画戟接住，山前大战。战鼓齐鸣，喊杀连天。战到三十余合，杨藩不能取胜，又把金棋子打将过来。丁山身上穿的乃是天王甲，金棋子不能近身，一道金光冲出，杨藩双眼散乱，被丁山提起神鞭，亮一亮正中后背。杨藩叫声："不好了！"口吐鲜血，伏鞍而逃，飞奔进帐。

丁山一心救父，不来追赶。同了程老将军、窦一虎、秦梦、秦汉领兵杀上。五将只见飞沙走石，鬼兵来挡住去路，磨盘大石打将下来，众将魂不附体。丁山心中一想，我闻妖法有撒豆成兵之术，用猪羊狗血，将喷筒冲去，必然消灭。立刻传令三军："速取羊狗血来①，军前听用。"军士得令。军士取到狗血、喷筒等物，将狗血灌满，往山上喷去，鬼兵鬼将，影踪全无。乱了一日，天色晚了。再言元帅困在山头一日一夜，腹中饥饿，不能行走。

----

① 速取句——汉朝应劭《风俗通义》中载，古时以狗血除不祥。

立望救兵，心中昏闷，看见天色已晚，坐在拜台上，蒙眬睡去。泥丸宫透出原形，是一只白虎，往山林奔出，正逢丁山领兵前来。五将杀上山来，只见林中奔出一只吊睛白虎，众人一惊。丁山一见，忙左手取弓，右手搭箭，一声响，正中虎头。那白虎大吼一声，回进庙中。众人赶到庙前，下马一看，说："啊呀！不好了！白虎不见，倒射死元帅了。"

丁山抱住父尸大哭。咬金说："你父是白虎星转世，现了原形，被你射死。朝廷知道，其罪不小。"一虎流泪，连忙回报进营，禀岳母细述此事。夫人与小姐一听此言，魂飞魄散，哭倒在地。仙童、金定闻之，吓得魂不附体，连忙走到，叫醒婆婆、姑娘说："此事如何是好？"婆媳四人，骑马哭上高山。来到庙中，见丁山抱着父尸，在拜台上大哭。夫人、小姐也来抱住，放声大哭，叫声："老将军，你盖世英雄，死在西番地面，我和你今日分别，叫我好不伤心。被畜生箭射误伤，真不孝之子，弑父之罪难免。"老夫人哭丈夫，骂丁山。小姐叫一声："父亲，望你早平西番，回家享荣华。再不料番国未平，父亲先丧。恨哥哥不孝，救父反来杀父。"仙童、金定也是痛哭道："冤家你不孝，误射死公公，难免凌迟①之罪。"丁山哭道："母亲、妹子、二位妻房，不是我薛丁山忤逆不孝，有心杀父，只为父亲梦现真形，变成白虎。我哪里知道，以致一箭射去，误伤其命，罪不容诛。且请母亲备棺，收回父亲尸首，然后奏明圣上，把孩儿以正国法便了。"夫人哭住，传命衣衾棺椁，取到山头，收殓元帅。停在白虎庙中，设其灵位，供在正殿。众将齐来祭奠，人人挂白，个个举哀，按下不表。

再说王敖老祖，晓得是前世冤孽。借了土遁，来到山林，丁山接见，拜见师父。老祖说："当初薛元帅射死丁山，亏贫道救活。今日元帅也被其射死，无人可救，一报还一报。元帅是白虎星下降，故现白虎。此关名白虎关，又有白虎山，活该命绝。今日丁山弑父，罪犯逆天，宝贝合当取来还我。你自将功赎罪，命或有救。"丁山听了师父之言，不敢不遵，只得将宝贝拿出，交还师父。王敖老祖收了宝贝，驾云而去。咬金看见元帅收殓完毕，于是辞别夫人、众将，备马径往长安，此话不表。

再言杨藩败入关中，紧守一月，想道："为何不来打关？"有番儿报进，说："平章爷，唐营不知为何皆穿白，莫非主将身亡，不来攻打。"杨藩听了

---

① 凌迟——古代一种残酷的刑罚。先分割犯人的肢体，再割断咽喉。

大喜。晚上星台一观,果然白虎将星移位,想道莫非被鬼杀了,也未可知,待我唤鬼兵来问便了。口中念动真言,不料鬼兵被狗血冲杀,其法不应。欲要出兵交战,又怕神鞭厉害,前日鞭伤,还未曾好,只得回到衙中。次日,忽报有青脸道人要见。杨藩接了进来,原来是师父,上前拜见。道人说:"葫芦内鬼兵,被薛丁山狗血喷坏,无用的了。我如今有一件宝贝在此,但是未曾炼好。教你方法:闭关一年,可用仙丹活火神炉烧炼,名曰'飞龙镖',上阵能伤大将。汝当依法修炼,丹成之后,用之不穷。我因国舅苏宝同相求,众道友演说金光阵,不得工夫,即要回去。"将飞龙镖丹药付与杨藩,立刻驾云而去。杨藩往北拜谢,传令紧守关门,多加灰瓶、炮石、弩箭,以防攻打,却自修炼飞龙镖。不知后事如何,且看下回分解。

第四十二回
唐太宗世民归天　　唐高宗御驾征西

方才话言不表,再言长安城中,贞观天子在宫中,想起元帅薛仁贵父子征西,屡有捷报,夺了许多关寨,唯处处有异人挡住,不能一旦平复,望他得胜班师,君臣相会,朕才放心。天子思想,身倚龙床,蒙眬睡去。

梦中出了王宫,只见文武上前接驾,天子一看,原来是秦叔宝、尉迟恭、罗成、马三保等,都说道:"陛下乃紫薇星君降世,今将复位。臣等文武两班,合当随侍。况左相星、右相星、白虎星,俱已复归原位,请陛下登殿设朝。"天子听了文武之言,随了秦叔宝等,来到云霞之内,只见一座宝殿。秦叔宝、尉迟恭奏道:"此乃陛下北极紫薇殿。"言之未了,只见左相星、右相星、白虎星俯伏朝门接驾。太宗天子传旨:"平身。"三人谢恩。天子龙目一看,原来是左相魏征、右相军师徐茂公,白虎星是征西元帅薛仁贵接驾。太宗进了宝殿,诸臣朝贺,分立两班,天子叫声:"薛王兄,朕命你征伐西番,未曾班师,为何也在这里?"仁贵上前俯伏奏道:"求主恕罪,臣兵到白虎关前,乃大数难逃。另差别将领兵,去平哈迷国。谢恩万岁万万岁!"太宗听说"大数难逃"四字,不觉大惊。忽听景阳钟声,惊醒了天子,睁开龙目一看,不见了两班文武,原来睡在龙床之上。想起梦中之言,难道寡人天命要绝了?梦中之事,不可深信。只听得五更三点,驾临早朝。

文武朝见已毕,天子说:"众卿有事启奏,无事退班。"降旨未了,班中闪出一位大臣,红袍金带,足蹬乌靴,头戴乌纱帽,执笏当中奏道:"臣钦天监①监正李云开,有事启奏陛下:臣昨夜司天台夜观星象,见西方一星,其大如斗,坠于番地,应在白虎位下。随后见北极垣中,二小一大,三颗明星落地,主朝中大臣归位。"太宗听奏,一发心惊。又有黄门官捧本进朝,俯伏金阶呈上。天官接了,放在龙案之上。天子龙目观看,原来是左相魏征、军师徐茂公,均已亡故,其子上本。天子见了两本,龙目中滔滔泪下,说道:"他二臣有许多功劳,正好享福,为何一齐归天?朕心好不伤感。"传旨内监,钦赐御祭御葬,王太监领旨前去。黄门官奏道:"臣启陛下,今有鲁国公程咬金,由西番回国,入朝见驾。现在午门,未蒙宣召,不敢擅入。"天子想起三更之梦,魏征、徐勣已应了,老将回朝,薛元帅肯定性命难保。传旨上殿。

咬金俯伏金阶二十四拜,天子说:"程王兄平身。""谢万岁!"宣上金殿,赐坐问道:"程王兄,西番归国,可知薛元帅何日班师?"咬金听了,眼中泪下,奏道:"征西薛仁贵,兵打白虎关,被番将杨藩使妖法,用阴兵围住白虎山。其子丁山兴兵救父,同老臣一齐上山,谁想山前见一白虎,丁山放箭射死。啊呀!万岁,原来白虎就是元帅真形。箭伤白虎,庙中元帅身亡。望主速定丁山之罪;虽是无心,其罪不小。"

天子听说仁贵被射死,哭倒在龙床之上,道:"寡人亏你征东十大功劳,西番未平,良将先丧,叫寡人好不痛心也。如何是好?"哭得心伤,口吐鲜血。吓得两班文武内侍,飞报太子李治。李治惊得魂不在身,来到龙庭,扶住父王。传旨退班回宫,交三更之后,太宗驾崩。

传旨先将哀诏颁行。各官穿白开丧三日,二十七日行孝,然后新君登位,是为高宗皇帝。文武尽穿大红吉服,分立两旁。只听得东边打起龙凤鼓,西边打起景阳钟,奏乐之声。前面三十二位太监,一声吆喝,新君临殿;后拥二十四名宫娥彩女,随侍龙驾。两把龙凤宫扇分开,来到龙案,身登宝位,珠帘放下。只见底下文武朝见,山呼已毕。李治大喜,说:"诸卿

---

① 钦天监(jiān)——官署名,掌管观察天象,推算节气,制定历法。

第四十二回 唐太宗世民归天 唐高宗御驾征西

平身。"众臣谢恩起身,分立两班。传旨改元年号,唐高宗皇帝,国号永徽。天子先颁喜诏,通行天下,立王氏娘娘为正宫,立李显太子为东宫。这忙非只一日,天子就把龙袍一转,驾退回宫,珠帘高卷,群臣各散。

次日天子临朝,传旨百官,俱加一级;天下罪犯人等,已结与未结的,尽皆恩赦,内有十恶不赦。钦赐功臣,筵宴已毕。就召魏旭见驾,山呼万岁。天子开言道:"魏征乃先王辅弼,朕不负功臣之子,封卿大夫左丞相之职,恩赐蟒袍纱帽。"魏旭封了左丞相,驾前谢恩。宣徐梁见驾,徐梁上殿朝见。天子道:"卿之父与国运筹,以致一统江山,其功不小。封卿袭父军师之职,恩赐锦袍玉带。""谢恩。"徐梁领旨谢恩。文武恩封已毕,对咬金说:"老王伯,元帅身丧西番,进退两难。朕今同王伯御驾征西,征讨叛逆。"传旨命东宫同魏旭监国,咬金为前队,兵马出了长安。一路滔滔,晓行夜宿,非止一日,出了玉门关,来到金霞关。一路上俱有文武迎送,百姓香花灯烛,好不热闹。不觉来到寒江关,不表。

再言樊梨花母女,孤孤凄凄,苦度衙中。梨花早已晓得仁贵身死,程老将军出关经过,想明日御驾亲来征讨,丁山难逃弑父之罪。待我做成御状告他,我善晓阴阳,丁山不该命绝,惩治他一番,叫他情愿心服。将弑父休妻两大罪写明,扮做村庄妇人,告他一状便了。

次日辰牌时候,只见旌旗曜日,前队藤牌兵,后队短刀兵,步兵都带弓箭,马兵手执长枪。四队雄兵过去,全副銮驾。两班文武,都骑高马。队队分开:文官紫袍金带,武官金甲金盔。羽林军[①]拥护着天子,朝廷身骑龙驹,马前许多太监,程千岁随了天子。看看相近关前,樊夫人同梨花抢出叫屈。天子听得,便问两边军士:"关前何人叫屈,即速捉来。"军士领旨,将二人捉住,来到驾前。手执御状,俯伏在地,口称冤屈。天子想:"此是西番外国之女,有甚冤枉,前来叫屈?如今要把西番化服,理当准状。"传旨:"取状纸过来。"太监领旨,就把状纸送上。天子龙目一看,说:"西番有村女告状。"阅过一遍,便将状纸交咬金说道:"老王伯必知其情。"咬金接来一看,奏道:"樊梨花不但有才,而且有智,真是国家柱石。他献关招亲,果然丁山不是。老苍为媒,他三次休弃,目睹其情,望吾主准状究明。"天子听了,龙颜大怒,传旨:"宣樊家母女见驾。"夫人、小姐领

[①] 羽林军——皇帝的警卫军。

旨,驾前朝见。天子说:"赐卿平身。"龙目一看,果然樊梨花容貌超群,忙开金口道:"你母女情节,程王伯一一奏明,朕已深悉其情,准你状纸,泄恨便了。"樊梨花同母谢恩已毕。朝廷进关,一直西行。

樊家母女回转衙门,夫人说:"儿啊,难得大唐天子准了状纸,又亏程老千岁在旁,代我母女说明冤屈。此番圣驾到了白虎关,定把丁山问罪,令他请罪。你可放心,夫妻得以完聚。"小姐听了,叫声:"母亲,冤家把我三次休弃,要报他三次仇,磨难他一番,方泄昔日仇恨。"老夫人说:"女儿,你们后生家,偏有许多委屈。据我做娘的看起来,还要三思。"小姐说:"母亲,若不将他磨难一番,焉肯服我?"夫人说:"女儿之言有理。"此话不表。

再言天子行到白虎关前,薛夫人率领众将来接驾,自陈一本,本上不过说射死因由,求主判断。天子看了,吩咐将丁山绑了来见驾。军士领旨,将丁山绑住,俯伏阶前。天子见丁山,心中大怒,传旨:"午时三刻,碎剐凌迟。"军士领旨,专等午时三刻开刀,此时把丁山魂灵吓散。不知生死如何,且看下回分解。

第四十三回
樊梨花诰封极品　薛丁山拜上寒江

适才所言,将薛丁山绑上法场,专等午时三刻开刀。这边有仙童、金定各抱一子,营前活祭,抱头大哭,各诉前情。丁山哭道:"二位妻啊,我薛丁山前世做了昧心事,罚我今生颠颠倒倒。事出无心弑父,凌迟之罪难逃。我死之后,你们须要孝顺婆婆,抚养孩儿,长大成人,与祖父争气。"二妻哭道:"樊家妹妹二次救你,你倒三次休弃,所以有这样大祸。"丁山说:"二位妻啊!我今悔之已晚,不要埋怨我了。"二妻将一杯酒送上,说:"你吃一杯,以尽夫妻之情。"丁山含泪饮了。金莲也来祭兄,同了窦一虎营前活祭,也有一番言语。众将文武,见龙颜大怒,不敢驾前保奏,呆呆相视。内中闪出程咬金,俯伏驾前奏道:"老臣想西番未平,逆谋未除,倘斩丁山,苏宝同复起兵来,谁能敌之?丁山虽是不孝,罪不容诛。目下用人

第四十三回　樊梨花诰封极品　薛丁山拜上寒江

之际,臣保他将功折罪。若破番兵,非寒江关樊梨花不可,此人足智多谋,更有仙术。伏望吾王权赦丁山死罪,贬为庶人①。令他步行,青衣小帽②,到寒江关请樊梨花出兵到来,万事皆休。若不能请到,再行治罪。望乞圣裁。"天子听奏,说:"老王伯所见不差。""是,领旨。"正当午时,合家老幼啼哭活祭,只见老将走出来,恐是催斩,吓得众人魂消胆震。刀斧手正要动手,老将连叫:"刀下留人。奉朝廷旨意,权赦丁山,贬为庶人。青衣小帽,不许骑马,步到寒江关,请到樊小姐出兵,赦汝的死罪。刀斧手放绑。"丁山山呼万岁,谢了皇恩,合家老小欢喜,都来拜谢,说:"若无老千岁保奏,丁山则性命不保。"丁山死中得活,更换了青衣小帽,别了众人,一路步行,直往寒江关。

再言程咬金复旨,将情细奏:"梨花二次功绩,愿王封赠他,重起威风。"天子准奏,御笔封赠,旨下:樊梨花有功于国,封威宁侯大将军之职,钦赐凤冠一顶、蟒袍一领、玉带一条。打发天使飞马前去,天使领旨而去。

再言寒江关樊梨花,善知阴阳,早已知道,等候诏至。这日有探子报进,说:"圣旨到,快设香案。"天使开读已毕,樊梨花在香案前谢恩。方知官封侯爵,满心大悦。送出天使回转,众将俱来恭贺。重起威风,日日教场操演,以备西征。

不表樊梨花之事,再言丁山在路,渴饮饥餐,凄风冷雨,艰苦异常,走得脚酸腿疼,叫声:"天啊! 我薛丁山命好苦。樊梨花这贱人,犯了许多恶迹,誓不与他成亲,把他三次休弃。他怀恨在心,此去请他,谅必不从。虽然怪我,已经奉旨请他,不敢违旨。"算计已定,不一日早到关前。身上穿了青衣小帽,无颜问人,伸伸缩缩。看天色要晚,说不得丑媳妇,总要见公婆之面。只得含着羞耻,把头上罗帕一整,身上布衫一理:"我官职虽然削去,官体犹存。"摇摇摆摆,进了关门,大模大样,叫道:"门官,与我通报夫人、小姐,说薛世子要见。"那门官听得,走过去一看,说:"你是什么人,在此大呼小叫。"丁山说:"我是薛世子,要见夫人、小姐。"门官说:"你云薛世子,如今在哪里? 吾好去报。"丁山说:"在下便是。"门官说:"嗻! 放你娘的屁! 薛世子同元帅前来征西,好不威风。看你这人狗头狗脑,假

---

① 庶(shù)人——平民百姓。
② 青衣小帽——古时地位低下者所穿戴的服装。

冒来的。禀了中军，打你半死才好，与我走你娘的路。"丁山听了，满面羞惭。也怪不得门官，世情看冷暖，人面逐高低，只得忙赔笑脸上前说道："门官，我真是薛世子，假不来的。因犯罪，朝廷削去官职，除了兵权，贬为庶人，前来求见。"门官说："你原就是薛世子，犯法削职，令人快活。你可为忘恩负义之人，小姐救你两次性命，你三次休他。今来求见，有何话说？"丁山叫声："大哥，不瞒你说，只为我犯了剐罪，亏得程千岁保奏，奉旨前来，请樊小姐破番邦，将功折罪。相烦与我通报一声。"

门官听了"奉旨"二字，不敢耽搁，禀知外中军。中军连忙传令，里面走出女中军，问道："何人传声？"外中军说："薛世子奉旨前来，请千岁爷出兵，故此传报。"女中军道："且站着，待我通报。"进内衙禀知樊梨花。梨花听了，恨声不绝道："你传话对他说，千岁亲奉圣旨，官封侯爵，永镇寒江，要操演人马，不得工夫接见。既然圣旨要我出兵，拿凭据来看。"女中军领命，出了私衙，叫一声："外中军过来，千岁说：'既然如此，可有凭据？'"外中军、门官说了，丁山听见呆了，前日性急，不曾奏过，凭据全无，如何请得动他？今番空回，性命难保。只得硬了头皮，又要开言。只听三声炮响，就封了门。门军说："薛世子，封门了，外面去，有话明日再禀。"丁山听了，只得回饭店安宿一宵，夜中想起：樊梨花当日十分爱我，故此弑父杀兄，献关招亲。待我明日细告前情，他必然怜念，决是去的。思想一夜不表。

次日天未明，丁山早早抽身，梳洗已毕，穿好衣服，来到辕门。只见大小三军，明盔亮甲，排齐队伍，伺候辕门。只听得三吹三打，三声炮响，大开辕门。内中传令：大小三军起马，往教场操演。那外面答应如雷，人人上马，一队一队，向前而行。后面许多执事，半朝銮驾，前呼后拥，樊梨花坐了花騣马，头戴御赐凤冠，身穿蟒袍，腰束玉带，足登小乌靴，威风凛凛。丁山不敢上前去禀，掩掩缩缩，满面无颜。却被小姐看见，说："中军官过来，问那青衣小帽是什么人，闯我道子，莫非奸细？与我绑入教场究问。"八人牌官，一齐答应，将丁山捆绑，带往教场。

梨花来到教场，三声炮响，大小三军分立两旁，一齐跪下。小姐下了马，升了演武厅，坐在金交椅。众将打躬，分立两旁。樊梨花传令带奸细过来。牌官答应，即将丁山放在案前。丁山吓得魂不附体，爬起身来，立而不跪。梨花大怒，喝道："你这奸细，见本侯倔强不跪！"丁山说："男儿膝下有黄金,怎肯低头拜妇人?我奉旨前来,你反面无情,不认得我么?"梨花说:"原来你就是忘恩负义的畜生!既说奉旨前来,圣旨在哪里?好设香案开读。"丁山无言可答。梨花说:"一派胡言。女兵们把这畜生打皮鞭一百。"两旁女兵一齐动手,将丁山吊在旗杆之上,皮鞭抽打,打得丁山叫苦连天,说道:"小姐饶命,虽是我忘恩负义,须看我父母之面,饶了我薄情之人。从今以后,再不敢了。"小姐铁面不睬。丁山打了五十,死去魂还,吩咐住手,旗杆放落丁山。小姐说:"旗牌官①来,你将薛世子背负回家,调养好了着他回去见圣上,说千岁爷不奉诏书,断不出兵。"旗牌领命,背世子回到家中。丁山疼痛难当,恨恨之声不绝:"今日把我毒打,全没夫妻之情。嘎!我不仁,他不义,冤冤相报。我寻死罢了,又丢不下我母亲。"哭个不了。旗牌说:"世子,我劝你且免愁烦,不要悲痛。方才千岁爷叫我打发你回去,讨了圣旨,方许起兵。看你遍身打破,如何行走?且在舍下,调养好了再回去。"每日吃了些红花酒,大鱼大肉将养。

  丁山身子好了,拜谢旗牌,作别起程。一路思想,心中好不苦楚。怎生见得圣上说?也罢,少不得一死。硬了头皮,一路回来,晓行夜宿,不日到了白虎关,营前俯伏。值殿军官启奏,天子宣召进营。丁山俯伏驾前奏道:"臣薛丁山,前往寒江关相请樊梨花出兵。他道我假称圣旨,并无凭据,将臣痛打五十皮鞭,不肯出兵。前来复旨,望王赦罪。"天子听奏,龙颜大怒,道:"朕前吩咐,若请不到樊氏,以正国法。"传旨:"推出营前斩首。"御林侍卫遂将丁山绑了,推出营前。吓坏两旁文武,闪出军师徐梁,奏道:"世子薛丁山,英雄无敌。国法该斩,臣保他七步一拜,拜到寒江,求得樊梨花回心,前来见驾出兵,以赎前罪。伏乞圣裁。"天子准奏,传旨放了丁山,丁山遂进营谢恩,出营又谢了徐梁。徐梁道:"贤弟,我和你同是功臣之后,为国求贤,何谢之有?我在驾前保奏你七步一拜,拜上寒江关,恳求樊小姐出兵,圣上方赦你死罪。若请不到,其罪难免。"丁山流泪道:"徐恩兄啊,可恨樊梨花,必要圣旨为凭。若无诏书,只怕求恳不动。"徐梁说:"贤弟这件情由,怪你自己不是,不该三次休弃,怪不得他作难。圣上旨意,无非要你拜樊小姐回心,岂有圣旨与你?依我的主见,照七步一拜拜去,樊梨花起了怜念之心,前来见驾,也未可知。"徐梁说罢,别了

----
  ① 旗牌官——担任传递号令之职的官吏。

回去。丁山好不沉闷,不敢回去见母,备了一只香几案,七步一拜。一路想起,好不伤心,拜得腰酸足痛,饥餐渴饮,吃了多少辛苦。

不表薛丁山路上之事,再言梨花打了丁山,旗牌调养好了,放了他,心中早已算定,差人打听。这一日,探子禀了小姐。小姐说:"你到白虎关打听世子消息如何?"探子立起身,将此事细说明白。小姐说:"如此,再去打听。"探子领命,小姐打发探子出去,心中不胜欢喜:"想你前次休弃我,我今日三次难你。"遂即来到后堂。夫人说:"我问你,丁山打了皮鞭回去,差人回来,说唐王把他什么样了?"梨花将差人之言说了一遍。夫人大喜:"难得唐王与你出气。他七步一拜,前来请你,你须念公婆之情,依他恳求出兵便了。"小姐听了,把手一摇,叫声:"母亲,冤家做得薄情,使我怀恨在心,还要弄他颠颠倒倒,才好心服。"不知弄出什么事来,且看下回分解。

第四十四回
难丁山梨花佯死　薛丁山拜活梨花

适才话言不表,再言梨花叫声:"母亲,孩儿有起死回生之术,戏弄他一番。"夫人说:"人死焉有回生之理?"梨花道:"母亲,孩儿学庄子仙术,待孩儿诈死,传令三军,俱穿白衣,备俱棺木,将儿成殓。正堂可设具灵座,人人大哭,个个悲伤,候冤家到来,母亲还要假哭,痛骂他一番,埋怨他忘恩负义,好叫他心服情愿。"夫人听了,深信女儿变化,满口允承。小姐登时诈病,三日之后死了。三军闻知,均皆痛哭,挂白开丧,件件端正。此话不表。

再言薛丁山吃尽千辛万苦,登山涉水,七步一拜,拜得脚跟肿痛。若还不拜,其罪非轻。打起精神,一路拜来。看看将到辕门,只见辕门挂白,心中大惊:"不知死了谁人?不免闯进去,问个明白。"手执香凳,那军士认得的,开言叫声:"大哥,那千岁衙门死了哪一个,挂白在此?"门军听了,双眼流泪,叫声:"世子,不幸千岁得了急病,三朝亡故了。"丁山听了,吃惊非小,跌倒在地,半晌方醒,叫声:"天啊,我薛丁山何等命苦。吃辛

第四十四回 难丁山梨花佯死 薛丁山拜活梨花

受苦,拜到这里,只求小姐回心出兵,不料小姐急病而亡,怎好回复圣上?也罢,小姐虽然身死了,待我拜到灵前,诉明心迹,回去死也甘心。"门军听说,报知夫人,夫人吩咐开门。丁山哭拜进堂,见了小姐灵座,放声大哭,叫声:"妻啊,我原自己不是,二次救我,三番休你,所以有此大祸。虽然小姐身死,怎好回旨,不知可有遗言么?"夫人在内听见,走出厅来,带泪骂道:"无义畜生!害他身亡,还要在此假哭。与我打出去罢!"一班女将手执皮鞭,打将来了。丁山一见他们打来,转身就走,女将闭上内堂门了。丁山即啼啼哭哭,又被夫人数落一番,不敢讨遗表,只得再回白虎关。一路上许多苦楚,不表。

再言小姐重又开棺,对夫人道:"孩儿诈死,难这冤家,只恐朝廷知道,有欺君之罪。不如先上表章,陈情说明,差人先去奏闻,朝廷决不加罪。"夫人道:"我儿之言有理,赛过男子,神机妙算,快修表章。"小姐将表章写得情词恳切,甚是分明。内衙拜本,差人连夜起程,不分日夜,赶到白虎关下马,走入内衙,接本天官奏上。皇上见了樊氏奏表,龙心大悦,想西番有这等才女,要三难丁山,朕今用人之际,焉有不准?对程咬金称赞梨花能干。此话不表。

再言丁山一路辛苦,回到御营,哭诉天子。天子假意大怒:"朕差你去请樊梨花,说没有凭据,不肯出兵。今次又着你拜上寒江关,为何说梨花身死?明明一派胡言。既然病死,没有遗表?只是怪你三番休他,难你忘恩负义。前日徐军师保奏,若请不到梨花,立行斩首,你还有何说?"传旨:"将欺君杀父之罪人,乱箭射死。"御林军一声领旨,将丁山绑在旗杆之上,专等行刑旨下。丁山吓得魂飞天外,魄散九霄。惊动了薛老夫人,同了两个媳妇、金莲小姐,看见丁山吊在旗杆之上,四十名弓箭手,扣弓搭箭,等候时辰到。夫人叫声:"亲儿,你犯上逆天大罪。两次有人保奏,今番性命难保,叫为娘好不痛心也。你不该三弃梨花,冤仇不解。他今权在手,自然要报仇。指望养儿防老,谁知反送你终。"说罢大哭,姑嫂三人见了,犹如乱箭穿心,营前大哭。程咬金在旁暗笑,连忙御前保奏道:"愿吾王准老臣之奏,再赦丁山,三步一拜,拜到寒江关,拜活樊小姐,方免其罪。此番若再请不到,老臣与他同罪。"天子闻言说:"老王伯保奏当准。"程咬金谢王万岁,传旨立刻放绑。军士领旨,放了丁山。丁山又死中得活,进营面谢君恩,奏道:"臣谢不斩之罪,望王付恩诏,使臣好拜上寒江,拜得他还魂,好领兵西进。"天子准奏,传旨:程老将军赍①诏前行。丁山谢恩退出,辞别众将,如今三步一拜,一发难过。程咬金道:"世子,老夫马上行得快。你步行,况且又要拜,是慢的了。你先动身,待老夫稍停一二日赶来正好。"丁山道:"多谢老千岁。"依然营前拜起。

再言樊梨花正在府中,差官回来说明此事。梨花大悦道:"三难冤家,也不怕他不死心塌地,自然惧怕我,要他叩头拜回灵魂。"不表私衙之事。再言丁山三步一拜,正是六月炎天,拜得汗流如雨,看看又到寒江。只见后面来了一支人马,相近前来,抬头一看,原来恰是程老千岁奉诏到此。薛丁山上前拜见,咬金道:"亏你后生家有此精神,三步一拜,拜得到此。若是我老人家,一拜也不能的。待老夫开读诏书,你慢慢前来,哭活樊小姐便好。"说了这二句,飞马即去。丁山听了,满腹疑心,想道:"方才老千岁之言有因,难道小姐不曾死,我丁山仍有性命?"一路疑疑惑惑拜去。再言咬金到了关前,探子报进,说圣旨到了。老夫人冠带出来迎接,说明此事。且待负义丁山拜活,然后开读,咬金听说,言之有理,就在公馆住下。

再言丁山三步一拜,来到辕门,开言叫声:"门军,快与我通报夫人。"夫人吩咐开门。丁山拜进内衙,对了灵座,双膝跪下,哀哀啼哭,诉说情由,皆认自己不是:"望小姐前仇莫记,与你夫妻和好,以后再不敢得罪你。你阴魂必然晓得,早早还魂,同去朝见天子,救我一命。倘若再有差池,灵前立刻丧命。"说罢大哭,叩头不止。小姐棺中听得,只是不睬,丫环使女,见世子这般悲伤,尽皆下泪,看小姐怎样还魂。听得鼓打一更,丁山依然哭拜,但见灵幡肃静,并无人声。俄而二更,丁山哭叫不止。鼓打三更,已交半夜,丫环侍女,俱皆睡去,独留世子在此,起来拜倒,哭得疲倦,就在拜垫之上,蒙眬睡去。只见一阵阴风,鬼哭神号,丁山惊醒,立起身来道:"小姐,你阴魂出现了么?待我到灵帏里面相会。"只见众侍女沉沉睡去,见了棺木,将身抱住,叫声:"小姐,你阴魂来会我,我在此等你还魂。"忽见棺材盖悠悠掀起来了。丁山本来胆大,把棺盖揭开,只见樊梨花坐起来了,大叫一声:"我好恨!"开眼一看,见了丁山,恨恨之声不绝。

---

① 赍(jī)——带着,抱着。

丁山大哭,忙扶起小姐,跨出棺材。那侍女丫环惊醒,看见了小姐,大家欢喜。忙请夫人,夫人假作啼哭,叫声:"女儿,难得你还魂,叫娘好不欢喜。"丁山大悦,轻轻跪落,说:"恭喜小姐还魂了。"小姐全然不理。夫人说:"女儿,丁山虽然忘恩负义,幸亏朝廷伸你仇恨。如今消却前仇了吧!"小姐听了夫人之言,说道:"既是母亲吩咐,孩儿从命便了。"只见丁山跪在地下,小姐大喝道:"负心人! 若不念圣上求贤之心,把你这个冤家,万剐千刀,方泄我恨。快起来,通报公馆,明日宣读圣旨,就此起兵。"丁山大悦,叩谢立起身来,却好天明。

夫人吩咐,去了灵位,以便迎接圣旨。丁山走出,报与老将军知道:"那樊小姐被我拜活了,请前去开诏。"咬金听了哈哈大笑,说道:"贤侄,你信服我么? 你要真心诚意,自然拜活。"丁山道:"多谢老千岁。"同老将军来到官厅,梨花接旨,开读诏书谢恩,然后与咬金相见,说:"老千岁,前日玉翠山薛应龙,不服王化的草寇,被我用计擒他,认为世子,后因急变,又返上山中去了。今起兵西征,正在用人之计,我同老将起兵复旨,着丁山领兵一千,前去收服薛应龙,同来见驾。"程咬金说:"小姐之言有理。"丁山不敢违令,领兵往玉翠山而行。不知后事如何,且看下回分解。

第四十五回
樊梨花登台拜帅　薛丁山奉旨完姻

闲话不表,再说梨花来别夫人。夫人流泪道:"儿呀,你要记着白虎关守将杨藩,他父杨虎,与你父亲相好,将你自幼来配他。后闻他貌丑,虽央求媒妁,而为娘做主,终不允承。今日匹配薛世子,杨藩必不甘休,他若有左道旁门之术,此去大要小心。"梨花道:"谨依母命。"遂叩别了夫人,同老将军点齐大兵,出了寒江关,往白虎关进发。

再言丁山到了玉翠山,放炮鸣金,惊动山中巡哨,报进寨中,启道:"大王,不好了! 有官兵杀进来了。"应龙听了大怒,结束披挂上马,带领喽啰,杀下山来,大喝道:"哪里来的官军,敢来送死么?"丁山听了,把马一拍，提枪喝道："应龙！为父在此，招你入军，同往征西。"应龙猛听此言，满心猜疑，遂道："休讨便宜，我家继父薛世子，官封二路元帅，正是堂堂将帅，领百万雄兵，好不威风凛凛。你是何等人，敢来假冒，讨我便宜，吃我一枪，放马过来。"将长矛挺起来了。丁山把戟架住，喝道："休得无礼！为父便是薛丁山。因在白虎关射虎，误伤你祖，朝廷遂将为父官职削去，重用你樊氏母亲，封侯挂帅，统兵征西，罚我在帐前效用，今令我前来招你，一同征西，快随为父回营交令。"应龙听了，即忙倒戈下马，跪在地下，叫声："父亲，孩儿见父打扮不同，望爹爹恕罪。"丁山喜道："快随为父前去。"应龙禀说："孩儿前被爹爹绑出了辕门，惧怕而回。今后不敢去了。"丁山说："前事休提，今日不必惧怕。快随我去交令。"应龙听了大悦。立刻传令，带了喽啰，同了丁山，离了玉翠山，一路下来。

再言程咬金同樊梨花，入营朝见天子。谢了恩，山呼已毕，加封梨花，谢恩退出。进营拜见了夫人，夫人遂将前情细述，梨花也诉明因由。仙童等姑嫂三人，前来礼拜，叙了阔别之情。薛勇、薛猛兄弟也来拜见，梨花大喜，各赠黄金手镯，二人拜领。遂备酒筵欢叙。

再言丁山同了应龙，不一日来到营中，朝见天子，复旨谢恩。然后回到营内，见过母亲，一门尽皆欢喜。次日程咬金奉旨到营，合家见旨，皆跪下恭听宣读。诏曰："梨花英雄无敌，智勇兼全，恩封征西大元帅、威宁侯。薛丁山暂赦前罪，封帅府参将，帐前听用，就此完姻。"圣旨读罢，"谢恩"。请过圣旨，排香案供奉。咬金说："今奉旨完姻，大媒为主，趁今黄道吉日，当晚成亲。"梨花欢容满面。丁山暗想：薛应龙与他年纪仿佛，又且相貌齐整，想这贱人隔了二年，不要与他苟合。待我今晚成亲之后，看他完全不完全，就明白了。此夜成了亲，归到营房，解衣宽带上了床上，将梨花两腿扳开，举起王英枪直闯辕门而入。梨花说："冤家，你惯战沙场的好汉，奴家未经破身的，英雄要缓缓而战。"丁山不应答，一枪直入。梨花大叫一声："痛杀我也！"丁山拔出枪来，将白绫绢拭好，拿来一看，多见元红，始悔前番错怪了他。丁山回嗔作喜道："小姐怕痛，免了罢。"梨花说："冤家今来试我，我岂不知。但得无疑我是败柳残花的，就罢了，快些睡罢！"丁山仍然上床，骑在身上大弄起来。梨花咬定牙根，痛死也不作声。此事已毕，丁山转言奉承梨花，稍释前恨，一夜欢娱不表。

次日，咬金对丁山道："此后小心，听候元帅呼喊，切勿倔强。"丁山

第四十五回　樊梨花登台拜帅　薛丁山奉旨完姻

道："这个自然。"再言梨花戎装上殿,当驾前挂了帅印。御手亲赐三杯御酒。梨花谢了恩,退出御营,来到将台,只见总兵官、游击、千把总、参将、参谋、都司、守备,济济一堂。这般武职,都是顶盔贯甲,一齐跪下,请帅爷登帐,梨花吩咐站立两旁。秦梦、罗章、尉迟号怀一班公爷俱到帐前,说："元帅在上,末将甲胄在身,不能全礼,就此打躬。"梨花说："列位王侯请了。本帅蒙圣恩拜为征西元帅,请众将各宜凛遵,听我号令。一不许奸淫放火,二不许纵兵掳掠,三不许畏刀避箭,违令者军法治罪。"当即点罗章为前部先锋,领兵一万去到白虎关;命秦汉、窦一虎领兵为左右翼,一同前去;后军点了丁山,又点小将应龙,为军前护卫;点尉迟号怀为头运解粮,二运点秦梦,三运点尉迟青山。诸将一声得令,出营上马,都是金盔金甲,领兵而行。梨花下了将台,令月娥、金莲、仙童、金定四员女将,领了大队人马,放炮起程。朝廷旨下,遂命程铁牛、程千忠父子二人,将薛元帅灵柩,同夫人护送至界牌关安顿,候平定西番,班师回朝归葬。二将领旨,到营中告知薛老夫人。夫人流泪谢恩。一同到白虎山山神庙内,将仁贵棺柩,移往界牌关。

再言罗章先锋,同秦、窦二将来到关前,一声大叫,说："快报与关主知道,早早出来会我。"小番报进,那关主杨藩,炼宝已成,伤痕平复,正要出关破敌。番儿报道："启上平章爷,不好了!唐王拜樊梨花为帅,有将在关外讨战。"杨藩听了大怒道："可恨这贱人,弑父弑兄,献关降敌,弃旧迎新,另嫁敌国,倒来攻关。"传命抬刀备马。杨藩披甲停当,上马提刀,带领三军,来到关前,吩咐放炮开关。一声炮响,关门大开,放下吊桥,冲到阵前。看见罗章头戴紫金冠,身穿白银甲,外罩白罗袍,坐下小白龙驹,手执梅花枪,面如冠玉,双尾高挑。见了杨藩,喝声："丑鬼!快下马受死,免得小爷爷动手。"杨藩听了大怒道："你乃无名小卒,快叫梨花贱人前来会我。"罗章听了,说："休要多言,看枪!"一枪直刺过来。杨藩把手中刀往枪上一架,冲锋过去,回转一刀,望罗章头上砍来。罗章把枪往刀上一抬,二人战了二十余合。杨藩见不能取胜,忙祭起飞镖,罗章抬头一看,见红光一道,直往面门上冲来,躲避不及,一镖正中肩膀上,坐不住马,仰面一跤,跌下马来。杨藩正待来取首级,被秦、窦二将抵住,有军士救回。梨花看见,忙取灵丹敷好,不一日痊愈。那杨藩见了二将,喝声："杀不尽的矮子,你今又来交战。"秦汉道："今番来取你性命。"棍棒交加,杀得杨藩招架不住,又祭起飞镖,二将看来不好,一个钻天,一个入地,逃走了。

杨藩收了飞镖,匹马杀到营前,大叫道:"背夫另嫁的樊梨花,快快出来,与原配丈夫答话。"探子报进,恼了丁山、应龙父子,二人上帐,禀说:"元帅,末将愿出去活擒杨藩。"梨花说:"番将杨藩,指名要我出去,你父子二人与我掠阵,我当亲自出去会他。"随急披甲上马,手执双刀,冲出营来。杨藩抬头一看,见冲出一员女将。但见头戴金凤冠,雉尾高挑,面如西子,貌若昭君,有闭月羞花之貌,胜如月殿嫦娥,身穿锁子黄金甲,外罩绣龙袍,足穿小缎靴,坐下腾云马,手执双刀。两旁四员女将,后面大旗上,写着"大元帅樊"。杨藩先是大怒,恨不得一刀将梨花砍为两段。及见了梨花容貌,倒觉满口流涎,说:"好一块羊肉,却被薛蛮子夺去,今日必要活擒他回关,成就姻缘,方雪我恨。"

不知擒得来擒不来,且看下回分解。

第四十六回

梨花大破白虎关　应龙飞马斩杨藩

杨藩看见樊梨花,便道:"我乃白虎关总兵杨藩。吾父杨虎,与你父同朝之臣,将你许配与我,十有余载,因两地远隔,未曾花烛。你我今已长成,正要央媒完娶,因国舅苏宝同,惹得唐兵西进,两下相争,蹉跎至今。你怎么弃了前夫,另嫁敌国?西番虽是夷虏之地,你也晓得读孔孟之书,会达周公①之礼,一女何能匹二夫?纲常廉耻,休得乖乱,莫若随我回关,狼主决不治你弑父杀兄之罪,你去想一想。"樊梨花满面通红,喝道:"丑鬼,对亲有何凭据?休得胡言!放马过来。"杨藩耐了性子道:"梨花你与我交战,旁观不雅。我是男子汉,倒惧内不成?见你花容月貌,不忍加害,劝你复还原配,免得懊悔。"梨花说:"不要多言,放马过来,吃我一刀。"举

---

① 周公——西周初年政治家。姬姓,周武王之弟,名旦。曾助武王灭商。相传他曾制礼作乐,建立典章制度。

第四十六回　梨花大破白虎关　应龙飞马斩杨藩

起双刀,劈面砍来,杨藩将大刀架住,骂道:"贱人,不识抬举!我好意劝你,你反生恶心,既不罪你弑父杀兄,又来背夫乱性,真是红颜薄幸,妇人最毒。今日不斩你这贱人,誓不收兵。"忙隔开双刀,将大刀当头就砍来。梨花架在旁首,回转马来,将双刀如雪片舞来。杨藩急架相迎,两人大战,一来一往,战到三十余合,杨藩抵敌不住,带转马就走。梨花拍马追来,杨藩回头一看,见梨花追赶,忙祭起飞龙镖。梨花一看,见一道红光,直射下来,忙取出乾坤帕,往上一迎,只见万道毫光,把飞镖收去,大喝:"丑鬼,还有尽数放来。"杨藩又祭起十二支飞镖,在空中飞舞,烈火腾腾,直奔梨花。梨花又将乾坤帕抛起,顷刻万道毫光,把十二支金飞镖化为乌有。杨藩叫声:"不好!"可惜炼就一年功夫,一日尽灭了。忙将身子一摇,现出三头六臂,身高数丈,手端六件兵器,复使阴兵杀上,只见鬼哭神号,都是蓬头赤脚,青面獠牙怪鬼,杀奔前来。梨花笑道:"这些小技,可骗别人,我不惧你。"把手一指,数万鬼兵,反杀回本阵。杨藩这一惊不小,番兵如飞而逃。梨花见破了他法,带转马头就走,梨花祭起斩妖剑,将杨藩左手指头,斩了下来。杨藩大叫一声,负痛而走,收了法术,退入关中,将关门紧闭,敷好伤痕,打点明日出战,此话不表。再言梨花手下,月娥、金莲、仙童、金定四员女将,杀得番兵七零八落,得胜回营。众将卜帐称贺不表。

次日天明,探子报进:"杨藩又在营前讨战,大骂元帅。"元帅闻报大怒,率领众将出营,来到阵前,喝道:"昨日饶你一死,今日又来讨战,只怕性命难逃,放马过来。"杨藩也不答话,抡动大刀砍来,梨花拍马相迎。战至三十合,又不能取胜,回马大败,梨花在后追赶。杨藩祭起金棋子,亮光万道打来。梨花向身边取出金棋盘祭起,也有万道金光,棋子落在盘内,犹如铸就一般。杨藩哪里晓得,又把金棋子打来,仍然收去。一连发了三十六个金棋子,都在盘上贴定,拿移不动。梨花收完了棋子,重又杀出,说道:"你的棋子都被收了,还有什么宝贝,再放出来。"杨藩听了,魂飞天外,叹道:"把我两件宝贝,俱皆收去,今如何是好?"又把身子一摇,现出三头六臂,阴兵依旧杀来。梨花将一个葫芦揭开盖子,放出无数火鸦,把阴兵杀得无影无形。杨藩叫苦连天,正要逃走,梨花祭起飞刀,将杨藩右手指头砍下来,一连几刀,连臂膀也砍下来。杨藩跌下马来,痛倒在地,梨花双刀正要斩他,忽听后面鼓声如雷,回头看见丁山督阵,擂鼓助战,暗思:杨藩虽未成亲,幼时却被爹爹误许姻事,今日见了,心中倒觉不忍，意欲释放。早被薛应龙赶上，手起刀落，将杨藩杀死。头上一道黑气冲出，直奔梨花，梨花一阵头晕，跌下马来。四员女将，直冲出去，救回营中。只见元帅面上失色，众将上前问安。你道为何？这是杨藩阴魂在樊梨花腹中投胎，后来生下薛刚。薛刚闯祸，害薛世满门三百余口在武则天手内，此是后话不表。梨花传令抢关，众将得令，一齐向前，杀奔关来。番兵见无主将，闭关不出，俱往沙江关去了。番民香花灯烛，出迎元帅，元帅人马进了关，接了圣驾，在帅府驻扎，百官朝贺，出榜安民。遂传令招抚，所管地方官，尽皆投降。停留半月，辞王别驾，起了大队兵马，离了白虎关，望西进发。

　　有一个多月，尽是黄沙扑面，好不辛苦，不觉来到沙江渡口。有探子报说："沙江有百里之遥，并无船只，请元帅定夺。"梨花闻报，遂传令扎下营盘，不许乱动，便令秦汉："飞过沙江，劝番民放船过来，渡我兵过江，好打头关。"秦汉领令，戴了钻天帽，片刻飞过沙江，落下地来。只见那番民辏集，买卖生意，与中国一样。那些船上插了红旗，十只一队，共有四百余号，停泊江口。秦汉一想："我奉将令前来诱骗，用怎样办法，如何说得他们过去？"正在踌躇，忽见一队番官，手拿令箭，说与众船道："大老爷吩咐，大唐兵马已到江边，船只不许私开，违令者斩。"众船得令。秦汉心生一计，扮做番军。见番兵皆喂马料，三个成群，四个一队，或斗牌，或闹酒，营房内不见人。遂将一副衣帽穿好，到一酒店门首，问道："店家，将爷可在这里吃酒么？"店家说："拿令箭的官儿，在楼上吃酒，寻他请进去。"

　　秦汉听了，来到里面。走上楼中，只见番官吃得半醉，衣帽脱在旁边，那番官见了秦汉说："你是哪个帐下来的？"秦汉哄说："我是大老爷手下的长随，奉将令扮作小军，探听军情。爷是哪一处的？"巴都儿官番官说："我是大老爷的亲随，不认得你呀？"秦汉说："小可是新充的，不曾拜会。我和你同饮三杯，叙个相识，小可做东。"番官道："说哪里话，自然俺家做东。"二人畅饮。秦汉说："巴都哥，这支令箭，做何公干的？"番官道："你还不知？"秦汉道："小可新到，所以不知。"番官说："我关主将是白虎关杨藩的父亲。因樊梨花降唐，打破了白虎关，将小将杨藩杀死，主将要与儿子报仇，差人往白狼山请红毛道人，并黑脸仙长。因二位仙友，神通广大，早晚必到。犹恐唐兵渡江，差我往各船去吩咐，不许开渡。"秦汉说："原来如此。巴都爷请用酒。"番官竟吃得大醉，伏在桌上睡了。

秦汉即换了他的衣服，拿了令箭，走下楼来，对店家说："有一锭银子在此，你收着。我有伙伴醉在楼上，我有公干去了。"酒家见了银子，说："请便。"秦汉出了店门，来到江边，对众船军说："大老爷有意降唐，吩咐四百号江船，连夜渡载唐兵过江，违令者斩。"众船军都说："稀奇！一日之间，两样吩咐。早上说不许开船，如今又要连夜过江。"秦汉说："你们休管闲事，快些开船。"众船军依令，立刻开船，扯起风帆，滔滔去了。秦汉大喜，脱了衣帽，撇下令箭，飞过江来。此话不表。

再言番官醒来，立起身来，不见了衣帽、令箭，忙下楼问了酒家。酒家说："方才那一位爷，留下一锭银子在此。穿了衣服，到江边去了。"番官听说，魂不附体，说："不好了，中了唐人奸计了！"说罢急忙赶到江边一看，大惊失色，说道："该死了，船一只都没有了。为何衣帽、令箭在江滩上？幸喜无人拿去。"忙穿好衣帽，手执令箭进关，蒙混交令。不知后事如何，且看下回分解。

第四十七回
梨花破关除二怪　　秦汉借旗收双徒

却说沙江关主将杨虎，深恨樊梨花不忠不孝，杀子之仇尤深，又闻兵临江边，恨不得"活擒梨花，取出心肝，以祭吾儿，方消此恨"。忽报红毛道人、黑脸仙长请到了。杨虎大悦，出关迎接，接进官厅见礼，分宾主坐下。二位仙师说："今蒙见召，有何话讲？"杨虎长叹道："奈因小弟单生一子，被恶媳梨花所杀。特请道友来此，共擒此贼人，与儿报仇，方泄我恨。"二人听了，恨道："不消道友烦心，要报此仇，有何难处，都在我二人身上。"杨虎大喜，设筵相待。

秦汉见各船俱已渡江，飞向营中缴令，细说此事。梨花大喜，即令三军连夜准备，候江船一到，即要开船。众将得令，各预备停当。将及半夜，船只已到江边，一字排开。元帅传令，趁此明月，即速下船。众将得令，一齐下船，来到西岸。令先锋罗章打关，金鼓连天，炮声不绝。番儿报进，杨虎大惊，说："这事奇怪，我已传令江船，不许过江，唐兵从何而来？"传令番官处斩,即出关迎敌。二位道人说:"且免出兵,待贫道先上关去,略施小计,杀他片甲不回。"杨虎说:"既然道友有计,相烦立刻开兵。"那道人来到关前,披发仗剑,扬尘舞蹈不表。

且说罗章杀到关下,只见一阵狂风,飞沙走石,天昏地暗。吓得罗章胆丧魂消,三军自相践踏。见两个道人,骑了白鹤,落将下来,大喝道:"唐将休走,吃我一剑!"罗章招架不住,拍马而逃。两个道人在后追赶。后军飞报元帅,元帅大怒,率领四员女将,向前放过罗章。上前迎住,念动真言,喝散飞沙走石。道人大怒,喝道:"你是何人,敢破我术?吃我一剑。"梨花看见两道人:一个面如茄子,红须红发;一个面如黑漆,青发青须,眼睛也是青的,仗剑杀来。月娥飞马过来迎住,仙童忙来助战,杀得二道汗流浃背。金莲、金定也上前围住,两个道人哪里招架得住,大败而走。四人在后追赶。那红毛道人,现出一条火龙,用烈火烧来,烧得四人败阵逃回。梨花看见,把手一指,有万丈水冲出,将烈火浇灭,火龙大败要逃。梨花喝道:"往哪里走!"拍马追来,黑脸仙长抢出,说:"休伤我道友。"仗剑拦住。梨花手舞双刀来战,杀得他尿屎直流,摇身一变,现出四手八脚,一只螃蟹,口中喷出涎沫,顷刻大雾连天。梨花倒吃一惊,拍马如飞,回转营中。

黑脸道人收了法术,与红毛道人一同进关。杨虎迎住,说:"有劳二位道友,今日出阵,胜负如何?"红毛道人说:"樊梨花果然神通广大,我将烈火烧他,他将倒海之术浇灭。幸道友用雾迷他,不然,怎得收兵。"老将听了,叹口气道:"久闻樊氏厉害,不能报仇,势不两立。"即令家中护送夫人回国。家将领命,遂与夫人流泪而别。杨虎全身披挂,同了二位道人,放炮出关,赶到唐营大骂,梨花倒觉羞惭。应龙上前说:"母亲,老匹夫如此无礼!辱骂母亲,孩儿出去,斩此匹夫。"梨花说:"我儿出去,须要小心。"

应龙得令,上马提枪,冲出阵前,喝道:"老匹夫,你骂哪一个?吃我一枪。"杨虎把大刀迎住,一场大战。秦汉、窦一虎二将,见应龙枪法散乱,拍马来迎。两个道人敌住,祭起火球,打中秦汉面门,仰身跌倒。道人仗剑要砍,被一虎救回。复出阵来,道人又祭起火球,一虎地行走了。梨花出阵,对杨虎说道:"老将军,天命归唐。征西一路,各处关头,降者降,死者死,劝你归顺天朝,免得生灵涂炭。"杨虎骂道:"小贱人,恨不得把你

第四十七回　梨花破关除二怪　秦汉借旗收双徒

千刀万剐！反来说我投降，吃我一刀。"把大刀往面门砍来。梨花双刀来迎，战了三十余合。旁边恼了金定，提起五百斤大锤，照杨虎头上一锤，打得脑浆迸出，死于马下。两个道人赶出，怒道："伤我道友。"仗剑砍来。二员女将迎住，红毛道人祭起火球，被梨花乾坤帕收去。道人现出原形，乃是一条火龙，大火球烧来，那金定回身逃走。梨花念动真言，顷刻大水冲到，四海龙王将火龙围住，不能脱逃，被梨花飞刀斩为两段。半段飞入中原，半段飞入西番，后为混世魔王。那黑脸道人见了，骂道："贱人，连伤我两道友，与你势不两立！"仗剑砍来。梨花又放飞刀，道人慌了，口吐雾沫，将天遮瞒，伸手不见五指。梨花无法，退兵十里，渐见天日。众将逃回缴令。梨花道："大雾迷天，怎得抢关？"月娥道："我师父有五灵旗，能破雾沫，差将前去借得旗来，可除妖道。"梨花大喜，即令秦汉往金刀圣母处，求取五灵旗。

秦汉得令，戴上钻天帽，如飞而去。经过一高山，见有两员小将，各带兵马，旗分红白，在山上大战。秦汉飞下说："二位将军不必相斗，有话问你，这样年少英雄，不去干功立业，野战何益？"二将住手问道："你从空中飞下，是神，还是鬼怪？说个明白。"秦汉道："我不是神仙，不是鬼怪，乃是王禅老祖弟子，姓秦名汉。随驾征西，路阳沙江关，有妖道喷雾迷人。奉大唐元帅将令，往金刀圣母处借旗，从此经过。今见二位英雄，何不随我同去征西，建功立业，岂不为美！"二人听了，下马便拜，说："我姓刘名仁，他姓刘名瑞，均是大汉之后，伐匈奴到此。此间有东西二山，各人把守。他要占我东山，故此相斗。天幸相遇，愿拜为师。"秦汉大喜，收为徒弟，说："待我借了旗回来，同你去见唐王便了。"二将依言，各自回山，收拾人马等候。

秦汉仍飞上云头，片时来到竹隐山仙人洞，只见洞中走出两位仙姑，手提花篮。秦汉上前说："烦二位仙姑通报圣母，说王禅老祖弟子秦汉，要见圣母。"仙姑听了，说："原来是刁家妹子之夫秦汉，请说明来意，方可通报。"秦汉说："因奉樊元帅将令，为蟹雾迷阻沙江关，不能进关。我家月娥说圣母有五灵旗，能灭雾沫，特来求取。除了妖道，即当奉还。"仙姑听了，说道："稍等，待我前去禀知师父。"入洞中来蒲团前说："师父，外面有王禅老祖徒弟，奉樊元帅令，来借五灵旗，去破雾沫。现在洞外伺候。"圣母道："命他进来。"仙姑出来，遂引秦汉来到蒲团之下,见了圣母,跪下说:"弟子秦汉拜见,愿师父圣寿无疆。"圣母道:"你之来意,我已深知。"取出五灵旗付与秦汉,说:"要破雾沫,将旗一展,他性命难逃。"

秦汉拜谢出洞,飞上云端,望着高山飞下。刘仁、刘瑞接着,秦汉说:"我先去缴令,你们随后就来。"秦汉飞向营中,说知前事。元帅大喜,传令打关。黑脸道人仍喷出雾来,元帅将旗一展,只听得霹雳一声,雾散云开。众将一看,忽有簸箕大一只死蟹。元帅大喜,吩咐抢关,那番兵倒戈投降。元帅进了关,一面上本报捷,一面出榜安民,又望空拜谢圣母,招降安抚番兵,停留半月。

有探子报道:"关外有二员小将,领部卒一千,说是秦将军新收的徒弟,要来投见。未奉军令,不敢放入。"元帅道:"命他进来。"刘仁、刘瑞进了帅府,参见元帅。元帅见二人一表人物,心中大喜,遂对秦汉说:"他二人是你新收的徒弟,带领本部人马,到你营中学习,立功之日,奏王加封。"秦汉得令,同二人一起拜谢。众将称贺不表。

次日二人拜见了刁月娥,于是二人尽心学习兵法,刘仁后来与天竺国公主银杏成亲;刘瑞与真童国公主金桃完婚,此是后话。这一本是秦汉收徒弟团圆,欲知樊梨花征西后事如何,且看下回分解。

第四十八回
凤凰山番将挡路　　薛应龙神女成亲

话说樊元帅得了沙江关,秦汉收了刘仁、刘瑞为徒,养马三日,查明国库钱粮,起兵西进。仍点罗章为先锋,秦、窦二将为左右翼,大兵五十万,放炮三声,离了沙江关,望西进发。一路上旌旗浩荡,兵将威风,行来尽是沙漠之地。走了半个多月,来到凤凰山。山上有一关寨挡住,传令扎下营盘。一声炮响,营盘扎得坚固。令罗章明日到关讨战,众将得令,放炮停当。此话不表。

且说凤凰山守将,乃是国王御弟,姓乌名利黑。身高一丈,红脸黄发,眼如铜铃,两臂有千斤之力,用两支竹节钢鞭。得异人传授,随身有一件

第四十八回　凤凰山番将挡路　薛应龙神女成亲

宝贝,名曰"追魂伞"。闻知西番失了许多地方,番儿报说:"唐朝人马已到山下。"忙同众将至山下,将唐营一看,果然扎得坚固,号令严明。对众将说:"果然樊梨花名不虚传,深通兵法。趁他兵马初到,兵将劳顿,攻其无备,今夜劫他营寨,挫其锐气。"诸将说:"千岁神机妙算,我等候令。"乌利黑大喜,回身升帐,点左右先锋蛮子海、蛮子牙:"你二人带领兵马一万,下山埋伏山林,听号炮一响,率兵杀入唐营,我有兵接应。"二人得令,领兵下山去了。自己全身披挂,骑上红鬃马,率领铁骑,下了凤凰山,偃旗息鼓而来。

再言梨花在营中,同众将赏月,忽听一阵风来,将灯吹灭,元帅大惊。丁山道:"这阵大风,须防今夜番兵劫寨。"元帅点头说是,传令众将,休得卸甲离鞍,调遣众将,营外埋伏,留下空营。众将得令,各自去了。且说乌利黑率领众兵,三更时候,炮声一响,杀入唐营,不见一人,只有空营,大叫:"中计!"传令将前军作后军急退,唐兵听得炮响,各路杀来。应龙正迎着蛮子牙,罗章正迎着蛮子海。二人心急慌忙,枪法散乱,被应龙、罗章刺死,一万人马杀死大半。丁山冲入中营,正遇着乌利黑,枪鞭并举,两人大战。又来了应龙、罗章二人敌住,乌利黑全然不惧,又见四面八方齐杀来,看来难敌,虚晃双鞭,杀开血路而走。应龙喝道:"番奴往哪里走?"随后追来,追到凤凰山谷中,却不见了乌利黑。回头又见乱石塞断路口,心中大惊,东奔西走,无路可通。守到天明,再回营去。

再言乌利黑入了山谷之内,却自收拾残兵回凤凰山去。唐兵杀上山来,矢石如雨打下,梨花鸣金收军,计点军士,不见了应龙,即令明早去寻。次日探子报进:"乌利黑在营前讨战!"元帅问道:"哪位将军出去擒此番奴?"早有罗章应道:"小将愿往。"元帅道:"先锋出去,须要小心。"罗章上马提枪,冲出阵前,见了乌利黑,大喝道:"番狗昨日败去,今日又来送死,快快下马受缚,免吾动手。"乌利黑大怒说:"唐蛮子休得夸口,放马过来。"一鞭直向罗章打来。罗章把枪架住,两下大战一场,战到一百余合,不分胜负。

元帅令秦、窦二将出阵助战,要活捉番将。二将得令出战,喊道:"罗先锋,我二人来活捉这厮,回营请令。"乌利黑听说大怒,奋舞双鞭,敌住三般兵器,又战了数合,不能取胜,虚晃一鞭,冲开阵脚,大败而走。秦、窦二人不舍,飞赶说道:"红脸番贼慢逃,吃我一棍。"那乌利黑回头一看,见二将追来,心中大喜,背上取出一柄宝伞,撑将起来,一摇,二将都跌倒在地,番将抢出绑好,乌利黑打得胜鼓回山。罗章欲要来救,见宝伞厉害,不敢向前,只得收兵回营,禀知元帅。元帅惊道:"吾知此伞厉害,不敢向前,但他怎样拿人?"罗章说:"小将三人大战,番将诈败而走。窦、秦二将追去,他将一柄宝伞,撑开一摇,只见花花绿绿,二将顷刻跌倒,被他捉去。小将想来,必是'追魂伞',不敢去救,特来报知。"元帅道:"尚未夺得此山,反失二员大将。想秦、窦二将,俱有法术,必致无害。但本元帅不知应龙下落,如之奈何?"吩咐紧闭营门,众将得令,坚闭营门。

且说秦、窦二将,被追魂伞摄去魂魄,一时三刻,才醒转来。见番将高坐将台,小番报道:"启上大王,昨夜唐营小将,困于东山,他骁勇无比,几次扳藤上树,幸是山高岭峻,不得上来。请千岁爷定夺,如何处置?"乌利黑道:"不妨,待过了五七日,他自然饿死,何消处置?但将捉来二将,推来见我。"小番将二将推来台前,立而不跪。乌利黑喝道:"你两个矮子,既被擒来,为何不跪?还是愿降,还是愿死?快快说来。"二将厉声道:"我二人乃唐朝大将,岂肯降你这番奴?要杀就杀,不必多言。"乌利黑大怒,喝令:"推出砍了!"小番将二人推出,正要下刀。只见窦一虎往地中去,秦汉往上一纵,上天去了。小番看见,尽皆呆了,忙来报知大王,大王大惊道:"怪不得唐兵厉害,军中有此异将,所以西番失了许多地方。今日逃去,明日又来,立即斩了,方除此害。"

再言二将一个钻天,一个入地,逃回营中交令。元帅正在纳闷,忽听二将回营,心中大喜,说:"已知二位将军神术,不知怎样逃回。"秦、窦二将遂一一说明,"小将军也有消息,昨日已饿了一天,快定计救他性命。"元帅说:"既有消息,烦窦将军准备干粮,前去救他。烦秦将军去盗'追魂伞',好破他的兵。进了凤凰山,其功不小。"秦汉道:"这个何难,也曾盗过飞钹,盗过摄魂铃,料这柄伞又有何难,管叫手到拿来。"元帅说:"须要小心。"二将领命,分头而去。

再言凤凰山谷中,有一仙女,与薛应龙有七宿姻缘之分,见应龙被困凤凰山谷中,想他前生乃芦花河水神,在王母面前调戏于我,贬下凡尘。遂化成园林一所,等候应龙。应龙在山谷中,困饿一日,听得山头笑话之声,抬头一看,见一班仙女,在山上玩耍,叫道:"姐姐们,救我一救。"梅香道:"你是何人?何故在此?"应龙道:"我乃大唐小将薛应龙,被乌利黑困住在此。

如今乞救一命。"使女回禀与仙女。仙女道:"你去对他说,我家公主乃乌利黑之妹,立愿要嫁唐将,你若肯从,救你上来。若不允从,饿死在谷内。"梅香领命转达,应龙即满口应承。遂即放下红绫索,救起应龙。来到亭前,见小姐有倾城之色,又许他招亲,称心满意了,忙上前见礼,说:"小将薛应龙征西到此,困入谷中,承小姐相救,又蒙许以婚姻,小将不才,敢不从命。"小姐微笑道:"我自愿要招中国人物,今日天喜相逢,三生之幸,伏祈勿却。"应龙道:"即蒙美意,何敢不从,趁此良辰,共应花烛。"于是二人就此成亲。真是郎才女貌,春宵一刻,千金难买,此话不表。

再言一虎,奉了将令,地行到谷中,伸头一望,并无音信。找到晚来,一轮明月当空,四处呼唤,不见人声,心中想道:莫非不在此间,抑或有变?睡他一觉,等待明日再寻便了。

再言秦汉飞到番营,听得乌利黑吩咐众将,严守关寨,遂把宝伞系在背上,不脱衣甲,和衣睡了,鼻息如雷。秦汉见帐中灯烛辉煌,幸无人声,遂飞身下来,悄悄潜入帐中,见防护军皆在地下打息,乌利黑隐几而卧,心中大悦。见伞在背上,要动手,谁想伞上铃响起来,乌利黑惊醒了,叫声:"不好了,有贼盗伞了!"喊声未绝,防护众军围上。秦汉措手不及,被乌利黑擒住。要知秦汉性命如何,且看下回分解。

第四十九回
月娥摇动摄魂铃　梨花灵符破宝伞

却说秦汉盗伞,摇动铃响,被乌利黑捉住,众将将他绑了。乌利黑道:"这矮子有钻天之术,将他锁在旗杆上,不怕他连旗杆一齐拔出。"众将得令,将秦汉吊在旗杆上,等到天明。次日到营前骂道:"不中用的蛮子,怎么使矮子来盗我宝伞,被我拿住,吊在旗杆上,待拿齐众蛮,然后开刀。若有能人会我,快些出来。"刁月娥听见丈夫被捉,忙上帐讨令,愿出营会他。元帅说:"须要小心。"月娥得令,全身披挂,手舞双刀,骑上青鬃马,冲出阵前。抬头一看,见乌利黑面貌凶恶,遂大喝道:"番奴休得无礼,快快还我丈夫,万事全休。若有半字不肯,将你凤凰山踏为平地。"乌利黑见刁月娥十分美貌，笑道："好一位佳人，为何配了矮子？"叫声："娇娇！你丈夫吊在旗杆之上，不若嫁了我罢。"月娥大怒，手舞双刀，劈面砍来，乌利黑说："好一个不中抬举的妇人。夫人不要做，倒要跟这丑汉。"将双鞭迎住双刀，一场大战。元帅放心不下，令仙童、金莲二人掠阵。那秦汉在旗杆上，口中念动真言，铁锁即开，遂拍手哈哈大笑道："番奴我去也。"看守番卒，吓得魂不附体。乌利黑看见，鞭法大乱，虚晃一鞭，败下阵来。月娥心中想道："先下手为强。"遂取金铃在手。乌利黑也撑开宝伞在手，说："休得追来，宝贝来也。"月娥说："我也有宝贝在此。"两人各自摇动，各人俱跌下马来。仙童飞马直冲，救了月娥，那边番将也救了乌利黑，各自回营。元帅听了十分烦恼，说："这伞如此厉害，摄去月娥灵魂，怎生是好？"

正在此言，一虎回营，说："昨宵备带干粮，到谷中寻觅小将军，遍处不见，特来回令。"元帅不悦道："窦将军，此事如何是好？"秦汉回营上帐："元帅不必忧愁，月娥娘子不久就醒转来的。待末将再去盗他宝伞，破之甚易。小将军自有下落。"元帅听了喜道："秦将军若盗得伞来，破了凤凰山，寻到孩儿，其功不小。"说毕，月娥醒将过来，遂摆筵压惊。

当夜三更时分，秦汉仍到番营，乌利黑伏几而卧，伞依旧背在身上。心中想道："若要解伞，铃又要响起来，怎能盗得到手？不如将衣襟扯下一幅撕碎，塞了铃口。"轻轻解下伞来，取在手中，喜之不胜，心中想道："若盗了就去，非为好汉。来的明，去的白，叫醒他好去。"把手向桌一拍，喊道："番奴，有刺客来了。"说罢腾空去了。乌利黑忽惊醒，叫道："有贼！"众将俱来防护。乌利黑把双眼拭开，说道："你们可曾见有刺客么？"众将道："小将等环立在此，未见有刺客。"乌利黑道："方才梦中听桌子一响，叫道'刺客来了'！如何你们不见？"众将听说，忙往帐外一看，听得云端里笑道："我是秦将军，要刺番奴，今晚且取此伞，明日来取你首级。"说完去了。吓得众将魂不在身，将言回复乌利黑，说："不是刺客，就是昨夜那盗伞的矮子。他说明日来取大王首级，岂不是祸事么？"乌利黑听了，果不见了背上宝伞，笑道："幸我有先见之明，将真伞调换。若盗了真伞去，凤凰山就难保了，须要防他明日再来行刺。"众将乱到天明。次日饱餐战饭，率领众三军下山，杀至唐营，指名道："矮将出来会我。"秦汉忙上帐讨令道："他伞已没了，今还来送死，待小将擒来。"元帅应允，秦汉来至

第四十九回　月娥摇动摄魂铃　梨花灵符破宝伞

阵前,喝道:"番奴,你宝伞已失,敢来送死么?"乌利黑道:"盗伞贼不必多言,吃我一鞭。"秦汉将狼牙棒迎住,两下大战。月娥见丈夫出阵,讨令助战,秦汉夫妻与乌利黑大战三十回合。月娥知他宝伞已失,放开胆量忙取金铃在手,正欲摇动,只见乌利黑又有宝伞撑开,各人摇动,三人俱跌下马来。众将抢上,救回月娥夫妻。番兵救了主帅回山。梨花听了大惊道:"原来昨夜盗来的伞,乃是假的。他有此妖术,大兵焉能西进?"说毕,秦汉夫妻醒转,上帐禀说:"要破此伞,待小将去见师父。"元帅依允。

　　秦汉戴上钻天帽,飞上云端,不一时,早到了仙山洞。王禅老祖驾坐蒲团,早知此事,命童子出洞,"唤师兄进来见我"。道童奉命出来,果见秦汉,说道:"师兄,师父昨已晓得,唤你进去。"秦汉听了大喜,同进洞府,来至蒲团前,倒身下拜。拜毕,王禅老祖说:"徒弟,你此来何为?"秦汉将追魂伞厉害,乌利黑兵阻凤凰山,不能西进之事说了,"弟子奉元帅将令,特来叩求师父破伞之计"。老祖道:"此伞易破。我有灵符十二道,你拿去,上阵之时,放在盔内,此伞立破矣。"秦汉大喜,接了灵符,别了师父,出了洞口,飞上云端。不多一会,来到唐营帐下,禀知元帅,说明此事,元帅大悦,传令三军:"准备叫战,秦汉、一虎二人速去讨战,我自有兵接应。"二将得令带领兵马出营去了。又点先锋罗章、秦梦、丁山、刘仁、刘瑞,点女将金莲、月娥、仙童、金定,头上皆带灵符,梨花亲率大兵直杀至山下。乌利黑正与秦、窦二人交战,看见四面八方,团团围住。元帅传令:"休放他走了。"乌利黑杀得走投无路,又将宝伞摇动,见唐将全然不觉,越添精神,乌利黑大惊,杀开血路而逃,被梨花祭起飞刀,红光一闪,斩为两段。番兵见主将已死,皆下马投降。元帅遂上山,出榜安民,盘查各库,又令秦、窦二将:"再往谷中去,寻觅小将军。"二人得令。

　　再言薛应龙与小姐在花园成亲,不觉七日,已了夙愿。遂备饯行酒席,叫道:"郎君,奴非番邦之女,我乃此山仙女,只因与你有七宿仙缘,但天机不可泄露。愿郎君莫负奴心,你母亲已将乌利黑杀了,占了凤凰山,命秦、窦二将前来寻你,须保重向前西进。"应龙听了,双眼流泪,叫声:"贤妻,我和你恩爱夫妻,不想今日就要离别。望妻渡我成仙,一同去吧。"小姐道:"郎君,天命难违。"不能同去,二人执手依依,叫声:"郎君,非是奴心肠硬,你不必留恋,快快去罢。"应龙只得带泪拜别,那小姐送出园门,忽然一阵狂风,飞沙走石,少停风息,不见了花园并神女,却在荒山之中。应龙想道："这也稀奇,难道我学了刘晨、阮肇①,误入天台,得遇仙姑,结了姻缘?他说我母亲已斩了乌利黑,差人寻找我。待我拭干眼泪,好去会他。"恰好秦汉来了,叫声:"小将军,你一向躲在哪里?再寻不着。"应龙说明此事,二人大喜。秦汉笑道:"师兄,想为人在世,相貌要生得齐整。我和你前世未修,做了矮子,要对亲,就吃了许多辛苦,央亲眷,托朋友,方能成亲。你看这小将军,生得一表非凡,神女也动起火来。不费半点功夫,就做了亲。"一虎叫声:"师弟,闲话不必说了。快去同小将军去见元帅,好起兵西进。"应龙道:"此言不差。"三人一路上飞步而行,来到山上,进营拜见母亲。梨花大喜,叫声:"我儿,你在谷中,为娘差人寻你,因何今日才回?"应龙就将前事细说一遍,梨花说:"仙缘巧遇,甚为奇事,不必挂怀。待征西平定之日,另觅一个美貌媳妇配你。"应龙说:"多谢母亲。"元帅差官修捷书申报天子,一面传令拔营西进。放炮起程,离了凤凰山,一路上望西前进。不知后事如何,且看下回分解。

第 五 十 回
捆仙绳阵前收服　救龟蛇二将腾空

却说樊元帅离了凤凰山,率领大兵往西而来,来到麒麟山,遂传令扎下营盘,明日开兵。放炮一声,齐齐扎下。且说麒麟山守将苏文通,乃苏宝同族弟。闻小番报道,凤凰山已失,唐兵到此,忙令:"山上多加灰瓶、石子,小心保守。若有人来讨战,速即报我。"众将得令不表。

次日樊元帅升帐,点齐兵将,说:"今日哪一位将军去讨战?"早有一虎应道:"小将愿去取关。"元帅说:"将军此去,须要小心。"一虎得令。遂率同部兵出营,上山讨战,喊道:"山上番狗,快报与主将知道,说大唐兵马来至,快快献关。若言不肯,打进关来,鸡犬不留。"骂声不绝,早有番奴报入帅府

---

① 刘晨、阮肇——相传东汉永平年间,剡县人刘晨、阮肇入天台山采药,遇二女子,邀至家,留半年,其地气候、草木常如春时,迨还乡,子孙已历七世。后诗文遂用刘、阮指成仙而去的人。

第五十回　捆仙绳阵前收服　救龟蛇二将腾空

禀道:"国舅爷,不好了!关外唐将讨战,骂不绝口。"文通听了大怒,吩咐备马抬斧,立刻披甲上马,放炮开关,带领兵卒,亲下山来,冲到阵前。一虎见来的番将,生得尖嘴鬼脸,青面黑须,眼如铜铃,声如破锣,头带虎头盔,身穿黑金甲,手执宣花斧,坐下花斑豹。拍马前来,竟不答话,将斧往一虎面上砍来,一虎将棍抵住,战有三十余合,忙取出一柄扇子,名曰"羽翎扇",照一虎头上一扇,一虎叫声:"热杀我也!"往下一钻去了。一连几扇,连地皮都扇热红起来了。一虎地中走了数十步,始无热气。回到营中,上帐禀知元帅,说:"此扇厉害,幸亏小将去探阵,被他一扇,我就逃回地中,尚且几乎热死。若别人去,恐化为飞灰,元帅能除此扇才好。"梨花听说:"谅众将不能除此火扇,待我亲出以水破之。"传令众将,一同出阵。文通看见,连声喝彩:"好一个美貌佳人!"叫一声:"女将军,留下名来。"梨花喝道:"本帅乃大唐征西大元帅威宁侯樊。"文通喝道:"反贼!你果然名不虚传。你枉有这般美貌,何不送进国王做个妃子,岂不富贵?反降敌人,今日须听我言,早早改邪归正。"梨花听了大怒,喝声:"匹夫,休得胡言,放马过来。"将双刀砍去,文通气力不佳,架不住了,忙向身边取出羽翎扇扇起,顷刻烈火焚来。梨花念动真言,忽然北海水护了唐营,文通看见面前都是大水,吓得魂不在身,拍马便走,被梨花祭起飞刀,斩为两段。

梨花收了羽翎扇,退了北海水,点齐人马,正要上山破寨,只见山头上飞下一个道人,身穿八卦衣,绿豆眼,尖嘴青脸,手执一把宝剑,大怒道:"梨花小贱人,我和你皆是道家弟子,怎敢连伤我两个徒弟?今日替他报仇。"梨花笑道:"我何曾认得你两个徒弟?你是何方妖物,敢出此言?"道人道:"我乃八卦道人,当初在武当山,你师父黎山老母也曾见过。我家徒弟,就是凤凰山乌利黑及苏文通,俱被你斩了,全不念道中情面。快偿他们命来。"梨花道:"他二人自取灭亡,与本帅无干。况天命归唐,仍执迷不悟,连你狗命难逃。"道人大怒。仗剑砍来,梨花用刀架住,两下交锋,剑去刀迎,刀来剑架。战到数十合,道人虚晃一剑,把口一张,飞出无数火鸦,迎面飞来,梨花将北海水浇灭。道人见破火鸦,就在水里杀来,滔滔大水,全然不惧,仍仗剑奔来。梨花道:"这妖物却有本事。"忙祭起飞刀,道人慌了,借水遁而走。

梨花收了法术,鸣金收军。众将接进,俱皆赞服。梨花道:"正要上山破寨,被妖道阻住。他虽借水遁逃去,决然要来。明日姐姐用捆仙绳捉他。"仙童得令。次日道人又来讨战。仙童匹马出迎,并不答话,一场交战,到数合,道人口喷出火鸦。仙童取出金瓶,倒出金龙无数,破了火鸦,诈败而走。道人不知是计,在后追来。仙童祭起捆仙绳,将道人捆了。军士不敢怠慢,上前拿住,解回营中。元帅大喜道:"不要被他遁去。"遂用仙符镇压,吊在旗杆之上,道人现了原形,却是武当山龟将,逃在此间,阻住西进。元帅说:"待破了关寨,送还武当山,候教主发落。"正言间,探子报进说:"又有一道人,口称长寿大仙,与八卦仙好友。闻知吊在旗杆上,特来报仇,在营前大骂。"元帅说:"既如此,应龙孩儿出去擒他。"应龙得令,上马提戟,冲出阵前,大叫:"妖道,快来会我。"那道人仗剑来迎,二人战有十个回合,道人把口一张,吐出数条火龙,直奔应龙。应龙吓得魂不附体,大败而走。小军报知元帅,元帅令仙童去救应龙。仙童得令,上马出营,正遇应龙,应龙叫:"母亲救我!"仙童说:"不妨事。"放过了应龙,仙童笑道:"些许小技,在我面前弄巧。"随把小金瓶倒出数条水龙,浇灭火龙;祭起捆仙绳,又将道人捆住,解回营中。元帅吩咐:"也吊在旗杆上。"长寿大仙现了原形,乃系一条大蛇,盘在龟背之上。梨花见了好笑,说:"西番多用这般人。"捷书飞报唐王,一面传令抢关。

军士忽报进说,外面有一黑脸道人,要见元帅。梨花吩咐请进,道人走进营中,梨花起身相迎,问道:"仙友何处洞府?哪座名山?乞道其详。"道人道:"贫道乃北极真君座下张大帝便是。"梨花听了,倒身下拜,迎入帐中上坐,说:"大帝此来为何?"道人说:"因龟蛇二将私逃下山,今被元帅擒住,特来讨个人情,放了他们。"元帅听了,顷刻令军士放下,解去捆仙绳,二物复变人形,上前拜见大帝。大帝说:"你两个孽障,私逃下山,吊在这里吃苦。吾不来救你,不知吊到几时,快过来拜谢元帅。"梨花也来赔礼毕,便向大帝说:"本帅到西番,不知还有险处么?乞明指示。"大帝说:"有两句诗赠你,你谨记着,后有应验。"
诗曰:
  此去芦花有险惊,金光阵上产麒麟。
梨花听了,拜谢大帝。大帝出了营门,带了龟蛇二将,驾云而去,竟往北方不表。却说元帅吩咐三军抢关,番军投顺。得了麒麟山,养马三日,查明府库钱粮,传令起兵西进。出了关门,往西进发。行了数月,来到芦花河,有关挡路,传令扎营不表。

再言苏宝同,向日被二路元帅薛丁山杀得大败,同了铁板道人、飞钹禅师,一起逃走。飞钹禅师炼了十六面金飞钹,铁板道人炼了二十四面铁板。三人怀恨,想要报仇,到各处名山,请了许多道友,禀知国王:差人往鞑靼国,借兵十万;金萱王叔领兵,波斯国差大将宝树起兵十万;乌孙国差驸马洛阳起兵十万;鬼空国差山桃起兵十万;彭虚国差红榴起兵十万;天竺国公主银杏起兵十万;真童国公主金桃起兵十万;苏碌国太子名扶桑,起兵十万,前来助战。八国共来兵八十万,连本国兵五十万,共一百三十万,皆在关外驻扎。宝同迎八将进关,设筵接风。次日升帐,传齐八位将军听令道:"深恨唐将夺了我国许多地方,十去其八。今欲摆下一个金光阵,复回西番,杀他片甲不回,方消此恨。闻唐兵已到芦花河,烦将军等各带本部兵马,按乾、坎、艮、震、巽、离、坤、兑①八方镇守。闻鼓者进,闻金者退,不得有违。"八将齐声:"得令!"各带本部兵,按八门镇守去了。有诗为证。诗曰:

　　一百卅万雄兵到,哪怕唐朝会用兵。

　　未知破阵如何,且看下回自有分解。

第五十一回
苏宝同布金光阵　樊元帅连抢关寨

　　却说苏宝同,又请得五位大仙到帐,说:"烦李大仙师领青旗一面,镇守东方甲乙木,必要活擒唐将,不可放走。"李若虚仙师接了令,向东方镇守去了。宝同又请仙师赵通明,付红旗一面,镇守南方丙丁火,摆阵活捉唐将,休得放走。赵仙师领命,接旗往南方去了。又请周去命仙师,付白旗一面,镇守西方庚辛金,挡住唐兵,周仙师领兵向西方去了。又请钱龙宾仙师,付黑旗一面,镇守北方壬癸水。休要放走唐将。钱仙师接了黑旗,往北方而去。又请仙师文光斗,付黄旗一面,往镇中央戊己土。唐将到此,一鼓而擒。文仙师接令去了。

---

① 乾、坎、艮(gèn)、震、巽(xùn)、离、坤、兑——即八卦。

苏宝同分派毕,对二位军师说:"想梨花虽英雄无敌,只怕难破此金光阵也。"铁板道人、飞钹仙师二人笑道:"国舅演此八门金光阵,更有我们一十六面飞钹、二十四面铁板,安挂在阵门上,梨花纵有本事,若进我阵,顷刻将他打为肉泥,定叫唐兵片甲不回。西番一带,仍归原主。趁势杀到中原,夺他花花世界,何难之有?"宝同听了此言大喜,差人打战书到唐营,明日开兵。关内设筵款待二位军师,此言不表。

再言梨花扎营在芦花关外二十里,商议打关。正与诸将计议,忽见番儿打进战书,说:"金光阵摆完,明日交兵。"元帅见了批允,打发小番回去,与仙童说:"我昔日在师父门下时,听得诸仙讲论阵法,说金光阵灵妙莫测,任凭天仙也解破不来。今宝同请了诸仙,摆了此阵。又借各国雄兵,若要破阵交战,须要计议为主。"仙童笑道:"主帅放心,我主洪福齐天。征西以来,势如破竹,何况什么金光阵。先打破关头,然后破阵,更兼许多法术之将,何惧番兵百万?况苏宝同败兵之将,何足道哉!"

次日点秦、窦二将打关,二将领命,带了人马出营,来到关前大骂。早有小番报进:"启上元帅,有矮子前来攻关,口中大骂。"宝同听了大怒。对二位军师说:"昨已约来破金光阵,今反先来攻关。"铁板道人说:"他既先来攻关,我们出去对一阵如何?"宝同大喜,遂同二位军师,一起上马。放炮开关,到了阵前,见秦、窦二人耀武扬威,铁板道人遂对飞钹禅师道:"我们曾受他气,如今须要着实防备。"飞钹禅师说:"师兄所见甚是,我们先下手为强,不要上他们的当。"

说罢冲将过来,秦、窦二将看见,叫道:"师兄,这和尚、道士,不正是在锁阳城用飞钹、铁板败阵逃去的吗?"一虎道:"一些也不差。今日仇人相见,分外眼明,我和你先下手为强。"秦汉道:"是极。"将棍棒抵住僧、道,喝道:"屡败之将,今日又来送死!"僧、道听了大怒,将刀砍来。四人关前大战,战有数十合,道人祭起铁板打下,一虎身子一扭,往地中去了。和尚祭起飞钹,秦汉往天上去了。僧、道各收回宝贝,杀至唐营。早有探子报知元帅,梨花忙点了金定、仙童、金莲、月娥四员女将,说:"你们出战,须防铁板、飞钹,小心为主。"四员女将领令出营,正撞着僧、道,两边接住,六人大战。杀得僧、道满身冷汗,抵敌不住,兜转丝缰,大败而走。金莲、金定不敢追赶,勒马督阵。仙童、月娥二人拍马追来,叫声:"妖僧、妖道,往哪里走!快快下马受缚。"僧、道闻言大怒,回头见他二人追来,放下胆量,转马接住交战,战有数合。仙童想:"他飞钹厉害,我哥哥尚被他擒住,不如先下手捉住此僧。"遂虚晃双刀,回马诈败而走,和尚叫声:"往哪里走?"随后追来,仙童祭起捆仙绳,和尚见了,叫声:"不好!"化道红光去了,仙童吃了一惊,收了捆仙绳。

　　再言月娥与道人大战,道人看见和尚逃去,无心恋战。正欲逃走,被月娥摇摄魂铃,那道人跌下马来,被唐兵捆住。鸣金收军,进营禀见。元帅大喜,吩咐:"将妖道推过来。"喝道:"你为何出家之人,又不守清规,修炼妖法,前来助战?今日被擒,有何话说?"道人被摄去魂魄,似死一般。元帅大怒,令刀斧手:"推出辕门,斩讫报来。"左右将道人推出,正要开刀,谁知妖道还魂,定睛一看,始知被人拿住,又见刀斧手将刀砍下,他就借了土遁逃走。刀斧手正要砍下,不见了道人,大惊,禀知元帅。元帅听了惊道:"他也知遁法。有此左道旁门之术,焉能夺得此关,破得金光阵?"秦、窦二将回营禀道:"元帅不必心焦。我二人今夜进关,里应外合,得了此关,就好破金光阵了。"元帅回嗔作喜,说:"二位将军仙术高强,今夜前去,须要小心,见机行事。事成回来报我,我起兵接应。"

　　二将得令出营,守到晚来,饱餐夜饭,全身结束,一个上天,一个入地,不到片刻,进了关门。　虎地中钻将出来,秦汉云端走下,说道:"师兄,我们探听军情,怎得两件番衣、腰牌,方可出入。"一虎道:"不难,待我黑夜时分,只可钻入营中,先盗了衣服、腰牌,然后行事。"一虎地行进营,只见四个番军,提了灯火,敲锣击柝①,走近前来。一虎地中听见四人说道:"哥哥,我想国舅爷今夜往芦花河演阵去了,只有两位军师在内,今日战败回来,已安息了。叫我们小心巡察关门,莫使唐人窥探。中军等皆不敢睡,须要把锣敲得响亮,闹他一夜便了。"一虎听得明白,心中暗想,等巡军去远了,钻出来。寻秦汉不见,又入地中去了。那秦汉飞到关前,想要盗取番衣,奈他防备甚严,遂提脚缓步,见有二个军士睡倒,心中甚喜,"待我剥他衣服,解下腰牌,寻着师兄行事"。遂轻轻动手剥下番衣,解下腰牌,上写道"金龙"、"金虎"两个名字。心中大喜。拿了衣服、腰牌,营前不见一虎。又往营后来寻,遇见一虎。也将四个巡军之言,对秦汉说明了。秦汉道:"说的是,虽然妖僧、妖道睡熟,守关军士甚严,我们焉能成

---

① 柝(tuò)——打更用的梆子。

事。"秦汉道:"待我回去报知元帅,连夜起兵打关。那时我穿了番衣,开了关门,接他进来,反手而得。"一虎说:"好计,快些去报。我在此打听候你。"

秦汉飞回营中,报知前项之事。"元帅可作速起兵打关"。梨花一听大喜,遂令秦汉仍到番营,会了一虎。此时正打三更,看守番军,多已睡熟。秦、窦二将欢喜,遂杂在守关兵队内安睡,番军无数,哪里来查究?

再言梨花点了丁山、应龙,带领人马,偃旗息鼓,悄地而进,前去打关。二人得令,领兵前行。元帅同了四员女将及刘仁、刘瑞,随后而来。却到四更时分,前军已到关前。一虎遂对秦汉说,关外大兵谅皆已到,可趁番人睡熟,先烧他粮草,然后开关,便能成功。于是将引火之物,置诸粮草里面,烧将起来。关外唐兵见了,喊杀连天。攻打关门,番将梦中惊醒,昏头搭脑,不辨东南西北,喊声:"不好了!"但见火光四起,多去救火。却被秦、窦二将,斩关落锁,放进丁山父子,一拥而进。二将乱砍乱杀,番军弃了芦花关,僧、道梦中惊醒,但见四下火光冲天,好不慌张,带了宝贝,前后皆火,只得土遁而走。烧死番军无数。

元帅兵马进关,救灭了火。只道僧、道烧死,满心欢喜。次日安民。再言宝同在金光阵中,听报关内火起,大惊,走到阵外一看,叫声:"不好!"即刻领兵来救,正值二位军师逃来。不知去救火否,且看下回分解。

第五十二回
薛应龙劫阵丧命　二刘将公主招亲

却说苏宝同见二位军师狼狈而至,惊问:"何故如此?"僧、道说:"因昨日我们出战,被唐营女将杀败逃回,多吃了几杯酒,正在睡熟,不想被他放火烧营,打进关中,望乞恕罪。"宝同道:"何干二位军师之事,多是本帅不曾预先算定,故有此变,反累二位军师受惊。今关寨已失,谅难破此金光阵及过得芦花河哩!仍烦二位军师,严守阵门,务必杀尽唐兵,方消此恨。"那些败残番兵逃走,分拨添守。

再言樊元帅在关中,打捷书报与唐王。一面同众将出城,往番阵一看,见他摆得十分厉害。旌旗招展,剑戟重重,焰焰红光冲天,必有宝贝

第五十二回　薛应龙劫阵丧命　二刘将公主招亲

在内。主帅说："日间不好去看,待晚上去看便了。"仙童说:"言之有理。"进入城内,直到帅府。等到黄昏,带了四员女将,悄悄出了城门,来到番阵前。其夜月暗星稀,五人偷看,只见灯球照耀,四面八方,杀气腾腾。八个阵门,俱有红光万道,令人可畏。正在此看阵,只听得阵内喊声道:"阵外有马铃声,莫非有奸细?快出去捉来。"五员女将听得分明,遂道:"我五人在此,倘他阵内杀出,如何抵敌?不如回关去吧。"遂勒转马头,回关去了。阵内番将杀出,五人早已回关,元帅回到关中,众将俱来问看阵如何,元帅说:"不知宝同何处学来,摆得这金光阵,十分厉害。内分八门,按乾、坎、艮、震、巽、离、坤、兑,五方分青、黄、黑、白、红,分为五营。各有番兵把守。阵中红光现出,必有宝贝在内,若探此阵,须要前去请我师父,方可破得。但我掌帅印,不能亲去,谁去走一遭?"丁山上帐说:"这金光阵,我师父王敖老祖也晓得。夫人身为元帅,不必擅离军伍;差别将去,黎山老母决不肯来。不如小将前往师父处,问个明白。"梨花道:"相公能去更好,须要取十件宝贝来,哪怕苏宝同三十二把飞刀、和尚飞钹、道士铁板!"丁山得令,带了梨花手书,星夜前往云梦山不表。

　　再言应龙见母亲这般说,心中不服。管他什么金光阵,不如瞒了母亲,私去打阵,乘其无备,杀入阵内,破了他阵,是我大功。待至黄昏时候,与刘仁、刘瑞说知同去。二刘将说:"这个使不得,想元帅神机莫测,尚未敢去破。况我等凡胎肉质,且未奉将令,倘有不测,如何是好?"应龙变色道:"你二人果是小子之见,有我在此怕甚将令?你们胆小,我为前驱,你们为后应。"二人不敢违拗,只得答应。是夜天色昏暗,悄悄来到阵前。应龙抬头一看,见阵内扯起三十二盏红灯,照得旌旗闪烁,剑煌戟辉,毫光万道,直透天门。心中欲待退兵,又恐刘家兄弟耻笑,只得硬了头皮,传令手下军士发喊,打入"离"门,哪辨东西南北。只听得一声炮响,一员番将杀出来,生得红脸獠牙,手执狼牙棒,大喝道:"乳臭小儿,敢来打阵。"应龙竟不答话,将手中画戟刺来,战未数合,四面番将围来。喊杀连天,应龙手下兵士,杀得七零八落。四面番将,似铁桶一般。后面刘家兄弟,杀入"坎"门,冲出二员女将:金桃、银杏二位公主。四马交兵,杀无数合。后面杀出五位大仙,身穿绯①衣,坐骑白鹤,飞扑前来,好不厉害。刘家兄弟心慌,回马要逃。被绊马索绊住,跌下马来。二员女将抢将过来,活捉回营。五位仙人乘胜杀来,应龙无心恋战,要走无路。被道人铁板打下马来,可怜身为肉酱。那应龙阴魂不散,飘飘荡荡,到凤凰山与神女成亲,复归神位。此是后话不表。

再言刘仁、刘瑞被两个公主活捉回营。银杏私谓金桃曰:"我们生长番邦,未曾婚配才郎。今擒来二员小将,这般才貌,且兼有勇,何不他归降,许以婚姻如何?"金桃笑应曰:"妹也有此意,难得姊妹同心。"吩咐将捉来二将,解至中营发落。小番得令,将二人推来,二人立而不跪。两公主假意喝道:"你两个蛮子,死在我手,还有何言?还不下跪吗!"二将怒道:"我堂堂男子,焉肯跪你,要杀就杀,何必多言。"两公主又道:"你两个孩子,倒有烈性胆量,我有话对你说,我二人意欲归附唐朝,奈无人引入,今幸二位将军到此,愿订终身之好。如若不肯,难逃性命,请二位将军三思而行。"二人听了,抬头一看,见两位公主都是绝色,开口说道:"若肯归唐,有话说来,无有不允。"两位公主说:"二位将军,我姐妹二人因生在番邦,难逢佳偶。见你大唐人物,今不顾羞耻,亲自将言对你说,欲要今宵完其花烛,一起降唐,拜见圣上。郎君意下如何?"刘氏兄弟听了,满心欢喜,说道:"既承二位公主不杀之恩,焉得不从?但成了亲,就要归唐。"二人说:"这个自然。"于是银杏向刘仁,金桃向刘瑞,亲释其缚。刘仁见番女声姣貌美,遂对刘瑞说道:"他们既肯降唐,亦不妨许配。"刘瑞曰:"今正用人之际,从之以图后举。"遂对两公主曰:"你等真心降唐,万事俱允,若图赚婚,万死不从。"两公主皆满口应承道:"决不荒唐,以图配合。郎君且请放心。"于是四人玉手相携,一同坐下,吩咐小番:"准备花烛成亲。"刘仁配了银杏,刘瑞配了金桃。四人拜过天地,当夜各自成亲。

再说樊元帅心中烦闷,一夜未睡,忽听番营喊杀连天,金鼓齐鸣,连忙披挂上帐,众将齐立。独不见应龙并刘仁、刘瑞,梨花心内大惊,料此三人私自出兵,凶多吉少,正要起兵去救,忽见探子来营报道:"方才三更时分,小将军同刘家二位将军分为前后,打进番阵。小将军被铁板打为肉

① 绯(fēi)——红色。

酱,全军皆没。刘家二位将军,被二员女将用绊马索活捉回营,未知生死。特来告知元帅。"梨花听了流泪道:"孩儿未受皇恩,身丧黄泉,反累刘家兄弟,叫娘能不痛心?"大哭起来,众将劝道:"小将军既死,不能复生。但刘家兄弟死活未定,元帅不必伤怀。况敌军当前,保重为主。"一虎又对秦汉说:"你两个徒弟,虽被擒住,决不丧命,少不得打听个着落。何必烦躁?"元帅听了说:"承众将相劝,秦将军也不必忧愁,但候世子取宝贝回来破阵,刘家兄弟就有消息了。"众将俱言说得是。

再言丁山离了关门,上了腾云马,不多日到了云梦山水帘洞,正值王敖老祖驾坐蒲团,有童子报进说:"师父,丁山师兄在外,有事来求见。"老祖已知其意,说:"令他进来。"童子领命,唤进丁山。丁山叩见师尊。老祖说:"你与樊梨花夫妇和谐,领兵西进,来此何为?"丁山跪下说:"师父,弟子同梨花西进,得了多少关头。来到芦花关,苏宝同摆下金光阵,十分厉害。我妻难破,有求救书呈上。"老祖看了,大笑道:"那飞刀、铁板、飞钹,虽然厉害,但天意归唐。何用假宝,金光阵内,按五方三才八门,要遇青龙黄道吉日,东南从生门杀入,你妻怀中自有宝贝,此阵自破。又有贤人来助,大事不妨。你去吧,少不得后会有期。"

丁山不敢再言,拜谢而去。仍回旧路,来到关前。进营上帐参见,将师父之言,说了一遍。梨花听了道:"我的宝贝虽有,难破阵门。但老祖指点,焉能不从,来朝既是青龙黄道吉日。"即点众将,命秦汉、一虎为前队,去打东方第一门。点金莲、月娥、金定、仙童,同本帅前去打南门。丁山为后队,两边接应。来了解粮官尉迟兄弟上帐参见。元帅大悦,就点他兄弟二人,领人马为游骑,各路接应。分拨已定,明日五更,众将饱餐战饭,披挂上阵。各将领兵分头而进,不知用何宝破阵,且看下回分解。

第五十三回

梨花大破金光阵　产麒麟冲散飞刀

前言不表,再讲秦、窦二将来到东门,摇旗呐喊,早惊动了宝同,便对两位军师说:"樊梨花无谋之人,焉能为帅?前日差小将打阵,全军陷没,数日无人来探。今日呐喊而来,须要绝计把他一网打尽,方算我们手段。"两位军师说:"我想他连日不敢出战,必定请得救兵来了。我们三件宝贝厉害,就是黎山老母来也无益,难破我阵。"宝同听了,连忙传令,点齐众将,必要杀尽唐兵,不得有违。众将得令,提枪上马,等唐兵来到。只有金桃、银杏与刘家弟兄成亲之后,心中各有投唐之意,对夫君说:"明日全身披挂,等唐兵杀来,并胆同心,破他阵门。"刘仁、刘瑞大喜,准备交战不表。

再言秦、窦二将打入东方阵内,惊动大将宝树,提起双锤杀出迎住。又有仙师李若虚跨鹤而来,将双剑抵住。四人大战,杀得天昏地暗,金鼓齐鸣,喊杀连天。来了铁板道人,祭起铁板打来。秦、窦二将一钻天,一入地。宝树、若虚二人见了大惊,满口称赞说:"唐将果然有法术,名不虚传。"道人收了铁板,地中矮将又钻将出来,喝道:"你铁板只好打别人,我秦、窦二爷不怕的。"接住又战。铁板道人大怒,又祭起铁板,双双又钻去了。东方阵中大乱。

再讲南方仙师赵通明,同了王叔金萱守住阵图。只见杀到二员女将,乃月娥、金莲,各舞双刀杀入阵来。道人、王叔接住大战。又来了苏宝同,祭起飞刀来斩二员女将。樊梨花即来将手接住飞刀。宝同见了大怒,抡动钢刀,迎住梨花。这场大战,好不惊人。金莲祭起锦索,月娥摇动摄魂铃,梨花祭起诛妖剑。宝同看见,喊声:"不好了!"先已逃阵。赵通明仙师中了摄魂铃,翻身跌下。仙鹤借其土遁而走。只有金萱王叔没有法术,被红锦索提住,唐兵捆绑而去。三员女将破了南方阵,奋力杀入中阵。只见一道红光冲出,四员番将杀到。扶桑太子手执画戟抵住月娥,洛阳挥马舞刀迎住金莲。番将红韬冲到,又有山桃丑将,手执开山斧,二将迎住樊元帅。七骑大战。又有一仙师文光斗跨鹤来到,直奔助战。

梨花大怒,祭起打仙鞭,将红韬打死。左道人看来不好了,借土遁而逃。山桃吓得魂不附体,倒拖大斧而逃。飞钹和尚大怒,说道:"休要逞能。"喝声慢慢,祭起飞钹打来。梨花说声"不好",就将混元棋盘祭起,架住飞钹不能下来。复又交锋,一场大战。宝同、铁板道人、五鹤仙人一起杀到。山桃看见复又杀转。九人围住梨花。梨花杀得浑身香汗,冲动胎气,叫声:"不好了!腹中疼痛不止,想是要生产了。"左撞右冲,杀不出来,腹又痛,力又软,量身必死。

第五十三回　梨花大破金光阵　产麒麟冲散飞刀

再表仙童、金定同了丁山三人冲到,闻知元帅被围,杀开血路冲进。梨花见了,心中乃安。外面番兵围得铁桶一般,四人再杀不出。不觉黄昏。梨花腹中疼痛,两泪交流,说:"窦、陈二姐,我今打阵,与番将大战一日,冲动胎气。若非你们杀到,性命难保。"说罢捧定肚皮,大叫:"痛煞我也。"吓得丁山三人没法,说声:"贤妻,天近黄昏,救兵未至,倘或元帅生产,如何是好?你二人两旁拥护元帅上马,待吾冲杀出去,回到营中生产,方可无害了。"仙童说:"元帅生产在此刻了,怎得上马回营?趁此时番将未来交战,且守住阵中。待分娩之后,再计较出阵。"

正在此言,只听得四下炮声大振,金鼓连天,苏宝同南边杀来,铁板道人东方杀来,飞钹和尚西边杀来,五个仙师骑鹤北方杀来,还有各国番将四面八方杀到。吓得四人魂不附体,只得上马执器械招架,保护梨花。丁山敌住各国番将,仙童迎住铁板道人,金定迎住和尚。梨花一手捧腹,一手提刀,正逢苏宝同,熬其腹痛迎战。哪里敌得住?一个筋斗跌下马来,宝同祭起飞刀来斩梨花。只见一道红光冲上,将飞刀化作灰尘。宝同大怒,一连祭起二十四把飞刀,照前一样尽作灰飞。心中倒吃一惊:难道梨花跌下马来,暗使神通坏我飞刀?正要将飞镖打下,只见阵中一声喊,冲出四员将来,是金桃、银杏同刘仁、刘瑞带领人马杀到。因见梨花下马,四人拼命杀来,敌住宝同交战。

宝同大怒,对金桃、银杏说:"你两个贱婢反助大唐,此是何说?"两公主说:"我因招了大唐两个小将,做了夫妻,如今一起归唐,正要捉你去献功。"宝同一听此言,急得暴跳如雷,大喝道:"贱婢,好不识羞,吃我一刀!"刘仁、刘瑞敌住。

梨花跌下马来,产下一子,故有血光冲出,将铁板、飞钹冲做为灰。三人大惊,有法难行。窦仙童祭起捆仙绳,将道人捉住,转身来助陈金定。又祭起捆仙绳,将和尚捉住。同来助公主。苏宝同看见人多都来围住,也被捆仙绳拿住。五鹤仙人看见捉去了三人,思量驾鹤飞腾,谁知五只仙鹤被血光冲坏,有翅难逃,跌倒尘埃。月娥、金莲、秦、窦四将都来拿住。五仙看来不好,各借土遁而逃。此番大破金光阵,杀得各国番将番兵实也伤心,逃的逃,走的走,百万番兵十去其八。姑嫂四人连忙救起元帅,只听得"呱呱"之声,有一小儿。金莲、金定扶起元帅,仙童抱起小儿,割战袍一幅,将来包好。

丁山看见大喜，方信师父之言，怀中至宝就是此子，所以冲破金光阵。梨花定了性，开言说："列位将军，方才吓煞我也。一个筋斗跌下马来，昏晕了，生下孩儿也不知。若没有刘仁、刘瑞同两个番女来救了，不然性命难保，要算四人之功。"对二刘说："你前番同小将军来劫阵，怎样逃脱？又会了二员女将？"刘家弟兄叫声："元帅，小将被应龙世子邀同打阵，小将军被铁板打死。小将被两位公主所擒，这位是天竺国公主，这位是真童国公主。有意归唐，招我们成亲。同在阵中，等元帅到来，里应外合，前来救元帅。望乞恕罪。"元帅大喜，见了两位公主花容月貌，正是两对夫妻，说道："你二人虽是不遵号令，私自出兵。今日救了本帅，将功折罪。"传令招降番军，带其兵马回营，捷书飞报唐王，又说："本帅十分狼狈，快将苏宝同、僧道一起推来。"左右将三人推过。元帅见了大怒，指定骂道："你这孽畜，唐主有甚亏你，必要起兵造反，伤害西番数百万生灵。今日把你碎尸万段，难泄此恨。"宝同亦怒道："你这贱婢，生长西番，不思报国，反弑父杀兄，投唐叛逆，种种罪恶，不可胜诛。不自反省，反来罪我，恨不能剥尔皮，抽尔筋，与杨藩父子出气，才雪我胸中之恨。不幸天绝于我，被汝所擒，要杀就杀，何必多言。"

樊梨花被宝同羞辱，不觉大怒，喝令："斩讫报来！"左右将三人推出，解下捆仙绳，换了粗麻绳捆好。正要开刀，只见他三人哈哈大笑说："我夫也！"说罢，吹口仙气，化作三道长虹，腾空而去。梨花帐上看见，倒却心惊。众将一起说："奇了，西番有此异人。"元帅说："今被逃去，只怕又起风浪，前来阻我西进。"嗟叹一番。计点将士，单单死了应龙。因兵马连日劳苦，将息半月，再行西进。众将一声答应，关内扎营，卸甲安顿，此话不表。

再言应龙神魂在凤凰山与神女相逢，要归芦花河为神。来到河中，有一孽龙占住，与他大战，反将神女摄去。斗了数月，不分胜败，我也不表。

再言先锋罗章大兵行到芦花河边，只见水波泛滥，兴风作浪，昼夜不息，把行桥冲断，难以过河。军情事重，进营禀知元帅。元帅听了说："奇了，河水阻我西行进，莫非冲犯了河神，故此作祟？"吩咐左右备下三牲礼物①拜谢。元帅到河边奠酒，三杯拜毕，焚化金钱，往河中一看，只见风波

---

① 三牲礼物——古代的祭祀大礼。一般指牛、羊、豕（猪）。

不息。收拾回营，独宿帐中，交三更之后，蒙眬睡去。只见薛应龙来到，戎装打扮，上前叫声"母亲"。不知说甚事情，且听下回分解。

第五十四回
丁山神箭射妖龙　　应龙芦花为水神

再表梨花看见应龙到来，大喜，叫声："孩儿，你一向在哪里？叫娘无日不想，无时不思。直到今日见我。"应龙听言流泪，叫声："母亲，孩儿凭血气之勇，私自打阵，身丧铁板，阴灵不散，来到凤凰山，会着我妻。神女对我说：'你前世芦花河水神，合当归位。'发文书前去。谁知有一孽龙先占踞水府，将文书扯碎。我妻大怒，同我点起神兵与他交战。神女被他捉去，未知生死。孩儿逃阵，风飘到一山，遇轩辕老祖①，说孩儿前世北海小金龙，蒙上帝敕旨，封芦花河内龙神。只因蟠桃会上调戏了神女，谪降下凡二十年。与神女七宿姻缘，今当配合。不想孽龙勇猛。孩儿蒙老祖赐夜明珠一颗、降龙杖一根。拜别老祖，到河内与他大战，三日三夜，不分输赢。望母亲助儿一臂之力，使儿复归本位。"梨花："孩儿已死，今既为神，被妖龙作祟，不肯让位，为娘与你仙凡远隔，怎能下水助你？"应龙道："这不难。母亲明日领兵到河边，孩儿引他出水。母亲排神箭射他。"梨花道："你们都是龙形，认辨不清。"应龙道："孩儿是条小金龙，胸前挂一颗夜明珠，爪钩竹杖，这便是孩儿真身。那妖龙生的独角牛头，满身赤黑，两眼铜铃，爪捧蛇矛枪。母亲要细心，方辨妖龙。"说罢，变作龙形而去。

梨花惊醒，大叫一声说："应龙孩儿，怎么就去了？"开眼一看，原来是梦。不觉天明，元帅升帐，点齐众将，将梦中之言说明，诸将须记在心中。众将一声答应，立刻起马，来到河边。果然河中兴风作浪。众将看见，搭弓在手观望。只见水中一声响亮，现出一条小小金龙，胸有明珠，在水面翻舞。又听得一声响，现出一条乌鳞独角牛头，眼似铜铃，爪抓金枪，腾空来追小金龙。众将一声发喊，万弩齐发。却被丁山神箭，照定妖龙咽喉，

---

①　轩辕老祖——传说中的黄帝。

飕的一箭，射落波心，几个盘旋翻身，竟直死于水面。那小金龙复下水去了，顷刻风消浪静。元帅大喜，传令抓取妖龙上岸，颈下带着神箭，满身腥臭，吩咐把妖龙头斩下，悬挂关前，身体化为灰尘。令先锋罗章速搭浮桥，成功之日，起兵西进。罗章得令，搭桥不表。

再言小龙来到水府，又巡海夜叉报知黑鱼丞相、鳜鱼右相、虾兵蟹将说："孽龙被斩，快迎新主复位。"左、右丞相撞钟击鼓，传齐众将，笙箫音乐，开了龙门，接入应龙。应龙仍变为人，登了龙位。众将朝参拜毕，新龙君说："快请神女相见。"黑鱼丞相禀道："那神女被妖龙擒来，监在牢里。"传法旨：立刻放出。吩咐掩门，然后与神女相见，说："斩了妖龙，与妻相会。"摆团圆酒庆贺。此话不表。

再言元帅梨花，自斩妖龙之后，停留三日，传令起兵西进。原来那芦花河周回①有万里之遥，东渡到西有百里，所以有万丈竹桥可渡。大兵过了芦花河，到了西岸，一路前去，有一关头，高山霸位。传令扎下营盘，明日开兵打关。众将答应，扎下营盘，且亦不表。

再言这高山名曰"金牛山"，山上有一关，关中守将姓朱名崖号太保，国王封为总兵，镇守此关。生得头如笆斗，眼如铜铃，青脸獠牙，身长丈二。手下有番兵十万，十分骁勇，且有异术。正在总府与副将青狮、马虎说："前日国舅同两位军师到来说，叫我紧守，休放唐兵过关。他往莲花洞求师父李道符仙长前来，要报此仇，杀尽唐兵。"二将说："主将有这等本事，何惧唐将？"正在此讲究，有番儿报进说："启上帅爷，唐兵已到关下了。"说："有这等事，传令关上多加灰瓶、石子，若唐兵讨战，速来报我。"番儿得令，各加料理。此言不表。

再言大唐元帅升帐，令先锋罗章带领人马前去取关。"得令！"罗章顶盔贯甲，上马提枪，带了人马，出了营门，炮响一声，杀到关前。抬头一看，只见金牛山两山并立，高接青云，中关有一座门，在半山之中，大书"金牛关"三字。只见旗旌插满，号带分明，无数番兵守住。罗章赶到半山，令军士大骂。有番儿报进关去了，说："启帅爷知，关外有将讨战，口中大骂。"朱崖听了大怒，吩咐备马抬斧，结束停当。带了番兵，放炮开关，冲出关外。罗章抬头见关内冲出一员番将，生得十分凶恶，忙挺枪直

---

① 周回——四周。

第五十四回　丁山神箭射妖龙　应龙芦花为水神

刺过去。朱崖把手中宣花斧迎住。两下交锋,战有百合,不分胜败,回马就走。罗章不知是计,把马一拍,随后追来。朱崖把身一摇,现出三头六臂。罗章一见大惊,说声:"不好了!杨藩出现了!"回马要走,被朱崖伸出一只神手,轻轻将罗章捉去,收了法相,带了兵士,杀下关来,直奔唐营。唐兵见先锋捉去,先逃回营,报知元帅。

元帅听了大怒道:"朱崖将何妖物敢捉我罗章?"令刘仁、刘瑞出兵迎敌,"快捉番将见我。"二将得令,带了双骑人马,出营杀至关下,正撞着朱崖。朱崖看见刘仁、刘瑞飞马走来,正要迎敌,背后冲出二员副将说:"不必主将动手,待末将活擒这厮。"青狮提起狼牙棒迎刘仁,马虎将降龙杵接住刘瑞,两边大战,四骑交锋,好似龙争虎斗,十六马蹄盘旋回转,并无高下。马虎叫声:"吾儿慢来。"摇身一变,是一只黑虎,扑面抓来,将刘瑞抓去。刘仁大惊,正欲回马,青狮大叫:"我儿哪里走!"变成狮子,直奔前来,又将刘仁拿去。二将复了原形,朱崖大喜,掌得胜鼓回关。探子报入营中:"二将又被他捉去了。"元帅大惊:"他用何术捉去三将?"掠阵官禀道:"第一阵罗先锋被朱崖太保现三头六臂,伸手拿去。第二阵二员小将出战,遇他副将青狮、马虎,现出狮子、黑虎拿去。"元帅听了,好不烦闷。秦汉听说徒弟被拿,愿出去讨战。又有金桃、银杏两公主哭上帐,也要报仇。元帅屈指一算说:"三将拿去,大事不妨,汝等三位不必多虑。今天色已晚,明日开兵。"三人不敢违令,只回本营,当夜不表。

再言次日元帅升帐,点齐众将,亲自出兵。点秦汉、一虎掠阵;仙童、金定为左;金莲、月娥为右;丁山在后监军。自冲中央,直奔关前,喝声:"快放唐将出来,万事全休。若有不肯,打破关头,鸡犬不留。"说犹未了,只听得关内炮响,朱崖带兵杀出。来到平阳之地,两边射住阵脚,摆开阵势。朱崖出马,梨花同四员女将也到阵前,说道:"谁将出去擒番儿?"后面秦汉、一虎、丁山三将冲出阵来。马虎敌住一虎,青狮迎着秦汉,朱崖接着丁山,分头而战。马虎、青狮被矮将杀得浑身汗流,遍体生津,不能取胜,各现原形,要来擒住矮将。那秦汉见了,飞入云霄,一虎将身入地。青狮、马虎倒吃一惊,摇身收法,来战丁山。元帅看见,令仙童、金定出去助战。二将领令出来,挈助①夫主。丁山一发逞威。朱崖又现出三头六臂,

---

① 挈(qiè)助——帮助。

伸手来拿丁山。丁山吓得魂不在身,一跤跌下马来。元帅见了,同着金莲、月娥三骑并出赶来。朱崖正要拿人,却被金莲救去。梨花舞刀敌住,不怕三头六臂,祭起诛妖剑,斩落朱崖神手。朱崖大喊一声,神手中又冲出一道红光,复又钻出手来,要捉梨花。梨花倒吃一惊,又祭起诛妖剑砍去,反被神手接去。梨花看来不好,同月娥回马而走,朱崖随后赶来。月娥慌张,取出摄魂铃一摇,朱崖马上翻身跌下,复了原形,借土遁而逃。

再言仙童、金定大战青狮、马虎,不分胜败。青狮、马虎变了原形,来拿仙童。仙童见了,祭起捆仙绳,将二人捆住,唐兵便来拿住。二人复变原人。元帅收兵回营,解进二人,青狮、马虎跪下求道:"我们万年修成,望元帅饶恕。"元帅怒道:"你两个何人?敢来助恶,阻我天兵。"马虎道:"我是财神面前黑虎将军。"青狮道:"我是文殊菩萨佛①弟子青狮童子。私自下凡,去难唐三藏取经之路,乘兴归投朱崖,焉敢扰阻天兵?望元帅放我,再不敢到来阻住。"元帅道:"若不看财神、菩萨之面,定斩汝首。"吩咐解放仙绳,"去吧"!二人拜谢而去。此话休表。不知后事如何,且听下回分解。

第五十五回
窦一虎盗仙剑被拿　樊梨花擒番将释赦

前言不表,再说元帅失去了诛妖剑,闷闷不乐。秦、窦二将说:"我们去盗来,元帅不要心焦。"梨花说:"你二人去,须要小心。"二将得令,不觉红日西沉,渐渐黄昏,吃饱夜饭,一个钻天,一个入地,进了关门,钻入帐中。不表。

再言朱崖败进关中,十分焦恼。刘氏夫人接着,问其因由,朱崖说:"夫人不要说起,唐将都是神通广大,几乎被摄魂铃摄去魂魄。若非我有九转元功②,性命难保,如今西番全恃五山,已被夺去凤凰、麒麟二山,只

---

① 文殊菩萨佛——简称文殊。中国佛教四大菩萨之一。
② 九转元功——道教名词,指经过九转修炼得到最高境界的大功。

第五十五回　窦一虎盗仙剑被拿　樊梨花擒番将释赦

有金牛、铜马、玉龙三山了。若再夺去三山，我主国王世界都无，性命难保，这便如何是好？"夫人道："将军，你休要长他人之志气，灭自己之威风。虽然副将失了，尚有千军万马，又何足惧哉？目下紧守关门，待国中救兵一到，开兵便了。"盼咐丫环，"摆宴，与将军解闷。""多谢夫人。"正在此宴饮，只听一阵狂风吹下瓦片，朱崖屈指一算，说："夫人，今晚唐营有刺客到，须要防备。"夫人听了，也觉心疑，说："唐将有此技能，今晚将虎笼悬挂营前，若有刺客到来，将他擒住，锁在里面，使他上不着天，下不着地，无法可逃了。"那番附耳低言说："如此，如此，管教两个钻天、入地矮将必擒。"朱崖听了大喜，传令三军，戎装披挂，前后守护，齐心捉贼，待等刺客。此话不表。

再言一虎潜入番营地下，抬头一看，见防备甚严，心想："灯烛煌煌，难以下手，叫我如何盗得宝剑？怎好回去缴令？"等到三更之后，越发严备，敲梆鸣锣，摇铃喝号。性急之际，等不耐烦了，在地下钻将出来，见诛妖剑挂在帐前，一虎认得的，满心大喜，只是不能下手。番将喊一声："快拿奸细！"一虎吃了一惊，复又钻入地下。只听众将慌乱，原来是秦汉飞落帐檐前，解诛妖剑，摇动铃儿，番将看见来拿，秦汉跌落尘埃，被众将拿住。一虎地下看见，心中慌张，将身钻出，提棍来救。夫人看见，一个金丸劈面打来，正中面门，一跤翻倒，正欲入地，被朱崖抢过，伸手拿住，说道："这个矮子，放不着地。"把一虎提在手中，开了铁笼，将一虎装在里面，高高挂起。复来拿秦汉，着地拖来，秦汉脚下有入地鞋，用力一蹬，说："我去也。"被秦汉钻入地下去了。朱崖见了倒也一惊，防了他钻天，不想又会入地，闷闷昏昏，心中不乐。夫人叫声："将军，方才地下钻起来的矮子，被我金丸打坏面门，所以拿住。这个天上落的，也会地行，真是异人了。"朱崖说："今晚逃去，只怕明晚又来，营中焉得太平？必须再想一个妙计，拿住他们才得安宁。"一夜乱到天明。秦汉回营送上诛妖剑缴令。元帅见了剑大喜，说道："窦将军为何不回？"秦汉将盗剑被拿，锁了铁笼里面说明。元帅听了大惊说："窦将军性命难保。"金莲闻知上帐，叫声："元帅，我夫被番将捉住，奴家提兵打关，相救夫主，望嫂嫂发令。"元帅听了说道："朱崖厉害，姑娘未可出战，待本帅算计救窦将军。"金莲苦苦相求，秦汉上帐说："昨日因盗宝剑，不曾访得先锋、徒弟。今日我夫妻愿随窦夫人同行。"元帅应许。金莲得令，同了秦汉、月娥，带了兵丁出营，杀到关下讨战。元帅放心不下,带了仙童、金定随后掠阵。

再言番儿报入关,朱崖大怒,带兵亲出。金丸夫人叫声:"将军且慢,待妾出去擒来。"朱崖依允。夫人手舞双刀,带了兵马,炮响一声,开了关门,杀到阵前。抬头一看,见了金莲、月娥二员女将,后面大旗书着金莲、月娥名姓。夫人正看之间,不防秦汉步行赶来,提起狼牙棒喝道:"还我两个徒弟。"照马头打来。金丸夫人倒吃一惊,开眼一看,认得是行刺的矮将,说:"昨宵被你逃去,今日拿住,断不轻饶。吃我一刀!"步马交战。金丸夫人原是将门之女,十分骁勇,杀得秦汉招架不住。金莲、月娥看见说:"你看,这番女将倒生得千娇百媚,万种风流。秦将军是好色之徒,不要中了他计。"双骑并出,叫声:"番女看刀!"金丸夫人看见又来了二员女将,全然不惧,将手中刀敌住三般军器,灯影儿厮杀。又战到数十合,不分胜败。夫人连发三个金丸打来,中了秦汉额角,翻身跌倒,唐兵救回。金莲打了护镜,伏鞍而逃。月娥打中肩膀上,十分疼痛,回马就走。夫人不舍,随后赶来。

元帅在旗门之下看见大怒,手舞双刀,杀到阵前,挡住喝道:"休赶!"夫人抬头一看,见梨花挡住,后面又来了二位女将,背后绣旗书名元帅樊、仙童、金定。夫人也不惧,敌住三人。仙童想道:"倘金丸来不能招架,先下手为强。"忙祭起捆仙绳,将夫人捆住,唐兵拿捉。番军飞报朱崖。朱崖大惊,即刻杀出关来,杀到阵前,抢着宣花大斧,大喝道:"还我夫人,万事全休。若不送出,杀一个你死我活。"三员女将大怒,手执双刀,大战朱崖。朱崖摇身又现出三头六臂,伸手拿人。梨花使隐身法躲过;仙童、金定被朱崖活擒而去。

正走之间,只见前面一座高山挡路,不见了金牛关。走入山林,见一楼台,画栋雕梁,好像寺院,想道:"今朝走错了路,虽然马大,又拖两个女将,好不竭力。且下了马,把女将绑在树上,进去看一看,不知什么所在。"走到里面,殿宇高大,只听得一声响亮,走出十多个青面獠牙的鬼将,手提钢叉,捉拿朱崖。朱崖大怒,手舞大斧来战鬼将,被鬼将叉伤朱崖左臂,大喊一声说:"好疼痛啊!"欲借土遁而逃。谁知梨花使个移山之术,焉能逃脱?被鬼将拿住,捆进琼楼宝殿。梨花打扮如仙,坐蒲团上,喝声:"朱崖,抬起头来,认得本帅么?"朱崖方醒,才晓得移山之计。只见外面走进两员女将,一个执刀,一个拿锤,说道:"元帅不必问他,待我打死这个番儿。"朱崖仔细一看,就是被擒的两个女将。有口难言,想性命不保。梨花说:"二位姐姐,暂且饶他一死。"说:"番儿!今日可肯放还唐将、献关投唐么?"朱崖心中想道:"我要脱身之计,且哄他一哄。"说道:"承蒙女将不杀之恩,如今回关,愿送还唐将,献关投唐,求元帅连我夫人一并发还,感恩不尽。"梨花说:"放你夫妻回去,若有改变,赌下誓来。"朱崖道:"若背了元帅释放之恩,倘有负心,死在乱刀之下。"梨花说:"放他回去吧。"顷刻收了移山之法,原在战场。朱崖夫妻得放,带了兵将回关。元帅鸣金收军回营。丁山说道:"既擒朱崖夫妇,正好破关,救取唐将。何故放回?"元帅道:"世子,我岂不知?但是气数未尽,命不该绝。我学诸葛武侯七擒七纵,收服他心,归伏大唐。他立誓而去,焉肯失信?不要虑他。"丁山听了,也不多言,只等献关。

等了二日,朱崖全然不理。元帅大怒,传令众将,齐起兵打关,擒拿失信番儿。秦汉说:"元帅且慢打关,待末将先进关中,探听二刘、先锋、师兄消息再处。"元帅点头说:"是。"秦汉候晚出营,飞进关中,来到番营打探。

且说那朱崖释放回关,夫人十分感念,对朱崖说:"将军,我夫妻二人被樊元帅擒去,蒙他不杀之恩,快放这擒来之将,开关献唐。"朱崖听了大怒,说:"夫人,我恨樊梨花用移山之法捉我,营中羞辱,此恨未消。况我世代受国王隆重,杀身难报,岂肯降唐做叛逆之臣?不要提起。"夫人听了点头说:"将军忠心报国,理所当然。且守住关门,待苏国舅兵到,出战便了。"不知后事如何,且听下回分解。

第五十六回

铁笼火烧窦一虎　野熊摄去二多娇

适才前言不表,再讲到朱崖夫妇正在此言,有番儿报进说:"营外有一红面孔、三只眼道人,口称孔介山连环洞野熊仙要见。"朱崖听了说:"我师父到了,快开中门。"朱崖接进营中,拜见说道:"弟子亡命在外,久违师尊,到此何干?"仙师道:"徒弟,我山中炼就两把钢鞭,能打仙凡。前日逢着苏国舅同僧、道各处仙山借宝,要杀唐朝人马,请我到来助你。"朱崖大喜说:"难得师父到此,明日开兵。"野熊仙抬头一看说:"营前挂着何人?"朱崖说:"就是唐营矮将。他有地行之术,行刺被拿,要饿死他。"野熊仙笑道:"他颇有法术,焉能饿得死他?将他连笼烧为灰烬。"秦汉听了,二刘也不打听,吓得大惊失色,连忙飞到营中说:"番将失信,来了师父,要将师兄烧死。"金莲大哭,上帐请救;仙童也哭兄长,要救哥哥。元帅说:"事不宜迟,将倒海符贴在笼上,救师兄要紧。"

秦汉接了符,飞身进关。笼在平阳之地,四面堆起干柴,正要举火,听得一虎在笼内啼哭。秦汉轻轻说道:"师兄不要慌,有符在此,将来贴好。"飞身立在云端。只见远远有金光一道到来,彩云里面一位道人。秦汉一看,说:"原来是师父。"上前叩见,细说因由。王禅老祖叫声:"徒弟,我在山中打坐,心血潮来,屈指一算,晓得大徒弟有火难,故亲自赶来。倒海符只救得一时三刻,长久就不灵了。我借了北海水,又有珊瑚瓶,我和你立在云里面见机行事。"秦汉才放了心。只见下面野熊仙、朱崖令军士将笼烧得正猛,只听得人声说:"好大火啊!番儿只用此火,窦将军也不怕。"又拍手大笑。朱崖叫声:"师父,大火烧他,他里面大笑,如何怎了?"野熊仙说:"这不难。他有倒海符,不过一时三刻,再加柴火烧,怕他不死?"果然烧了一日一夜,火光直透云霄。野熊仙说:"不见动静,必然烧死了。"朱崖说:"非但烧死,铁笼也作灰飞。"正说之间,又听得里面一虎喊道:"番儿,就烧我一月也无害于我,枉费这些柴草。"朱崖听了大惊说:"师父,烧了他一日一夜还不死,倒在里面骂人,真正妖怪了。"野熊仙说:"我不信,再取干柴去烧。"朱崖吩咐再取柴来,军士禀道:"积下数年柴草,都烧完了。"朱崖听说数年积草都烧完,倒吃一惊,即差能事小番,往铜马、玉龙两关借积柴。小番领令而去。烧到天明,烟火尽灭,铁笼不动,懊悔无及,枉将积柴烧完,便与师父商议说:"此事如何?"野熊仙说:"既烧他不死,也罢。明日开兵。"

不表番营之事,再说王禅老祖用北海水救了一虎,对秦汉说:"大徒弟有百日灾难,自有高人破关。我去也!"驾云而去。秦汉拜别师父,回转营中。仙童、金莲看见关内火光直透,心中大惊,两眼下泪。想秦将军此去,灵符不灵。元帅说:"大事无妨。二位姐姐,不必伤心。"忽见秦汉来到,众将俱来请问。秦汉上帐,将遇师父救了师兄,说灾星未满,大命不

第五十六回　铁笼火烧窦一虎　野熊摄去二多娇

妨,说了一遍。众将才得放心。金莲、仙童听了欢喜,望空拜谢老祖。元帅传令,朱崖背信,起兵取关。只见帐下走出两员女将,金桃、银杏上帐说:"丈夫刘仁、刘瑞被他捉去,未知生死。今日愿去见阵。"元帅叫声:"两位公主,那朱崖妖法多端,去不得的。"二将说:"丈夫被他捉去,今朝必要报仇,哪怕番儿妖法。"元帅见他二人执意要去,令秦汉夫妇:"你二人帮助二徒媳出阵。"四将奉令出营,来到关前叫骂。

小番报进,朱崖大怒披挂。野熊仙说:"徒弟,我同你出阵,杀尽唐将,与苏国舅报仇。"一同出关,来到阵前,抬头一看,两位公主十分美貌,起了凡心。口中念动真言,飞沙走石,一阵狂风,众将开眼不得,将二公主摄去,藏入山中。秦汉夫妇回营说:"元帅,小将夫妻相助二位公主打关,不想关中冲出野熊仙,手舞双鞭,十分厉害,与公主交战。小将正欲冲锋相助,他口中念咒,顷刻飞沙走石,把二位公主擒去。特来报知。"梨花听了大怒:"可恨妖道,擒我二公主,今日必要除他。"立刻传令,亲自出阵。同了仙童、金定、丁山、金莲掠阵,五位将军出营,杀到阵前。

再表野熊仙把两位公主摄入山中,藏于野洞,复又驾云来到战场。抬头一看,又见四员女将,又起贪心,开口说道:"四位佳人,同我回山洞中轮流取乐。"四将听了大怒,一齐出阵。丁山也向前,将野熊仙围在中间。杀得野熊仙浑身是汗,忙祭起打仙鞭来打,正中丁山肩膀之上,叫声:"不好了。"伏鞍败阵。又祭起一鞭,打中陈金定背心,吐血而逃。野熊仙好不喜欢,雌雄鞭祭起,一上一下,来打唐将。又使神通,飞沙走石,杀出无数披头散发鬼将。仙童、金莲慌张。梨花大怒,把手一指,沙石鬼将无影。熊仙大惊,复舞动双鞭来战。仙童祭起捆仙绳,野熊仙晓得仙家至宝,化道长虹而去,直往西山。

梨花心中不乐,传令收军。回入营中,秦汉说道:"世子丁山、金定夫人被鞭打伤,发昏营中,不得醒转,乞元帅处治。"梨花、仙童、金莲三将听了,魂不在身,连忙观看。三人两泪交流,梨花说:"这仙鞭如此厉害,定是八卦炉中之物。"忙将丹药敷好,二人才得醒转,疼痛不止。梨花说:"必须黎山求得师父丹药,方可止痛。谁与我走一遭?"仙童说:"我师黄花圣母也有,待我前往。"梨花说:"事不宜迟,就此起行。"仙童打扮,扮做道姑,骑了腾云驹,日行千里,别了元帅、众将,起程而去。此话不表。

再言元帅说:"我看妖道一道黑气在头上出现,决是妖魔鬼怪,化作长虹而去，直往西方，必定有个巢穴，所以不进关门。想两位公主决然也在那里，谁将前去打听下落便好。"秦汉说："二位徒媳已被拿去，小将愿往。"元帅说："秦汉肯去，我放心了。"秦汉奉命出营，飞上云端，直往西方，约行数千里，只见一道黑气冲天。秦汉想道："是了。"按下云头一看，是一座高山。走进山去，见一石洞，两扇门半开，走出数个小妖。秦汉见了避开。听得小妖两个说："我家大王有兴，前日往金牛关去，捉得两个美貌佳人。叫我买办，今夜成亲。连我们也有酒吃。"秦汉听了，方知公主着落。让过了小妖，闪入洞中，果见酒席完备。秦汉见了大怒，提起狼牙棒乱打。众妖一起上前敌住，被秦汉打得落花流水，将台凳尽皆打碎。小妖报到里面说："大仙，不好了！外面有一矮将十分凶勇，口口声声要还公主。洞府打得雪片，众妖打死一半，如今要打进来了。"

野熊仙听了大怒，手舞双鞭杀将出来，说："你这矮子好生无礼。我正要做亲，坏我好事，将我酒席打碎。尔来得，去不得了。吃我一鞭！"秦汉举棒相迎，洞中大战。野熊仙张口，吐出毒气，直奔秦汉。秦汉见了，倒拖棒且战且走，被野熊仙追出石洞。秦汉飞身而去。野熊仙进洞，看见众妖，都是头破脑裂，心中不快，无心到里面，也不成亲，守把洞门，恐防再来。秦汉在云中一看，不见野熊仙追赶，不如见师父求救两位公主。算计已定，不消片刻，早到仙山。只见洞门开着，有两个童儿出来，见了秦汉说："师兄不去征西，到此何干？"秦汉将遇野熊仙之事说了，"特来叩见师父"。童儿说道："师父请客，不便通报。"秦汉听了，心中烦恼："我师父家法甚严，不好进洞，如何是好？"又问声："师父今日请什么客？"童儿说："师父请二郎神杨戬老爷。"秦汉听了大喜，"我师也曾说道，二郎神有七十二变化，孙行者大闹天宫，被他降过。若是求得他去，野熊仙就好除了。只是不能见他一面"。正在此想，只听得师父笑声，手挽杨戬双双出洞来了。不知后话如何，且听下回分解。

第五十七回
二郎神大战野熊　圣母收服二牛精

前言不表,再说秦汉连忙跪下,伏在路旁,口叫:"师父救命!"王禅老祖一看,认出徒弟,说道:"我前番在金牛关,借北海水救了一虎。今日又来求救于我。你且起来,说与我知。"秦汉听得,立起身来说:"金牛关交兵,来了野熊仙,将金桃、银杏两位公主摄去,元帅命我前往追寻。寻到一山,有一石洞,乃野熊仙巢穴。强逼成亲,被弟子打破筵席,洞中大战。野熊仙妖法多端,被他杀败,特来求师父救公主要紧。"王禅老祖说道:"徒弟,那野熊仙千年修道,变化多端,神通广大,在八卦炉中炼成双鞭,曾偷王母仙桃,我也降他不来。莫要惹他,快快回营去罢。"秦汉听了,叫声:"师父不救,两位公主性命休矣。"流泪不止。二郎神听了老祖之言,当中神目睁起,大怒道:"道友说哪里话来,我和你同是道门弟子,岂可长妖精之志气,灭自己的威风。那野熊虽偷仙气,终究畜类。令徒有难,我当代汝去救。"老祖听了大喜,叫声:"道友发慈悲之心,同我顽徒去收熊精。"二郎神别了老祖,变一喜鹊,往西去了。秦汉飞身要去,老祖叫声:"徒弟,那野熊仙厉害,知你必来求我。我备酒请杨戬①老爷到此,我将言语激他,他大怒而去,必然收服,梨花好进金牛关。去罢!"

秦汉拜别,飞身也往西来,到了孔介山野熊洞口,喜鹊先在树上,叫声:"秦汉,你来了么?"回说:"弟子驾云来迟,望神君恕罪。但是妖精紧闭洞门,怎好进去?"杨戬说:"不难。"飞下树来原变二郎神,手执金枪,立看洞门,关得密不通风。秦汉将狼牙棒来打,洞门里面惊动了野熊仙。那小妖报知说:"唐朝矮将又来打门。"野熊仙说:"不要理他,今晚要做亲。"秦汉打得手酸,洞门不动。杨戬看见,叫声:"不要打了,待我看看。"一看,只见洞门旁边有条碎缝。杨戬变作一苍蝇钻将进去,说:"妖精逃出,你就打死他。"秦汉应诺。

---

①　杨戬(jiǎn)——即二郎神。

杨戬钻进里面，洞内宽大，只见这些小妖安排筵席，野熊仙当中坐着，吩咐小妖说："你去请两位美人出来成亲。他若倔强，剥了衣服，绑来见我，取他心肝下酒。"小妖听了，便往里去了。二郎神听了，仍变为人，提手中枪，照野熊仙劈面刺去，喝声："妖怪，不得无礼，我杨老爷来了！"野熊仙吃了一惊，抬头一看，在天宫会过，认得是二郎神，吓得魂不在身，连忙走到里面，取出双鞭迎住，说："二郎神君，我今夜成其好事，你来破亲。既到我洞，吃我一鞭。"二人大战，野熊仙吩咐小妖一齐上前围住，那杨神君吹口气，变有数百神君来打野熊仙。野熊仙看来难敌，拖了双鞭，逃出外面。神君里面赶出，小妖开了洞门，野熊仙逃出洞口。秦汉看见，将手中狼牙棒照头打下，他就化一道红光而去，秦汉吃了一惊。

杨戬走将出来说："妖精呢？"秦汉说："弟子见妖精败出洞来，被弟子一棒打去，他化红光逃了，竟往西南。"杨戬说："他气数未尽，造化了他。你进洞救出两位公主，放火烧洞，尽行烧死小妖，破其巢穴，他无处栖身，再不敢来阻你西进。"秦汉奉命，回身打进洞中，将小妖尽皆打死，里面救出两位公主，回身一把火，烧得洞中乱烟直喷。那二位公主外面拜谢二郎神说："回去有万里之遥，焉能得见元帅？"神君说："这倒容易，借阵风送你回去。"那杨戬念动真言，忽起一阵神风，将两位公主送去。又叫："秦汉，我去见你师父，说妖精驱逐。你速往军中，叫元帅快进兵取关。"秦汉叩谢。杨戬化一阵风而去。秦汉飞身回转，此言不表。

再言元帅梨花同众将营中昏闷。丁山、金定俱遭鞭打，不时发昏。仙童此去可求得仙丹？两位公主被风摄去，秦汉追寻未有回音。正在此言，听得帐外狂风从空吹落二人。元帅同众将来看，原来是金桃、银杏。令女兵扶入帐中，众将大喜。元帅问起因由，两公主将秦师父能干，求得二郎神逐去妖精之事说了一遍。秦汉也回营缴令。元帅称赞说："多亏将军莫大之功。但窦姐姐上仙山求药一去不回，烦秦将军走一遭，催促他早回，好救丁山、金定，然后开兵。"秦汉奉令，飞身竟往黄花山而来，此话不表。

再说窦仙童为何不回，有个缘故。那一日行到一高山，忽听得山中喊杀连天，金鼓之声。仙童心中想道："深山旷野，哪有人厮杀？"走下山头一看，只见山凹内有两支人马，东边一员将，红脸乌须，手执宣花斧；西边一员将，黑脸红须，手执大刀。各带人马，两下交战。仙童山上喝彩说：

第五十七回　二郎神大战野熊　圣母收服二牛精

"好武艺！可惜埋没山中。"二将听了，各住了手，抬头一看，见了仙童。红脸将叫声："贤弟不要比武了，你看山上有一位仙姑，单身独马看我们。和你赶去，夺得到手，做个压寨夫人。"黑脸听了大喜，二人拍马赶来，大叫道："哪里来女将，擅敢观我山寨，快随我去，做个压寨夫人。"仙童听了大怒，手舞双刀敌住。一女两男，杀得天昏地暗。红脸将看来难胜，摇身一变，变一火牛，衔了仙童飞走上山。进了独角殿，现了原形，放下仙童，令送房中，明日成亲。殿中摆酒，黑、红二将饮酒。黑脸说："大哥，此女决非凡人，不要逼他。待慢慢地弟与为媒，劝他顺从。"红脸将说："多谢贤弟。"

不表二人饮酒，仙童被捉。再言秦汉奉了将令飞到九龙山，来到洞口，只见两个仙姑出来，见了秦汉，叫声："师兄何处来的？"秦汉道："我乃王禅老祖门下弟子秦汉，要求见圣母，望乞通报。"二姑听了，连忙进洞，禀知圣母说："外面有王禅老祖徒弟秦汉，有事求见。"圣母说："唤他进来。"仙姑奉命，唤进秦汉。秦汉见圣母倒身下拜。圣母说："闻你下山相助丁山征西，今有何事见我？"秦汉听了，倒吃一惊：难道仙童还未到此？只得上前禀道："弟子因薛世子、金定被鞭打伤，二人发昏，前日令窦仙童到来求丹药，不知何故尚未回去。元帅放心不下，令弟子再来相求，望师父速赐丹药相救，打发仙童速归。"圣母听了秦汉之言，说道："仙童徒弟不曾到此，决定路上阻隔。你去寻了仙童同来，付你丹药，相救世子二人。"秦汉想道："地阔天涯哪里去寻，这题目难了。"只得回身出洞，打从旧路飞腾。来到一高山，只听喊声，却是为何？谁知那黑脸将为劝仙童与红脸成亲，仙童大骂，杀将起来。黑脸变一水牛，把仙童捉去，后山捆住。秦汉看见，认得是仙童，提起狼牙棒，喝声："不得无礼。"劈头打来。黑脸将抬头一看，见了秦汉，不解其意，喝声："哪里来的矮子，吃我一刀！"大战一场，杀得黑脸招架不住。

小妖报入寨中说："大王，不好了！二大王被一矮子杀得不能招架。大王快去相救。"红脸听了，备马出寨杀来，迎着秦汉，张开大口，放出火来，直奔面门。秦汉心慌而走，红脸变了火牛赶来，要捉秦汉。秦汉飞上云端。红脸大王见矮将飞去，倒觉心惊。正要进寨，秦汉又飞下，举棒又打，打伤左臂，跌倒在地。秦汉又要来打，黑脸大王大叫："休伤我大哥。"将大刀架住。一场交战，黑脸又杀不过，口喷大水。顷刻波浪滔天，摇身一变,变一水牛,来拿秦汉,秦汉还飞云端。水牛收了法,用药敷好火牛,紧守寨门。秦汉寻到后山,只见仙童捆着,几个小妖看守。秦汉说道:"窦夫人不必烦恼,我来救你。"小妖报知大王,那两个妖精大怒。赶到后面,一个吐火,一个喷水,来拿秦汉。

秦汉正要飞腾,云端来了黄花圣母,大喝道:"两个孽畜,休得无礼!"红、黑二精抬头一看,见一道婆。弃了秦汉,来战圣母。圣母念动真言,云端落下一位天神,头戴金盔,凤翅分开,身穿金甲,手执降龙杵,口称:"圣母有何法旨?"圣母说:"今有火、水二牛作怪,与我收去。""领法旨。"那神将大喝一声,将杵打下,变现火牛。骑在背上,将红绳贯穿在鼻孔说:"孽畜,快随我去。"只见那只火牛扁扁服服,驾火随了那位神将飞空而去。那黑脸将见了大怒,喝声:"妖道,如何拿我哥哥去了?"手舞大刀杀来,圣母将金如意迎住。黑脸张开口喷出大水来了。圣母笑道:"孽畜,留你在世,仍旧害人,收服你回山去罢。"口中念咒。又见云端来了一位天神,头戴金箍,红发披耳,身穿绣龙短袄,面如锅底,脚下乌靴,双手打拱,口称:"圣母有何法旨。"圣母说:"银河水将,速将水牛收归回去。""领法旨!"那水将跳入水中,将牛连打三下,骑在牛背上,穿了鼻孔,随水而去。

山中大小众妖见主将拿去,各自逃散。秦汉大喜,解放仙童。仙童叩见师父救命之恩。圣母说:"徒弟,你来意我尽知,该有二牛之难,亏秦汉寻得到此,救了你。我有金丹一粒,速回去救丁山、金定。后诸仙阵冉会。"说罢腾云而去。仙童、秦汉望空拜谢。仙童骑上腾云驹,秦汉戴着钻天帽回营。元帅正在营中等候,秦汉先到,说起此事。元帅听了说:"亏了秦将军寻到圣母收牛,不然我姐性命难保。"望空拜谢圣母。

不多时仙童到了,元帅迎接。接进营中,诉说一番,取出金丹,毫光万道,"师父命我将金丹救世子、陈妹妹"。便将金丹调好,来到后营。一看见二人只有一息之气,把药敷在伤处,不消片刻,二人醒转,床上坐起。元帅说明,二人走下床来,拜谢秦汉。营中排筵,与秦汉贺功。金桃、银杏两位公主也来拜谢秦汉。秦汉吃得大醉说:"明日我还要进关,访两个徒弟、罗章、窦师兄他们的下落。"知后事如何,下回便见。此一回乃秦汉救金桃、银杏、仙童小团圆。

第五十八回

芙蓉设计杀朱崖　梨花兵打铜马关

话说秦汉等到三更,飞入关中,往番营一看,见铁笼悬挂着,想道:"不要饿坏了。"叫一声:"窦师兄。"笼内应道:"师弟,你来了么。事体①如何?快来救我。"秦汉说:"师兄你安心守着,待我刺死了朱崖,便来救你。"

说罢,飞入后营。见番兵防备甚严,难以下手,又到后边伏在檐上。听得下面有人言语,乃刘仁、刘瑞对罗章说:"……我想元帅因而不打关。又听得二公主被野熊仙摄去,性命决然不保。"罗章说:"二位兄弟,我和你亏了监军款待,不致饿死,真感他恩。没有他夫妻照管,决然此命难保,想他无益。昨日闻得监军沃利说:'朱崖好色之徒,抢了民间有夫之女,名唤赵芙蓉,十分美貌,强要为妾。此女不从,夫人苦劝,只是不听。'只要在他身上刺死了朱崖,此关好破了。"正在此言,忽听落下一人说:"你三人做事,要行刺朱崖,我要出头了。"三人大惊。

罗章抬头一看,原来是秦汉,放下了心,说道:"将军到此,二公主消息如何?"秦汉将二郎神救公主之事细说一遍。二刘大喜,望空拜谢二郎神,又拜秦汉。秦汉说:"我方才屋上听得此计甚妙,须要通知赵芙蓉。我外面打关,双路夹攻,金牛关立破。"三人听了大喜。秦汉飞出关外,报知元帅,说明此事。梨花听了大喜,令秦汉先进关中帮他行事。传令整备打关,此言不表。

再讲监军沃利,待三将甚好,不甚吃苦,每日倒有好酒肉。那夜沃利送了晚膳进来,见三将流泪。沃利开言说:"我看你往常虽然愁烦还好,今夜为何悲苦?说与我知。"三将叫声:"恩人,我们被擒到此,难以脱身。若得恩人相救,事当图报。"沃利说:"我久有心放你归唐,但本官厉害。若能除了他,就好解救献关。"三人听了,双膝跪下说:"恩人,果然救我,

---

① 事体——方言,事情。

我已有计了。只要通知赵芙蓉，他若依允，除朱崖不难。"沃利说："容易，待我对妻子讲明，来报你们。"三人吃完夜膳，沃利收拾进内，与连氏说知。那连氏妻子笑道："我又不是貂蝉，如何做得美人计？"沃利说："娘子又不要行计，要你引他进去，见了赵芙蓉，此计必成。"连氏说："这容易。"沃利大喜，来到监中，通知三将，如此这般。

罗章与二刘打扮成番女模样，同了沃利来到家中，见了连氏。那连氏也是爱风流之女，见了二刘，十分得意，只少一杯清水，恨不得将二人吞在肚中。有丈夫碍眼，忙挽了二刘手，张灯引进后营。只听得连氏对芙蓉说："你明日只说依允，将酒灌醉朱崖，刺死了他，才得夫妻团圆，免至失节。"芙蓉说："我胆小，只怕做不来。"连氏说："我三个小妹十分有力。你大胆行去，决不妨事。过来见了大娘。"那三个假番女上前拜见芙蓉，算计停当。次日沃利报与朱崖说道："芙蓉被我劝得心转，今晚完其花烛，成就美事。"朱崖说："难得你劝他心转，其功不小。"命左右快备筵席，今晚与芙蓉成亲。

金丸夫人晓得，走出外面，见了朱崖，夫妻坐下。朱崖说："夫人，今日出堂何干？"夫人道："将军，妾思唐兵扎驻关外，野熊仙一去杳无音信，须备退兵之计为妙。如何不思忠心报国，今日反做贪花好色？快快放还芙蓉，商议破敌方好。"朱崖说："不劳夫人费心。若说敌兵临境，已杀他胆散魂消，料他不敢再来攻关。况且芙蓉生得美貌，下官见了他十分得意。夫人休要吃醋，进去罢。"夫人看来劝不转，流泪归房。

果然其夜朱崖中计，芙蓉假作欢笑，陪朱崖酒，击鼓催花。朱崖大喜，饮得大醉，说："夫人扶我房中去睡罢。"扶入房中，朱崖和衣而睡，鼻息如雷。芙蓉想道："此时不下手，等待何时？"将彩衣脱落，床头取出青风宝剑，正要动手，倒却心惊，满身发抖说："不得不如此了！"放下胆，拉开锦帐，将宝剑砍去，中在左臂。朱崖大叫一声："不好了！疼死我也。"走下床，将芙蓉推倒。外面罗、刘三人铜锤打开门，各拔出腰刀，将朱崖乱斩乱砍，杀死了朱崖，即忙扶起芙蓉。正要杀出，只听得关外喊声震天，元帅大兵攻关。

秦汉铁笼内放出一虎，二人在内杀出，斩关落锁，放进大兵。番兵遭此一劫，也有砍破脑的，也有杀死的，也有枪伤的，也有刀刺的。番兵见无主帅，杀死大半，不死的俱逃往铜马关去了。金丸夫人闻报，吓得魂飞天

第五十八回　芙蓉设计杀朱崖　梨花兵打铜马关

外,披挂赶进洞房,里面杀出三个小将,大喝道:"蛮婆哪里走!"夫人见了,喝道:"你三个什么人？擅敢无礼！外面唐兵破关,快请将军拒敌。"三人喝道:"你丈夫被我们砍为数段,你若不信,进去快看来,应了背信赌咒之罪。"夫人大惊,忙走进房,见了朱崖尸首,大哭一场。番女报进说:"大唐人马已杀进府中来了。"三将正要动手,夫人说:"你们不必如此,我夫已死,难道我独生？"望空遥拜,拜毕拔出宝剑自刎而亡。

三将迎接元帅入内升坐,请出芙蓉,说:"小妹子一计斩了朱崖,待奏闻圣上,赏赐大功。"送芙蓉回家,芙蓉拜谢而去。又称金丸夫人尽节,命棺椁埋葬。屯兵关中。那一虎、秦汉、刘仁、刘瑞进营拜谢元帅,元帅命薛金莲、金桃、银杏会了窦一虎、刘仁、刘瑞。三对夫妻悲喜交集,俱亏了秦将军救命之恩。元帅令三对夫妻拜谢秦汉。秦汉谦逊说:"是你自己福分,与我何干？"六人都上前拜谢。

元帅一面捷报唐王。其时正是寒冬天气,唐天子大悦,差钦差赐锦袍赏赐将士。不一日送到金牛关,元帅接旨谢恩。再停半月,商议西进,放炮起行。先锋罗章上帐说:"小将同刘家兄弟若无监军沃利照管,此命难保,望元帅谢他救命之恩。"元帅说:"罗将军之言有理,命他镇守金牛关。"沃利上前叩谢。

离了金牛关,往西而进,大雪纷纷,朔风凛凛。传令扎住平阳之地安营,待天晴起程。众将得令,一声炮响,扎下营盘。营中排宴赏雪,顷刻雪高三尺。同三个孩儿一同饮酒,薛勇、薛猛,年六岁。元帅所生薛刚,年方三岁,生得赤黑,像烟熏太岁①、水磨金刚②。丁山说:"我奉旨西征,只望早平西番。不想在路破关夺寨,耽搁年久。父亲骸骨不曾安葬,母亲又不能侍奉,心中好不烦恼。"梨花说:"今西番十去其八,只有铜马、玉龙两关,有何难处？待擒了番主,回朝有日,不必介怀,暂且饮酒。"仙童、金定皆劝丁山,此话不表。不觉住了一月,天气晴和,传令起兵。又行了半月,到了铜马关。传令安营,候明日打关。众将一声答应,放炮安营,此话不表。

---

① 太岁——凶神,又叫值太岁,神名。多比喻强暴者。
② 金刚——又称"金刚力士",梵文的意译。"金刚"又是金中最刚之意,比喻牢固、锐利、无坚不摧。

再讲那铜马关守将,乃弟兄二人,把守东西两座关头,俱封王位。长名花伯赖,次名花叔赖,皆有万夫不挡之勇。花伯赖闻报金牛关已失,不日兵到铜马,忙请兄弟到衙,说:"兄弟,我闻樊梨花用兵如神,有许多法术,勇将甚多,与你商议怎生拒敌?"叔赖说:"哥哥不要着忙,关内有雄兵十万,何足惧哉?弟前年通好诸番,偶到五龙山经过,那山中有五位仙女,分青、黄、赤、白、黑,乃龙王之女,俱有神术,神通广大。正在演阵,见了兄弟收为徒弟,赠我神鞭,又有火眼金莺,十分厉害,上阵交战,啄人眼睛。有了这两件宝贝,何惧唐兵百万?"花伯赖听了大喜,说:"兄弟,你既有神鞭、金莺,还要写书到五龙山,请他姊妹到来,破唐兵甚易。"叔赖说:"哥哥之言有理。"一面修书往五龙山,一面整顿交战。此话不表。不知后事如何,且听下回分解。

第五十九回

盗金莺秦窦逞能　摄魂铃擒花伯赖

适才话言不表,再说唐营。次日天明,元帅升帐,令先锋罗章领兵一万打关。罗章领令,结束停当,顶盔贯甲,上马提枪,领兵出营。来到关前,抬头一看,两山环绕,中间关城。令军士大骂。小番报入关中。花家兄弟闻报,全身披挂,带领番兵,放炮开关,冲出两支人马,来到阵前。罗章抬头一看,见为首二将,俱是红扎巾,狐尾当头,雉尾高挑,身穿金甲,一人提枪,一人拿鞭,脸分白黄,都骑高马,一样打扮。罗章明知花氏兄弟,挺枪出马,直刺花伯赖。伯赖大怒,举枪相迎,战有二十回合。叔赖见兄不胜,提鞭出阵助战。罗章全不在心,一条枪敌住两般军器,一场大战,又战到五十余合。罗章全不惧怯,越战越有力。叔赖放出金莺,飞空扑面冲来。罗章大惊,回马就走,被叔赖一鞭打来,正中肩上,伏鞍大败而走。花氏弟兄在后赶来。

探子报入营中说:"罗先锋被番将鞭打肩上,大败而走,请元帅发兵接应。"梨花听了大怒,令丁山出阵接战。刘仁、刘瑞为左右救应。三将得令,领兵冲出。让过罗章,接住花家兄弟交战。刘仁、刘瑞也向前,杀得

第五十九回　盗金莺秦窦逞能　摄魂铃擒花伯赖

花家兄弟汗流浃背。伯赖拖枪回马就走，丁山在后赶杀。叔赖独战二将，又放出神莺扑面飞来。刘仁、刘瑞看见，回马就走。叔赖又举起鞭来，正中二将背上，几乎落马，众将救回。丁山正追伯赖，听得二将被打，正欲回身来救，叔赖神鞭已到面前，打中肩上，伏鞍大败而逃。花氏兄弟大喜，驱兵掩杀，杀死唐兵一大半。探子报入营中，元帅大惊，令秦汉、月娥、一虎、金莲四将速挡花家人马，快救回三将。"得令！"四将领兵出营。那花氏兄弟大杀唐兵，见红日沉西，又见大唐人马冲出，鸣金收军，进关排宴庆贺，此话不表。

再言元帅梨花。众将救回三将，四员大将俱皆打伤，忙将丹药敷好，一时痊愈。元帅说："罗将军，番将用何法术将诸将打伤，连输二阵，损兵大半？"罗章说："小将今日出去打关，见关上扯起绣旗，书着花伯赖、花叔赖。关旁两座高山，东西两将镇守。那叔赖身边有一只火眼金莺放出，要吃人眼目。小将招架不住，被神鞭打中。"元帅说："他有金莺厉害，伤损我兵。明日出阵，众将须要小心防备。"众将依令不表。

再言秦汉对一虎说："元帅也防备金莺。待我与你今晚盗取金莺，明日出战，自然得胜。"一虎依言，当夜瞒了元帅，一个钻天，一个入地，私进关中。来到番营，想道："金莺乃叔赖之物，必在西营。"叔赖身边有两个爱妾，一个名爱娘，一个名欢娘，俱皆绝色。欢娘乃贪淫之女，因叔赖不进他房，在灯下长叹，怨言仇恨。

秦汉在屋上听得明白，想道："原来此女怨恨，待我看一看。"飞落阶前，往房中一看，果见此女手托香腮，眼中流泪。秦汉看见，进房抱住番女。那欢娘一看，大惊说道："你这矮子，是人是鬼，快快说来。"秦汉笑道："你不要看轻了我，我虽身矮，乃大唐名将秦汉，有钻天之术，来探军情，见美人弹琵琶声声怨言，惊得我在云端内跌入你房。今夜与你成其好事，胜自空房独宿，休错过良辰美景。"那欢娘听了说："看你不出，倒是唐朝上将。既蒙见爱，今晚从了你，待破了关，要娶我的。"秦汉说："这个自然。"正要上床，那一虎在地下听得明白，钻将出来，喝道："你两个做的好事。"吓得二人大惊。欢娘一看，又是一个矮子。秦汉说："师兄为何也在此？"一虎说："师弟不要贪色，和你既进关来，盗金莺要紧。"秦汉对欢娘说："夫人，我和你后会有期。不知金莺放在何处？"欢娘说："那金莺乃夫主防身之宝，东房去寻。"秦汉说："承指引了。待破了关，娶你成亲。"秦汉飞入东房，一虎地行入内。欢娘想道："怪不得唐朝女元帅杀得西凉势如破竹，关门指日可破。二大王啊，我不负你，你偏待我。我今日打点归唐，只候破关。"

不表水性杨花之女，再言两员矮将飞到东房，见房中灯烛辉煌，照得如同白日。房中也有一个女娘，坐在床前，也生得绝色，也口出怨言，对于锦帐，叫声："冤家，为何像死人一样睡了？不念奴家青春，正好云情雨意，鸾凤颠倒，醉得如此！快快醒来，脱了衣服好睡。"叫了几声，鼻息如雷，只是不应。那爱娘无奈，脱了衣赏，露出了嫩粉肌肤，斜露酥胸，钻入帐内，唉声叹气。秦汉在帐外见了他明媚，好不动火，想道："这番儿，好受用。"正当三更时分，好下手了，但不知金莺放在何处？立在栏杆边团团寻觅。只见一虎钻出对秦汉说："师弟，你不见床头前挂着的金莺么？"秦汉一看果然，忙走到床前，取下笼来。谁想金莺大叫起来，床上叔赖惊醒，翻身坐起一看，秦汉接了一虎的莺笼，飞在云端。叔赖下床，见一矮子，大怒，取过神鞭打下。一虎身手一扭不见了。叔赖大惊说："这人倒有地行之术。"抬头一看，不见了莺笼，吓得魂不附体，说："矮子不曾拿去，为何不见了？又是奇事。"只听得半空中金莺叫声，连忙出外，抬头见云端又有一个矮子，提了笼儿，说道："花叔赖，你靠着这只金莺儿，昨日阵上伤我四员上将。我秦将军盗取了。"说罢飞去。叔赖说："可惜金莺，蒙师父五龙公主赠我，上阵至宝。不料唐营有钻天入地之人，要来行刺也不难。"传令兵士营中守护，乱到天明。此话不表。

再言秦、窦二将回入营中。秦汉说："师兄盗莺，未奉军令，倘元帅知道治罪不便。"一虎说："师弟，将莺踹死，埋其形迹。"秦汉点头，果然将莺连踹数踹，登时而死。二人不睡，候到天明。

元帅升帐，众将分立两旁。元帅说："昨日伤了四员将，今日谁去打关。"闪出天蓬黑脸陈金定，上帐说："末将愿去打关。"元帅说："姊姊虽然勇猛，不可独往。"令月娥同去，两员女将得令。金定提锤，月娥使双刀，全身披挂，上马出营。带了人马，杀到关下叫骂。那花叔赖不见了金莺，正与伯赖商议，听得番儿报说："有二员女将攻关。"二人一听大怒，开关出阵。叔赖接住金定，伯赖迎住月娥。二女两男，一场大战。伯赖与月娥战到数十合，伯赖实难取胜，回马诈败而走。月娥喝声："哪里走！"随后赶来，取出摄魂铃一摇，伯赖马上坐不住，仰面一跤，跌下马来。番兵正要来取,被月娥轻舒猿臂,捉过马来,回马飞奔进营献功。那叔赖实战不过金定,见兄被捉,回马大败而逃。金定在后追赶,叔赖不进关中,落荒而走。一路追去,追到山凹内面,叔赖说:"好厉害的蛮婆,叫我前无去路,后有追兵,我命休矣!"

只见骑鹤一仙女落下说:"陈金定休得无礼!俺公主在此。"手执雌雄宝剑,敌住金定。金定昔日在武当圣母处认得的,喝声:"赤龙公主,你是出家修仙学道之人,也来管闲事,待我擒番将献功。"公主大怒说:"陈金定,那花叔赖是我姊妹的徒弟,焉能不救?你若赢得我手中宝剑,我便还你。"金定性子急猛,听此言大怒说:"休得夸口!"举起铁锤打去。公主将双剑交迎,两下大战。叔赖见了大喜说:"救兵到了!"飞马逃入关中。二人正在厮杀,听得虚空鹤叫,又来了四位仙女。金定看来不对,回马而去。五龙公主也不追赶,驾鹤进关。叔赖接入营中,说道:"金莺被矮子盗去,哥哥又被捉拿,方才若无师父相救,弟子性命难保。"五位公主说:"徒弟不须烦恼。梨花侬黎山门下,伤我同道之人甚多。今我姊妹承你书来相请,今下山来,我们摆下一阵,与他分个高下,比一比手段。若破得我五龙阵,方算梨花有本事。若不能破,管叫唐兵百万尽为飞灰,归复西番地方,中原可得。只少上将雄兵,有了这二件,就容易了。"叔赖说:"这不难,待弟子修本进朝求救,自然有雄兵猛将。"五龙公主说:"徒弟,事不宜迟,快些修本,奏知朝廷。"不知修本进朝如何,且看下回分解。

第六十回

哈迷王坐朝议敌　　梨花观看五龙阵

适才话言不表。再言那哈迷国王驾坐早朝,文武朝见已毕,分立两班,便开金口说:"寡人因国舅苏宝同起兵伐唐,反被薛仁贵父子领兵西进,夺去我国许多地方,杀死无数兵将。可恨樊梨花贱婢,弑父诛兄,投降唐王。前年闻报白虎关杨藩父子身丧,薛仁贵身亡。彼时唐王反把樊梨花为帅,夺我地方。他法术厉害,金牛关朱崖夫妻尽节。目下兵犯铜马关,花家兄弟未知胜负,诸卿有何主见?"

班中闪出一位大臣，头戴乌纱，狐尾当头，身穿蟒袍，脚踏乌靴，俯伏奏道："臣雅里丞相有事启奏。""奏来。""臣因国舅苏宝同被樊梨花大破金光阵，血光冲散而逃，已有表章奏闻，他往名山各处洞府求神仙法术，要剿灭大唐，复夺中原，以报大仇。一去之后，并无信息，使唐兵打到铜马关。今有花叔赖表章进上，狼主龙目观看。"奏毕，将本章呈上。

接本官接了，放在龙案之上。国王一看，方知五龙公主摆五龙阵，缺少上将，故来请命。狼主问："两班文武，谁将去铜马关搭救？"王言未了，武班中闪出驸马苏定国，执笏当胸，奏道："臣愿领兵，保举四将同往。"国王说："卿保举何人？""臣保举殿前云必显、指挥方万春、平章忽突大、黄毛洞主郝麒麟，臣同四将前往，立破大唐兵将，自然奏凯回朝。望我主免忧。"国王听了龙心大悦，传旨宣召。四将一齐朝见，三呼谢恩，当殿插花赐酒，封五将为神武大将军，到铜马关听五龙公主调用。五将谢恩出朝，国王驾退回宫，文武朝散。次日驸马苏定国到教场，点齐人马大兵十万，带同四将，离了都城。到十里长亭，各官设酒饯行。定国等下马立饮三杯，辞了百官，竟往东而进。你看旌旗浩荡，号带分明，三军司命，一路而行，此话不表。

再言陈金定进营，参见元帅，将追花叔赖遇着五龙公主救去之事，说了一遍。元帅说："月娥活擒花伯赖，已入囚车，奏主发落。姊姊遇着五龙公主，如今倒有一番厮杀，传令把兵马退下十里，且慢打关。"众将一声得令。只有秦汉、一虎二将不服，上帐说："元帅休长他人志气，灭自己威风，且慢退兵。虽然五龙公主厉害，小将明日再去打关，探其法术，再计议未迟。"元帅听了说："二位将军之言有理。"传令紧守营盘，放炮一声，营盘扎得坚固，不表。

再言次日元帅升帐，点秦、窦二将出营打关。二将得令，领兵杀到关下。番兵报入关中，叔赖听报，忙来参见师父，说："前日盗莺的上天入地二人又来打关，如何退得？"白龙公主说："徒弟，不必慌，待我们前去拿他进关，斩首号令，出你的气。"叔赖大喜，点兵开关。白龙公主骑鹤来到阵前。秦汉抬头一看，是一位仙姑，头戴鱼尾金冠，身穿鹤氅白衫，手舞双刀，骑下仙鹤。见了秦汉、一虎喝道："你两个无名小卒，快叫梨花出来见我。"二将大怒，喝道："妖妇，我元帅岂可见你的么？吃我弟兄棍棒！"照白龙公主打来。公主大怒，将双刀敌住两人，大战数十余合不见输赢。公

第六十回　哈迷王坐朝议敌　梨花观看五龙阵

主想道："果然二将勇猛,话不虚传。"即忙取下乾坤小伞说道："矮将看伞！"把宝伞撑开,放出五色祥云,把二人眼目罩住,一个筋斗,跳进伞中去了。白龙公主收兵进关,吓得唐兵胆消魂落。回营报知元帅说："秦、窦二将被番兵一员骑鹤道姑撑开伞,二将就不见了。那道姑收兵进去了,特来报知元帅。"元帅大惊说："我晓得五龙公主法术多端,昨日退兵十里,计议与他厮杀。那二将倚勇不服,打关至被擒去,如何是好？"月娥、金莲二将上帐说："元帅,那妖妇拿我丈夫,我们明日打关要救回来。"元帅依言。当夜不表。

再言公主进关,叔赖接入帐中,叫声："师父,两个矮将怎么样了？"公主说："我已拿在伞中,此时化为血水。"叔赖大喜,吩咐摆酒贺功。五位公主朝南坐着,叔赖下面相陪。酒至三杯,听得伞内开声说："我王禅门下,有九转元功。你虽然吃酒,不免要斩你五条妖龙。"叔赖听了大惊。黄龙公主叫声："五妹,你的宝伞有灵,拿人就死,今日为何不灵？"白龙公主说："这也奇了。"忙取宝伞撑开,只见两个矮子一个筋斗跳将出来。公主大怒,吩咐拿捉。番兵正要动手,只见二人拍手大笑说："不劳你们拿捉,我去也。"秦汉飞上天去,一虎钻入地去。五位公主看得呆了,倒觉心惊。叔赖说："先前说过的,他有钻天入地之术,谁想又被他逃了。"黄龙公主说："方才不听他说么,他说王禅门下,九转元功,炼就真身,不得化为血水。待我明日出关,祭火珠烧死唐兵百万,才见五龙山手段。"叔赖甚喜不表。

再言秦、窦二将回营,参见元帅。元帅大喜,说："二位将军被乾坤伞拿去,我心甚忧,我王洪福,恭喜回营。说与我知。"二将说道："元帅,那宝伞果然厉害,见他撑开,有万道毫光,把我二人眼目遮瞒,跌入伞中。若是凡人化为血水,幸我们师父传授金丹,防身之宝,遇有急难,吞在肚中,不能坏身。放开伞来,逃走回营,得见元帅。"元帅大喜,说："今日金莲、月娥二员女将要去打关,你二将去助阵,须要小心。"秦、窦二将说："愿去帮助。"两对夫妻喜欢,整备打关。

有番营差官下战书说："唐将停留数日,待摆五龙阵完了,见个雌雄。"元帅批允。差官回入关中,报与叔赖说："唐元帅批允。"叔赖与五位公主摆阵,缺少兵将。正在此言,番儿报进说："朝廷差驸马苏定国领兵十万、大将四员到了,请二大王出关迎接。"叔赖大喜,出西关接进营中见礼，设酒接风。

次日五位公主操演人马，演熟出关，摆下五阵，东西南北中央。第一阵名曰黑龙阵，黑龙公主守将台督阵，点大将郝麒麟守住阵门，内中黑气冲天，变化多端，凭你神仙入阵，性命难保。第二阵名曰白龙阵，白龙公主督阵，大将忽突大守住阵门，内中白雾漫天，变化无穷。第三阵名曰赤龙阵，赤龙公主坐中军，点大将云必显把守阵门，内中红光焰焰，好不怕人。第四阵名曰青龙阵，青龙公主督阵，点大将方万春守住阵门，内中青云惨惨。第五阵名曰黄龙阵，黄龙公主守将台督阵，驸马苏定国守住阵门。十万雄兵，按分五行，金、木、水、火、土，分五阵操演，操了五日，精熟。

五龙公主见阵图已完，到六日各驾仙鹤到唐营讨战。梨花闻报，摆队伍出营，旗分五色，一队一队而出。梨花头戴金冠，身穿锦袍，内穿金甲。男左女右一字摆开，众将戎装，兵士精神抖擞。五位公主见了说："名不虚传，果然行军有法，纪律分明。"叫声："樊梨花出来会我。"梨花听了出阵说："五龙公主，我与你风马牛不相及①，为何摆下阵图阻我西进？若不回兵，不要怪我无情。"五位公主说："樊梨花，你仗了黎山门下欺我教门，故此我姊妹们不服，摆下一阵。你若破得，我姊妹们让你。若不能破，休怪我等。"梨花说："我一路征西，破了多少阵图，何在这小阵，你且闪开，待本帅看看，好破你阵。"公主说："你既看看，这也随你，不要害怕。我且回阵。"梨花同了月娥、金莲三骑马来到阵前，喝道："五龙公主，本帅既来看阵，休放冷箭。"公主说："放冷箭，非为好汉。"说罢进阵去了。梨花一看，果然阵图厉害，前呼后应，变化无穷，左冲右击，阵中宝光腾腾焰焰，顶上五云结盖，看了倒也惊骇。正在踌躇，不好进阵。五龙公主在阵中冲出说："樊梨花，如今可晓得阵中厉害么？"梨花说："这些小技，有何难破？"说罢三人回营，不知怎样破阵，且听下回分解。

---

① 风马牛不相及——典出《左传·僖公四年》。本意说齐楚相去甚远，无从相及。后借此比喻毫无相干。

第六十一回
樊梨花一打五龙阵　窦一虎求借芭蕉扇

前话不表。再言梨花在马上想道："方才一时许他破阵，若惧不去，被他们笑我无能。想五龙阵，无非按五行生克，但阵中毫光万道，宝贝不少。凡人不能进去，须有术之士、仙教弟子，方可去得。"就传令月娥、金莲二将，付灵符一道，保护其身："去打青龙阵，须要小心。"二将领令而去。点秦汉、窦一虎："你有金丹保命，去打赤龙阵。"二将领令而去。又点仙童、金定二员女将："各带灵符护身，防他宝贝伤人，去打白龙阵。"二将领令而去。梨花想道："军中能知仙法只有八人，已差去六人。我与丁山去打黄龙阵。只一黑龙阵谁去打？"正在此想，只见尉迟青山解粮到来，参见元帅。元帅大喜说："你竹节钢鞭乃仙传之宝，可以去得。"他黑脸、黑甲，正应黑龙。命他同先锋罗章付灵符一道，去打黑龙阵。二将高兴，领兵而去。令刘仁、刘瑞、金桃、银杏同众将守住营盘，不可轻动。众将领令。

梨花、丁山去打中央黄龙阵，见阵中杀气冲天。再表月娥、金莲打入青龙阵内，只见阵中冲出一员番将，好不厉害。见他青盔、青甲、青脸，坐下青鬃马，手执开山大斧，大旗一面，书名大将方万春。出马拦住阵门，大喝道："二位佳人休来送命，倒不如阵前投服，收留成亲。"二将听了大怒，说："不必多言。"将双刀劈面砍去。方万春使斧相迎，战有数十合，月娥将摄魂铃摇动，方万春倒撞下马。金莲正欲去斩，只见青龙公主骑鹤而出，喝声："休伤我将！"执剑砍来。月娥、金莲双刀架住，三人大战。公主摇动百灵旗，忽听得阵中一声响亮，赶出无数怪兽，张开血盆大口，飞奔前来吃人。二人吓得魂不在身，回马出阵，败归大营。

那秦汉、一虎打入赤龙阵，见阵里红光中冲出一员番将，脸如红枣，红盔、红甲，骑下胭脂马，手执大刀，旗上书名云必显，舞刀拦住说："你两个矮东西也来打阵，吃我一刀。"二将棍棒相迎，杀得番将招架不住，回马就走。二将正要追赶，赤龙公主飞鹤而出敌住，祭起雌雄剑，当头砍来。秦汉、一虎看来不好，一个飞天、一个入地走了。

再说仙童、金定二将，杀入白龙阵，见白雾漫天，冲出番将忽突大，白盔、白甲，坐下银鹤马，手执银枪，挡住厮杀。战未数合，番将大败而走。白龙公主冲出，撑开宝伞，二将见了，叫声："不好！"各人大败逃回。白龙公主收了宝伞回阵。那尉迟青山、罗章杀入黑龙阵，阵中黑气冲天，冲出番将郝麒麟，接住厮杀。郝麒麟岂是尉迟青山对手，战不数合，回马就走。里面冲出黑龙公主，把百叶幡摇动。二将幸得灵符在身，不能化为血水，跌下马来，陷在阵内。

再言梨花同丁山杀入黄龙阵，只见黄沙漠漠，冲出番将苏定国，金盔、金甲、金脸，坐下黄骠马，像秦琼转世，手执黄金锏，冲出拦住说："通下名来。"丁山说："我乃平辽王世子薛丁山，同妻元帅樊梨花到你阵，快快下马受死，免污手中戟。"苏定国听了，大怒说："国王正要拿你二人，要碎尸万段，方雪此恨。"丁山、梨花大怒，戟刀向前，要斩定国。定国把双锏相迎，一场大战。黄龙公主冲出助战，祭起火珠，满阵大火。梨花借火遁而逃。丁山陷在阵中，幸得灵符护身，不致损命。梨花回营，众将都说阵中宝贝厉害，不能破阵，回来缴令。唯世子丁山、尉迟青山、先锋罗章三将陷在阵中，未知性命如何。元帅听了，闷闷不乐说："三人大命不妨。"传令紧守营盘，三日之后，计议救他。

忽报朝廷差军师徐梁赐锦袍到，元帅出营接旨。开读已毕，山呼谢恩，香案供着。然后与军师见礼。徐梁说："为何世子丁山、尉迟青山、罗章不见请来，好领锦袍。"元帅将破五龙阵陷在阵内说了一遍。徐梁军师说："既是如此，不必烦闷。你师广有神通，差人去请来，好破此阵，以救三将。"梨花听了，如梦初醒，说："承教。"军师辞别，元帅同众将送出营门，回身修下书信，差秦汉、一虎速往黎山老母处投上。

二将领书，钻天入地而去。不一日，早到黎山。秦汉落下云头，来寻洞府。一虎也在地中钻将出来，二人相见，说道："仙洞在于何处，师弟可知否？"秦汉说："师兄，那边苍松成径，翠柏成林，却不是洞府么！"二人来到洞口，叩门三下，洞门开了，走出二位女道童，见了二人说："莫非王禅老祖门下秦汉、窦一虎么？"二人大惊说："女师兄怎么晓得？"女仙童说："我师父说，命你进去。"秦、窦共同进洞，但见仙鹤成群，仙鹿成对，仙花仙草满洞。二人行至中殿，见老母坐在禅床。二人跪下叩拜，送上书信。

老母说:"你来意我尽知,薛丁山三将该有五十日灾难。你二人可往南海落珈山观音菩萨①座下,求善才②去,好破此阵。一往西方火焰山牛魔王夫人铁扇公主处借芭蕉扇,好破火珠。去罢。"二人拜谢出洞。一虎说:"师兄,你往南海可以飞过去。我地行往火焰山牛魔王夫人处借扇。"说完,二人分头而去。

那一虎在地中日行千里,夜行八百。地行了半月,钻出头来一看,只见一个村坊,鸡犬相闻,田地肥美。见一老翁在溪边抬头看云,说:"不要下雨便好。"一虎叫声:"老丈。"上前作揖。老翁听得,回转身来,连忙还礼,笑道:"你这人短小,想是矮人国来的么?"一虎说:"我是大唐国来的。"老翁说:"小哥,你来骗我了。大唐国到这里九万余里,要过许多险路,除非是齐天大圣孙行者方到这里。你又非孙行者,焉能到得这里?"一虎叫声:"老丈,齐天大圣是哪一个?"老翁说:"小哥,你不晓得么?那齐天大圣也是大唐人,和尚唐三藏的大徒弟,法名孙悟空。唐僧奉旨往西天取经,在此经过。西北上有一座火焰山,一向这里热不过,亏他往铁扇公主处借芭蕉扇,将火焰山扇灭了。如今这里也温和了。"一虎闻言,喜之不胜,说:"孙行者是佛教,我是仙教,所以同生大唐,不认得的。"老翁说:"小哥,想你大唐到这里,是有意思的人。到此何干?"一虎说:"老丈,你不知道,那西凉国造反,大兵西进到铜马关。有五龙公主摆阵,阻住唐兵。奉元帅将令,要往火焰山借扇去,经过此地。请问这里往火焰山还有多少路?"老翁说:"你原来也要借扇的。如今这火焰山被孙行者扇灭了火,连山都不见了,若要借扇,须往翠云山仙洞铁扇公主处。他如今也皈依佛教,不管闲事。此去西方一百里就是翠云山了。"一虎问明,拜谢作别,起身往地中去了。老翁一见骇然,说:"唐朝多是异人,这人身虽短小,倒会土遁法。"

不表老翁之言,再言一虎约行百里,钻出一看,原来一座土山,但见苍松成径,翠柏成林,好一个所在。只听得半山之上石磬声传,白云缭绕。一虎前行,寻见一个洞府,上写着"翠云洞"三字,好不欢喜。将洞门连敲

---

① 观音菩萨——又称观世音。是佛教中大慈大悲、救苦救难的形象。是中国佛教四大菩萨之一。

② 善才——神话传说中的善财童子,言其"生时种种珍宝自然涌出"而得名。

三下,里面走出女子说道:"这里修行之地,哪个叩门?"开门出来,一虎见两个丫环,连忙叫声:"姐姐,见礼了。我是大唐国樊元帅差来,要见公主娘娘,借芭蕉扇去破阵的。烦通报一声。"丫环说:"你这矮子也是大唐来的?前番我家公主受了大唐和尚之气,如今发愿修行,不管闲事,不敢去报。"一虎说:"二位姐姐,我是王禅老祖门下弟子,不辞千山万水跋涉,特地到此,请姐姐方便,对公主说一声。"丫环说:"王禅老祖,我娘娘常常说起。你就是他徒弟?我与你说一声看。""多谢姐姐。"

丫环进内,来到殿上。公主正在那里打坐,丫环禀道:"娘娘,今日外面又来了一个大唐人,说是王禅门下弟子,来借宝扇,去破五龙阵。现在洞外,不敢放人。"娘娘听了说:"既是老祖徒弟,必有神通,前番受了猴子的气,今番此人不善,与我唤他进来。"丫环奉命出洞说:"娘娘唤你进去。"一虎连忙进洞,好个仙界,来到殿上,见公主坐在蒲团之上。一虎跪下叩拜,说起因由,借扇破五龙阵。不知肯借否,且听下回分解。

第六十二回

善才途中战秦汉 五公主阵上收宝

适才话言不表,再言公主娘娘说:"你既是老祖门下,姓甚名谁,有何本事,敢来借扇。"说:"弟子窦一虎,有地行之术,日行千里。"公主说:"这宝扇,当时有火焰山,断断不借的。被孙行者将火扇灭,留在洞中也无用处,借便借,你破了阵就要还的。"一虎说:"这个自然。"丫环付与一虎。一虎接在手中一看,是一柄蒲扇,能大能小,叩谢出洞,还从地行而回。

再说那秦汉上天,飞了数日,早到南海,按落下来,立在海边,见天连水,水连天。秦汉想道:"这顶钻天帽在平地上腾云,跌下来不过到地上。这海如何过去?"硬了头皮飞上云端,两眼紧闭,听得耳边风声,片时落在山上。秦汉开眼一看,原来已是南海。来到大士山门,上写着"慈航禅院"。少停,见两个和尚笑着走出说:"你就是王禅徒弟秦汉么?"秦汉大惊,想道:"菩萨早已晓得。"忙施礼说:"法弟就是。"两个和尚回礼说:"我两个是菩萨座前弟子,法名都罗、吉缔便是。今菩萨朝天去了,曾有法旨,

第六十二回　善才途中战秦汉　五公主阵上收宝

说今日有个大唐差来王禅弟子秦汉到此，求善才去破五龙阵，教他先去。菩萨朝回，就遣善才来。命我回复你回去罢。"

秦汉不敢久停，拜别二位，飞上云端，两耳风声，不消一时，来到东土。下落云头，心中大喜。仍旧飞上云端，一路而行，离了东土，来到西凉国。落下山头一看，见一村坊，有山有池，树木成林，中有茅房草舍，桑麻遍野，鸡犬成群，好一个村居之所。秦汉正在观看，见房中走出一个婆婆，说道："这位客人也是东土来的么？"秦汉大惊：这婆子倒有仙气！说："你因何晓得东土来的？"婆婆说："昨夜有一矮子，与你一样身材，在此借宿，肩上一柄芭蕉扇，是翠云山借来的。今日早上出门，来了一个孩童，头上梳着丫髻，两手带镯，脚踏火轮，手拿齐眉短枪，身穿绣龙锦袄，大红裤子，一双赤足。为甚的见了扇子大怒起来，与矮子交战。那矮子杀得大败而走，孩童赶去，不知死活。"

秦汉听了，"这分明是我师兄一虎"。说："婆婆，承教了。"飞上云头，向西望去，前面喊杀连天。秦汉下落云头，见一虎战孩童不过，且战且走，好不吃力。秦汉叫声："小童，不得无礼！我来也。"童子回头一看，又见一个矮子，并不回言，举起火尖枪就刺。秦汉把棒相迎，战未数合，哪里战得过孩子？棒法乱了。一虎见师弟来了，回身双战孩子，二人也战不过。

秦汉架住枪说："童子，通上名来。"孩童道："我坐不改名，行不改姓，我乃牛魔王之子，铁扇公主所生，吃人无数，火云洞红孩儿便是。只为要吃唐僧肉，遇了齐天大圣孙行者，求灵山观世音菩萨收服。归正五十三年，参拜佛爷，方成正果。在南海紫竹林中菩萨座下，同去朝天。蒙法旨往西方助唐破阵，驾轮来到村坊，遇着这矮子偷我母亲芭蕉扇。快快还我，饶你两人性命。若恃强不还，将你二人活吃。"秦汉听了笑道："我道是谁，原来善才童子。你是菩萨弟子，我两人王禅老祖门下，释道一般，不必动怒。出家须发慈悲之心，不比当初在枯骨山吃人。我奉黎山老母法旨，教师兄往令堂娘娘前借芭蕉扇，要去破阵。我往落珈山相求令师菩萨，请座下善才相助破五龙阵收宝。遇着都罗、吉缔，说菩萨朝天，同善才、龙女去了，叫我先回，就打发善才来西方破阵。我驾云而来，见你们杀得高兴，下山看看。这柄扇是借来的，不是偷的。"善才听了，心下明白，说道："既如此，何不早说？若秦师兄不来，窦师兄将被我刺死。"一虎笑道："你虽是吃人肉的人，若要打死我尚早。若再杀不过，就钻下地中，哪里来寻我？你二人慢慢驾云而来，我往地中先回唐营。"说罢，身子一扭，往地中去了。红孩儿说："窦师兄有地行之术，秦师兄有何仙术？"秦汉说："我有钻天之术，一日能行千里。请问善才师兄有什么仙术？"善才说："我有风火轮二轮，日行万里，比你两个更好。"秦汉说："事不宜迟，快快起程。"二人双双驾云而来。此话慢表。

再言五龙公主说："打阵之后，一月有余，不来破阵，紧闭营门。请花弟子到来，明日出兵踹营，剿灭樊氏，好夺唐朝世界。"齐声说："有理。"令军士传请。花叔赖忙到阵中见礼："请问师父有何吩咐？"黄龙公主说："徒弟，那唐营紧闭，计穷力竭。明日亲领人马，杀到唐营，踹为平地。"叔赖听了大喜，传令三军，来日破唐。众将齐声答应，整备交战，此话不表。

再言樊梨花对众将说："秦、窦二将往黎山一去许久，有四十余日，还不回来。三将陷在阵中，性命难保。"众将齐言说："那二人不来，我们明日去破阵。"正在此言，有番儿打进战书，约明日交锋。梨花批允，对仙童、金定说："我夫与二将陷阵，秦、窦二人一去不回。花叔赖打战书，我批允明日出战。听天由命便了。"仙童、金定说："既为上将，何惧番兵？明日各要努力，为国亡身，也无怨心。"众将齐忿忿不平，待等明日交战，此言慢表。

次日元帅升帐，点月娥为头阵，金莲为二阵，金定第三阵，仙童第四阵，元帅领大兵为五阵，刘仁、刘瑞为左右翼。正要出兵，有秦梦解粮到，交卸明白，参见元帅说："今日出兵，不点男将，却点女将，不知为何？"元帅说明此事。秦梦大怒说："可恶番兵猖獗，我今出阵，必要活擒番将献功。"元帅说："将军解粮而来，一路辛苦，鞍马劳顿，不敢相烦，后营将息。"秦梦必欲请战。元帅依允说："五龙阵厉害，上阵须要小心。""得令！"秦梦久不上阵，得意洋洋，全身披挂，手持金装锏，骑下呼雷豹，带领本部人马出营。

那番将花叔赖领兵出阵。五龙公主守住阵脚。冲到唐营，见唐营炮响，冲出一员大将飞到阵前，喝道："俺大将军秦叔宝孙秦梦在此，快出来，决一死战。"一声大叫，花叔赖大怒，飞马冲出，提鞭就打。秦梦双锏相迎，大战五十余合，杀得叔赖汗流浃背，回马大败而走。秦梦喝声："番将哪里走！"拍马随后追来。五龙公主大怒，即驾鹤出阵。五员女将也齐冲出喝道："休得逞能！"各执军器杀去。五龙公主各舞双剑相迎。仙童祭起捆仙绳,被白龙撑起伞来收去仙绳。月娥摇动摄魂铃,也被宝伞收去。梨花大怒,祭起乾坤圈、混元棋盘,来打五龙公主,都被宝伞收去,各样宝贝尽皆收去,五员女将大惊,各带转马头大败而走。五龙公主在后面追赶。

黑龙公主祭起雌雄剑来斩梨花,忽见云端落下一童子,大喝道:"黑龙公主休得无礼,我来也。"梨花抬头一看,见云端飞下孩童,脚踏双轮,十分勇猛,手执火尖枪来刺黑龙公主。那公主认得,叫声:"红孩儿,你也来管闲事?"收了双剑。五龙公主一齐围住,一场大战。五员女将也来助战。

秦汉正在云端赶路,听得下面杀声,按住云头一看,认得哥哥秦梦追赶花叔赖,看看追近,叔赖祭起神鞭,秦梦不曾防备,打落马下。叔赖正要取首级,秦汉飞下说:"休伤我兄,俺来也。"举棒就打。叔赖一看,认得是盗莺的,大怒,提鞭相迎。唐兵抢上救回秦梦。叔赖又祭鞭打来,秦汉飞纵云端。叔赖收鞭回转。五龙公主不能取胜,说:"红孩儿、樊梨花,今日天色已晚,明日再战。"两边各自收兵。

元帅回营,见伤了秦梦,将药敷好。请红孩儿相见。正欲拜谢,秦汉前来缴令,细说老母之事,请得这位小英雄破阵。梨花听了大悦,上前拜见善才,说:"方才若无师兄相救,几乎一命难逃,礼当拜谢。"善才说:"俺也有一拜。"各人拜毕。一虎回营缴令,将借扇之事细说一遍。元帅大喜,设酒庆贺。善才童子乃佛教的,戒酒除荤,命备素筵。众将席中议论说:"宝伞厉害,收去许多宝贝,宝贝焉能回来!"善才童子笑道:"他伞虽妙,不及我灵山太极圈。待我明日出阵,收回宝贝送还。"众将听说大喜。梨花说:"全仗师兄大法力。"酒至半酣罢席,各归营寨安歇不表。未知后事如何,且听下回分解。

第六十三回
元帅营中产薛强　善才大破五龙阵

适才话言不表,再言次日天明,元帅升帐。善才请令破阵。元帅道:"今日破阵,全仗师兄,须要小心。"点秦汉、一虎为左右翼,相助打阵。善才同了秦、窦点兵出营。元帅又点仙童、金定为救应,点月娥、金莲在后接应两支人马。元帅同刘仁、刘瑞、金桃、银杏四将五人中路而行,听得阵破,一齐向前杀出。

不表元帅分派已定,再言黄龙公主收兵回营,闷闷不乐,对四位公主说:"我和你心厌龙宫,在山修道有数千余年,方得长生不老。今因小忿下山,扶助花叔赖阻住唐兵,指望得胜。谁知画虎不成,他请红孩儿到此。我一向闻他在枯骨山火云洞吃人,积骨如山,乃万恶魔君,今皈佛教,广大神通,焉能敌得过他?不如回山去罢。"白龙公主叫声:"姊姊说哪里话来?我五龙公主声名也不小,岂惧红孩儿,就要回山!明日不要与他野战,叫他打阵,自然一网而擒。"三位公主都说道:"五妹之言有理,只要引他进阵,红孩儿必定遭擒,也显五龙山公主手段。"黄龙公主依言。

次日五位驾鹤而出,只见唐营大开,冲出三员步将、四员女将,奔到阵前,喝道:"五龙公主,快快投降,免汝一死。"五龙公主大喝道:"红孩儿,今日不与你野战,敢来打阵么?"红孩儿说:"这个何难?俺来也。"五龙公主听言,一齐飞入阵中等候。那善才乖巧,对秦、窦二位说:"师兄,他五龙阵按金、木、水、火、土,相生相克,生门青龙,和你们打进青龙阵。"二将说:"师兄之言有理。"杀进阵中,只见一道青烟冲出。一员番将喝道:"三个孩子慢来,俺大将方万春在此。"三将并不搭话,举棒就打。青龙公主将灵旗摇动,见一群怪兽,张开血盆大口,奔来吃人。两员矮将心慌。善才笑道:"些须小技,敢来逞能!"颈上除下项圈,这是灵山太极圈,祭在空中,将灵旗打折,百兽化为乌有。青龙公主大怒:"啊唷,这孩子敢伤我宝。"飞鹤冲出,将宝剑交迎,哪里杀得善才过?大败回身。番将被秦汉一棒打死。四员女将见阵已破,也进阵中。青龙公主无处逃生,把口一张,冲出万道清泉,在水中一滚,变一条青龙随水而去。

红孩儿说:"他既逃去,不必追他,再打赤龙阵。"阵内冲出一道红光,声如雷鸣,来了一员番将,喝道:"大将云必显在此。"举大刀直劈三将,三将执器相迎。不一合被红孩儿挑于马下。赤龙公主大怒,仗雌雄剑跨鹤而来,祭起双剑,被红孩儿用太极圈打下。公主把口一张,放出万道红火,把身一摇,现了原形,乃一条赤蟒,一滚直去。

第六十三回　元帅营中产薛强　善才大破五龙阵

赤龙阵已破,来破黑龙阵。见阵中一道黑气冲出,番将郝麒麟手执金瓜锤敌住,被一虎打中。黑龙公主跨鹤而出,手持百叶幡祭起,好不怕人。两员矮将跌倒。红孩儿笑道:"这妖幡骗凡人,俺红孩儿九炼成钢,真身不坏,奈我不得。"将太极圈打去,分为两段。两员矮将登时苏醒。公主把口一张,冲出黑水,腥臭难闻,变一条黑龙,在黑水中一个筋斗就不见了。黑水消灭,破了黑龙阵。四女将杀入阵中,救起尉迟青山、罗章。可怜他二人陷在阵中四十余日,饿得七死八活,一虎令小校背负回营。一齐杀到白龙阵。

见白雾茫茫,冲出番将忽突大,手执银枪,直刺善才。善才一枪挑下马来,被四员女将活擒而去。白龙公主驾鹤而出,把伞撑开,冲出万道毫光,矮将、四员女将立脚不住,都跌倒在地。唯有红孩儿端然不动,大笑道:"白龙,白龙,你这柄伞今日也要出脱了。"说罢,祭起宝圈,将宝伞打碎。众将死而复醒,大怒向前。梨花取了乾坤圈、混元棋盘,仙童收了捆仙绳。白龙见打碎伞,破了阵,把口一张,喷出白雾,万道寒泉,水中一滚,化白龙遁去。

又来打黄龙阵。只见黄沙漠漠,阵中一声炮响,冲出驸马苏定国,用黄金铜米打善才。善才这火尖枪好不厉害,定国哪里敌得住?杀开血路逃生。众将正要追去,黄龙公主舞剑出来,喝道:"休追我将。"举剑来战,祭起火珠,听得霹雳一声,迸出万团烈火冲来。众将吓得魂不附体,撞着烧得焦头烂额而逃。红孩儿呵呵笑道:"黄龙、黄龙,你不晓我生在火焰山,住在火云洞,哪里怕你火?"飞身入火内,与黄龙公主大战。元帅说:"火珠厉害,快取芭蕉扇入阵救火。"一虎听了,将芭蕉扇连扇几扇,顷刻火熄,将火珠跌下。黄龙公主大怒说:"啊唷,可恼,可恼!你们借了铁扇公主芭蕉扇,坏我宝贝,与你杀个你死我活。"抖擞神威,现出三头六臂,像哪吒三太子一般。众将见了大惊,独有红孩儿不怕,说:"黄龙,你的法术不足为奇。"把手一放,吹口仙气,阵中杀出无数小红孩儿,手中多执火尖枪,围住黄龙。众将见了,大家称异,果然神通广大。杀得黄龙招架不住。红孩儿祭起宝圈打来,那番害怕,现了原形,是一条黄龙,涌起万丈波涛,顶带火珠,水中遁去。顷刻大水不见。

红孩儿破了黄龙阵,众将救起丁山,见他面色蜡黄,不省人事。妻、妹看了伤心,安排暖车送回营中。今日大破五龙阵,多亏善才之功。看看日落西山，元帅收兵回营。灵丹救醒三将，摆宴犒赏，令明日打关。当夜元帅打阵辛苦，生下一子取名薛强，军中停留三日，此话不表。

再言苏定国阵中逃回，叔赖接进关中，问道："唐兵打阵，胜负若何？"定国将红孩儿破阵，五龙公主逃去，捉了大将忽突大，伤了三人，自己亏坐骑逃回，细说一遍。叔赖大惊，令兵将紧守关头，多加灰瓶、石子、强弓、弩箭，与驸马各守东西，告急表章进朝，专等救兵到关。

再言元帅静养三日升帐。一虎说："小将借扇破阵已毕，理当送还。"元帅说："是。"走上善才说："俺奉菩萨法旨，破阵就回。久不见母亲，这柄扇待我拿去。"此扇能大能小，大放在肩上，小安在口中，《西游记》内载的，闲言不表。

元帅传令打关。有秦梦要报一鞭之恨，请令打关，元帅许之。带了人马，来到关前大骂，番兵只当不知。恼了秦梦，令军士扳城而上。只见上面箭如飞蝗射下，兵不能上，倒伤了无数兵士。元帅大兵已到，把人马扎在关下。秦梦禀说："关门雄固，兵不能上，请令定夺。"秦汉上前说："前番小将同一虎进关盗鸾、会番女之时，说明今日原要我去通知欢娘，里应外合，才好破关。"元帅说："你前番私进关中，该当有罪。今晚破得此关，将功折罪。"秦汉得令，当晚飞进关中，来到后房，下落云头。窗外一看，见欢娘手托香腮流泪，好似西施一样。秦汉大喜，想道："他终身许我。"跨窗走进，欢娘一见说："冤家，一向因何不来？害我望得眼穿。"秦汉道："美人，自从那夜别去，哪有功夫脱身。"将此事细说一遍，"今番房内无人，与你成其好事。"欢娘笑道："啐，废物东西，青天白日，羞答答说这样话来。倘丫头进房看见，丑也丑煞了。"秦汉说："有了，只要刺死了花叔赖，与你做长久夫妻，你不快活。"欢娘大喜说："有了，待奴整备酒筵，差丫环去请他来到赏端阳。将他灌醉，刺死了他，那时同去降唐。"秦汉说："倘苏定国提兵来时，如何处置？"欢娘一想说："有了，只消如此如此。事有成了，全仗将军帮助。"不知刺得成刺不成，且听下回分解。

第六十四回

欢娘刺死花叔赖　梨花兵打玉龙关

再言秦汉听了此言说："此计甚高，我回营禀知元帅，同师兄进关助你。"说罢，飞上云端，回营对梨花说，遇欢娘如此设计，好破关门。元帅听了想道："矮子个个都贪色的，但愿成功。"开言令秦、窦二将进关帮助，准备雄兵打关，里应外合。二将大喜，接令出营，上天入地，进关不表。

再言花叔赖闻欢娘相请，来到东房。欢娘接进，二人见礼坐定。欢娘说："今日端阳佳节，妾备一杯水酒请大王。但是大王贪恋西房，太觉显然。"叔赖笑道："美人，咱欢喜二人，无分厚薄。一向间阔①，今日补情，与美人畅饮一杯。"叔赖上坐，欢娘下陪，丫环斟酒。将叔赖热一杯，冷一杯，灌得大醉，立起身来，一手搭在欢娘肩上，一手举杯，一连几杯，醉得糊涂，立脚不住，丫环扶到床上，人事不知，睡倒。欢娘说："众丫环过来，筵席收去，你们吃个尽醉。"说："多谢夫人。"收了酒席，都往外房吃酒。

正当二更，欢娘拿了剑，欲要砍下，自己身子战栗起来。秦汉飞下进房，接剑在手，将叔赖砍死，说："事不宜迟，传令出去，请驸马来议事，说大王意欲降唐。令刀斧手三百，埋伏帐下，若他不允，将他斩首，开关降唐。"欢娘打扮军装，拿了令箭。只见地下钻出一虎说："秦师弟，这女子传令，我和你开关迎接大兵。"秦汉答应，又对欢娘说："你不要慌，我暗中助你行事。"说罢，上天入地行事去了。欢娘甚喜，提灯走出营门传令，旗牌分立两旁。欢娘说："大王有令箭，请驸马前来商议军情，不得有违。"旗牌接了令箭，往西营不表。

再言爱娘正在房中，丫环报进说："东房欢娘手执令箭传驸马，有刀斧手埋伏帐下，不知何事。"爱娘听了说："这贱人传驸马必要杀我。不如赶进东房，求大王做主救我。"算计已定，提灯来到东房。见众丫环都醉倒，走进房内，冷冷清清，床中一看，见大王被杀死，叫声："不好了！"大哭

---

① 间阔——分离的时间长。

一场。"待我与他报仇。"结束停当,手执双刀杀出。

再言驸马闻叔赖相请,心中疑惑,带了亲随兵三百,明火执仗来到东营。不见叔赖出迎,便上帐说:"花将军夜深请下官何事?"忽听云板一声,走出一个女将说:"俺家大王计穷力竭,大王爷被捉去,不知死活,意欲开关降唐。请驸马爷来相议。"定国听了此言大怒道:"罢了!罢了!花叔赖逆贼,待我进去杀他。"欢娘正要传刀斧手,听得里面杀出,爱娘手执双刀。驸马说:"奸贼使贱人杀我么?"拔出宝剑将二人杀死。惊动帐下刀斧手出来救护,被三百亲随兵尽行杀死,回身杀到衙中,不分老少,尽行杀完。见叔赖先被杀死床上,倒觉稀奇,猜疑不出,回身杀出营门。探子飞报进说:"大唐二员矮将潜入关内,把门军杀死,大开关门。大唐兵马如潮涌进来了。"驸马听了,吓得魂不附体,带了亲随,逃出西门,往玉龙关去了。

元帅进了关,传令休伤百姓。进内衙中,见杀死军人无数,方知欢娘、爱娘俱被定国杀死,定国逃去。秦汉说声:"可惜佳人。"吩咐将叔赖、欢娘、爱娘埋葬,番兵尽皆收殓,出榜安民。放出花伯赖、忽突大,二人上前叩见。元帅说:"你二人无名下将,杀之无益。放你们回去,教玉龙关守将早早献关,捉哈迷番王,解上京都定罪。我主若有好生①之德,你君臣的造化。去罢。"二将拜谢,喏喏连声而去。元帅吩咐摆宴犒赏三军,奏本进朝。养息三日,传令起兵,取玉龙关。点罗章为前部先锋,丁山为护卫,军分三路而进。

那罗章早到关前,一马当先讨战。番儿报进。那守关将乃国王长子罕尔粘镇守。前日间苏定国回来说起,心中一惊。又见花伯赖、忽突大二将放回报说。今又闻番儿报说,大唐兵关外讨战,吓得魂不在身,忙集众将商议:"谁人出关开兵?"连问数声,并无人答应。太子无法,正在烦恼,报苏国舅到。吩咐请进,宝同朝拜太子。太子道:"国舅少礼。前闻金光阵内走去,今日回来必有神通退得唐兵。"宝同奏说:"臣自从金光阵大败,欲起兵复仇,前往各处仙山,请仙借宝。蒙教主金壁风祖师借我一匹神兽,名曰'黑狮子',驾云而来。闻说唐兵杀到关口,可来讨战么?"太子说:"国舅,目下兵临关下,将士寒心,无人出战。难得国舅到来,计将安

---

① 好生——指爱惜生灵,不杀生。

第六十四回　欢娘刺死花叔赖　梨花兵打玉龙关

出?"宝同说:"付臣一万人马,杀他片甲不回。"

　　太子听说大喜,点起雄兵一万、战将十员,放炮开关,冲杀阵前。罗章抬头一看是苏宝同,大怒,挺枪直刺宝同。宝同将刀接住,战有三十余合,宝同不能取胜,把马一拍,那黑狮驹双蹄起在空中,鼻内喷出烟火。罗章两眼难开,回马就走。三军熏得无处投奔,自相践踏,伸手不见五指。那火一发厉害,大者车轮,小者炭火,飞来粘在身上,烧得焦头烂额,一万人马,去其大半。宝同大喜,收兵回关,摆宴贺功。

　　不表君臣得意,再言罗章大败,收拾败残人马回营。元帅大兵已到山下扎营,罗章回营告罪。元帅说:"罗章既为先锋,见机而进,如何被他杀得大败?"罗章禀道:"元帅,小将正在打关,冲出番儿苏宝同,骑下神兽,鼻内生烟,口中喷火,四足生风。小将挡不住,三军烧死战场,亏得坐骑跑得快,不然也被烧死。望元帅恕罪。"元帅说:"苏贼又来,决有神通。你暂退外,计议出兵打关。"罗章退出。元帅封门,退到内营。金定、仙童接着说:"元帅为何不乐?"梨花说:"今日罗先锋打关,被苏宝同借得黑狮驹,将先锋烧得大败。想他逃去日久,又纠合左道旁门到来,阻我西进。不知几时可得太平班师,好不烦闷。"仙童说:"他败兵之将,有甚本领。明日出兵,除其恶兽,就好西进。"梨花点头,各自安睡,当夜不表。

　　次日与仙童计议已定,捉苏宝同取黑狮驹。忙升帐,点秦汉、窦一虎二将领本部人马前去打关,二将得令而去。冲出关前,只听得关内炮响,大开关门,冲出人马,乃苏宝同。二将见了喝道:"屡败之将,敢来送死!"棍棒交迎。宝同说:"你两个又会着了,吃我一刀!"三人大战,宝同把黑狮驹一拍,鼻口喷出烟火冲来。秦、窦二将,张眼不开。一个上天,一个入地,逃出有二里远近。唐兵大败。元帅远望我兵败来,心中大怒,同仙童、金定杀出敌住。宝同见了梨花,怒气冲天,把驹一拍,四足生风,鼻中出烟,烟降满天;口中喷火,大如车轮,直奔三人。仙童、金定见了回马就走。梨花念动真言,顷刻大水冲来,烟消火熄。宝同唬得魂不附体,驾兽而逃,往前竟走,见一座高山挡路,说:"好了,方才几乎淹死,亏坐骑腾云而逃,可怜番兵淹死。怎好进关?"日已沉西,下落青山,远远听得钟声,走进一看,是一座庵院,写着"比邱禅院"。想道:"天色已晚,就在此庵借宿,明日去求师兄帮助。"想罢,下了驹,拴在树上,走进山门。殿上琉璃隐隐,钟声沉沉,有几众女尼在那里做夜课,诵完了出来关门。见了宝同,问道:

"将军夤夜①到此,有何事干?"宝同说明阵上之事。女尼笑道:"原来败兵之将,来此投宿。但是我们女庵不便留你,别处去宿罢。"宝同说:"如今天色昏暗,叫我哪里去?乞师父行个方便,就在廊下权宿一宵,明日早行。"再三求告,有一少年尼姑说:"师兄们,他苦苦哀求,里面有一个囚老虎的铁笼,锁在里面,大家安心。"众女尼齐声说:"有理。"对苏宝同说:"我们出家人,慈悲为本,方便为门,都是女众,不便留男客,将军必要借宿,有一囚笼在此,倒也宽大,尽可容身。你在笼内权宿一夜,明日放你出来便了。"宝同该倒运了,上了这当,连声答应说:"使得,使得。"不知如何,且听后回分解。

第六十五回

梨花仙法捉宝同　　神光扇软窦仙童

前言不表,那女尼里面扛出铁笼,放在殿上,宝同身不由主钻入笼内,将来锁上。一众女尼都不见了,只听外面吆喝一声,进来一位官府绅士,随坐在殿上,喝道:"苏贼,认得本帅么?"宝同抬头一看,说:"不好了!被梨花仙法捉住,我性命休矣。"哀求道:"女元帅,你是正大光明英雄,饶了我命,以后再不敢来犯了。"梨花大怒说:"反贼,你无事生非,惹动干戈,以害生灵,几次逃脱,罪不容诛。你有八九元功炼成虹影,刀剑不能斩你。"令左右将灵符贴上,抛在海内。宝同再三哀求,梨花不听,军士扛了,连笼抛入海中,沉于海底。巡海夜叉飞报龙王。金钟三响,龙王升殿。鳜鱼丞相、鲤鱼大夫、虾兵蟹将朝见,齐集两班。赤鱼门官启奏说:"巡海夜叉探得有铁笼囚一将军,沉于海中,特来奏知。"龙王传旨:"令龟鳖二将去扛来,待寡人一看。"二将领旨,同了夜叉将笼扛进。龙王说:"笼内是人是怪?被何仙擒住?说与寡人听。"宝同一看,方知龙宫,开言说:"大王,我乃西番国舅苏宝同,被樊梨花用倒海移山之术擒住,将我沉于海底,望乞放我。"龙王说:"久慕大名,怎样放你?"宝同说:"只要将笼上

---

① 夤(yín)夜——深夜。

第六十五回　梨花仙法捉宝同　神光扇软窆仙童

灵符去落,我就去也。"龙王依奏,将符揭下。宝同大喜,化道长虹而去。龙王大怒说:"此人无礼,谢也不谢一声,径直去了,点将拿他。"鲤鱼大夫上前奏道:"既去罢了,拿他成仇。"龙王准奏不表。

再言宝同逃去见师父,路遇铁板道人、飞钹和尚驾云而来。见了宝同大喜,三人见礼。宝同说起此事,僧、道恨极说:"国舅,你失了黑狮驹,怎好去见教主?不如寻李道符师尊到来,擒樊梨花报仇。"宝同说:"既如此,二位军师先到关中帮助太子,我不日①就来。"三人作别,分头而去。那樊梨花收了法术进营。次日令刘仁、刘瑞打关,驾起云梯,攻打甚急。太子吓杀说:"国舅昨日出战,一去不回。今日打进关来,如何是好?"

忽报二位军师到了,太子大喜,令进来。僧、道进营参见,太子说:"少礼,赐坐。请问师尊,唐兵临关有何妙计?"僧、道说:"千岁放心,我二人驾云而来,路逢国舅,命我二人先来守关。既唐兵打关,我二人出战,立擒唐将。"太子令点兵二千,开关迎战。刘仁、刘瑞正在打关,听得关中炮响,知有兵出战,退到平阳之地,摆开阵势,准备厮杀。僧、道二人带兵出关,来到阵前,并不搭话,四人大战。二刘虽然勇猛,难敌僧、道,回马而走。

元帅在将台看见,认得僧、道,叫声:"不好了!他逃去已久,今番又来,必有异宝。二将乃无术之士,枉送性命。"令秦汉、一虎快去救两个徒弟回营。二将得令,飞身出营。远往二将飞跑,大叫:"休慌,我二人来救你。"二将听得有救兵,复回马去,叫道:"妖僧休赶,与你决个雌雄。"提枪直刺。僧、道说:"走的非为好汉。"举起剑、棒相迎,战未数合,妖僧祭起蟠龙宝塔打将下来,刘仁躲闪不及,被打死马下。刘瑞心慌,正要逃走,又被宝塔打落马下。僧、道回身,正要枭首,秦、窦冲出敌住。唐兵救两人尸骸而回。僧、道认得秦汉、一虎,知他手段高强,忙将宝塔打下。一个上天,一个入地。僧、道大怒,冲锋杀过阵来,丁山敌住。元帅令仙童、金定、月娥、金莲四员女将飞马而出,围住僧、道。僧、道焉能杀得过,又祭起塔来,打中丁山、金定。仙童大怒,举起捆仙绳,妖僧见了,化道长虹而去。妖道扇起神光宝扇,仙童手足动弹不得,遍身麻软,如醉如痴。月娥、金莲见了,双骑杀出,救了仙童。月娥取摄魂铃,妖道晓得宝贝厉害,也化长虹

---

① 不日——要不了几天,近日。

而去。番兵败进关中,紧闭关门。

　　唐兵回营,计点将士,打死四将:金定及夫君、二刘。梨花大哭说:"妖僧、妖道两个仇人,打死亲夫、姊姊、刘仁、刘瑞,此恨怎消?"金桃、银杏也哭二位亲夫。营中六神无主。听得云端落下两位仙翁。一虎见了说:"师父、师伯到了。"进营通报。元帅住哭,同仙传弟子出营,接进王禅老祖、王敖老祖。二位仙翁下落仙鹤,步进帐中。众弟子参见已毕,问道:"丁山、金定、仙童为何不见?"梨花哭禀说:"被塔打死,被扇扇坏。"二祖一看,说:"不妨,他四人被蟠龙塔打死。"取出四粒金丹,放入口中,四人悠悠醒转,见了师尊,连忙叩拜。二祖说:"仙童如醉如痴,被神光扇扇坏。"把手中拂尘连拂三拂,口念真言,仙童手脚活动,叫声:"妖道,好妖法。"叩拜师父。二祖说:"樊梨花,我有灵幡一面,可破神光扇。明珠一粒,可破蟠龙塔。他二桩宝,乃从教主金壁风那里借来的。他教下都是一班妖魔,神通不小。我二祖虽有仙术,力不能破他。到时须要谨慎。待众仙聚会,共破诸仙阵。"梨花拜谢,接了两件宝贝。二祖驾云冉冉而去。众弟子望空拜谢。专等明日打关。

　　再言太子清晨升帐,僧、道二人参见,赐坐两旁,说:"千岁,昨日大胜,打死唐将。今日出关,立斩梨花,必建奇功。"太子大喜。点兵出关,到唐营讨战。探子报入营中说:"妖僧、妖道讨战。"元帅大怒,说:"不斩二妖,如何破关?谁将出去除此二贼。"仙童、金定深恨二妖,上帐请令。元帅说:"须要小心。"又令世子丁山说:"你师父付你两件宝贝,同去出阵,擒此妖僧、妖道。"丁山接了宝贝,要报昨日之仇,带领飞龙将出营。

　　那仙童、金定来到阵前,僧、道大惊说:"那两个女将,丑的被塔打死,齐整的被扇扇呆。如今又出阵,唐营有起死回生之术。今日必要捉进关中献功。"算计已定,举剑轮鞭来战,不能取胜。祭起塔来,二女拍马回身。丁山赶到,祭起明珠,金光闪闪。塔上蟠龙见了珠来抢,丁山把手一招,塔随珠而落,收了宝贝。女将回马交战,吓得僧、道大惊,宝塔被他收去,取出神光扇来扇两员女将。丁山摇动灵幡,仙童举起捆仙绳,僧、道见了,双双化虹进关。唐兵追来,番兵紧闭关门,灰瓶、石子打下,只得回兵。元帅大悦,传令明日打关。

　　那僧、道进关见太子。太子说:"两位师尊,小校报道两桩宝贝被他所破,孤家正在慌张。复来见孤,有何计迎敌?"僧、道说:"殿下休惊,国舅借兵去了,决有神仙来降。目下紧守关门,我二人去会了国舅,请下诸仙,破那樊梨花。"说罢拜别,化虹而去。太子惊说:"果然法术高强。"传令关上多加灰瓶、石子,日夜严守。我且不表。

再言苏宝同到蓬莱岛紫金山莲花洞,拜见李道符师尊,两泪交流,双膝跪说:"蒙师父传我法术,要报父仇。被薛仁贵杀得大败,后被樊梨花大破阵图,化虹而逃。西凉国地方俱被夺去,只有玉龙关,此关若破,国家休矣。望师父发慈悲下山,收服樊梨花,复转地方,与弟子报仇。"仙师听了大怒说:"樊梨花,你仗了黎山门下欺毁我教。既神仙犯了杀戒,同去见教主,请齐群仙,好退梨花。"宝同说:"弟子前日往教主借黑狮驹,被他用计夺去,不好再去见教主。"仙师说:"就将此事激怒师尊,诸仙聚会,一网打尽梨花等众,出你的气。"宝同大喜。同了师父出洞,驾云来到金山逍遥宫。看不尽许多山景,异草奇花,青松翠柏,来到洞外。里面走出两个散仙,见了师徒说:"李师长同令徒到此何干?"道符说:"有事见师尊。"二仙进洞禀说:"李仙师要见教主。"金壁风说:"李道符仙翁与我不同教,请进来。"二仙领了法旨出洞,令二人进见。

师徒进洞,见琼楼玉殿,彤庭瑶阶,教主坐在蒲团,八名仙童手内捧宝立在两旁。道符上前参拜,命赐坐。宝同朝拜:"愿师尊圣寿无疆。"拜毕起立。金壁风教主说:"李仙翁今日同令徒到来,还黑狮驹么?"李道符说:"师尊不要说起,今日小徒到我山中说……"不知说出什么来,且听下回分解。

第六十六回
仙翁触动金教主　　妖仙大战樊梨花

再言李仙师说:"蒙师借驹去破大唐,被樊梨花用倒海移山之术夺去宝驹,将徒弟擒捉笼中。说教主借来的,乞见还他。他非但不还,口中不逊①,说教主自来也要擒住。连笼沉于海底,亏他化长虹来见我。"金壁风教主问:"宝同,果有此事么?"宝同说:"真的说出教主之名,他辱骂不堪,说我教非人类,都是畜生。"阶下恼了许多弟子。野熊仙、金鲤仙、黑鱼仙、老牛仙、花马仙、神犬仙、野狐仙、鸡冠仙、花凤仙大怒,上殿朝拜说:"樊梨花欺我教太甚,我等一同去到玉龙关见个雌雄。"教主说:"众弟子不可造次,樊梨花助中原国君,黎山老母门下神通广大,不要管闲事。"野熊仙说:"弟子在金牛关,被他请二郎神烧我洞府,伤我教门弟子甚多。老师不管,金山再无修行学道之人了。"

那教主耳软的,听了此言说:"你们先到玉龙关摆诸仙群会阵,还了黑狮驹便罢;他若不还,我当亲临,显二教高下。"令道符师徒先到关下搭起芦篷,迎接诸仙。道符大喜,同宝同化虹先到玉龙关。

众仙辞别师尊,各驾妖云而来。路上逢着僧、道二位,说失了两件宝贝。花马仙大怒说:"二师,那教主命我十代弟子来助西番,管教大唐百万尽为飞灰。事不宜迟,径往玉龙关去。"僧、道听了大喜回关。苏宝同先进关中,请太子焚香迎接诸仙。不消片时,下落云头,太子一一接进,见礼坐下,说:"孤家有何德,敢劳众仙下降,相助破唐。"神犬仙、花马仙笑说:"要破唐兵何难,待我二人出关,捉唐将如反掌。"众仙道:"我们一同出去看,怎样一个樊梨花,说他如此厉害。"大家说得有理,一同上马,出了辕门,带领妖兵,探头点脑,要想吃人。吓得番民家家下闩,户户关门。道符仙师见了如此,扎营关外,免害生灵。宝同领兵,炮响开关。那丁山同秦汉、一虎正要打关,只见关中冲出一队,人人尽是奇形怪状,如畜兽一般好笑。"番邦用了这班人,国家该灭"。正在观看,旗门下杀出二人,挡住说:"来将回去,唤樊梨花出来纳命。"丁山大喝道:"呔!你两个狗头马面的妖道,不必多言,看枪罢!"挺枪刺去。妖道双双来迎,一场大战,二妖看来难胜,口中喷出妖雾腥气,罩住天光。丁山伸手不见五指,被他拖下马来。秦汉敌住,一虎救回。又冲出四个妖仙围住秦汉。顷刻天光明亮,一虎放了丁山,复冲出助战。那金鲤仙顶上放出毫光,黑鱼仙口中喷青烟,神龟仙眼中放出红火,鸡冠仙冠中放出五彩,飞在空中,结成一块磨盘大的东西,照定二人头上打来。那秦汉见势不好,说:"师兄,我们去

---

① 不逊——骄横无礼。

第六十六回　仙翁触动金教主　妖仙大战樊梨花

罢。"两人上天入地去了。四妖大惊,收了妖术。

唐兵报与元帅。元帅见丁山毒气所伤,吃丹醒转。听得二将败回,说明此事。梨花听说,闷闷不乐:为何关关都有异人?如今来了许多妖仙,如何能破?仙童说:"前日两位师尊说:'玉龙关群仙开法。'想是这班妖仙。待明日出战,见机行事。"梨花依言,传令紧守营门,恐防妖仙劫营。众将得令,紧守不表。

再言李道符犹恐众妖扰民,就关外安营。次日唐营冲出三员女将。野熊仙性不能忍,听见女将出阵,舞剑冲出。见梨花骑黑狮驹,两旁金定、仙童各骑宝马。梨花一见野熊大怒说:"妖道,前日在金牛关逃去,今日饶你不过。"轮刀杀去,围住野熊。野熊难敌三将,众妖正要向前,梨花拍马吐出烟火,野熊吓得魂不在身。宝同见物伤心,不敢出战,紧闭营门,对众仙说:"黑狮驹厉害,被他所得,若盗得它来,送还教主便好。"花凤仙说:"这个何难?今夜包管盗来。"宝同说:"全仗师兄大力。"当夜驾云往唐营。

正当元帅得胜,令秦汉巡营,见云中来了一位女仙,来盗黑狮驹。飞上云端与他厮杀,惊动众将,照定仙女乱射。花凤仙心慌,弃驹而逃。秦汉牵了黑狮驹回来禀元帅不表。那花凤仙逃回番营,将遇矮将驾云夺回,说了一遍。国舅好不烦闷,无计可施。

次日唐兵杀到,番营一班妖道各显神通,只见乌云猛雨,现出无数怪物,尽是豺狼虎豹。仙童见了大惊,梨花笑道:"这些小术,三岁孩儿也晓。"念动真言,把红绿豆撒在空中,霎时雨散云收。神龟仙大怒,冲出阵来,喝道:"樊梨花,你用撒豆成兵之术,我有法擒你。"梨花一看,见此妖尖头、绿眼、黑脸、嘴上微须,身穿八卦道袍,手执鹅翎扇,背上一柄红光剑冲来。将扇子一扇,扇出万丈波涛,水内钻出,拔出红光剑,来斩梨花。梨花念动真言,波涛尽退,将手接住宝剑,举起诛妖剑,神龟仙躲闪不及,砍在背上,现了原形,乃一个大乌龟。将绳索穿了琵琶骨,贴上灵符,吊在旗杆之上,出其大丑。众妖见了,不战而逃。梨花见天色晚,收兵进营,明日交兵。此话不表。

再言众妖同了僧、道、国舅来见师父,说起:"龟仙被捉,我教扫尽面皮,望师父救回。"李道符仙说:"龟仙被符镇住,待教主亲临方可解救。但是神仙犯了杀戒,我当亲出斩那梨花。"宝同等拜谢,各归营安歇。

再言梨花对众将说:"今日出战,须要大破番兵,活擒众妖,好夺关门。"众将说:"是。"点秦汉、一虎冲头阵,刘家兄弟第二阵,月娥、金莲第三阵,第四阵点金桃、银杏,第五阵点仙童、金定。自领后阵,丁山、罗章为救应。分派已定,大开营门出阵。秦、窦二将冲到阵,喝道:"这班妖道,快快出来纳命。"众妖大怒,犬、马二仙敌住秦、窦二将。

又冲出刘仁、刘瑞,番营花凤仙、野狐仙出阵,见了二刘说:"大唐好人物,果然生得标致,待我捉他们回营成亲。"算计已定,各骑仙鹤出阵,娇滴滴声音说:"二位郎君,快通名来,我好拿你。"兄弟抬头一看,见二女仙道姑打扮,好似仙子下凡,都是绝色。开言说:"我刘仁、刘瑞便是,自出阵以来,无有不胜。你二人不如投降,我与你配一个风流佳婿,夜夜快活。若不然,我这枪杆厉害。"二仙姑笑道:"你枪无情,我双刀也不善。"举刀砍来,二刘把枪相迎。

第三队月娥、金莲杀到旗门。野熊仙、老牛仙接住,思量要活捉二员女将。老牛抵住月娥,杀得天昏地暗;金莲迎住野熊。老牛口吐青烟,霞光喷出。月娥摇动摄魂铃,老牛跌下马来,现了原形,是一只白牛。吩咐军校,穿了鼻孔,牵回本阵。又来助金莲。野熊见老牛捉去,一发心慌,摇身变了飞熊,眼如铜铃,口似血盆,来扑捉金莲。那月娥冲到说:"郡主不要慌,我来也。"取铃摇动,野熊跌倒,被手下捆捉回营。

二员女将正要回营,抬头见两公主敌住金鲤仙、黑鱼仙。二妖口中吐出海市蜃楼。金桃、银杏眼前花花绿绿,如醉如痴。二妖正待擒拿,金莲、月娥大喝道:"休伤我将!"手舞双刀架住。两个鱼妖大怒,思量一网而擒。哪知月娥铃子厉害,对了妖道一摇,二妖跌落马前,现出双鱼,涌出清泉,借水遁而逃。那四员女将杀过对阵,冲出飞钹和尚、铁板道人、苏宝同、鸡冠道人,敌住四员女将。元帅冲锋上前。李道符大怒敌住,喝声:"呔!樊梨花妄自尊大,不看仙翁在眼内,今日相逢,断不饶你。"梨花抬头一看,见道符仙风道骨,相貌不凡,五绺长须,飘撒胸前,头戴纶巾,身披鹤氅,手执仙剑,不像妖道之辈,说道:"仙长,我与你素不相识,风马牛不相及,说什么断不饶的话来?"道符说:"樊梨花,你不认得我么?我与你师同列仙班,弟兄相称。道友宝同,是我弟子,虽兴兵构怨大唐,也各为其主。你不看师叔之面,处他无情。今日我不与你甘休。"说罢,举剑向梨花面上砍来。不知后事如何,且听下回分解。

第六十七回

教主摆列诸仙阵　　二教斗法有高低

前言不表,再讲樊梨花双刀架住说:"原来是道符师叔,既是上古神仙,该识天命,也不该来助恶为虐。该命你弟子改邪归正,教番主降唐纳款,自然唐主收兵,各分疆界。何劳师叔到关前与我为难?"李仙师听了,大怒说:"樊梨花,你说哪里话来!天下者非一人之天下,唐王坐了中原,贪心不足,夺取西番世界。好好把番国地方退还,收兵回去,叫唐王年年进贡,岁岁来朝,我便饶你。"梨花听了,叫声:"师叔,这句话讲错了,中原大国倒反进贡小邦,你如何做得大罗神仙?快快归山,可全体面,若再无知,休怪弟子无情。"道符听了怒容满面,说:"贱人,休得多言!"用剑劈面砍来。梨花又架住说:"师叔,我看黎山师父之面,让你两剑。若是再来,决不让你。"道符又举剑砍来。梨花将刀相迎,战有数十合,不分胜负。梨花想道,他法术高强,先下手为妙,举起打仙鞭来打仙翁。仙翁大笑,把袖一拂,鞭落在袖中。把身一摇,背后五道金光飞来罩住,梨花眼花缭乱。忽见仙翁提剑赶到,吓得魂不附体,说:"性命休矣!五遁不能逃脱。"只听得霹雳一声,五道金光不见。李仙翁正欲砍梨花,听霹雳打散神光,大怒。抬头一看,见黎山老母跨了一匹金鳌飞下,说:"李道友,休伤我徒弟。不该请教主炼宝摆阵,害我座下众弟子。如今也不与你计较,你看那边云彩冉冉,教主法驾来也,我且暂退。"仙翁见了老母,欲要相杀,听教主驾到,回头一看,远望西方祥云五色到来,忙传令收兵接驾。那花凤仙、野狐仙正与二刘交战,听得收兵,俱皆罢战,退回本阵,接教主。

那樊梨花在金光中,忽见师父降临,说退道符,收兵回营迎接师父进帐,领众参见,拜谢救命之恩,拜毕起立两旁。老母说:"如今金壁风教主炼四口宝剑,要摆诸仙群会阵,见二教高下,与我等斗法。你去营外搭起芦篷,迎接诸仙下降。"梨花奉命,传令罗章营前台上挂红结彩,请老母坐在当中,香烟不断。又设交椅公座,笙箫细乐。

不表唐营齐整,再言金壁风带了数代弟子,捧了宝剑,那剑红光闪闪,五色毫光。谁知弥勒佛座下黄眉童子,他在西天小雷音寺骗捉唐僧,有徒弟孙行者求得佛主收去。不料弥勒往西天如来佛那里去了,黄眉童子私下山来。见了五色毫光,决有宝物,忙驾云而来,撞着教主宝剑放光,说:"老道士,这剑送与我罢。"教主一看,原来是个童子,说:"这宝剑要到玉龙关摆阵斗法,你要来何用?"童子说:"我爱他五色毫光,心中所喜。"教主说:"快快回去,我要行路。"那童子将布袋抛起收了宝剑,起身要走。教主晓得此袋是佛藏天袋,乃法门至宝,故将好话与童子说:"童子过来,我有话对你讲。你在弥勒佛座下,不见干戈。今日同我往玉龙关摆阵,你把剑还我,斩了樊梨花,与你剑罢。"童子笑道:"既如此,同去看看。这剑原要送我的。"教主说:"这个自然。"驾云来到玉龙关。

那仙师命宝同搭起高台,香花灯烛迎接教主仙驾。只听得半空音乐之声,道符同了三弟子、九仙妖,一齐迎接教主。教主下云,坐在高台,众仙参见。李仙师旁坐,众弟子侍立两班。道符说:"起初捉去神龟仙,高吊旗杆,又捉去老牛仙、野熊仙。今日亲出,将金光罩住,欲捉梨花,被黎山老母救去。专等教主法旨,大显神通,除此樊梨花。"教主听了说:"黑狮驹盗不回,反失三仙。我全仗这匹神兽,好建奇功。"便命弟子飞云、飞翠二位女仙:"与你两道灵符,前去盗骑。"二仙女领法旨,接了灵符,驾云来到唐营。往下一看,见黑狮驹拴在莲花帐前,三仙高吊旗杆,奈有人守,不能偷盗。等到晚来,直至三更,将士带甲安睡,二仙大喜,飞云对飞翠说:"师兄,你去盗骑,我去旗杆上放三仙。"飞翠说:"师弟,须要小心。""晓得。"那飞翠来到帐前,取出灵符一照,那神兽认得灵符,挣断丝缰,四足腾空。飞翠大悦,骑了驾云而回。那飞云上高杆,将灵符一照,老牛、野熊大喜,脱其绳索而逃。独有神龟仙逃不脱,一汪眼泪。仙女说:"他两个见了灵符,脱身而逃。你这乌龟还不快走。"神龟说:"仙女,你不知道。他铁链容易脱身,我是捆仙绳,要窦仙童亲念咒语,方能解得。"飞云听说,无可奈何,只得同了二仙回营,来见教主,说:"弟子奉法旨,老牛、野熊回来,神龟被捆仙绳捆住,不能脱身。回来交旨。"教主驾坐蒲团,也知神龟灾难未除。老牛、野熊也来叩谢。飞翠盗了黑狮驹,也来交旨。教主见了黑狮驹,心中大悦,吩咐牵往后营,待天明乘坐,阵前好会唐兵。此言不表。

再言唐营元帅升帐,守狮小校禀说:"昨夜三更,只见半天毫光一闪,

第六十七回 教主摆列诸仙阵 二教斗法有高低

那匹黑狮驹叫一声,驾云而去。"梨花大惊:决是金壁风法力摄去黑狮驹,又是一番周折。闷闷不乐,又小军报进:"旗杆逃去二妖,单剩乌龟。"梨花一发心惊,忙上芦篷,叩见师父,说此因由。老母说:"徒弟,昨夜音乐嘹亮,想教主已到。待他布了阵图,候诸仙一道破阵。"梨花听师父之言,抬头观看,见番营顶上,五花祥云如同华盖①。忙下芦篷传令出营,后面老母驾鳌而出。那番营教主,带了众弟子,骑上黑狮驹出阵,说:"唐朝将士,请黎山老母出来会贫道。"那老母乘鳌而出,见了教主,说:"道友请了,我和你上古神仙,万劫修身,上朝金阙,何故来降红尘?"金壁风叫声:"道友,你徒弟樊梨花背后恶言毁骂我教。今我下山,只叫樊梨花出来,待我拿上宫中,问明还你。"老母说:"你的门下多有搬嘴,道友不可听他。"教主说:"我既下红尘,摆一阵图,今且暂回,明日分二教高下。"老母说:"且摆完了再处。"说罢,两下一拱,各自收兵回营。梨花听得教主之言,闷闷不乐。

教主回营,吩咐国舅,进关祭祷山神海岳天地神祇。国舅领命,请出太子拜祷。然后教主摆起诸仙群会阵,按四方悬宝剑四口,凭你神仙杀到,削去三花,梨花性命难逃。宝同奉命依法整备。次日教主登台,点金鲤、黑鱼二仙:"你守南方丙丁火,暗藏三百甲士,若有神仙进阵,举起宝剑,绝他性命。"二妖领旨,镇南方。点白牛、野熊二妖:"带甲士三百,镇东方甲乙木。若有神仙进阵,举起宝剑斩他。"二妖领法旨而去。点犬、马二妖,镇守西方庚辛金,付剑一口,二妖领旨而去。点花凤、野狐,将剑一口,镇守北方壬癸水。分派已定,对黄眉童子说:"你随贫道到来,烦你一烦。"童子说:"我佛门慈悲为念,不晓武艺,叫我如何上阵?"教主说:"只要你将布袋抛起,一概收在袋中,其功不小。非但宝剑送你,国王还有许多宝贝赏你。"童子贪财,说:"就去。"同道符守中央戊己土,二人领旨而去。又令苏宝同、飞钹和尚、铁板道人、鸡冠仙四队,分为左右救应。自骑黑狮驹,手执令旗指麾。摆阵已完,众将严守。

那唐朝元帅见番营毫光直透云端,明知摆阵已完,忙见师父说:"看此阵十分厉害,师父一人焉能成事?若众弟子进阵,枉送性命。"老母叫声:"徒弟,你看那边彩云几朵,诸仙来也,快些迎接。"梨花听了下篷,众

---

① 华盖——古代帝王所乘车子上伞状的遮蔽物。

弟子跪迎。只见骑龙、骑凤、骑鹤、骑象、骑狮、骑牛、骑虎,都下云端,接入篷上与老母相见,列班而坐。蒲团第一位轩辕老祖、王敖老祖、王禅老祖、张果老、李靖、谢应登、孙膑、张仙共八位仙师,坐在东首。西首坐着五元仙母、金刀圣母、武当圣母、桃花圣母、黎山老母,随来仙女手捧宝瓶,奏动仙乐。梨花同众弟子叩见。薛丁山是王敖弟子,秦汉、窦一虎是王禅弟子。金莲,桃花圣母徒弟。金定,武当圣母徒弟。月娥,金刀圣母徒弟。今日师徒相逢,甚是欢喜,吩咐摆列素筵,款待仙众,说及破阵之事,不知后来,可能破得诸仙阵否,若知后事,且看下回分解。

第六十八回
老祖大破诸仙阵　　教主群妖俱已逃

且表黎山圣母说:"金壁风听一面之言,妄动干戈,摆了恶阵,与我教斗法。今推轩辕老祖执掌帅印,发兵破阵。"众仙俱说是。

梨花捧上兵符帅印,老祖接了。往下一看,众弟子不得进阵,有伤性命,便说:"今日承众位道友推贫道执掌帅印,也犯杀戒,以应劫数。黎山老母、五元仙母二位道友,带弟子梨花领兵杀入南阵,取宝剑砍倒朱雀旗,其阵立破,可到中央会兵。""是,领法旨。"又命:"王敖、王禅二位道友,带弟子丁山、一虎、秦汉去打东阵,收取宝剑,砍倒青龙旗,杀到中央会兵。""领法旨。"四仙带领弟子去了。命:"张果老、李靖、谢应登、孙膑、张仙五位道友,带刘仁、刘瑞领兵杀到西阵,取剑砍倒白虎旗,中央会兵。""领法旨。"五仙驾鹤乘虎而去。命:"武当圣母、金刀圣母、桃花圣母三位道友,带金定、月娥、仙童去打北阵,取剑砍倒元武旗,中央会兵。"三仙领法旨而去。自执黄旗,坐下青狮,到中央会合。

再言二位老母,杀入南阵。只见红光冲出,那宝剑盘旋,滚滚下来。二仙恐防有失,顶上现出两朵金莲,托住宝剑。五元仙母,用手一指,摘取宝剑。黎山老母砍倒朱雀旗,红光尽灭。阵中鼓响,杀出金鲤、黑鱼二妖,敌住二仙。梨花举起金棋子,将二妖打死,现了原形,是两鱼精。老母提刀斩了两个鱼头,杀入中央。

第六十八回　老祖大破诸仙阵　教主群妖俱已逃

　　那王敖、王禅老祖，杀入东阵。只见一道青烟，随着宝剑如龙舞而来。二位老祖一见，即时顶上现出彩云托住宝剑。王禅收了宝剑，王敖将青龙旗砍倒，同弟子杀入阵中。只听连珠炮响，冲出白牛、野熊提剑来迎。被秦汉一棒打死白牛。野熊正要逃脱，被二祖一指捉住。杀入中央。

　　再言五位仙翁杀入西阵，见白光万道，夹住宝剑杀将出来，好不厉害，如光芒飞舞，杀气腾空。五仙一见，即时顶上现出金光托住。孙膑收了宝剑，张仙砍倒白旗，冲出犬、马二妖迎敌，被刘家兄弟双戟刺死，现了原形，乃一犬一马。杀入中央不表。

　　再来三位老母来到北阵，见一道黑气漫天遍地，对面不见人，忽然宝剑如虹而来。三位圣母知得宝剑厉害，每位的头上放出金莲托住宝剑。桃花圣母砍倒黑旗，收取宝剑。忽听锣鸣，冲出花凤仙、野狐仙。仙童举起捆仙绳，将二妖捉住回篷。便往中央大会诸仙。轩辕正与道符斗法。道符祭神火珠来罩轩辕。轩辕笑道："顽仙，你有明珠，我有钵盂。"托在手中，一道金光现出一条金龙，擒住明珠。道符看到诸仙杀到，明珠阵破了，打点逃身。金壁风叫声："不好了！"吩咐童子祭宝。童子笑道："诸位善男信女，大家看看我的宝贝来了。"将布袋抛起，把诸仙弟子一齐收入袋内。单走了轩辕、李靖、孙膑、谢应登、黎山老母五位祖师，余者都被收去。

　　谁知来了救星，是唐僧奉旨取经，收了三个徒弟，孙行者、猪八戒、沙和尚。遭了八十一磨难，才到西天，取得三藏真经，脱了凡胎，竟回东土。师徒四个在云端经过，听得下面争斗之声。唐僧叫声："徒弟，自离西天，早归东土。这里什么地方，有毫光冲天，杀气腾空，是何意思？"行者道："师父，你忘记么？前日在西天，见佛取经的时节，那如来佛前殿弥勒佛笑对你说：'唐三藏，你归东土，到西凉国地方，有群仙斗法，擒妖捉怪，千万不要管闲事，恐有祸到。'想此正是西凉国地方，由他们罢，问他做甚。"话犹未完，只见面前黑暗，伸手不见五指。师父与八戒、沙僧霎时不见了。孙行者大惊，叫声："师父。"那边答应说："徒弟，我和你方才讲话，日色当中，一时天色黑暗，想是夜了。"八戒笑说："就是夜了，也有星月色。想是西边沙漠之地，是落沙天了。为何眼睛都张不开？"急得行者无法，想是师父又有灾难了。想一想说："是了，这里定有妖魔，又将我师父缠住，弥勒佛早晓得，待我往西天问明，便知道了。"算计已定，东钻西钻，没有缝路。啊呀！好奇怪！为何还在暗中？且住，我孙行者天宫、地府、龙宫都走过的，到了东土，寸步难行。我一个筋斗行十万八千里，这些世界有限。团团看去，有一线亮光，好似菜籽大。行者喜说："如今有出路了。"变一蜜蜂钻出。看见天光，一个筋斗早到西天。

走进山门，有四天王、八菩萨拱手说："大圣，你同唐僧归东土，为何又来？"行者说："不要说起，在西凉国经过，被妖魔把我师徒四周罩住，昏天暗地，无处逃身。我变化钻出，特来求见世尊，问个明白，好除妖怪。"金刚菩萨不敢拦阻，引见世尊。行者上前唱喏说："如来佛，老孙唱喏。"世尊笑道："这猴精！同师父回归，为何又来？"行者说起此事，要如来查明是何妖魔。世尊说："诸天菩萨查看，何处妖怪在西凉作难三藏？"有弥勒佛越班而出："启世尊，我座下黄眉童子私自下界有三刻，失去如意乾坤袋，又在那里戏侮唐僧。"世尊说："烦弥勒佛前去收回，放唐僧回东土，完了功业，早来佛地以成正果。""谨领佛旨。"

同了行者驾云来到西凉，立在云端之上，往下一看，只见黄眉童子举袋欲害诸仙。弥勒佛去下念珠，收了布袋，放出诸仙、唐僧师徒三人。黄眉童子见了主人，叩头礼拜。宝同、僧、道见收了袋，大惊。那金壁风、李道符大怒，仗剑驾云，见了弥勒，喝道："你这胖和尚！出家人也管闲事，吃我一剑。"恼了孙行者，手举金箍棒，喝声："齐天大圣在此，吃我一棒！"教主、道符听说齐天大圣，吓得魂不附体，晓得闹天宫，玉帝也降他不得，回身化二道金光而去。行者笑道："我老孙棒不曾打下，这两个野道就不见了。"弥勒佛叫声："悟空，你同师父速往东土，我回西去也。"带了童子驾云往西。

那师徒下落云头，诸仙接见说："四位师父是甚菩萨，收了宝袋，前来救贫道等众？"三藏回礼说："贫道乃唐玄奘，奉旨往西天取经回来，被如意袋收去。大徒弟孙行者逃往西天见佛，求得弥勒佛前来，收了袋，放出诸位仙长、仙母。"众仙说："原来师父就是西天取经圣僧。如今唐王扎住白虎关，速去复旨。"师徒大喜，作别回东不表。

那诸仙对谢应登仙翁说："如今阵已破，金壁风、李道符逃去。只有苏宝同、铁板道人、飞钹和尚未曾剿除，恐有后患。道友在此剪除，我等辞别先行。"应登领命。诸仙各驾祥云去了。众弟子跪送师尊。元帅传令，杀到玉龙关。吓得太子两泪交流，说："如今怎样处？"宝同、僧、道逃回见太子。太子说："国舅,今唐兵大破诸仙阵,教主与李仙翁杀得大败而走。如今计将安出?"宝同叫声："殿下,吩咐严守关门,设计破之。"正在此言,番儿报进说："大唐兵马架云梯攻打甚急。"太子大惊说："如何是好?"宝同说："太子不必着忙,我们二人同去守护。"太子说："孤也同去。"四人来到关上,往下一看,见唐兵如潮涌,围得水泄不通。令军士多备灰瓶、石子、劲弓、弩箭坚守。不知后事如何,且听下回分解。

第六十九回
番王纳款朝金阙　圣主班师得胜回

　　闲话休提,再言唐营元帅请师叔发落诸妖。那白牛精被秦汉打死;犬精、马精被刘仁、刘瑞刺死;金鲤、黑鱼被金棋子打死;鸡冠仙被乱刀砍杀。剩下野熊、神龟、花凤、野狐四个妖魔,被捆仙绳捆住,跪落尘埃,苦苦哀求说："我虽是妖精,修炼千年方得人身,叨天地之灵气,受日月之精华,同归截教①。误被苏宝同诱来抗阻天兵,望大仙释放,从今改邪归正,再不敢妄为。"谢仙师笑道："你们虽归仙数,人面兽心,欲待放你,后来又要害人。"秦汉禀道："师叔,那野熊精兽在金牛关助朱崖,捉去金桃、银杏。亏二郎神逐此妖精,救回二女。断断放他不得。"仙翁点头,取出葫芦,放在桌上一拱道："请宝贝转身。"只见一道毫光,变成剪刀,双翅扑来。野熊深恨宝同,追悔莫及,顷刻头落。又斩了野狐,恐后害人。神龟无能,放他去罢。解了捆仙绳,乌龟拜谢而去。花凤仙原是仙禽,度他成仙,放在仙山。花凤得放,一声响亮,飞向岐山,安逸以待圣人不表。

　　且说谢仙翁发落众妖已完,元帅即令："秦汉、一虎今夜进关,擒太子破关。"二将得令,来到关中。等到三更,太子在城上,身子困倦。那些番军东倒西困。二人大喜,取出绳索,将太子绑了,将长绳坠下,唐营军士接住。太子梦中惊醒说："不好了,身子已被捆住。"泪如雨下。解进营中,令："囚禁后营,待本帅破了关发落。提兵打关。"二位矮将斩关落锁,放

---

① 截教——指道教中的一个派别。

进唐兵。宝同、僧道闻知,提刀上马,杀下城来,迎战三员女将。铁板道人敌住金定,宝同迎着仙童,飞钹和尚撞着金莲,一场大战。

三人虽是骁勇,见城池已破,无心恋战,恐防祭起宝贝,各化长虹而逃。谢应登见三人逃去,打下定光珠。三虹跌落尘埃,被捆仙绳捆住。正当天明,元帅传令安民。秦、窦二将缴令,女将绑进三人。梨花请谢仙翁到营,说道:"苏宝同、铁板道人、飞钹和尚俱已拿到。他三人有化虹之术,弟子不能除他。请师叔除此逆贼。"谢仙翁吩咐摆香案,请出葫芦供着,朝上一拱:"请宝贝诛凶。"只听一响,飞出剪刀,扑开二翅,三人恶贯满盈,飞宝立时斩首。仙翁说:"我已除三害,可将太子绑在军前,杀入西番。他君臣归伏,就可班师。我去也!"收了葫芦,驾鹤而去。一众弟子拜送。元帅见仙翁已去,传令将太子捆在军前,杀上西凉。

那哈迷王正坐早朝,一连三报进朝。番王召进探子,奏道:"启上狼主,不好了。大唐兵马打破玉龙关,杀了苏国舅、二位军师,捉去太子,大兵直杀到西凉了。"番王听了,吓得魂飞天外,惊倒龙床之上,有一个时辰方醒,大哭说:"都是国舅惹祸,大唐起兵杀到边城,太子被捉去,目下有谁出去退敌?为孤分忧。"连问数声,两班文武无人答应。雅里丞相道:"臣启主公,不必惊慌,备下降书降表,到唐营纳款,将造反之罪推在国舅身上。大唐仁德之君,必然允从,自然还回太子。再备金珠、玉帛、女子,唐师必退。"

番王依了丞相之言,修了降书,宫中取出宝贝,装载数车,同了文武,离了王城,迎接先差。通事番官往唐营说:"我邦狼主误听苏宝同之言,触犯天朝。今日天兵到来,追悔无及。今带领文武众臣,出郊迎接元帅,情愿纳款投降,年年进贡,岁岁来朝。望将军转达元帅,番邦幸甚。"先锋罗章听说,叫军士收下降书:"待我转报元帅。"番官送上降书。先锋扎住营,飞报元帅。

元帅大喜,此事苏宝同打战书到中原,引起一番征战。今见君臣拜伏马前,令丁山传言说:"番国君臣请起,我元帅奉旨征西,欲灭你国。既然君臣悔罪,苏宝同已斩,暂准投降。我主扎住白虎关,班师带汝君臣去复旨。"番王叩谢起身,请元帅人马进朝。同众将进了番城,那番民香花灯烛,挂红结彩,迎接元帅。进了朝门,到银銮殿,番王君臣拜见,摆宴殿廷,又送出许多奇珍异宝,元帅收下。传令起兵出城,带领番国君臣,将太子

第六十九回　番王纳款朝金阙　圣主班师得胜回

释放，立刻班师。不比来时，归心如箭，过了玉龙、铜马、金牛三关；芦花河祭过应龙，起兵到沙江关，过了寒江，回到白虎关。

先有捷书报与唐王，龙颜大喜："难得平西太平。"差程千岁前往迎接元帅，自同文武出关十里候迎。程咬金飞马来到，元帅大喜，细说一遍。咬金称赞，并马前行。见唐主龙驾，樊梨花看见，同众将下马，拜伏道旁。天子将手一起道："诸卿平身。"起驾进关朝贺。

天子说："卿家夫妇征服西番，其功不小。"樊梨花奏说："番国君臣纳款投降，带在军中，请旨定夺。"将降书送上。天子一看，喜动颜色，传旨："宣哈迷王见驾。"那番王奉召，忙到驾前，口称："大唐圣主，番邦小臣哈迷赤朝见。"山呼拜毕，奏说："臣误听奸臣苏宝同，触犯天朝，罪该万死。愿献西番地方数万里，苟全性命，望王准奏。"天子说："朕念你系小邦之君，误听邪言，兵犯上国。今既悔过，放汝归国。西番地界自沙江关之东，尽归唐朝，以西汝仍管辖。退班。"番王谢恩出朝。同了太子、文武割地求和，回转本国。

西天来了唐僧师徒，下落云端，送上真经。天子大悦，传旨回朝封赏。三藏奏道："贫僧出家人，发愿西天取经，今喜回东见驾，已不愿留在红尘，望我主恩放归山。"天子不忍苦留，御赐袈裟、宝杖，准奏谢恩。三藏山呼万岁，师徒四众辞圣驾云往西不表。

那丁山想父亲白虎山归天，夫妇往山祭奠哭拜，重修白虎庙。来日天子封一虎镇守白虎关镇西侯，带兵十万；金莲封一品夫人。夫妻谢恩就职。秦汉封青龙关定西侯，月娥封一品夫人。夫妻谢恩。丁山夫妇俱来作贺说："此一别不知何日再会。"秦、窦二将说："后会有期。"来日起驾，过了玄武关，不日又到青龙关。秦汉驻守。

行到寒江关，梨花来见母亲。丁山设祭岳父、二舅，请僧超度。丁山说："贤妻不必悲伤，请岳母同去受享荣华。"老夫人说："我本不忍离故国，单有女儿随去便了。"备车起程。又行到界牌关。天子召丁山说："朕当先行。卿同妻搬父棺到京，往山西安葬。"丁山谢恩。

御驾还朝，太子同文武迎接。驾进长安，升了金銮，百官朝贺。有张士贵之孙志豹之子君左、君右，俱为丞相。朝罢进宫，王后妃嫔朝见，细说征西十有八年，朝中又见一番景况。

次日天子入寺观行香见武氏，收纳宫内，荒淫无度。不久废了王皇后,立武氏为正宫,名唤则天。为尼之时,丑声闻外。今为皇后,一发无忌。天子十日不坐朝,文武撞钟击鼓,天子正与皇后欢乐,听得升殿,丞相魏旭上朝奏道:"万岁征西回宫,耽于酒色,倘外夷晓得,为祸不小。"天子听奏,封秦梦为护国公,袭父职。罗章为越国公。陈云、刁应祥已经阵亡,立庙祭祀。刘仁、刘瑞封都督,出守河南,二人谢恩赴任。随征将士俱加恩赏,阵亡将士子孙受职。文武谢恩,天子驾退还宫不表。

　　再言丁山夫妻见柳氏老夫人叩头。夫人问道:"妹子为何不来?"丁山说:"妹夫封守白虎关,妹子受封同享。"夫人流泪。丁山说:"少不得差人问候。"丁山与老夫人、妻小到灵柩前哭拜,奉旨扶棺还乡。军士挂白如同霜雪。到玉门关地方,官府俱来迎接。早到长安,将棺停在寺中,入朝见驾。程咬金也复旨。不知天子有何言语,且听下回分解。

第七十回
丁山奉旨葬仁贵　应举投亲遇不良

　　话说大唐高宗皇帝征西回京,西番进贡者七十二国,俱来朝见。龙颜大喜,当日坐朝。程咬金启奏薛氏功劳,天子准奏加封,封薛丁山为两辽王,命工部在长安督造王府。工部领旨。封长子薛勇红罗总兵,次子薛猛云南总兵,三子薛刚登州总兵,四子薛强雁门总兵。大夫人仙童封定国夫人;二夫人金定为保国夫人;三夫人梨花功劳最大,封威宁侯。仁贵身丧西凉,谥文定,立庙祭祀。柳氏、樊氏俱封一品太夫人。丁山父子谢恩,回府又拜谢程咬金。文武俱来贺喜,不表。

　　且表那工部督造王府三月完工,请薛爷进府享受。长子薛勇、次子薛猛辞父上任,各府小爵主俱来送行,不必细表。再言丁山在府对四子薛强说:"吾儿,你二兄上任去了,我有一事,因你年幼,不好差你。"薛强跪下说:"爹爹有甚事,说与孩儿知道。"丁山说:"我在西番曾许下太房州还愿,欲差三子薛刚前去,然他性暴好饮,恐生事故,留在京中。你往雁门是顺路,所以唤你前去。"薛强应诺,拜别父亲、三位母亲。大夫人再三嘱咐:"前去小心。"二夫人、三夫人也一番嘱咐。薛强领命,带了家将,望四

第七十回 丁山奉旨葬仁贵 应举投亲遇不良

川而去。

另回再言丁山想起父亲骸骨未葬,便与三位夫人商量。大夫人说:"这是大事,必须辞王别驾,速扶棺往山西安葬公公是好。"丁山说:"夫人有所不知,目前朝廷隆重,就上辞表,未免唐突。"夫人说:"这不难,烦程先生保奏,自必无妨。"丁山忙写表章,次日上朝。一面向鲁国公程咬金说:"要往山西葬父,烦老柱国保奏。"咬金听言呵呵大笑,说:"这是你孝心,老夫自然保奏。"丁山拜谢回府,端整明日上朝,不表。

再言次日高宗驾坐早朝,文武朝毕,只见班中闪出一位大臣,象简紫袍,俯伏金阶奏道:"臣两辽王薛丁山启奏。""奏来。""臣父仁贵,没①于王事,丧白虎山,蒙恩命臣扶棺归葬。今臣扶棺往山西安葬,愿王赐恩。"高宗将表一看说:"朕欲留卿在朝,以报卿之功劳。今既要葬王叔,依卿所奏。待朕差官御祭御葬,留威宁侯在朝辅政。钦此。"丁山谢恩。驾退回宫,各官朝散。

丁山回府,与三位夫人及二位太夫人说知。次日同柳氏太夫人、二位夫人送父骨往山西祭葬。三夫人梨花同三爵主薛刚在府。朝廷差行人司②同到山西御祭御葬。丁山又上朝谢恩。有左丞相徐敬业、右丞相魏旭,又秦梦、尉迟弟兄、文武百官等,俱送到十里长亭,都助丧费银两。朝廷又赐黄金千两、白银万两、金瓜月斧③,"倘山西有不称职官员,任卿先斩后奏,三年之后来京就职"。丁山望阙谢恩,各官送别。丁山对鲁国公说:"老柱国,晚生有一言相告,今三子薛刚在京,倘或生事闹祸,求老柱国处治。"咬金说:"不消嘱咐,老夫自当照管,你放心前去。"丁山又与梨花嘱托一番,唤过薛刚,一番吩咐,不必细表。丁山竟往山西,一路不消尽说。咬金、梨花各回府中,我也不表。

再讲薛刚在京无事,结交一班小英雄。秦梦之子秦红,混名阔面虎;尉迟景混名白面虎;罗昌混名笑面虎;王宗立混名金毛虎;太岁程月虎。长安城中人人害怕他,皆云五虎一太岁。

一日,众小英雄都来探望,与薛刚意气相投,结拜为兄弟。每日在酒

---

① 没(mò)——同"殁",死。
② 行人司——负责传旨、册封及天子远来宾客的接待事务的行政机构。
③ 金瓜月斧——镀了金、银,形似瓜和斧的仪仗器物。这里指执仪仗的卫士。

店中饮酒,到教场中走马射箭,玩耍回来又生事,凭你文武都要让他几分。就是鲁国公程咬金也管他们不住,无可奈何。这日该当有事。有一人姓薛名应举,妻王氏也是山西人,夫妻二人到长安投亲。不想张君左之子张保,带领许多家将在街上走,张保在马上看见王氏生得美貌,满心欢喜,呼家丁唤他到府中,有话问他。家将领命来到薛应举面前说:"大爷唤你夫妇到府,有话问你。"应举摸不着头路,问道:"我与你家大爷又不相识,唤我怎么?"家丁说:"你见了我家大爷,自有好处。"扯了就走。王氏再三哀告,只是不听,竟扯了应举夫妻走。王氏大喊说:"清平世界,又不犯法,拿吾则甚①?"街上这些百姓晓得张府势耀,哪里敢来相劝,凭他拿去府中。家丁禀道:"唤到了。"张保一见,满面笑容说:"尊姓大名?贵处哪里?说与我知道。"

应举初然间家丁拿来,倒有几分害怕。今见张保如此相问,便放心说:"大爷,小人家住山西,姓薛名应举,偕妻王氏,到京投亲不着,流落在此。求大爷发放回去,感恩不浅。"张保说:"你既投亲不着,在京无益,留你妻子在此,多打发盘缠回去。"应举一闻此言,大怒说:"我堂堂男子,满腹经纶,要来求取功名,难道我卖老婆不成?快放了我们回去。"张保说:"你来得去不得了,休想回去。"吩咐:"把王氏拿进后堂,交婢女们看守,把这奴才赶出府门。"王氏见了扯住丈夫,口中百般大骂说:"清平世界,强逼人妻,若奏闻圣上,依律处死。"张保大怒,吩咐家丁:"将应举送往长安府,当做强盗,要他处斩,以除后患。"家丁应诺,将薛应举锁住,拿往长安府去了。应举喊破喉咙,哪个来管他,竟到衙门。那知府听了张府家人之言,认其为盗,将应举苦打成招,问成死罪,明日立斩。

那王氏被张保拿进后堂,便抱住亲嘴。王氏把脸侧开,大喊,两泪如雨,大哭起来,叫道:"丈夫快来救吾。"张保笑嘻嘻说:"不要叫了,若肯从我,少不得做个小夫人;若不愿从,你也休想回去。你丈夫做了强盗,料不能活的。"王氏听了,两脚乱蹬,将头向张保乱撞。张保正欲势强,忽家人报说:"老爷回朝,唤公子。"张保无法,就交付老婢:"看守在后园,晚上来与他成亲。"竟往外面去了。老婢同王氏来到后园,王氏哭诉冤情,老婢哀怜,说:"大娘,你如今好了。你既有冤情,我也晓得。我晚上放你。那

---

① 则甚——做什么。

公子怕老爷,不敢乱为。"王氏跪下说:"妈妈救了我,我没世不忘①。"啼哭不住。老婢说:"也罢,我开园门放你去。"王氏叩谢救命之恩。老婢扶起而别。

不表王氏逃走,再言老婢做成圈套,公子问起,只说王氏投池身死,谅来不究。那张保留在书房,不许进内。这是老婢造化。

再言王氏逃走,一路啼哭,天色又晚,就投庵过夜。明日仍上街打听。听得人说,明日午时要斩大盗。王氏闻言,问道:"要斩何人?"旁人说:"昨日张府失盗,拿住正盗,叫薛应举。"王氏听了,这是我丈夫呀,叫一声:"张保,天杀的,我与你无冤无仇,为甚将我丈夫处斩?好不疼杀我也!"大叫一声,晕倒在地。

这日薛刚同一班小英雄在酒店饮酒回来,在状元街游到金字牌坊玩耍,见一妇人跌倒在地,啼啼哭哭。众小英雄问道:"你何故在此啼哭?"王氏细说名姓:"山西人氏,丈夫薛应举,小妇王氏,来到长安投亲不着,被张君左家人哄骗进府。张君左之子张保要强奸小妇,因我不从,将我夫当强盗送到知府,苦打成招,明日将我夫斩首。今求仁人君子化一口棺木,收殓丈夫,我也尽一点孝心。"薛刚大怒说:"难得此女贞节,明日我等救你丈夫,回去罢。若被张贼晓得,你性命就活不成了。"王氏拜谢回庵。小英雄回府,众人说:"造化了,遇着薛三爷,谅必得救了。"不知如何去救,且看下回分解。

第七十一回
劫法场御赐金锤　　鞭张保深结冤仇

前言不表。单言次日薛刚同秦红等结束停当,暗藏器械,都到状元桥,只见长安府监斩,薛应举绳索绑捆,身上斩条②插了,一声锣,一声鼓,迎将来了。薛刚一看,拔出身边短刀,大喊一声,将知府一刀,众人一齐动

---

① 没(mò)世不忘——终身不能忘记。
② 斩条——斩牌,又叫亡命旗。

手,杀了刽子手,劫了法场,救了应举。众百姓纷纷逃命。薛刚叫声:"众兄弟,你们各自回去,不要被连累。自古好汉做事,一身承当。"小英雄听了,各自分散。

薛刚单身同应举夫妻一路,只说是哥嫂被张保陷害。圣上问起,要说明白的。商量已定,来到午门,请天子坐殿。上前奏说:"臣有堂兄嫂来投王府,不想被张保陷害,绑赴法场。今臣救了,奏闻圣上,除却奸臣。"天子龙颜大怒,问君左。君左回奏:"臣实不知。被人冒了姓名,也未可知。"天子也不究,罚俸一年,修金字牌坊。封薛刚为通城虎,赐金锤两柄,朝中打奸臣,民间打土豪。

薛刚谢恩出朝,同应举夫妻回家。樊夫人以礼相待。薛刚对母亲说:"孩儿不喜做官,登州总兵哥哥去做。孩儿在京服侍母亲。"夫人大喜。次日设酒送行,应举夫妻感恩不尽,拜别往登州上任而去。薛刚有御赐金锤,朝中大臣哪个不惧?日日同了小英雄五虎一太岁往教场比武玩耍。

薛刚用的铁棍乃异人传授,有三十六棍,天下英雄闻名,称为黑三爷,犹如水墨金刚、烟熏太岁,好力气。秦红使金锏,罗昌用梅花枪,尉迟景用水磨铁鞭,王宗立用长枪,程月虎用抱月金斧。又有某人某人等,在教场中走马射箭,不止一日。

那日正在玩耍,不想张保带了家丁也来观看,被巡捕官看见,报与薛刚。薛刚听了,叫拿上来。众人竟将张保拿进教场。薛刚明晓得是张保,只做不认得说:"你是歹人,擅敢偷看。"吩咐左右拿下去捆打四十。张保大叫:"我是丞相之子张保。我父现在朝中为相,不要认错了。"众小英雄说:"张君左哪有此子?分明是贼偷,打他二十。"不由分说,竟将张保打了二十大棍。打得皮开肉绽,鲜血迸流,一跌一拐回去。众人大笑而回。

张保见父说明此事,薛刚如此长短。君左大怒,父子进后宰门,哭奏天子。天子说:"该打。你父子生事教场,先帝封典二十四家国公。你是文官,不教尔子攻书,如何去射箭,此事朕也不究。"君左父子忿恨回家。父子商议,薛刚朝廷宠用,另寻别事算计他不表。

再言一日君左父子进朝,宫中武后看见张保生得美貌,奏知圣上,将张保承继为子。天子耽于酒色,听武后言,将张保为了殿下。自此丑声外闻,是不必说。

再讲丁山到山西葬父骨,安享三年,奉旨钦召进京。文武相送,离了

第七十一回 劫法场御赐金锤 鞭张保深结冤仇

山西,竟上长安,到自己府中。三夫人梨花、薛刚迎接安宴,是有一番言语,欢会一宵已过。次日上朝,有左相徐敬业、魏相等相见,各叙久阔寒温。金鞭三响,驾坐早朝。丁山上前朝见。天子大悦:"久不见王兄,朕想念之甚。"丁山谢恩。天子赐宴。次日又去拜望各公爷,至鲁国公府,咬金请酒,说起薛刚之事,"闯祸劫法场,亏天子洪恩,也不深究。贤侄回府必须教训一番"。丁山领诺回府,埋怨夫人,唤薛刚要痛责。梨花是护短的,丁山又不好在夫人面上难为,吩咐将薛刚关进书房,不许外出生事。

再表高宗李治天子宠幸武后,朝中大臣进谏,天子不准。武后知帝昏懦,易于煽惑,且垂帘于政,言听计从。遂肆意荒淫,与僧怀义、张保、张昌宗等污浊后宫,丑声闻外。魏相、徐敬业觉见不雅,将张保等禁止于外,不许妄入宫禁。武后情思不得遂欲,阴使心腹奏帝,调徐敬业外任,魏相告老,朝廷大政尽归武氏,中外称为二圣。此话不表。

再言丁山见朝廷颠倒,思念母亲柳氏,次日上本回家养亲,天子准奏回府。各公爷都来辞别。吩咐家丁五百看守王府,同夫人梨花、薛刚出了长安,行至长亭,各官送行。鲁国公程咬金说:"两辽王,你回山西安享。想吾等,唐朝天下亏我们打成,世界不久要归武氏,深为可惜。"丁山说:"老柱国,身为臣子尽忠而已,不必虑他,须要在朝力谏,自然太平。谅圣上明白。"各公爷也有一番言语,我也不表。

丁山辞别,竟往山西。到王府一家完聚,拜见柳氏、樊氏二位母亲,设家宴。次日拜客,忙忙然非只一日。再言柳氏太太思想女儿下泪,丁山上前,双膝跪下说:"孩儿叨①祖父母亲福庇②,做了一介藩王,不能报答。母亲今日正当受享荣华,为何不悦?莫非孩儿不孝之罪?"太太说:"非为别事,你妹妹金莲同你大舅窦一虎镇守西凉白虎关,久无音信,意欲差人问候,但未有其人。"薛刚上前说:"孩儿前往问候姑夫、姑姑。"太太大喜说:"孩儿肯去,吾愿足矣。"丁山说:"母亲,三孩儿不可去,他吃酒生事闯祸,其实不好的。"梨花说:"孩儿勇猛,路上虽有毛贼,谅他不在心上,万无一失。"夫人窦仙童也想兄弟一虎,也来撺掇。丁山说:"要去,须要戒酒。"薛刚说:"这个何难,今日就戒起。"丁山说:"要立个誓来。"薛刚说:

---

① 叨(tāo)——受到(好处),沾(光)。
② 福庇——福荫。

"从今后开了酒,杀吾全家。"丁山大怒说:"畜生,胡言乱语。"薛刚说:"不要慌,杀尽了,还有吾报仇。"丁山气得目睁口呆。梨花说:"相公不要听他,他是呆子,颠倒说的。"陈金定也来相劝。丁山见母亲要他去,三位夫人又来说,只得允从。端正礼物,带了家人数名。

次日薛刚拜别,离了山西,竟往西凉而去。一路上果然并不饮酒,又不生事。一日打从天雄山经过,只听得一棒锣声,跳出数百喽啰,拦住要讨买路钱。薛刚大怒,打死头目喽啰。喽啰报上山中说:"大王,不好了!方才小人们出去巡山,路逢数人,内中一人黑面使棍,十分勇猛,将头目打死,特来报知大王。"

大王大怒,带马抬枪冲下山来,见了薛刚,大叫一声,说:"不要逞强,俺来也。"薛刚见了大王,白面银牙,相貌堂堂,来者不善,不如先下手。照头就是一棍打来。大王说声:"来得好!"把手中银枪往棍上噶啷一声响,架在旁边,冲锋过去,圈得马转来。薛刚又是一棍打来,大王又架在一旁。一连数棍,杀得大王浑身是汗,两臂酥麻,大叫一声:"好棍!"杀到后来,棍也轻了一半,被大王一连数枪,薛刚只是招架,没有还棍之力,拼命将棍招住枪说:"狗大王,认得你黑三爷么?"大王道:"哪个黑三爷?"薛刚说:"我乃两辽王薛丁山世子薛刚。"大王听了,就下马说:"得罪,莫怪俺不晓得,三爷为何在此经过?乞道其详。"薛刚也下了马说道:"壮士下问,吾家父亲差往西凉探亲,在此经过,不想遇着壮士,三生有幸。"大王邀薛刚同到山中。薛刚问起姓名,说:"吾姓伍名雄,祖父伍云召,隋朝南阳侯,战死在沙场。父亲伍登已经去世,故弟在此落草。"薛刚说:"原来是南阳侯之子,久慕大名,恨相见之晚也。"吩咐家人:"先往西凉,我就来。"家人领命而去。伍雄拜薛刚为兄,留在山中。当日饮酒办席,薛刚辞谢说:"我在家中家父面前立誓戒酒。"伍雄说:"伯父恐兄道路之中生事,所以戒酒。今日在山中只有吾兄弟二人,饮酒何妨?"薛刚说:"兄弟只是要少吃些。"当夜饮酒。次日前后山玩耍,此话不表。

再言长安高宗天子,在长安宫中酒色太过,二目昏花,不理朝事。武后奏主:"圣上二目不明,明春上元佳节,大放花灯,主上看灯,二目就明亮了。"天子大喜,旨下:"明春大放花灯,与民同乐。"正月十三日上灯,十八日下灯,朝中大小衙门俱端正花灯,外省行台节度俱送名灯进京。不表。

再言薛刚在山中同伍雄情投意合,走马射箭,比较武艺。正南上离数十里有一山,名曰双雄山。山中有一大王,姓雄名霸,雄阔海之孙,在山落草,与伍雄相好往来的。有喽啰报说:"伍大王那边有什么黑三爷在山比武,客人不敢过往。"雄霸听了备马,带了喽啰来到天雄山。伍雄闻知,下山迎住,接进独角殿,说起薛刚一事,雄霸大喜,三人结拜弟兄。薛刚见雄霸仪表非俗,豹头环眼,燕颔虎须,声如铜钟,身长一丈,两臂有千斤之力,想道:"不枉西凉走一道,若在家中,怎能会二位兄弟?"心中大喜,当夜兄弟饮酒,吃得大醉,各去安歇。次日又在山中玩耍。雄霸接薛刚、伍雄到双雄山饮酒。不觉年尽。有儿郎来报:"拿得灯匠十余名,求大王发落。"伍雄说:"拿进来。"喽啰将一班灯匠拿到独角殿。问:"你这班是什么人?"朱健上前说:"小人奉南唐萧大王之命,明春圣上大放花灯,解灯进京的,并无财物,乞大王发放。"薛刚看见朱健身材长大,也是一个好汉,说:"兄弟,他说解灯,拿灯上来看。"十余盏名灯拿上来。朱健说:"大鳌山灯进于天子,小鳌山灯送中山王武三思,凤凰灯送张太师。"伍雄、雄霸叫喽啰灯俱留下,打发他回去。薛刚说:"不可,不可。"不知说出什么话来,下回分解。

第七十二回
众英雄大闹花灯　通城虎打死内监

再表薛刚说:"二位兄弟,不可将灯一齐留下。大鳌山灯送天子的,教他拿去。小鳌山、凤凰灯他送与奸臣,我们留下。"朱健说:"大王留下二灯尤可,小人回去难见萧大王。望大人留下凤凰灯,还了小人鳌山灯。"伍雄说:"若再啰唆,一齐留下。"朱健无奈,拜谢而去。当下便将二灯挂上,弟兄三人赏灯。薛刚对伍、雄说:"我要到长安走走,看看灯。"雄霸说:"既然哥哥要去看灯,吾弟兄二人相陪。"薛刚说:"不可。山寨乃是根本,离不得的。况且长安城中去,许多做公人看见兄弟相貌不凡,恐妨惹祸。待弟单身前往,枪马留在此山。"

过了年,正月十二日,薛刚别了伍雄、雄霸,单身而走。来至临潼山,见一伙人推一辆囚车,认得是朱健。薛刚身无尺铁,怎生相救?见路旁有一枣树,将来拔起,打死众人,救了朱健。问其"何事装入囚车,解往哪里去"?朱健说:"解灯进京,张太师道我大王不送与他,因此大怒,要将我斩首。我说明此事,将我解到南唐萧大王那里发落,不想壮士救了小人。如今又冤杀了众人,教小人有家难奔,望壮士救我。"薛刚说:"不难,你到天雄山落草。"朱健说:"他那里不肯收留怎处?"薛刚道:"我有鸾带,叫你拿去,伍雄自然收用。"朱健拜谢,接了鸾带,竟上天雄山。伍雄问明,叫他搬家小上山来,此话不表。

那薛刚来到长安,到秦红府。家人报知,秦红接进,叙起久阔。吩咐家人去请这班小英雄到来相见,大家欢喜,准备看灯。到十五日夜,众人都去看灯。只见那六街三市、勋戚衙门、黎民百姓奉天子之命,"与民同乐,家家户户结彩悬灯,今晚要点通宵长烛,如有灯火昏暗不明者,俱已军法究治"。就是宰府门首,也扎个过街楼灯。小英雄看到那些走马撮戏,舞枪弄棍,做鬼装神,闹嚷嚷填满街市。

不多时已到中山王门首。那楼与兵部衙门的一样,灯却不是一样的。挂的是一种凤凰灯,上面牌匾四个金字:"天朝仪凤",旁边一对金字对联:"凤翅展丹山,天下咸欣兆。"薛刚等看了回来,又在天汉桥酒店中吃了酒,多有些酒醉了,下楼又往皇城内来。五凤楼前闲人挨塞得紧,楼前有两个内监,带五百净军①,都穿着团花袄,每人拿一根朱红齐眉短棍,守着这座灯楼。薛刚看见好灯,大呼小叫。内监见了大怒,喝叫:"拿下!"净军听了,拿了齐眉棍上前来打。这班小英雄大怒,抢了短棍,反将净军打得东跑西窜。薛刚赶上,将内监打死。内宫有人认得是通城虎,报知天子。丞相张君左下五凤楼观看,认得果然是薛刚,奏知圣上说:"通城虎闹花灯,打死内监。"天子大惊,二目不明,下五凤楼,失足跌下楼。文武俱散,天子进宫。张君左叫拿薛刚,天子说:"非关他事,只怕不是薛刚。他回家已久,面貌相同,也未可知。明日细查。"张君左见圣上不准,只得回家。

这班小英雄都到秦红家中,程月虎言:"我回去走走。"众人说:"你去去就来饮酒。"月虎回家,咬金说:"你们这班出去闯祸,大闹花灯,打死内

---

① 净军——古时男子被阉割,叫净身。净身男人组成的军队叫净军。

第七十二回　众英雄大闹花灯　通城虎打死内监

监。张君左要拿薛刚,亏圣上念有功之臣。明日还要细查,倘或查,你们这班畜生性命都不保,教薛刚快走。"月虎听了,忙来至秦红家说:"祖太爷叫三哥快走,明日祸至。"宗立说:"私进长安,打死内监,连累薛叔父也不好了。"薛刚听了大惊,拜别弟兄,出了长安。至天雄山相见伍雄,说起闹花灯一事。伍雄说:"不如在此住下,老伯父要晓得,自然打本进京,谅来也无事。"朱健过来拜谢救命之恩,此话不表。

再言天子闷在宫中,张君左奏说:"果是薛刚。圣上差官往山西拿丁山到来究问,就明白了。"天子不言。武后奏说:"丞相所奏不错,速召丁山来京。"天子言道:"今日各处查到,并无薛刚,反要劳动功臣,面上不好看了。"张君左又奏。天子无奈,命钦差王令到山西问两辽王,"可是薛刚否"?王令领旨来到山西开读。丁山接了天使,来到王府,开读已毕,吩咐摆香案供着。旨上不过说"薛王兄,尔子在家否"这句话。丁山谢过恩说:"天使大人,小儿上年往西凉望姑夫窦一虎、姑母金莲,奉母命的。不晓得有这一事,望天使说明。"王令说:"今年正月十五元宵,大闹花灯,打死内监。丞相张君左奏主拿问,圣上原不信的。旨上问有无,两辽王表本上写明白回旨。下官告别了。"

丁山送去天使,连夜修成表章,差薛贵抱本星夜进京。天子将本一看大喜,宜张君左道:"薛丁山上年奉母命,差薛刚往西凉去探亲,不在家里。若是依你,反害好人,以后不必多奏。退班。"张君左无颜,谢恩退朝。天子赐黄金千两,彩缎千端,差官出京,钦赐丁山,此言不表。

另回言武昭皇后请旨盖造御花园,天子准奏,传旨晓谕各处,有好花都要送上。命张保监工,人夫数千,开池,造御书楼,堆假山。百姓劳苦,万民嗟怨。命张大郎号昌宗同太监把守后宰门,不许闲杂人等进去。那御花园与后宫相近,张保、昌宗不时进宫与武后淫乐,不必说。

再言薛刚在天雄山同伍雄、雄霸在山饮酒,报说:"拿得一班解花木的十余人,求大王发落。"伍雄问众人:"你们解这花木哪里去的?"众人跪下说:"小的奉南唐萧大王送花木上长安,圣上要修造御花园,进上的,望大王发放。"伍雄叫喽啰拿上花来观看,说:"余花发还,牡丹花叫留下。"薛刚说:"不可,前番留下二灯,教朱健吃苦,如今还他去罢。"众人闻言拜谢,下山而去。又过了几日,薛刚说:"我今别了二弟,要上长安走走。"伍雄说:"不可。前番去闹了花灯,连累父母。如今且不可去。"薛刚说:"不妨,我今去会弟兄,打听朝中之事。现今敕赐金锤,怕他则甚?"雄霸也劝,薛刚只是要去。伍雄阻挡不住,内中选数名喽啰扮作家丁,跟了三爷,扶侍前去,叫他不要生事,早早就回。

薛刚依言下山,带了喽啰,竟往长安。吩咐:"喽啰城外住着,我进城去就来。"喽啰说:"三爷去就回,小人们在此等候。"薛刚进城,来到秦红家。小英雄都到,说起花灯一事,"打得爽快。三哥不在,吾等无兴,目下天子昏懦,多用了一班奸党张君左弟兄、父子。内有武后盖造御花园,劳民伤财。太老程千岁也不进朝"。薛刚听得大恼:"今日同兄弟御园走走。"众人说:"不可去,前后有人把守,进去不得的。"薛刚说:"有我在此不妨。"众小英雄都无主意的,内中有高兴的说去得。若有个老年人在内决然阻挡,一班俱是后生不知厉害,所以有一番大是非。当晚就在秦府饮酒。

次日五虎一太岁高高兴兴一路来至园首,见一班人扛抬一块假山石,好用力,口口声声说:"工钱克减,我们吃苦。"薛刚看见问道:"你们讲甚话?"众工人说:"张爷要百姓做工,工钱又少,又受鞭打,累死人无数。这一块大石,叫我们哪里扛抬得动?又有限期,迟了些受责。"薛刚说:"不妨,待吾等与你扛了进去。"工人说:"你们进不得的,我们都有字号识认,所以能进去。"秦红说:"既有记号就好了,快拿记号来。"工人身边都有腰牌写姓名,张三、李四、某人、某人。众人巴不得替他,忙解下付与薛刚。薛刚付与五虎一太岁,带在腰边。六人忙将大石轻轻地扛起,不甚费力,竟抬进御园。守门的看见有腰牌挂着,不来查究。众人来到里面,将石放落,果然好一个大花园。但见许多人在那里挑泥种花,不计其数。只见上面坐着一人,又有许多绿衣人侍立两旁。又见送酒饭鱼肉拿上去给张保吃的,薛刚叫留下,"待吾来吃"。有人见了报与张保。薛刚不知厉害,吃得大醉。众英雄劝他不要进去,他不肯信,倒走进去。秦红等只得出去,恐其连累,都到秦红家计议救他。且听下回分解。

第七十三回
御花园打死张保　劫法场惊死高宗

再言薛刚乘酒兴走到牡丹台,将牡丹花插在发边,张保大怒,叫手下人拿薛刚。薛刚大怒,两手一拉,跌倒数人,夺一条棍子,赶上前将张保一棍打死。众人大喊说:"不好了,千岁被薛刚打死。"忙报与张君左。薛刚到御书楼大醉,睡在龙床,不表。

再言张君左闻报儿子被薛刚打死,大哭,一面差人到御书楼将薛刚绑住,一面进宫奏闻天子。旨下:"到御书楼捉拿薛刚。"张君左奏主:"今夜即刻开刀。"天子说:"君王避醉汉。"传旨将薛刚监在天牢,明日处斩。四虎一太岁打听详细,忙来到咬金府中说明此事。咬金说:"你们这班小畜生做的好事!如今身家不保。我如今一百多岁的人了,教我也救不得薛刚。况朝中徐、魏二人又去位,张氏弟兄当朝。天子虽然明白,武后因他打死心上人,决不干休。吾不能挽回。老公爷死的死了,去的去了,孤掌难鸣。一身做事一身当。你们有计较去做来,吾是做不来的。"罗昌说:"要救得三哥便好,况吾等结同生死之交,若明日斩了三哥,侄孙们都有不便。"那程月虎上前说:"要祖太爷出个主意。"咬金说:"不得不如此。尔等把家小搬去长安,明日打点劫法场,都到西凉去,京中有吾在不妨。"众人别去,齐齐打点劫法场。

次日天子想道:"江山亏了薛家父子平东西二路,今日要斩他,心中不忍,但是法律上去不得。朕今只斩薛刚,免其余犯之罪。"传旨王独:"午时处斩薛刚,五凤楼前开刀,余犯不究。"监斩官领旨,将薛刚绑出午门外去了。咬金在南门下等候,这班小英雄结束停当,身藏暗器,带了家将,来到午门,假做活祭,杀死监斩官王独。尉迟景杀死刽子手。薛刚看见这班小弟兄,挣断绳索,夺过腰刀,杀散众人。军士看见杀了监斩官,报与张君左。君左听报,一惊非小。传令五城兵马司,带领兵马活擒这班强盗,不许放走一人,违令者斩。小英雄哪里放在心上,杀散兵马,出了长安南门。咬金说:"你们快走,有吾在此不妨。"

内官来报天子，奏说："有一班劫了法场，杀死监斩官、刽子手，杀伤军士不计其数。"天子一闻此言一惊，大叫一声而死，在位二十四年。张君左与武后商议，命武三思带兵三千追赶，一路而来。至南门见咬金坐着，三思问："老千岁为何在此？"咬金说："吾要南海去烧香。"三思下马说："老千岁可见薛刚否？"咬金说："不见，想是他不出南门，往西门去了。"三思不敢出南门，上马往西门而去。咬金大笑出南门，会见众人。薛刚说："祖太爷先去，我要到天雄山去取枪马。"两下分别。薛刚到天雄山住下。咬金同众人往西凉，此言不表。

再言三思追不着薛刚，回见昭仪武后。立太子李显为君，为中宗，葬先帝于皇陵，大赦天下。中宗在位五月，武后贬天子湖广房州，为庐陵王。张君左请武后登位，国号大周，则天皇帝。张君左、张君右封为左右丞相，武三思为中山王，怀义和尚封御禅师，张昌宗为驸马。文武各加升级。则天皇帝思念张保被薛刚杀了，深恨于骨。与张君左计议，必要杀尽薛家，方雪此恨。须差铁骑拿捉。君左奏道："臣想已久，此仇必报，但是薛丁山勇冠三军，三妻都有法术。万岁即差官往山西钦召进京，说新君初位，赏有功之臣。若拿捉，逼其反也。"武则天依奏，传旨一道，差官往山西召两辽王进京复命，到京就职。钦差领旨，竟往山西。

再言丁山，柳氏母亲、樊氏母亲身故，祭葬已毕，在府守孝。这一日有家将报说："三爷大闹御花园，打死了殿下，众小英雄劫了法场，惊死天子。程千岁已反了。武娘娘自立为帝，称为大周。差官钦召千岁进京就职。"丁山听了，大叫一声："畜生做的好事！"仰面一跤，跌倒在地。左右救醒，扶进后堂。三位夫人问起："为甚事相公这般着恼？"丁山如此长短说了一遍。梨花说："钦召一事是假，将相公召进京中，性命难保。"陈金定说："我们反了罢。"丁山说："胡说。我薛氏父子忠良，这祸是畜生闯出来的，粉身碎骨也应得的。今朝廷不来拿捉，是为幸也。今来钦召，国恩难报；君要臣死，不死则不忠。"梨花把指来阴阳一算，应该金童星归位。三儿白虎关杨藩转世，死于丁山之手，冤冤相报。张保乃张士贵之孙，仁贵杀了士贵，薛刚又打死孙子，前数已定，今该如此。此话不表。

再说钦差来到王府，开读已毕。丁山谢过恩，同了三位夫人，离了山西来到长安。则天命三思将丁山夫妻拿下，发落天牢。又差铁骑五百，到山西王府，一门三百余口，尽行拿下，解上京都，监在天牢。张君左奏道：

第七十三回　御花园打死张保　劫法场惊死高宗

"薛丁山虽落天牢,还有长子薛勇、次子薛猛、四子薛强,都有万夫之勇。倘闻父被拿捉,兴兵杀上长安,无人抵敌,速差兵分头捉拿。命邻近州府,须要拼力擒拿,如纵放者,与本犯同罪。"武则天依奏。旨下:"命大刀王殿,带兵三千,走云南捉薛猛。又命阔斧陈先,带兵三千,走红罗关拿薛勇。命姜通带兵三千,走雁门关,捉拿薛强。若是走漏一人,本官处斩。"众将领兵分头而去。

再言阔斧陈先带兵到红罗关,将薛勇一家尽捉拿,起解进京。再言朝中徐贤,是大臣徐茂公之侄孙,原任户部尚书,见朝廷不正,告老在家。闻得拿薛勇进京,对夫人王氏说:"薛氏一门受害。薛勇有子名唤蛟儿,才年三岁。我也有子徐青,也是三岁,小夫人莫氏所出。吾欲将徐青抱去,调换蛟儿,存了薛氏一脉。"王氏夫人埋怨相公:"我虽有子徐青,也是相公一点骨血,于心何忍教他也受一刀?"徐贤说:"夫人有所不知,蛟儿受害,绝了薛氏宗嗣。"夫人一想:吾与薛勇之妻,有姑舅姊妹至亲,应承了。只说烧香,上轿,一路下来至临潼上,见薛勇夫妻解来。徐夫人在大路上,报与薛勇之妻相见。薛夫人命从人退后,表姊妹相见。徐夫人说:"将来与你换子,留你一脉。"二人调换。徐夫人只说烧香而去。

陈先起程上长安。旨下:"把薛勇夫妻下在大牢。"丁山见子伤心。薛勇把徐夫人换子说一遍,一家大哭。狱官俞元看见薛氏一家受枉,来对妻子说:"薛丁山父子有大功于朝,不幸一门俱要遭害,我想薛氏后代绝矣。吾欲将俞荣也是三岁,此子算命养不大的,又且多病,换了薛蛟,后来有靠。"杜氏夫人听了,想道:"此子乃前妻所出,非关他事。况自己年轻,看薛蛟相貌端严,换了此子,后来必有好处。"说:"相公见识不差。"忙对众人说明。

丁山想:"此子乃徐贤之子调换来的,既然狱官好意,只得允了。"开言说:"既承美意,无门可报。"杜氏抱了假薛蛟到后园玩耍。有阴风山莲花洞欧兜祖师在云端经过,看见了薛蛟,一阵风带回山去。杜氏夫人说:"此子命该如此。"夫妻嗟叹一声,此言不表。

另回言云南总兵薛猛对夫人王氏说:"下官夜梦不祥,心惊眼跳,莫非吾家有甚祸事么?"夫人说:"相公,日有所思,夜有所梦。思念公婆,所以如此,不必多愁,放心为主。"有家将报进说:"老爷,不好了!长安朝中三爷闯祸,害了千岁,如今差大刀王殿来拿老爷,相近云南。请老爷作速筹备。"薛猛不听犹可,一听此言,大叫一声:"我那爹娘啊!"跌倒在地。夫人闻知忙来扶起,只见老爷面如白纸,不知性命如何,且听下回分解。

第七十四回
武后下旨捉丁山　三百余口尽遭灾

再言薛猛惊倒,半晌方醒。夫人说:"相公为何如此?"薛猛说:"方才家将报说:'三爷闯祸,连累父兄。'如今差铁骑拿我,我去也不去?"夫人说:"公公一家俱下天牢,只有相公。若到京都,性命难保。依妻之言,尽起云南兵马,杀上长安,救了公婆叔叔,除了昏后,更立新君。此计如何?"薛猛说:"夫人之言差矣。吾上不能报故主之恩,下不能答父母之恩。吾薛氏二世忠良,有功于国。况朝中首相张君左当朝,各国公俱已退位。倘一举动,反情有露,落其圈套,遗臭万年,断乎不可。"夫人哭道:"我家只有孩儿,才交三岁,名唤薛蚪,也叫他受害?"薛猛说:"吾看家将中只有薛兴忠义,我与他结为兄弟,将蚪儿过继与他为子,教他逃往他方,存薛氏一脉。"薛兴说:"老爷在上,小人不敢当。"薛猛说:"如今托孤与你,休要推辞。蚪儿过来,拜叔叔为父。"薛兴拜别,抱了公子,离了云南,竟往别方而去。忽报钦差到了,薛猛自刎而亡。夫人大哭一场,撞阶而死。大刀王殿听报进见,果然死了,心中想道:"做什么冤家?"吩咐埋了。带兵回长安,奏知武后说:"薛猛自刎,夫人撞阶而死。"旨下,既死不究。

再讲姜通到雁门关,人报说:"两月前不见薛强。薛强原到太行山进香,在路闻知,不回雁门关,落荒而去。"姜通只得回朝复旨。

张君左奏知天子:"前年故君斩薛刚,劫了法场逃去,并无下落。今晚四更,将薛丁山满门斩首,以除大害。倘露消息,为害不小。"旨下:"命刑部何先,速斩薛氏一家,无违。"何先奉旨,打扫法场,传齐刽子手,到牢中将薛氏一家绑赴法场。法场上四面兵马围住,四更开刀。旨意又下:"命武三思、张君左监斩。"其夜灯球火把,照耀如同白日。

那刽子手到牢中,见了禁子商议说:"薛家父子万夫之勇,哪里绑得

第七十四回　武后下旨捉丁山　三百余口尽遭灾

他住,不如用个苦肉计。"众人说:"好计。"来到里面见了丁山,齐齐跪下,说道:"小人们求千岁看顾,小人家中都有父母妻子。"有数百叩头不起。丁山听了哈哈大笑说:"是今夜朝廷要杀吾么?"众人道:"然也。"薛勇听得此言,叫声:"爹爹不好了!今晚要杀吾一家,孩儿有话告禀。"丁山说:"孩儿有话讲来。"薛勇说:"爹爹在此,三位母亲也在此,依孩儿之言,反出牢门,杀上皇宫,除了妖后,更立新君,不可守死而已。"丁山一听此言大怒,说:"畜生,讲这些乱话!今日父死为忠,子死为孝,母死为节,家丁死为义。忠孝节义出我一门。"吩咐刽子手:"将我先绑将起来。"薛勇无奈,也叫绑了。共三百余人,一齐绑了。家人们大哭,出了监门来到法场。你看阴风惨惨,怨雾腾腾,今晚屈斩忠良,天愁人怨。

樊梨花抬头一看,"吾不救他,更待何时"?口中念起咒语,但见豁拉拉一阵狂风,飞沙走石,千年老树连根拔起,法场人都立脚不住。吓得武三思、张君左魂不在身,灯火都吹灭了。梨花将身一抖,绳索都落下,起在空中,驾在云端,往下一看:"待吾救出薛家。"

不表梨花救薛家,且言黎山老母驾坐蒲团,心血来潮,轮指一算说:"不好了,徒弟梨花要救薛家,违犯天条。"忙驾云到长安,按落云头,见樊梨花作法,叫一声:"徒弟,今日金童星合当归位,犹恐你救他抗违御旨,斩仙亭有凌迟之罪。"梨花见了师父,听得此言,不敢违天命,同了师父回山。此言不表。

今有八宝山连环洞彭头老祖①在云端经过,见一道杀气冲天。往下一看,原来周天子斩薛氏一家,数该如此。"内有孤儿不该绝命,待吾救他。"将手一指,带回山去。少停风息,张君左查点人犯,单单不见樊梨花、薛蛟,恐防又有变局,传令开刀,将薛丁山一家斩首。复旨天子,就罢了,张君左又奏说:"薛强不知去向,薛刚逃避,恐有后患,不如画影图形,到处张挂,捉拿那薛刚、薛强。将威宁侯王府拆去,开为铁丘坟。"旨意下了:"依卿所奏。"君左领旨,将王府拆得干干净净,把丁山一门尸首,颠倒埋在下面。将生铁铸成馒头一样,叫永世不得翻身。内有家人王六,充作工匠,暗暗把尸排好,其余家丁都是乱放的。

张君左传令:"各处天下文武官员,有人拿住薛强、薛刚者,封万户

---

① 彭头老祖——即彭祖,传说活了八百岁,而后升仙。

侯;匿藏不报者,与本犯一体治罪。"旨意下了,好不厉害。各处关津渡口盘诘,画影图形到处张挂。铁丘坟四面,武三思命大刀王殿带三千人马守左道;又命阔斧陈先带三千人马把守右首;又命儿郎日夜巡察。想:薛刚这厮必来上坟,若来必定要捉住,碎尸万段。武三思与张君左算计已定,自不必表。

再言薛强不回雁门关,欲往西凉。这一日来到八叉山,一声锣响,跳出无数喽啰拦住去路,要讨买路钱,被薛强杀败。报上山说:"山下一人经过,小人去讨买路钱,此人十分英雄,头目被他杀得大败,特来报知。"那大王姓朱名林,有女儿金镖公主,守住八叉山,官军不敢迎敌。一闻此言大怒,吩咐带马抬枪,带了儿郎冲下山来。一看薛强耀武扬威,大怒说:"小子不得逞强,俺来也。"薛强看见此人红面长须,手执大刀,身骑高马。薛强看此人来者不善,将手中银枪劈面一枪,朱林把枪一架,刀枪并举,二人连战三十回合。朱林招架不住,欲待回马,只听得后面金镖公主大叫说:"爹爹,孩儿来也。"薛强看见一员女将十分美貌,弃了朱林,来战女将。不上数合,公主将红锦索抛起,薛强措手不及,被他拿住,带往山中,吩咐绑了,问起姓名。薛强说:"吾乃两辽王四子,原任雁门关总兵官薛强便是。"朱林听得大惊,下阶亲解绳索,扶上聚义亭,纳头下拜:"不知爵主,误犯有罪。"薛强答礼,也有一番言语不表。再说金镖公主乃圣母娘娘徒弟,师父吩咐后来与薛强姻缘之分,当夜与薛强成亲,在山招兵买马,积草屯粮,报父母之仇。

不言薛强在山,再表薛刚在天雄山,报说:"雄霸到。"二人上前迎进。雄霸见了薛刚,大骂说:"一身做事一身当,你犯了弥天大罪,害了父母、兄嫂满门斩首。如今各处拿你,你还不知,天下之不孝就是你。"薛刚一听此言,晕倒在地,半日方醒,大哭不止。伍雄说:"破釜沉舟,哭也无用。商议一个计较报仇要紧。"薛刚说:"哪里等得,吾先要到长安祭扫父母。"伍、雄阻挡不住,薛刚拜别二人,在路上果见关津村坊张挂榜文。薛刚日间不敢行走,夜间而行,来到潼关。潼关尚未开启,到相国寺下马,进方丈来见当家和尚。和尚法名梁乘,认得是薛刚,说:"三爷好大胆,你看处处张挂,要拿你。上长安,怎进去?且在寺中住下,有机会就进去。"薛刚心焦,惹起病来。

这日小和尚来报,魏相到寺行香,当家和尚前来迎接。和尚摆斋,说起丁山受屈而死,魏相下泪。和尚又说:"三爷在此,只是不能进长安。"薛刚说:"孙儿唯恐不能进长安,进了长安就不怕了。"魏相低头一想果然。进长安倒没有什么,说:"侄孙,你既要进长安,躲在我轿中可进。"薛刚拜谢太祖。魏相回到府中下轿。唤出薛刚,收拾三牲祭礼,一条铁棍当做扁担挑好,天晚出门,魏相吩咐说:"你祭过父母,不许到我府中。速出城去,恐妨有人知觉,性命就难逃了。"薛刚拜谢,挑了物件,来至坟前,十分苦楚。打死更夫,大步上前,将锁扭断,走进栅门,用石板顶好,到里边祭奠,名为"一祭铁丘坟"。外面惊动守坟的兵将,不知此处捉拿否,且听下回分解。

第七十五回
薛刚一扫铁丘坟　武则天借春天顺

再表那薛刚坟前大哭,正在悲伤,又有更夫上前来,看见前面更夫尸首,又见坟内有灯,前来报与王殿、陈先,飞马报知张君左、武三思。二人闻报,传令各处添兵围住坟前,城门都加关锁,吩咐不许放走,点起灯球火把,不计其数。

薛刚在内听见外边有人守住,收起祭礼,打开石板,一条铁棍无人抵挡,杀将出来。只是寡不敌众,越杀越多,三军四面围住,喊声大震,口口声声:"快拿薛刚!"薛刚说:"今晚我命休矣。"当有饭店夫妻二人,乃是秦汉、刁月娥,奉香山李靖之命,在此相救。二人一路杀来,放出宝贝,无人阻挡。杀至城门池边,斩关落锁,救出城来。秦汉夫妻借土遁回西凉去了。

薛刚出城门,天大明了,撒开大步而行。只听得后面喊杀连天,尘土起处有无数人马赶来。为首一将,声如巨雷,金五大将军武安国,手执铁锤,大叫:"薛刚哪里走!"薛刚回头一看,"不好了,我是战了一夜,困乏得很,哪里战得过他。也罢,只得拼命而战。"只见三军将箭往前乱射,薛刚身上中了三箭,正在危急。薛刚乃上界披头五鬼星转世,所以忽然头上透出原形,变了五头,身长数丈,倒杀转来。武安国被薛刚一棍打死。三军见了这般形象竟大败,三停去了两停,将城门紧闭。

薛刚按定元神,开目一看,只见尸横遍野,自己不知不觉,不晓什么意思,慢腾腾回至相国寺,别过了和尚,取了枪马,要走天雄山,走错了路,来到季龙山。一声锣响,走下一将,上前大战一场。问出名姓,原来是黑三爷,请上山饮酒。季龙有女名鸾英,与薛刚成亲,招兵买马,要报父母之仇。

不表薛刚在季龙山安身,再讲天子在朝,国家无事,天下太平。与怀义和尚、张昌宗在宫淫乱,百官谏阻不听。一日宣百官在万花楼说:"朕贵为天子,万民之尊,今十月小冬万花凋零,朕今借春三月,百花尽放。未知天意顺否?"百官闻言奏说:"万岁金口玉言,花神怎敢违旨?"天子甚喜,百官皆散。次日果然天气温和,御花园百花开放。檡树花不开,天子大怒,贬在岭外。武则天果然真命帝王,天下各处万花尽放,应十月小阳春。

天子召男妇赴鸳鸯大会,赐百官宴万花楼,赐各命妇①宴于后宫。众夫人谢恩就席,天子逐名问起:"爱卿你成亲怎样行房?"怎么长?怎么短?众夫人都是害羞害怕,亦只得实奏头一夜怎样,第二夜怎样,如此问到第三夜。十二席中有一夫人,面黄不堪,喘息不定。天子说道:"你丈夫本事如何?"夫人奏说:"臣妾夫乃卷帘大使薛敖曹,他本事甚好,妾亦不堪受。"如此长短说了一遍。天子大悦,宣入宫中,与薛敖曹交好,果然称心满意,通宵不倦,封为如意君,百般快活。后一年生一子,面如驴头,命宫娥丢在后园金水河中,有西番莲花洞魔张祖师带往山中修仙学道,此言不表。

再言薛刚在季龙山招兵,杀进长安,要报父母之仇。探子报上长安,张君左奏知则天:"薛刚造反,速请征讨,恐养成贼势,为害不小。"武则天依奏,命中山王武三思为元帅,姜通为前部先锋,武状元郭青为后应,张君右总行粮草,起兵十万,择日兴师,兵走河南。正走之间,报说:"启上元帅,季龙山在山西近界,有三条大路,东河南,西山东,中山西。"传令兵过河南,走山西一路。三军司令浩浩荡荡,这一日报说:"启爷,兵至季龙山前了。"吩咐:"前军哨探,后军慢行,放炮停行安营。""得令!"按下不表。

---

① 命妇——旧指受过封号的妇女。

第七十五回　薛刚一扫铁丘坟　武则天借春天顺

再言季龙同薛刚夫妻在山言谈，忽喽啰报上山来说："大王爷，不好了！朝廷差武三思带兵十万、大将千员，将山前山后团团围住，水泄不通，要杀上山来，擒拿大王。"季龙一听此言，大怒，带领喽啰走马下山相杀。果然好厉害，季龙一条枪刺死三军无数。武三思催动大兵当先，有姜通使开枪，正撞着季龙，二人搭上手，两马相交，双枪并举，不上三四个回合，马打六七个照面，姜通枭开季龙的枪，"招爷爷的家伙罢！"一枪刺进来，季龙叫不好，招架不及，被姜通照咽喉一枪刺死。喽啰见大王已死，大喊一声，四散逃命。薛刚夫妻闻知季龙身死，大哭，走马下山，大战数合，姜通败走。三思传令："休教放走反贼！""嗄！"一声答应，那些三军团团围住，姜通、郭青同了众将，又杀上山来。好厉害！夫妻在内大战，足有三日三夜。武三思命副将冲上山中，杀散喽啰，放火烧山，连山寨都烧了。薛刚抬头一看，见满山俱红，自思不能取胜，虚晃一枪，跳出圈子，落荒而走。

鸾英见丈夫走了，也杀出重围，见山上四处火光，大败而逃，心中苦楚，到茂林自尽。有香山李靖，叫声："鸾英，你不必寻短见，后来自有夫妻相会，母子团圆。我与你随身短袄，前途自有安身之处。"鸾英听了，拜谢救命之恩。抬头一看，一道红光不见了。鸾英望空拜谢，收拾打扮，往前而行。走了数日，见一庄院借宿。老夫妻二人并无男女，家当充足。见了鸾英，问起姓名，"家住何方，说与我知。"鸾英说："公公，妾住河南归德府人氏，姓陈名鸾英，因武三思征讨季龙山，逃难到此。望公公收留奴家借宿一宵，明日早行。"员外说："原来是逃难的。老汉夫妇年近六十，并无儿女。我家也姓陈，过继与我，拜我二人为父母，在我家住下。日后会见亲戚，然后回去。"鸾英大喜，上前拜陈老夫妻为父母。只因大战吃苦，腹中疼痛，生下一子，雷公嘴，黄毛头发，后取名薛葵。按下不表。

再言武三思大获全胜，班师回京，上表奏知天子说："季龙山征平，复旨。"朝廷大悦，敕赐三思红袍玉带，以下将官俱各升赏，赐宴金銮殿。

话分两头。再说薛刚走到天雄山借兵复仇，不料伍雄有病，雄霸又不在。想妻子不知存亡，度日如年。在山想起当初救过薛应举，今在登州，离此不远，不如走走去。别过伍雄，来到登州，进了城门，来至总兵府前。有人报知应举，应举听知大惊，只得出来迎接。进了私衙，夫妻见礼，谢救命之恩，设酒款待。薛刚说："吾一家受害，今见兄嫂借兵，如我报仇，不忘大德。"薛应举开言说："恩兄，你不知我登州地方又小，兵马又少，待吾差官往莱州、青州两处借兵,共我处兵马有三处,与恩兄前去报仇。"薛刚拜谢。

夫妻进房商议说:"我又在武三思门下投拜为师,武后目下势大,天下全盛。薛刚一人,干得甚事?现今奉旨拿得薛刚者,官封万户侯,妻封一品夫人。收留者全家处斩。我今将薛刚出首,朝廷自有加封。"夫人道:"言虽如此,只是太负人心也。他前年在长安救你性命,今该恩将恩报才是。反要把恩兄出首,天理何在?"再三苦劝,应举不听,出外去了。夫人自思,忘恩之贼,身家难保,不如先自尽。竟自缢而死,家人报与应举,应举叹道:"他没福做一品夫人。"次日买棺成殓。当晚将薛刚灌醉酒,命家将绑捆,下在监中。应举有一家人薛安,原是丁山旧时家人,只因奉主母之命,同到登州扶侍应举。见此不仁,夫人又死,心中大怒。送饭到监,见了薛刚,说此因由,"应举害主之心,小人无由得救"。薛刚说:"薛安,不要走漏消息。你快去往天雄山,请伍雄前来救吾。"薛安说:"恐喽啰不肯放我上山。"薛刚说:"不妨,我有鸾带一条,拿出他认得的,见了鸾带,自然放你上山。"薛安应声而去。按下不表。

再说薛应举命差官赍①本进京,叫先见武三思。若要活的,点兵来护送;若要死的,本处斩首。差官对三思说明,三思听说大喜:"这贼也有今日,恶贯满盈。"明日五更上朝奏知武后说:"登州总兵捉拿薛刚,下在牢中。"将表呈上。武后一看,龙颜大悦,旨意下:"命薛须领兵五千,将薛刚护送来京,朕亲自发落。"三思谢恩退朝。不知薛刚性命如何,且听下回分解。

第七十六回

骆宾王移檄②起义　薛刚二扫铁丘坟

前言不表,再说应举送礼到青州,知会拿住薛刚。薛安上前讨差,要往青州。应举吩咐路上小心。薛安领命,带了家丁,拿了礼物,离了登州,

---

① 赍(jī)——带着。

② 檄(xí)——檄文,古代用于晓谕、征召、声讨的文书。

第七十六回　骆宾王移檄起义　薛刚二扫铁丘坟

不往青州,竟往天雄山大道而行。

再说程咬金同这班小英雄在路旁,有香山李靖指点说:"薛刚有难,教他往天雄山驻扎。"咬金领命。在路行了多日,来到三岔路口,撞着薛安,被家将拿住来见。程咬金问明薛安,说起此事。咬金同薛安来到天雄山,伍雄下山迎接进寨,聚义厅拜见程千岁并众英雄,摆庆贺筵席。席上说:"薛刚监在牢中,差薛安前来讨救。"伍雄说:"三哥有难,合当相救。目下多少英雄在此,齐点兵马杀进登州,救出三哥,何等不美?"咬金说:"不可,登州城池坚固,又有青州、莱州为助。若一举动不打紧,倒害了薛刚性命。须要里应外合,劫牢为上。"众英雄说:"祖太爷言之有理。"

咬金传令伍雄扮作和尚,雄霸扮作道人,尉迟景扮作卖膏药,罗昌扮作书生测字算命,在城中府前左右打听。城外炮响一齐动手,打入牢中,救出薛刚要紧。薛安路熟在城中知会。点秦红带喽啰三百名,十一日晚上打东南二门。王宗立、金毛太岁월虎带喽啰三百名,打西北二门。咬金自守山寨。众将得令,分头下山。

伍雄来到登州府门首左右,坐下念佛,雄霸念三官经。城外放炮,有探子报进说:"响马①攻城。"应举闻说,点兵出府,被伍雄、雄霸二人双棍齐起,将应举捆住带往天雄山发落不表。

尉迟景入监中乱打,放出薛刚。薛刚打入府中,将应举一家老少尽行打死,同伍雄、雄霸杀得三军大败,往北门而逃。尉迟景杀至城下,大开城门,请进英雄,打开府库,抢劫钱粮,装载车上,运往山上,将登州府劫掠一空。众英雄然后放炮出城,回天雄山而去。来到山中,薛刚拜谢众位弟兄救命之恩。然后咬金出来,薛刚跪下说:"孙儿非祖公相救,焉得在世?"咬金说:"你父兄之祸都是你闯出来的。你众兄弟一个公位都不做,特来帮护你,要报父兄之仇,连老夫一家国公都送掉了。"秦红说:"祖太爷不要说了,今日与三哥贺喜,将应举交与三哥自己发落。"即将应举绑出。薛刚一见大怒说:"你这负义的贼!当时那样,只有我薛刚有眼无珠,当你做个好人,认汝为兄弟,将一个总兵与你做。今日不想你恩将仇报,汝有何言?"命喽啰:"今他捆绑,待我取出心肝看看。"一刀刺入,五脏齐出,血流满地,哀哉畅哉!众英雄俱说:"造化了他。"当晚尽欢而散不表。

① 响马——拦路抢劫的强盗。

再讲登州城有佐贰官①查点,杀死百姓不计其数,总兵薛应举一门受害,升报进朝。差官背本上长安,至中途遇一队人马乃是薛须。上前说起,一同回到京中,参见武三思,说起响马劫牢,杀死总兵薛应举,薛刚越狱逃遁,杀死官军、伤残百姓不计其数。武三思听了大惊,抱本上殿,奏知天子。武则天大怒,旨下:"命青州、莱州先行起兵征讨天雄山,擒捉薛刚。"然后命武三思操演三军,征伐天雄山。三思领旨出朝,对张君左说:"薛刚一人尚不能擒捉,今有助恶多雄,必须起大兵征讨。"三思操演兵马不表。

再言程咬金在天雄山,喽啰报上来说:"青州、莱州兵马围住山前,声声要拿大王。"咬金一听此言说:"兵来将挡,水来土掩。今有兵有将,何足惧哉!"吩咐伍雄、雄霸带喽啰下山,杀莱州兵马;秦红、尉迟景带人马下山,杀退青州兵;自领薛刚、罗昌、程月虎、王宗立冲中路,帮杀二处人马。莱州总兵郭大忠同众将在山下讨战,见山上冲下一队人马,内有二将,勇不可挡。郭大忠哪里挡得住?杀得大败。青州总兵又战不过秦红、尉迟景,在那里抵死相杀,听得莱州兵马大败,无心恋战,虚晃一鞭,败下阵来。怎挡得山上冲下三将,杀得二处人马四分五落。莱州总兵郭大忠、青州总兵雷明败下去有三十里路,见后面不来追,收拾败残兵马,三停②去了二停。回到本州上表进朝:贼寇势力不能抵敌,请兵添将,保护城池。差官星夜进京不表。

再言咬金对薛刚说:"今虽退去二处人马,朝廷必然大怒,起大兵前来,如何抵敌?必须你去房州奏明小主,我等扶助庐陵王兴兵伐周,名正言顺。若在此久呆,终非善事。你去走一遭。"

薛刚领命,拜别下山,竟往房州,不止一日。在登云山经过,那山上大王一名吴琦,一名马瓒,都有万夫之勇,守住山寨,喽啰数百。有儿郎报上山来说:"小的们拿得牛子,求大王发落。"吴琦说:"拿去砍了。"薛刚被绊马索跌倒,拿往山中,听得喝声"砍了",叹道:"可惜吾薛刚死在这里,不能见到小主,负了众弟之情。"马瓒听得,喝声:"住着③!"亲自下阶问:

---

① 佐贰官——做副职的官。
② 停——总数分成几份,其中一份叫一停。
③ 住着——停下、住手的意思。

第七十六回　骆宾王移檄起义　薛刚二扫铁丘坟

"谁是薛刚？"薛刚说："吾乃通城虎薛刚。"马瓒听得，亲解其缚，扶入厅上，纳头便拜。薛刚扶起二人，问起姓名。吴琦说："小人姓吴名琦，此位结盟兄弟名马瓒。今日误犯三爷，是有罪了。如今要往哪里去？"薛刚说明此事，要往房州见小主。吴、马二人说："三爷要到房州，吾兄弟同去。"薛刚大喜。当晚三人结拜生死之交，在山饮酒。次日兄弟二人吩咐头目："看守山寨，同三哥到房州，不数日就回。"头目领命。吴、马二人同了薛刚竟到房州。

这一日元帅王荆周在教场演武，看试射箭。有人射进红心者赏，不中者罚；有大刀一把，重一百二十斤，有人舞动者赏，舞不动者罚；有铁香炉一个，约重千斤，有人拿得起者赏，拿不起者罚。薛刚等看见这些将军有中一箭的，有一箭不中的。这大刀也有将官拿得起的，就气喘吁吁，香炉越发无人拿得起。马瓒高兴，走进教场，一连三箭俱中红心。众军喝彩。吴琦见了，也入场中，将大刀抢起如飞。薛刚左手撩衣，右手拿炉，走出圈外，又走进来，放在原处，面色如常，气也不喘。元帅一见大惊，开言说："要壮士周全本帅体面。"薛刚等下拜。

元帅扶起，传令散操，一同至彩山殿见驾。元帅奏道："臣往教场操演，遇着三位英雄，十分武艺，都有万人之敌。千岁有此二员将，江山可复也。"庐陵王闻言大喜，传旨："宣上来。"薛刚等闻言，进彩山殿，三呼跪下。小主问起姓名，吴、马二人上前俯伏奏道："臣吴琦、马瓒。"又问薛刚，薛刚不肯说名姓："臣有大罪，望小主敕赐免死牌，方说姓名。"小主说："赦卿无罪。"薛刚谢恩，奏道："臣祖薛仁贵，父薛丁山，平定东西，有功于朝。臣薛刚罪该当死，打死张保，武后将臣父母一门杀害，颠倒埋入铁丘坟。有程咬金千岁在天雄山，请主登位，杀进长安，以接大位。"

小主闻奏下泪说："卿无罪。尔父尔祖有大功于国，孤家尽知。方才所奏到长安接大位，焉有子伐母之理？此言休说。今封卿为忠孝王，马、吴二卿为左右都督，在房州造王府住下。秦、程二卿不日钦召。母后天年之日定夺。"薛刚谢恩，住在王府，日日同元帅操军不表。

再言朝中武三思看见青、莱二州表章上本，起大兵征讨天雄山。有探子报到朝中说："扬州都督英国公徐敬业，与南唐萧大王，同骆宾王谋以匡复庐陵王为辞，移檄州县，起大兵三十万，打破城池，甚是厉害，声声要去武后，更立新君庐陵王，不得不报。"武三思大惊，奏明天子，武后看檄文:"一抔之土未干,六尺之孤何托?"后问:"谁人?"对曰:"骆宾王。"后曰:"此人不用,宰相之过也。天雄山小事且慢,江南徐敬业等乃心腹之患。"遂将大将李孝逸封为元帅,魏元忠为参谋,武顺为后应,起大兵五十万,良将数百员,择日兴师,兵发江南。此话不表。

再言天雄山合当造化,亏徐敬业起兵,天下响动。朝中只顾江南,哪管天雄山。不要说别的,就是断其水道,山上不战而自乱矣。

再言薛刚在房州,到秋后小主同文武在教场望空祭祖。薛刚想起父母,见了伤心,上前奏道:"臣父母在长安铁丘坟内,今奏过主公,要去上坟。"小主说:"卿家要去,须要小心。"薛刚谢恩,同了吴、马二人一路下来,逢州过府,无人盘问。薛家之事有三年之外,官府也不在心。三人来到长安城外,饭店中吃酒,收拾祭礼进城上坟。至坟前天色将晚,薛刚上前打掉锁,往里而行。将石块顶住栅门,到里面青草茂盛,没有道路。三人将草拔去,摆下三牲祭礼,薛刚哭拜。有巡捕官见了,说声:"不好,想必薛刚又来偷祭了。"忙报知武三思说:"薛刚偷祭上坟。"武三思传令:"架起襄阳大炮打死他。命大刀王殿、阔斧陈先领兵四面围住,开放大炮。城门紧闭,都加闩锁。点十万大兵,桥头巷口处处摆卡把守。"巡城官打锣,口叫:"小心捉拿薛刚。"百姓家家闭户。武三思在铁丘坟前把守,喊声大震。薛刚同吴、马二人在里面祭过父母,三人饮酒,名曰"二扫铁丘坟"。不知外面如何,且听下回分解。

第七十七回
薛刚三扫铁丘坟　西唐借兵招驸马

再说这铁丘坟,三思为何不杀进来?有道是虎怕人,人怕虎。吴琦说:"哥哥,外面有兵马守住,我等慢慢地吃了饭,夜深出去。"薛刚说:"不可,外面有大炮,恐防打进来。我等早早出去。"二人闻言,结束停当,手执军器,带马开了栅门。外面大刀王殿叫人开放大炮,有丁山灵魂保护,炮倒转来,把王殿打为灰土,死伤军人数千。薛刚、吴、马三人一冲上前大战,哪里杀得出?街道不比战场,百姓家家在楼上,将砖瓦、摇车、台机塞

第七十七回　薛刚三扫铁丘坟　西唐借兵招驸马

满街道。只听四下叫声："不要放走薛刚。"

三人正在危急，有饭店夫妻二人，乃窦一虎、薛金莲奉李靖之命，说："你侄儿有难，快去相救。"窦一虎同金莲扮做乡村夫妻，地行至长安，果见三人不得出城。金莲将纸团六个，口中念咒，喝声："起！"都变了六丁六甲神人，有一丈五尺长，将街上这些东西搬去，上前开路。三人乘势杀到城边。城门紧闭，窦一虎一口气吹开城门，三人一拥而出。薛刚拜谢姑父、姑母。说起丁山，金莲流泪，话不叙烦，恐人知觉，窦一虎夫妻地行回西凉去了。

薛刚、吴、马回登云山。儿郎报说："自大王去后，有九炼山两个贼人杀来，把山寨粮草尽行抢去，山寨罄空。"薛刚、吴、马三人大怒说："这两个毛贼，吃了豹子心、老虎胆，这般放肆。待俺去拿来，将九炼山踏为平地。"行至九炼山大骂，有二人下山，问名姓，下马即说："我姓南名见，弟柏青，奉香山李靖令，来请三哥。闻说不在，故我先把粮草金银收拾在此了。三哥必来寻找，故此我二人等候。请上山去。"薛刚大喜，一同上山饮酒。对薛刚说："此山宽大，方圆四十里，左接正定，右接幽州，好招兵买马，积草屯粮，好报父母之仇。"五人说得投机，结拜弟兄。次日薛对吴琦、马攒说："烦二位贤弟到天雄山接程老千岁、众弟兄到九炼山驻扎。"

二人奉命来到天雄山，见了咬金，倒身下拜，说起"三哥到房州，遇着晚生，同到房州比武，封忠孝王。我二人左右都督。祭铁丘坟，至九炼山"。如此长短说了一遍，"命吾二人来请老千岁往九炼山驻扎，好招兵买马，兴兵杀上长安，除了伪周，立小主为君"。咬金闻言大喜，同众英雄下山。伍雄、雄霸守了山寨，送别下山。来至九炼山，薛刚接上，唤南见、柏青过来拜见。咬金欢喜。见九炼山果然雄伟，底下有三关，四面高山围定，上有忠义堂、聚义厅，耳房数百余间，有河有水，又有战场，比天雄山好数倍，立起招军旗，来投军的不计其数，聚兵数万。命吴、马二人到房州见小主说："兵已招足，缺少粮米，请立为帝。"

吴、马二将领命竟往房州，先见元帅王荆周，次日上朝见驾。小主问道："薛刚为何不来见孤？"吴、马二将奏说："薛刚在九炼山招兵，奉程老千岁之令，来请殿下，到长安为君，复兴唐室。要借粮米五万石，救众军之食。"小主说："兴唐且慢。先发粮米五万石，付与二卿前去。"吴、马二人谢恩。领粮米回至九炼山。咬金说:"兵少成不得事,如何是好?"想到西唐国先前与唐天子交好,他听元帅丁天钦之言攻打雁门关,被吾家元帅薛仁贵擒拿,以礼相待,国王投降,送还元帅归国,有恩于他。命薛刚到那里借得兵十万,就好动手。

薛刚领命,带了吴、马二将至雁门关。守关总兵朱魁,原是丁山手下副将,闻报有三爷来见。朱魁一见是薛刚,只做不认得,问起名姓,薛刚更姓换名说:"关外走走。"朱魁放过关,对薛刚说:"三爷,我是认得你的,因耳目众多,只做不认得,须要早早回来。明年我不在此做官,要升任去。"

薛刚拜谢,出了雁门关来到西唐国。府前冷冰冰,问守门人为何静悄悄,那人说:"国王同了公主在教场招驸马,所以兵将不在这里。"薛刚说:"原来公主招亲,有这一事,明日也去看看。"三人在饭店中住下。次日来到教场,有多少英雄在此。张天宝坐在彩山殿,有披麻公主比武,一连三日并无对手。吴琦上去也败,马瓒上去又败。薛刚上前与公主战了数十合,薛刚虚晃一枪,假败下来。公主不料是计,追上来,被薛刚活捉过马。彩山殿鸣锣,请驸马下骑。薛刚拜见张天宝,问起名姓,原来是通城虎。与公主成亲,请吴、马二将至王府。是夜二人成亲,次日薛刚说起借兵一事,张天宝说:"粮足发兵。"

过了三日,薛刚先打发吴、马二将回九炼山,"见老千岁说我粮草一足,即刻起兵"。二将奉命上马,进了雁门关,来到九炼山,见程千岁说:"三哥一到,招了驸马,粮草一足,即时起兵。"咬金大喜,一面就差官打本到房州,见千岁报喜说:"薛刚到西唐国借兵,明天准到,一到就开兵。"小主甚喜,留二将住在房州,此话不表。

再讲长安魏相先打发家眷去房州,自己来别徐贤,二人谈论。魏相说:"我要到房州去见见小主,特地前来别你。"徐贤说:"小弟也要就来。"魏相见一少年立在旁边,问起说:"是何人?"徐贤说:"小弟之子徐青。"魏相见了竟像薛勇,流泪而去。徐贤画了画图,乃征东故事,叫蛟儿前来观看。蛟儿不知,说:"爹爹,孩儿不知,望乞讲明。"徐贤说:"这白袍是你曾祖父薛仁贵,穿红袍是祖父丁山,这一位是你父亲薛勇,红罗总兵。"将此事说明。蛟儿听了大哭,要去祭奠坟墓。徐贤把阴阳一算说:"不妨,你出去祭过,作速就回。"

蛟儿收拾祭礼,挂一口宝剑,晚上出门,到铁丘坟来。自古道:"官无三日紧。"此事有十二年了，无人把守。蛟儿打掉了锁，来到里面，摆下三牲礼物，大哭："祖父、父母有灵，孙儿来祭奠，望阴灵保佑孙儿，报复此仇。"有巡城兵看见，报知张君左、张君右、武三思说："薛刚又来偷祭，在铁丘坟。"武三思带十万人马，四门大炮，围住铁丘坟，吩咐城门都加闩锁。到处排围，把守城池，喊声大震，心想莫要又被窦一虎救去。蛟儿在里面看见，欲要自尽。有丁山灵魂，头戴三山帽，身穿白月袍，叫声："孙儿，闭了眼，救你出去。"将蛟儿提出铁丘坟，三岔路口放下。

蛟儿如在梦中，眼睁一看，认得是秦驸马府中后园。蛟儿跳入园中，在白花亭上住下。有侍女看见，报知公主，公主宣入问道："你是谁人？为何到我园中？"蛟儿跪说："我乃两辽王薛丁山之孙。"将冤情说明，今日来上坟，虚空有人提出来到园中，望娘娘救命。"公主说："不妨。将蛟儿去了男衣，扮做女子。明日少不得奸臣来搜，处置他去。丫头小翠有病将死，改换他的衣服，睡在卧房。"算计已定。

再言武三思同张君左弟兄，看里面不见动静，想是被窦一虎土遁救去了。忽见半空中有人出来，在三叉路口，往秦府花园内去了。有人报知武三思、张氏弟兄说："这是先皇的公主，秦怀玉之妻，惊动不得。"张君左说："千岁，他是朝廷钦犯，怕什么银瓶公主？"

次日卜朝，秦明天子旨下："命张氏弟兄到秦府捉拿薛刚。"张君左弟兄带领五百家将，将秦府围住。有人报进说："娘娘，外面张氏弟兄围住府门，不知为何？"公主一听此言大怒，吩咐："开了府门，放他们进来。"家人领命，把府门开了。张氏弟兄看见开了府门，公然进来。不知后事如何，且听下回分解。

第七十八回

张君左秦府出丑　九炼山薛刚团圆

前言不表，再言君左弟兄来到银銮殿，公主接旨。开读已毕，公主谢恩。张君左弟兄朝见公主，立在两旁，禀道："臣奉天子之命，今有薛刚逃在娘娘后园，娘娘必知，望乞放出。"公主说："二位先生且听，自驸马去世之后,朝中大政哀家①不管。你谎奏朝廷,说什么薛刚在此,你去回复圣上。"张君左说:"难复旨意,容臣搜明。"公主道:"两位先生不信,但凭搜来。"

张君左吩咐去仔细检搜。那些军士一声喊,到处搜寻,前房耳房,高楼后围,地板天花板,俱已掘开看过,回复不见薛刚。张君左好不着急,吩咐再搜。军士说:"只有娘娘卧房,小人们不敢搜。"君左说:"管什么卧房,快去搜来。"军士闻言,赶到卧房。卧房门关了的,军士打将进去,只听叫声:"不好了!"郡主惊死床上,侍女出来,报知公主。

公主大怒,吩咐左右:"将这两奸臣锁着,待哀家见圣上发落。"张君左弟兄大惊,吓得魂不在身,只得哀求。公主哪里肯听,被这班侍女将二人剥下衣衿,纱帽红袍除去,将大链锁住。公主乘辇出来,将二人带在辇前,出其大丑。

到金銮见了武后,朝拜已毕。公主奏说:"哀家公公秦叔宝打成唐朝天下,驸马秦怀玉征东平西战死沙场,有大功于国。今日张君左谎奏圣上,来搜薛刚。哀家怎敢藏匿?驸马亡过之后,不理朝中之事。今明明来抢臣家,先王钦赐金银,被他唤狠奴抢得罄空,惊死郡主,前后楼房尽行打坏。望圣速拿二奸贼,以正国法。"天子听奏说:"皇姑息怒,朕当处置。"宣张氏弟兄上殿。武后一看,见二人好笑,不像官体,好似囚犯。旨下:"罚张君左弟兄修驸马府,赔还金银。御妹惊死,尔弟兄做孝子,奉旨开丧,百官祭奠,送上丘坟。命中山王武三思代朕往皇姑府请罪。""谢恩。"银瓶公主谢恩出朝。张氏吃了一场大亏。小翠倒有福气,受百官祭奠,开丧忙忙碌碌,自有一番打点。我也不表。

再言公主诈了张氏许多金银,将小翠送上丘坟已毕,满心大悦。想留蛟儿终久无益,恐有人知道,欺君之罪不小。假说烧香,好将蛟儿带出城外,换了男衣,叫他逃往房州。蛟儿拜谢,竟往大路而行。公主往秦安州烧香回府不表。

再言蛟儿不曾经过风霜,一路上凄凄惨惨,前面猿啼虎啸,好不怕煞,欲投涧而死。旁有香山李靖,叫声:"蛟儿不要慌张,闭了眼睛立在乌帕上,我救你去。"李大仙同了蛟儿驾起祥云飞在空中,不消一个时辰来到

---

① 哀家——晚清戏文中,皇家女子的自称。

第七十八回　张君左秦府出丑　九炼山薛刚团圆

香山,下落云头。蛟儿拜谢,大仙说:"蛟儿你拜我为师,传你枪法。"吩咐童儿取枣子与他吃。蛟儿吃了枣子,长力千斤。蛟儿拜了大仙为师,教习枪法,此话不表。

再言徐贤叫蛟儿出去祭坟,先打发家小往房州。自己在府中,闻得张君左弟兄被银瓶公主算计得颠颠倒倒,心中大悦。唯恐泄漏,连夜往房州而去。

再言江南扬州徐敬业以匡复庐陵王为名,起兵讨武氏。朝廷差李孝逸,相杀数年,被孝逸因风送火,敬业大败,逃海而去。报捷到长安,天子大悦,百官上表奏驾。旨下,命李孝逸镇守江南,以防边患。自敬业在江南兴兵十余年,不把薛刚放在心上,故存此患,不必细表。

再说蛟儿在香山枪法已熟,气力充足,欲要下山寻叔父,来见师父。李大仙说:"徒弟既要下山寻叔父,我日后送枪马来与你。"蛟儿拜别下山,一路行来,见一庄坊,腹中饥饿,上前去唱道情化斋。有一妇人出来,见蛟儿一貌堂堂,留吃饭,送他白米五升、钱三十文。庄客报说:"少爷回来。"薛葵回家一见,便大骂蛟儿,喝声:"野道童!"将拳就打。妇人喝住,问起名姓,说是薛蛟。妇人说:"原来是侄儿。"蛟儿问起,说是薛葵。鸾英上前相见,说起缘由。蛟儿说:"婶母放心,我同兄弟去房州访问叔父。"庄客说:"有人送兵器、马匹在外。"原来是李靖差仙童送来的。二人一看,好马、好枪。薛葵说:"这枪、马哪个送你的?"薛蛟说:"是师父李大仙送的。"说起传授枪法,一一说明。问薛葵说:"兄弟,你兵器、马匹也有么?"薛葵说:"兄弟那年在山玩耍,遇见二虎相斗。兄弟去拿它,二虎见了跑入洞中,被弟拿住虎尾拖将出来,不见了虎,竟变了两柄铁锤,重有四百多斤,有笆斗大。山中有一老道教习我法,也精熟了。有一匹马也稀奇,牛马相交养出来的,牛头马身。待弟牵出来与哥哥看。"果然后槽牵了马,里面拿出锤。薛蛟大喜说:"兄弟本事高强,好与祖父报仇。"二人拜别鸾英。鸾英说:"你弟兄路上小心。"薛葵说:"母亲放心。"

二人并马而行,来至房州,访问薛刚,并无下落。在城外饭店中楼上吃酒,兄弟说得投机,大笑起来。楼板是稀的,把那些灰尘落将下来,楼下面也有人喝酒,灰尘落在酒碗内。吃酒的柏青大怒,大喝道:"楼上的直娘贼,蹬你娘的怎么?"薛葵上面听见,心头火发,纵起身来,飞奔下楼。柏青、南见弟兄早已立起身来等打。薛葵性急走得快,不料脚下一块青石一滑,仰面一跤,跌倒在地。二人上前拿住,将拳打下。吴琦喝住:"不可,他失足跌倒,你要打他,不像好汉,放手!"薛蛟也下楼来帮打。听见说得有理,不再动手,薛葵立起身来要打。薛蛟说:"不可,恐伤了人。"吴琦说:"二位爷不像这里人的口气。"薛蛟:"我乃山西绛州龙门县人氏,姓薛名蛟。我兄弟薛葵。来房州寻叔父薛刚。"吴、马二人听了,原来是忠孝王之子侄:"得罪了,我四人与你叔结拜兄弟,我乃吴琦,此是马瓒、柏青、南见。"薛蛟大喜说:"原来是四位叔叔。"同薛葵上前拜见,重新吃酒,当夜不表。

次日同薛蛟弟兄至王府门首,问黄门官要见驾。黄门说:"千岁在御花园搭彩楼招驸马。"薛氏兄弟行到御花园,彩球打中薛蛟。庐陵王传旨宣驸马进朝。问起姓名,薛蛟奏明。小主大悦:"原来是忠孝王之子侄。"招薛蛟为驸马,与公主成亲。薛葵封为大都督。说起:"尔父上年往西唐借兵,至今未见回来。闻他招为驸马,耽搁在那里。命你二人回家,接你母亲同到房州安享。薛蛟弟兄谢恩,二人回府。

次日薛蛟弟兄转至陈家庄,接了鸾英一同下来。这日天晚投庙中夜宿,道士接见。说是薛蛟驸马,道士大悦,留上房歇宿。有八叉山朱林差人到庙查问。道士说是薛驸马及薛刚之子薛葵,接太夫人一同在此庙内。儿郎报知朱林,薛强、薛孝叔侄二人听了大喜,一同到庙,上前相会,当有一番话说不表。次日差官先送母亲到九炼山,同叔叔相见。薛葵兄弟二人要出雁门关寻父,此话不表。

再言薛刚与披麻公主点兵十万,将少不能动身。又到西凉请十弟兄,乃征东仁贵结拜的周青、姜兴霸、李庆红、薛贤徒等,有功于国,封守西凉为总兵,世袭镇守。闻薛三爷相请,各助兵一万。李大元、姜兴、姜霸、薛飞、周龙等共有十人,与薛刚拜为弟兄,一同来到雁门关。总兵吴忠不肯开关,分兵把守。薛葵大怒,催开坐骑抢进关上,一锤打死吴忠。众军见主将已死,四散奔逃。薛蛟斩关落锁,大开关门。

薛刚同公主进关,到九炼山。咬金大喜,当日相会鸾英,一番言语不表。次日吴琦、马瓒拜本上房州,见小主说明此事。小主大悦,敕封薛刚为兵马大元帅,咬金为军师。诏下九炼山,程咬金等谢恩。命薛蛟、薛葵弟兄二人解粮。邻近州府都来归附,声势浩大。山东、山西、湖广之文武官员都归顺房州,要立小主为帝,灭伪周武氏。探子报入长安,武三思闻报大惊,忙上本见驾。旨下:"命武三思为大元帅,姜通为先锋,马立为后应,带兵五十万,出了长安,旌旗浩荡,杀奔九炼山。"不知后来如何,且听下回分解。

第七十九回
武三思四打九炼山　程咬金夜劫周营寨

前言不表,再言周兵相近九炼山,有探子报上山来说:"朝廷点武三思为帅,良将千员,起大兵五十万。前部先锋姜通好不厉害。报与元帅知道。"薛刚说:"知道了。"赏探子银牌一面、羊酒十樽。探子谢赏。咬金差人往天雄山,请伍雄、雄霸都到九炼山。元帅在山,令四边把守栅门,摆下檑木,以备厮杀。

再言武三思来到山前,摆开阵势。先锋姜通在山下差军士大骂。薛刚带领众将下山迎敌,两边射住阵脚。姜通说:"薛刚且住着,听我一言。你三次偷祭铁丘坟,也算英雄。何不依我归顺大周,散去诸寇,保汝为将。"薛刚大怒说:"你这贼子,我乃大唐臣子,奉小主之命,收回旧业。汝食君禄,不报君恩,实为无耻之徒。且待我杀这无名之将。"一马冲出阵来。姜通大怒,奋勇将手中大刀砍进。薛刚将棍挡住。一往一来,战有三十余合,薛刚棍法散乱,众将看见助战。姜通手下大将许琦等,也各纷纷出战,两边混杀。秦红使双铜来助薛刚,杀退姜通,天色已晚,各自收军。薛刚回山。

次日武三思摆一个五虎把山阵。旗分五色,有五员虎将守住阵门,五门有兵五万。姜通讨战,薛刚同众将下山。伍雄出马,大战姜通,有数十余合。雄霸见伍雄战不过姜通,出马双战,被五虎将围将拢来,二人抵敌不住,大败而走。众英雄纷纷出马接战,哪里挡得住?薛刚迎住姜通,哪里战得过?竟大败落荒而逃。姜通在后追赶,正在危急,只见薛葵解粮来到,见姜通追赶薛刚,薛葵大喝道:"不得无礼!休伤我父。"只一声不打紧,就似春雷响震一般。姜通大惊,抬头一看,不认得薛葵,抛了薛刚来战薛葵,把手中大刀一举,照顶门砍将来。那薛葵不慌不忙,把锤往上一举,当的一声响,把大刀打断了。姜通叫声:"不好了!"震开双手虎口,带转马没命地跑了。薛葵催开牛头马赶来,喝声:"哪里走!"锤打来,姜通要走来不及,打得脑浆迸出,连马打成肉酱而死。三军见主将已死,阵图已破。秦红双铜打死许琦,尉迟景鞭打士超下马而死。五虎将俱被罗昌、王宗立二人杀得大败。程月虎使动大斧,一斧一个好杀。外面薛刚同薛葵杀将进来,五万兵马去了四万,只一万逃奔大营。

武三思见前军已失,先锋诸将尽亡,传令安营。哪里扎得住?被薛葵双锤打进,哪里挡得住?人撞锤就死,马撞锤就亡,杀进一条血路,众军士遭其一劫。武三思见大势已去,抛了众军,逃往临阳关,计点军士,折其大半,折手伤足者不计其数。盼咐把关门紧紧闭好,城垛上多加炮石、檑木,与总兵程飞虎修本进朝讨救。

朝廷见表大惊说:"中山王丧师辱国,败奔临阳。哪位爱卿出征与朕分忧?"班中闪出张君左道:"今有武状元郭青、金吾大将俞荣,此二人文武全才,去往临阳,同中山王一同征讨。"天子大喜,宣二人上殿,钦赐金花御酒,封为左右副元帅,带兵二十万,副将二百员。二将下教场祭旗,离了长安,来到临阳。参见元帅,然后发兵,共有四十万,来打九炼山,此乃二打九炼山。离山十里,放炮安营。一声炮响,三军扎下营盘。吾也不表。

儿郎报上山去说:"朝廷命武状元郭青、金吾大将俞荣同武三思起兵四十万,又来打九炼山,请大王定夺。"薛刚说:"知道了。"咬金说:"郭青、俞荣乃是名将,元帅不可轻敌,须当小心。"大将李大元、姜兴、周龙、薛飞等数人上前说:"元帅,小弟在此,未曾破敌。今我等兄弟出阵。"薛刚说:"既然兄弟们出去,须要小心。""得令!"

再言武三思来到九炼山,摆左右二营,中间立一个大营,摆一个四牛斗底阵,两边密密伏下弓弩手,以防薛葵冲营。武三思说:"他以力为强,追来即放炮为号,两下一齐射出。他如回马,我兵乘乱奋杀,他决奔逃上山。我这里分兵断截各处水道。山上无水,不战而自乱矣。"传令已毕,令郭青讨战。忽山上冲下一队人马,喊杀连天。郭青来到山前,大叫一声:"哪个纳命的,出来会吾?"姜兴、周龙冲出。大将郭青说:"无名小卒看枪!"照姜兴面上一枪刺进来。姜兴不慌不忙,把手中大刀抵住。刀枪并举,战有二十合。郭青虚晃一枪,往左营而走。姜兴不舍,把马一鞭追

第七十九回　武三思四打九炼山　程咬金夜劫周营寨

上前来。郭青见来将将近，即按住钢枪，取弓在手，搭箭当弦，照定来将尽力一箭。姜兴听得弓弦响，急待要躲，来不及，正中咽喉，倒撞马下而死。

姜霸见兄被射，使动双鞭杀出救兄。被俞荣挡住，大战三十回合，被俞荣一刀砍下马来。李大元见二姜阵亡，大哭。同周龙一齐杀出，两下混战。薛飞步战出阵，使五百斤大锤，身长二丈四尺，貌若金刚，杀入中营，听得号炮一声，万弩齐发。薛飞身中七箭，大败而回。李、周又抵敌不住，三军围将拢来。正在危急，忽山上冲出无数人马，伍雄、雄霸、秦红等杀入周阵，救出李、周二将，分头迎敌。一场好战！天色已晚，两下收兵。

薛刚见姜氏兄弟阵亡，伤悼不已，计点军士，折兵大半。咬金说："胜败兵家常事，今晚去劫寨，必然全胜。"薛刚说："此计甚妙。"吩咐秦红、尉迟景带领一支人马，往左边下山打入左营。罗昌、王宗立带领一支人马往右边下山，打入右营。薛飞、李大元、周龙、伍雄、雄霸带大队人马下山，直冲中营，杀武三思要紧。果然周营不防备，被秦红、尉迟景扒开鹿角，杀入右营。郭青正在睡梦中，听得有人劫营大惊，披衣起来，满寨通红，忙上马，遇着尉迟景黑脸钢鞭打将进来；郭青却待迎敌，昏头耷脑，被尉迟景一鞭打死。秦红用双铜打得三军乱逃，儿郎一个个动手杀死。杀得尸横遍野，号哭之声不绝。

左边一样如此。薛飞打入中营，军士昏睡，要射箭也来不及，弓箭也不知放在哪里。半夜之中，一场大杀。武三思往后营而逃，薛飞等追赶有三十里。鸣金收军，大获全胜，所得军器粮草无数。天色大明，收兵上山庆贺不表。再言武三思见不来追，计点军士折了七八万，损了郭青、俞荣上将数十员，走入临阳关住扎，意图报复，连夜差人赍本进朝求救。

使命到京，奏上表章，天子看了大惊，亲问使者曰："中山王大兵四十万，何故又至大败？"使者将初阵斩了贼将两员，不料中贼计，当夜冲营劫寨，丧了二位副元帅，折兵八万，走入临阳，细说了一遍。

武后问丞相张君左："薛刚反乱山东，十分猖獗，何以制之？"张君左奏道："中山王被贼偷营，非战之过。再差御营总兵赵仁为先锋，成国公上官仪为将，广信侯姚元为副将，成魁、钱通为左右使，武探花屈松彭为后应，齐国公冯贞护送粮草，起大兵十万，去到临阳关，与中山王一同征讨，薛刚可擒矣。"天子大悦："依卿所奏。"旨下。上官仪奉旨教场点兵，出长安来到临阳关，与中山王合兵，商议九炼山之事。教场操演人马，习练阵图,以备征进,此话不表。

再讲薛刚得报,朝廷又点上官仪、姚元、成魁、钱通、屈松彭、赵仁等兵扎临阳,操演三军,不日出兵。薛刚大惊,忙与程咬金商议说:"老千岁,如今伪周又点兵马到来,怎生迎敌?"咬金说:"上官仪文武全才,尚不足虑。唯有太阳枪赵仁,十分厉害,使开枪能在花光中他见你,你见不着他,取上将之首如探囊取物。屈松彭青面獠牙,用金顶铜,重百六十斤,甚是凶勇。余不足介怀。"薛刚闻言,准备迎敌。不知后事如何,且听下回分解。

第 八 十 回
尉迟景鞭打太阳枪　净道人圈打众英雄

适才话言不表,再讲武三思到了山前,三声大炮扎住阵脚。先锋赵仁同左右使成魁、钱通顶盔贯甲,挂剑悬鞭,令军士在山下大骂。儿郎报上山说:"启元帅,今周营先锋讨战,实是了不得。"薛刚闻报问:"哪位哥哥出去会他?"旁边闪出四员大将,吴琦、马瓒、南见、柏青上前说:"待吾弟兄们出去会他。"薛刚说:"周将厉害,兄弟们须要小心。"四将得令,冲下山来。咬金说:"周将骁勇,四将不能胜他,传令尉迟景、秦红带领三万人马下山掠阵。"二将得令,领兵下山。

吴琦四将来到山前,摆开阵势,射住阵脚。只见周阵拥出三员大将。南见抬头一看,赵仁面容恶相,黑脸,铜铃豹眼,腮下短短桃红гайка根须,身长九尺,使一把太阳枪。成魁、钱通又生得凶恶,喝声:"狗强盗,快下马受死。"柏青见了大怒说:"不得猖獗。"放马过去,劈面一刀砍住。南见看柏青战不过赵仁,一马冲出,双战赵仁。吴琦、马瓒纷纷出马。那边成魁、钱通两下敌住,一场大战。那赵仁果然厉害,使开枪左插花,右插花,枪花中只见日光闪闪,罩定柏青、南见开眼不得,被赵仁一枪挑死柏青,回手一枪又结果了南见。尉迟景大怒,一马冲出,照日光一鞭,赵仁叫声:"不好了!"肩上着了一鞭,散了日光,大败而回。吴琦战住钱通,听见柏青、南见落马,回头一看,被钱通砍死。马瓒被成魁枪挑而亡。秦红见二将已

第八十回　尉迟景鞭打太阳枪　净道人圈打众英雄

死,大叫一声:"不要走,我来也。"用双锏敌住成魁。尉迟景战住钱通,两下大战。薛刚闻报失了四将,恐防二将有失,鸣金收军。秦红、尉迟景听得鸣金,弃了成魁、钱通,走马上山。成、钱二将也不追赶,各自收兵。薛刚点军折了一万人马,死了四将,伤感不已。传令紧闭寨门,安排檑木、炮石以防攻打。

再说赵仁虽然全胜,也伤了肩膀。钱通、成魁来问安。赵仁说:"不妨。"葫芦取出丹药敷好,片时痊愈。来到中营,参见武三思说:"杀了贼将四员,大败归山。"三思大喜,重赏三军,上表进京报捷。次日赵仁等又在山前讨战。山上众将说:"太阳枪厉害,不敢出阵。"

再讲薛蛟弟兄解粮到中路,遇着师父李靖,上前下拜,李大仙说:"徒弟,赵仁太阳枪厉害,众将不能抵敌。赠你定阳针插在头上,好捉赵仁。"薛蛟拜谢。一阵轻风不见了。薛蛟来到山前,见赵仁耀武扬威,薛葵把粮草推过。薛蛟上前,大叫一声:"赵仁,不得无礼!少爷来也。"赵仁看见薛蛟,也不放在心上,说:"哪里狗头?休来纳命。"劈面一枪。薛蛟还转一枪,战有二十回合。赵仁用这太阳枪法罩住自身,薛蛟头上插了定阳针,不见什么太阳。法被薛蛟破了,赵仁心慌。成魁、钱通看见上前,双马齐出夹攻。薛葵大怒,展开双锤,一马冲出敌住成魁、钱通。

山上薛刚得报,点诸将分头下山。薛飞用大锤打入周阵,众将纷纷落马。薛葵与成魁、钱通战不到三个回合,都被薛葵打死。赵仁与薛蛟大战,未及防备,被薛葵冲上来,大叫一声说:"哥哥,待兄弟打死这贼。"赵仁大惊,被薛蛟一枪挑于马下。诸将见薛氏兄弟成功,勇加百倍。各皆突入中营。连斩副将四员。上官仪横刀而出,正遇秦红,约战数合,尉迟景也来攻打,上官仪虽然勇猛,哪里挡得二员大将?又被罗昌从后面杀进来,看见秦、尉迟二将战住,上官仪被罗昌从后面一枪刺死马下。薛葵用大锤追杀官军,薛蛟兄弟大踹周营。武三思往后营便走。于是三军尽皆奔逃。众英雄拼力奋进,杀得周兵尸横遍野,血流成河,哭声震天,弃下衣甲刀枪无数,被薛军收回。咬金传令收军,诸将把马勒转,大小三军都次第回山,所得粮草、衣甲不可胜计。摆筵席庆贺薛氏弟兄。此话不表。

再言武三思败下去有一百里,看见兵将不来追赶,才得放心。传令收拾败残人马，点一点，不见了大半。赵仁、上官仪、成魁、钱通阵亡，杀死副将数十员，后队屈松彭又到，心中稍安。屈松彭参见，武三思说："我自起兵以来，遭薛刚三次大败，俱损兵折将，无颜再请救兵。"副将姚元说："千岁在上，今日这场大败，都害在使双锤的小蛮子之手，不料他如此凶勇，先锋太阳枪尚被他破掉杀死。目下屈将军到此，再整兵马，调各路总兵与他大战，除剿了他，余者不足介意。"三思听了，安下营盘调兵。

有军士报进说："辕门外有一道人要见。"三思说："令进来。"道士来到营帐前说："千岁在上，贫道稽首。"武三思看见道人仙风道骨，行步不凡，说："仙长少礼。哪座名山？何处洞府？到此有何见教？"道人说："贫道乃清虚山无心洞净山道人。我已入仙界，不染红尘。奈我徒弟赵仁被薛葵所害，因此贫道愤愤不平。今又算千岁洪福，薛刚命该如此，所以动了杀戒，方入红尘。除了薛葵大事完矣。"三思大喜，大营设筵款待道人。次日武三思离了大营，整顿人马，不及半天，来到九炼山。日已过午，不及开兵。当夜在营备酒，席上言谈，饮至半酣，方才营中安歇。

次日清晨，摆开队伍出营。道人上马端剑，屈松彭上马举斧在营前掠阵。道人催开坐骑，相近山前，高声叫道："山上的快报与薛贼子知道，叫他速整下山与贫道答话。"那薛刚立起身来说："诸位兄弟，前日他被我等杀得大败，今日为何又有野道人讨战？待我亲自出去，杀这野道，除了武三思，杀进长安，灭了伪周，立小主为帝。"咬金说："元帅不可轻出，三军司命全在于你，令薛蛟兄弟下山擒此妖道。"薛刚应诺。

薛蛟、薛葵换了盔甲，结束停当。底下众英雄齐声要去杀武三思。薛刚说："须要小心。"俱已结束上马，带了军士，冲下山来。秦红说："看这道人身体软弱，有何能处？前日阵上长大英雄，被俺这里杀得大败。待吾出去取他性命。"大喝一声："妖道，俺来也。"一马冲出。道人呼呼大笑说："你可知贫道本事厉害！薛葵伤我徒弟，故来取他的命。你不是薛葵，你去罢。"秦红听了，说："好自在的话儿，看得这样容易。"把铜一摆，喝声："招铜！"一铜当头打下。净山道人将铜敌住，不止数合，道人祭起连环圈打来。秦红叫声："不好！"正要走，被照头一圈，打落马下。急待向前来取首级，尉迟景抵住，众军救回秦红。尉迟景又被打伤。一连打伤伍雄、雄霸、罗昌，俱带伤大败而回。

薛葵飞马舞锤迎住道人,当头就是一锤。道人把剑往上一迎,哪里迎得住,两臂酸麻,看来敌不住,回马就走,祭起圈来,将薛葵打落牛头马下。道人仗剑纵马要伤薛葵。薛蛟大叫:"妖道休伤我弟!"飞马舞枪抵住。薛蛟上前救回薛葵,道人与薛蛟战不数合,薛蛟看来不搭对,恐防他又放这圈,搭转马就走。道人赶来,两边众将吩咐军士放箭,军士得令一齐放箭,道人回马,各自回营。

众将扶着带伤英雄,俱上山寨安息在床,秦红等昏迷不醒,尚有一线气在口中。薛蛟等着急,往忠义堂说明此事。薛刚大惊,同咬金前来看视。只见众人闭目合口,面无血色,伤处四周发紫。咬金说:"此必受妖道圈所伤,毒气追心,无药可救。不知阵上还有何人与他交战?一定也要受伤,多凶少吉,只可高挑免战牌,保守山寨,寻了医家,救了众人性命,然后开关。"若知后事,下回分解。

第八十一回
俞荣丹药救诸将　武三思月下遇妖

适才话言不表。众英雄俱被毒圈打伤。次日,道人又来讨战。见山前高挑免战牌,道人呼呼大笑,回进帅营。武三思、屈松彭接到里面坐定,说:"师父今日开兵辛苦了。"吩咐摆酒上来。道人说:"千岁屡次失利,起兵三次,未闻一阵成功。今贫道下山与徒弟报仇,没有半日交战,伤他数十员将,杀得他高挑免战牌,紧闭寨门。贫道这连环圈乃毒药炼成,受日月之精华,打在身上,不消七日必死。"武三思大喜道:"望大仙早擒薛刚,班师回朝,朝廷自有升赏。"道人说:"不消费心,这都在贫道身上,待伤了薛葵,贫道仍回山修道,不染红尘。"当夜饮酒不表。

再言八宝山连环洞彭头老祖正坐蒲团,有徒弟俞荣,乃前年在长安救来的假薛蛟,老祖教习枪法,两臂有千多斤之力,年长十六岁,身长八尺,貌若灵官。这日立在师父身边,老祖叫声:"徒弟,现有薛刚被净山道人阻住九炼山,逆天行事,打伤数员大将。我今有丹药一葫芦在此,你拿去救众将性命。"俞荣跪在地下说:"弟子从师父到此年久,从不曾说起。今日师父说要去救薛刚,望师父指示明白。"老祖就将从前之事说了一遍。

俞荣带泪拜别师父,骑上草龙,不消片时,来到九炼山,按落云头。有程月虎在山前,见空中落下一道童来,吃了一惊,大喝:"妖道何来,快拿去见三哥。"俞荣说:"休要鲁莽,我乃八宝山连环洞彭祖之徒弟。今见你诸将有难,奉师父之命,特来相救。快报进去。"程月虎听了,叫声:"得罪,三哥在堂上正与我祖太爷商议,无计可救诸将。快请进去看视。"俞荣随了月虎来至堂上,见了咬金拜见。问起俞荣,俞将往昔掉换薛蛟,被师父救去,今奉师父之命来救诸将如此一说,薛刚大喜说:"原来是我家大恩人。"当殿拜为弟兄,就看视诸将。

俞荣看了伤痕,忙向葫芦中取出丹药,敷在伤处。又取丸药,将汤灌入口中。登时入肚腹中,响了三声,诸将悠悠醒转,说:"嗳唷,好昏闷人也。"两眼睁开,身上觉得爽快,倏然都坐在床上。薛刚、咬金二人大喜,薛刚道:"今有俞贤弟在此相救,快快拜谢。"众人见俞荣立在旁边,即下床叩拜谢恩。薛刚吩咐摆酒款待,席上说起妖道连环圈厉害,诸将难敌,俞荣说:"不妨,师父曾吩咐说:净山道人若祭连环圈打来,与你一件宝物,名曰'紫金尺',可破连环圈。"薛刚大喜,席上言谈,自不必表。

次日,道人闻报山前去了免战牌,武三思传令,屈松彭摆大队人马来至山前。道人上马提剑,摇旗擂鼓,冲将出来,令军士大骂说:"这些死不尽的下山纳命。"报知山上。薛刚同众将上马,放炮一声,带了三军,冲下山来,攒箭手射住阵脚。俞荣顶盔贯甲,上马提枪,冲入战场。薛强麾旗,薛蛟掠阵,还有王宗立、程月虎在两旁护阵,战鼓频催。

那边道人正撞着俞荣,便不搭话,两下交锋,战有数合,道人回马便走。俞荣不舍赶来,道人祭起连环圈打来。俞荣不慌不忙,袋中取紫金尺祭起,往上一迎,只见那连环圈套在紫金尺上,一阵红光,竟不见了。道人看见破了法宝,大怒,回转马来与俞荣交战。众将见道人个个恨之切齿,只害怕这圈儿。今见俞荣破了他圈,众将胆更大了。尉迟景执鞭当头就打,秦红双铜照肩膀乱打,薛葵用双锤打下去,件件惊人。大将齐出,叫声:"要活擒妖道。"那净山道人虽附着邪法,十分本事,经不起众将,恐防有失,借土遁走了,薛葵一锤打去,金光散乱,不见了道人,众将惊骇。

屈松彭在后掠阵,见薛军战住道人,大喝一声,把马一冲,跑出阵来,举起金顶束,好不骁勇,照定俞荣,喝声:"小孩子看束!"豁喇一响,往顶

第八十一回　俞荣丹药救诸将　武三思月下遇妖

门便砍来,那俞荣用枪架开,本事厉害!如今两下杀在一堆,战在一处,有数十合,俞荣不能取胜。诸将因不见了道人,又见俞荣与屈松彭大战,都围将上来。尉迟景把钢鞭来战,秦红也上前,三员将战住屈松彭。屈松彭哪里放在心上,用金顶束敌住三般军器。又战了数合,又不能胜。薛飞用五百斤大锤大步出阵,喝声:"三位兄弟少住,待吾来活擒这厮。"屈松彭正与三将大战,抬头见一大汉来到,心中防备。薛飞举起大锤,照屈松彭打击。屈松彭叫声:"不好!"把金顶束一抬,原来好厉害,三将也挡不起,哪里战得四将?屈松彭虽有本事,束法精通,怎挡得四般兵器?却也心慌意乱,实难招架。被俞荣一枪刺中咽喉,跌下马来,尉迟景下马取了首级,得胜回山。

武三思在后面帅营闻报说:"道人不知去向,屈松彭阵亡。"听了大惊,传令拔寨退后而走,离山百里安营下寨,安摆鹿角、灰瓶、炮石,攒箭手把守敌楼,恐防薛兵追赶。三思闷坐帐中。

其夜月明如昼,三思出外步月,往后营上马,不带军士,悄悄地行了数里。见一所庄房,倒也幽雅,见一年少女子立在月下。三思一看:"嘎唷!好绝色女子。"面如傅粉红杏,泛出桃花春色,两道秀眉,一双凤眼,十指尖尖,果然倾城倾国,好像月里嫦娥,犹如出塞昭君。三思不看犹可,见了之时,神魂不定,心中按落不下,月下看去,果然又齐整,开言道:"小娘子,黄昏夜静独自出来何干?"那女子听得回转头来,看三思戎装打扮,决非下贱之人,开言说:"将军不知,妾因独坐无聊,出来看月,不想遇着将军,三生有幸。不弃贱妾,同入草庄,奉待香茗。"三思大喜,同了那女子走进庄房。房屋虽小,倒也精致,走出几个丫环,也生得清秀。吃过香茗,三思问起姓名,女子说:"妾姓白名玉,父亲唐朝人白太玄阵亡,母亲陈氏死过三年。上无兄,下无弟,只生妾一人。年近二九,婚姻未配,颇有庄田,尽可度日。不知将军为何到此?"武三思就将失机之事说了一遍,女子说:"原来是中山王,贱妾不知,多有得罪。妾生长将门,晓得武艺,又遇异人传授兵法,与将军前去复仇。"三思欢喜,同女子出了草庄,来至帅营。大小三军因当夜不见三思,俱各处寻打,忽闻千岁回营,众将大喜。问安已毕,其夜女子同三思苟合,次日封为白玉夫人。调河南北人马前来征剿。河南总兵方天定,带领勇将数十员,人马两万。前日旨下调兵,整兵正要启程,今闻中山王令箭来催,同了河北总兵桑十朋,一齐来到帅营。

军士报知,方天定同了桑十朋进营,参见三思。三思命白玉夫人操演三军,然后征剿九炼山,此话不表。

再讲阴风山莲花洞殴兜祖师救了徐青,带回山中,教练枪法,传授兵法,力有千斤。这一日在山中无事,同了仙童玩耍。忽一阵大风吹来,徐青看见一个斑毛豹跳出,被徐青拿住,打了几下。那豹偏偏伏伏立着,徐青骑在豹上,竟走入洞中。老祖说:"徒弟,你如今有脚力了,你快往九炼山去见薛刚,好帮助小主杀进长安,灭却伪周,复立大唐。你功行完满,依原上山,修成正果。你到半路,遇着穿鼠色衣、尖嘴微须的黑面道人,枭了首级,前去请功。"说毕将斑毛豹一吹,念了咒语。

徐青拜别,骑上豹。只见那豹四足腾云而起,不一时来到中路,下落豹来,果见一道人喘息方定,在那里坐着。徐青便问:"仙长是哪座名山?何处洞府?从哪里来?"道人抬头一看,原来是个道童,身不满四尺,面貌不雅。开言说:"道童你不知,我乃清虚山无心洞净山道人,因薛葵伤吾徒弟,吾下落红尘,与薛家开兵,不想他收我法宝,我意欲回山再炼宝贝,会同各洞仙长,再来复仇。"徐青一听此言,说:"踏破铁鞋无觅处,得来全不费功夫。"把手中枪夹背心一下,透心而过。道人不防备的,大叫一声,跌倒在地。徐青取了首级,将尸埋了,上了豹,竟往九炼山而来。且听下回分解。

第八十二回

莲花洞徐青下山　三思五打九炼山

话分两途。再讲徐青来到山前,儿郎报知上山,来见薛刚。薛刚问起说:"仙童哪里来的?"徐青说:"小侄乃阴风山莲花洞殴兜祖师徒弟。向年斩两辽王之时,被师父救去,十有六年。今奉师命下山来见叔父,路上遇着净山道人,被我斩了,为进见之功。"薛刚大喜拜谢,逊上坐,满腹疑心想道:"吾侄儿现在营里,怎么又有薛蛟救出?待吾问程老千岁,便知端的。"开言叫声:"老柱国,这些事情谅必晓得。"咬金呼呼笑道:"我久在长安,怎么不得知?前日破圈的,是狱官之子。这个小将军是徐贤之子,

第八十二回　莲花洞徐青下山　三思五打九炼山

临潼关调换的。不知以后怎么样？"徐青说："果然师父有言，与这位老千岁说来一点不差。"薛刚欢悦不过，摆酒庆贺，同了这班小弟兄在堂饮酒，我也不表。

再言武三思看见白玉夫人操演兵马已熟，点起大队人马，放炮一声，兵至九炼山。离山半里，扎下营盘，摆队出营。身骑高马，手提白刃绣凤鸾刀，后面跟了二十四名女将，均是狐狸精。两旁方天定、桑十朋带同众将，后随五百名钩镰枪，准备拿人，恐防前日一样，又被救去。安排停当，令军士叫骂。

山上得知，薛刚众将下山，摆开阵势。薛葵出阵一看，原来是一员绝色女将，不觉大喜，说："公子爷会你了。"白玉夫人一见说："这病鬼，也要与娘娘打阵么？叫薛刚出来。"薛葵说："俺家王爷哪里来会你这贱婢！你还不晓得公子爷双锤厉害，也罢，我看你千娇百媚，这般绝色，走遍天涯，千金难买。我还没有妻子，待吾活擒你过来，与我结为夫妻罢。"白玉夫人闻言，满面通红，大怒道："我把你这蠢汉乱道胡言，招刀罢！"这一刀往薛葵面上砍下来。薛葵叫声："好！"把手中双锤往下一声响，架在一边，冲锋过去。薛葵把双锤望马头上一击，打将过去。白玉夫人看来不好，把双刀用力一架，一声响火星迸发，几乎跌下马来，花容上泛出红来了。想这蠢汉虽小，力气倒大，不如放出宝珠伤了他罢。口中一喷，吐出圆果大一粒红珠，往薛葵劈面打来，光华射目。薛葵眼前昏乱，看不明白，把头低了一低，正打在额角包巾上，叫声"痛杀我也"！在马上一晃，扑通翻落尘埃。白玉夫人把口一张，那红珠还收在口内。这里雄霸、伍雄上前去救，被那边钩镰枪搭住拿了去。伍雄、雄霸、薛强、薛孝、王宗立等四虎一太岁都被拿去。方、桑二将大喜，得胜回营，吩咐乱箭射住。

薛蛟等大哭回山。薛刚闻知，含泪对咬金说："老千岁，向年为吾父兄受害，今要兴兵报仇。不料又将吾薛氏弟兄连累，诸姓兄弟都被拿去。复仇之事休矣，要这性命何用？"拔剑欲自刎。咬金夺住剑说："元帅不必如此，吉人天相。"徐青说："师父有言，诸将合当有些小灾，不致伤命，自有人相救，叔父不必忧虑。"俞荣也来相劝。薛刚无奈，半信半疑，此话不表。

再讲武三思见白玉夫人本事高强，满心大悦，令拿下诸将，打入囚车，差副将孔大振带兵五百，护送到长安，朝廷发落。吩咐摆酒庆贺夫人，此话不表。

再言薛兴奉主命与薛猛拜为弟兄,将子薛蚪拜薛兴为父,逃奔定军山。闻薛猛已死,就在定军山落草,十有六年。薛蚪长十九岁,力大无穷,身长一丈,使一把开山大斧,重百六十斤。就近草寇,尽皆归伏,喽啰数千。这日闻知薛刚在九炼山复仇,来见薛兴说:"叔父在九炼山招兵,孩儿意欲前去,但不知爹爹心下如何?"薛兴听了说:"我儿,一向道你年小,不好对你说,如今已长成人,我就对你说明。"就将往事一一说明。薛蚪听了大哭,坚意要去报仇。

薛兴就分散了喽啰,放火烧山,带了数十名心腹小校,离了汉中府,一路下来。来到临阳关相近,只见一队人马,有十数轮囚车上来。薛兴上前打死孔大振,薛蚪杀散众军,救出薛葵诸将军,众将一一上前拜谢救命之恩。说起原来是弟兄,俱各大喜。薛强说:"侄儿如此英雄,不如先取临阳关,然后到九炼山,杀那武三思。接小主起兵取长安,除去张氏弟兄,父母之仇报矣。"诸将一齐欢喜。伍雄说:"四哥之言有理。"薛葵一马当先,诸将随后,打入临阳关,守将程飞虎措手不及,薛葵一锤将程飞虎打死,占有了临阳关,差人去报九炼山不表。

再讲武三思在营,有人报说:"中路有草寇杀死孔大振,救去诸将。"三思大惊,命白玉夫人出马,拿捉薛刚。山上薛刚闻知,薛蛟要出去。咬金说:"薛氏一门,只有你不可出阵,恐伤性命。"薛蛟说:"叔父、弟兄俱被贱人捉去,难道我薛蛟不与报仇,不要在阳间为人了。"二膝把马一夹,冲下山来。薛刚阻挡不住,吩咐众将下去掠阵。薛蛟来到阵前,白玉夫人抬头一看,但见营前来了一人,甚是齐整,面如满月,傅粉妆成,两道香眉,一双凤眼,鼻直口方,好似潘安转世,宋玉还魂。薛蛟见白玉夫人看他,开言说:"你这淫妇,把我叔父、弟兄们捉去,快快放出来。若不放出,吾与你势不两立,不挑前心透后背,怎能出我胸中之气。招枪罢!"一枪劈面挑进去,白玉夫人把刀架开,冲锋过去,回转马来。白玉夫人把刀一起,往着薛蛟头上砍将下来,薛蛟把枪逼在一边。二人在战场上杀到十余合,白玉夫人心中暗想:这人相貌又美,枪法又精,不要当面错过,不若引他到荒僻所在,与他成其好事。算计已定,把刀虚晃一晃,叫声:"我的儿,娘娘不是你对手,我去也,休得来追。"带转马往野地走了。薛蛟说:"贱妇,不要走!"把枪一串,二膝一催马,追上来了。有十余里,白玉夫人躲在庙中。

第八十二回　莲花洞徐青下山　三思五打九炼山

蛟儿下马，被白玉夫人戏弄。薛蛟色胆如天，阳精被白玉夫人收去而回。蛟儿四肢无力，不能起身，洋洋死去。有李靖在云头经过，看见徒弟被狐狸精弄死，按落云头，来到庙中，用金丹救醒薛蛟，传他法术，教他明日如此如此。蛟儿吃了丹药，精神倍增，拜谢师父回山。

再讲薛飞、徐青、俞荣、李大元见薛蛟与白玉夫人相杀，夫人败去，薛蛟赶去，不知去向。众将上前，杀进周营。方天定、桑十朋挡住大战。俞荣杀死方天定，徐青枪挑桑十朋，周军大乱。忽见白玉夫人飞马来到，众将大惊。薛刚鸣金收军。白玉夫人看见伤了二将，料不能胜，吩咐收军。武三思见伤了二将不悦，白玉夫人说："今日虽然伤了二将，薛蛟被吾杀死于荒郊，除其大害。"当夜不表。

次日白玉夫人出阵。再讲薛蛟当夜回山，对薛刚说明此事，"师父说狐狸精明日必死"。薛刚听了大喜。次日白玉夫人讨战，薛蛟仍又下山，与白玉夫人交战。两下相与过的，旧情复发，又追到庙中，双双又重新做，弄得夫人神魂颠倒。薛蛟吃过丹药，精神倍增，夫人快活不过，口中吐出珠来，呐在薛蛟口中，被薛蛟一口咽下肚中去了。

白玉夫人大惊，满身是汗，大叫道："罢了！罢了！可惜千年德行，一旦被你收去。若要此珠，再不能够了。"只得起身含泪而回。回到营中，武三思一见大惊说："为何夫人神采俱失，想必沙场辛苦，后营歇息罢。"夫人无心无意来到后营，身体困倦，伏几而卧。当夜三思看完兵书，来到后营，见几上卧着一个狐狸，心中大怒，拔出宝剑，一剑斩了。众女兵见斩了老狐，吱哩哩叫出后营，俱逃去了。这话不表。

再讲薛蛟吃了红珠，满心大悦，出庙门回山，说明此事。闻报薛强等在临阳关已夺了关寨，请哥哥攻前，兄弟攻后，杀却武三思，好进长安。薛刚闻说大喜，明日点兵下山。次日点了众将，一齐冲下山来。不知后事如何，且听下回分解。

第八十三回

武三思大败回京　薛蚪走马取红泥

前言不表,再言武三思见斩了白玉夫人,心头不快,又闻报道临潼已失,后面杀来。又报山上薛刚起大队人马杀下山来。武三思大惊说:"两头夹攻,吾命休矣!"同了诸将齐上马快些逃命,留大将断后,弃了大营,不管好歹,竟自走了。外边烟尘兜乱,喊杀连天,叫声不绝,营头大乱,夺路而走。后面薛刚等领了三军冲杀上来。这条铁棍好不厉害,撞在马前就是一棍,打人如打弹,呐喊如雷。又有薛飞、李大元、周龙、周虎、徐青、俞荣领三千人马冲踹周营。徐青使动银枪,见一个挑一个,见两个挑一双。俞荣使动宝剑,见人乱砍乱杀。薛飞举起大锤见人便打。李大元、周龙、周虎使动金背刀见人乱斩乱剁。人头滚滚,血水滔滔,伤人性命无数。周兵大乱,只要逃命,哪里厮杀。四面营帐都杀散了,归到一条路上逃命。后面薛强、四虎一太岁听得那杀声震耳,炮响连天,提了兵器,领了人马从后面杀来。杀得周兵人马无处投奔,可怜尸弃荒郊,血流沟壑。这一杀不打紧,杀下去有百里路,逃命者无数,伤残者尽有。武三思有众将保护,只是吓得魂不附体,伏在马上半死的了。同着诸将不敢走临阳关,向大路,竟往青州。

有青州总兵来接,接进城中。诸将上前叫声:"千岁苏醒,已到青州了。"三思那时才醒,"嘎唷!吓死俺也。"吩咐传令诸将出去收军,三通鼓完,周兵四十万不见了十万,只剩得三十万,还是伤手折脚,倒有二十万。大将共伤了十六员。三思说:"俺自起兵五次,未尝如此大败,今杀得如此模样,何颜立于朝廷?也罢么!"吩咐紧守青州,"俺回朝再添兵复仇。"诸将得令,武三思连夜回长安不表。

再言薛刚发令,吩咐鸣金收军。一声锣响,各将扣定了马,大小三军兵将都归一处,退回九炼山。薛强说起薛兴相救,一一说明。薛刚大喜,见了薛兴拜谢,还称为弟兄。薛蚪过来拜见叔父。今日父子叔侄团圆,举家拜谢天地,作庆贺筵席,不表。

第八十三回　武三思大败回京　薛蚪走马取红泥

薛刚对薛强说："张君左弟兄之仇未报,吾今有兵有将,杀入长安,报复此仇。"咬金说："这个使不得,擅自兴兵,难逃背反之罪。不如弃下九炼山,扎兵在临阳。差官到房州请小主登位,然后杀入长安。名正言顺,复立大唐。吾等恪守臣节,张氏弟兄之仇可报矣。"薛强说："老千岁之言不错。"薛刚依言,命伍雄、雄霸守山,五千人把守各路山口,以备退归。自带领众将大小三军来到临阳关住扎,查盘府库钱粮,各处该管地方命将镇守。然后差薛蛟往房州报捷,接驾登位。

薛蛟奉命来到房州,先见了大元帅王荆周,同上银銮殿,奏知小主。小主大悦,命忠孝王兴兵取长安。旨下,薛刚谢恩。立起忠孝王旗号,然后下教场操演有半个月,演好了就此发兵,点明队伍,共兵马二十万。点薛兴带一万人马为先锋,要逢关斩将,遇水搭桥,候元帅到了,然后开兵打阵。薛兴得令,好不威风。鲁国公程咬金护国军师,点解粮小将薛葵双锤厉害,护送粮草。薛飞第二路催攒粮草。薛强第三路护粮。点齐已毕,然后薛刚同了诸将,离了临阳关。留大将李大元、周龙、周虎等诸将守关。因前丧了姜氏弟兄,故此留他守住关。

再说薛刚往西而进,不一日到了红泥关,传令放炮安营。一声炮响,安营已毕。因武三思战败,命各守将日夜当心。红泥关有一位镇守总兵,你道什么人？姓莫名天佑,其人身长八尺,面黑短腮,两臂有千斤之力,善用一条丈八蛇矛,其人骁勇不过。莫天佑正在私衙与偏将们论中山王战败,临阳关已失,少不得要来打红泥关。正说未了,探子报进说："启上将军,不好了,小人打听得薛军二十万,薛刚立起忠孝王旗号,护国军师程咬金,带了数十员战将,底下的合营总兵官,前来攻打红泥关了。"莫天佑听报不觉骇然："离关多少路？"探子说："前部先锋到了关前。"莫天佑吩咐大小三军："关上多加灰瓶、炮石、强弓、弩箭。若薛兵一到,速来报知本镇。"得令去了。

再言先锋薛兴领了一万人马,先候元帅。只听炮响,薛兴远远相接说："元帅,末将在此候接元帅。"薛刚吩咐围住关前,说："哪位兄弟去讨战？"闪过薛蚪上前说："叔父,侄儿同父亲愿去取关。"薛刚说："侄儿须要小心。""得令！"来到关前。"呔！报与主将得知,大兵到了。早早出关受死。"探子报进："启将军,薛将在外讨战。"莫天佑听了,吩咐备马抬枪,顶盔贯甲,上马提枪,来到关上。吩咐发炮开关。一声炮响,关门大开,放下吊桥,直奔上前。把枪一起,照薛蚪面上刺来,叫声:"反贼看枪!"薛蚪叫声:"来得好!"把枪一架。莫天佑在马上二三晃:"嗄唷! 好厉害。"勉强战了七八合,招架不住,却待要走,被薛蚪一枪,劈前心挑进来了,要招架也不及,一枪正中前心,跌下马来。薛兴上前取了首级,令军士抢关。那边军士闭关不及,杀进关中。那时候各府官员都闻报了,有偏正牙将们,顶盔贯甲,上马提刀,杀上前来。薛兴、薛蚪父子二人,两条枪好不厉害,来一个刺一个,来两个刺一双。识时务的口叫:"走吓! 走吓!"都往宁阳关去了。有一大半下马投降。

元帅同众将进了关,咬金说:"果然贤侄孙骁勇,取了红泥关。薛氏该兴旺,枪法厉害。"薛刚大喜说:"承老柱国妙赞,还是枪法不能完美。"咬金说:"说哪里话来? 有其父必有其子,得了头功。"薛蚪拜谢元帅。查点钱粮,盘查府库,当夜设筵,与薛兴、薛蚪贺功。养马三日,放炮起兵,进兵宁阳关。离城十里,传令前军哨探,后军慢行。放炮三声,扎下营盘,明日开兵。有探子报入关中,此言不表。

再说镇守宁阳关总兵姓孙名国贞,这一日升堂,有探子报进:"启爷,薛刚已夺临阳关、红泥关,莫将军阵亡,关寨已失。薛家兵将实为骁勇,大兵已到关外。"孙国贞听得失了红泥关,吓得胆战心惊,说:"本镇知道,再去打听。"一面差官保本上长安取救兵。失了二关,宁阳旦夕不保。差官领令竟往长安。一面吩咐小心把守关头。此话不表。

再讲次日请元帅升帐,聚齐众将,两旁听令。薛兴父子披挂上前,薛蚪叫声:"叔父,侄儿愿取此关。"薛刚说:"侄儿,你想前日红泥关被你取了,其功不小。此关厉害,点别将去罢。"薛蚪说:"叔父,此关厉害不厉害,待侄儿走马成功,取此关头以立微功,乞帅老爷发令。"咬金说:"好,贤侄孙之言有理,实乃少年英雄,但要小心在意。"

"得令!"顶盔贯甲,悬剑挂鞭,提枪上马,同了薛兴,带领军士,冲出营门。走到关前,大叫一声:"呔! 关上的快报与你孙国贞知道,今大唐元帅要杀尽你们这班妖党。红泥关已破,早早出关受死。"一声大叫,关上探子报进来:"启爷,关外薛兵人马已到,有将讨战。"孙总兵听了大怒说:"无名小将也来讨死。"吩咐:"取盔甲过来。"备马抬刀,打扮结束停当。带过马,跨大雕鞍,提刀出府,来到关前,吩咐开关。一声炮响,大开关门,放落吊桥,带领兵将冲出。薛蚪抬头一看,见来将生得凶恶,面如蓝靛,发如朱砂,一脸黄须,头戴铁盔,身披龙鳞铁甲,坐下一骑青鬃马,手持大刀,喝声如霹雳,叫一声:"看刀!"往薛蚪头上劈将下来。薛蚪叫声:"来得好!"把枪往上只一枭,国贞叫声:"不好!"枪直往自己头上绷转来了。一马冲锋过去,薛蚪把手中枪紧一紧,喝:"去罢!"一枪当心挑进来,未知孙国贞性命如何,且听下回分解。

第八十四回
薛蚪兵打临阳关　薛孝争夺打潼关

再讲孙国贞叫得一声:"啊呀!不好了。"躲闪不及,正中前心,咕咚一响,刺下马来,复一枪结束了性命。吩咐诸将:"抢关!"一骑先冲上吊桥。营前先锋在那里掠阵,见继子枪挑了孙国贞,已上吊桥,把枪一串说:"诸位将军快抢吊桥。"有秦红、尉迟景、罗昌、王宗立、程月虎等上马提枪、使剑、用鞭、执斧,抢过吊桥来了。

那些周兵往关中一走,闭关也不及,被薛兴一枪一个好挑哩。众将把剑砍的、鞭打的、斧砍的、枪挑的,好杀。这些兵马也有半死的,也有折臂的,也有破膛的,见来不搭对,皆下马投降。关外请元帅同军师咬金,大小三军陆续进关,来到府衙,盘查钱粮,开清在簿。薛蚪上前缴令。薛刚对薛兴说:"亏哥哥教侄儿武艺有功,真是走马取关,哥哥其功不小。"薛兴大悦。咬金说:"真乃将门之子,算得个年少英雄。"那薛孝在旁听得称赞薛蚪,忍耐不住,走上前对薛刚说:"哥哥已取了两关,前面潼关待侄儿去取,以立功劳。"薛刚说:"潼关守将厉害不过,姓盛名元杰,年有六十开外,骁勇无比。有三个孩子武艺精通。雄兵十万。周朝算为第一。"咬金说:"盛元杰吾晓得他的本事,幼年在我标下为将,果然凶勇。还是你弟兄同去的好,不要伤了和气。"薛蚪说:"兄弟,你年轻力小,还是做哥哥的去取。"薛孝说:"哥哥不是小视我,就在叔父面前比势①,赢得的便去。"薛蚪说:"兄弟先来。"各皆上马。薛刚喝住说:"今日起兵,与祖报仇,你

---

① 比势——方言,比赛。

兄弟争论，倘比起武艺来，若有一失，吾今休矣。照常起兵。"薛孝说："一样侄儿，功劳大家得上的，休要偏向。"咬金说："二位小将军本事高强，老夫晓得的。且下潼关非比前二关，须立左右先锋。薛兴为正先锋，薛虬为副先锋，薛孝右先锋。"二人拜谢。薛刚大喜说："老柱国之言有理。"

一面差官到房州报本，接驾镇守临阳，催趱粮草。差官领令，来到房州，见了驸马薛蛟，说起此事，薛蛟大喜。次日上朝见过小主，将表章呈上。庐陵王看完大喜，命众人同到临阳。御酒赏诸将士。为何薛蛟在房州不来？有个缘故，徐贤在房州，魏相也在那里，小主封为左右丞相。薛蛟见了徐贤，拜谢救命之恩，又是继父，故此耽搁。这些言语不必细表。

再讲薛刚在临阳关扯起忠孝王旗号，养马三月，放炮起程。离了临阳关，三军如猛虎，众将如天神。一路上前往潼关进发，好不威风！探子预先在那里打听，闻得失了临阳关，飞报进潼关去了。这里在路行兵三日，来到关外，把人马扎住。后队大元帅人马已到，吩咐离一里安营。放炮一声，安营已毕，传令明日开兵。

再说潼关守将盛元杰，同子盛龙、盛虎、盛彪，都有万夫不挡之勇。有一女儿年方二八，美貌超群，英雄得了不得，用两口双刀，乃金刀圣母徒弟。有一件宝贝，小小圈儿带在手上，名为四肢酥。这日盛老爷正坐私衙，有探子报进说："薛刚已得三关，如今大兵已到关外了。"盛元杰听报大惊说："再上打听。"盛总兵一面修本到长安，一面吩咐三军："关上多加灰瓶、石子，小心保守。兵马一到，报与本镇知道。""得令！"此话不表。再讲差官到长安上表求救，武后荒淫无极，耽于酒色，不理朝政。武三思丧师辱国，损兵折将，朝廷不行查究。告急表张都被张君左兄弟纳住不奏，圣上并不知道。此言不表。

再讲薛刚次日令薛兴、薛虬、薛孝攻打潼关。三将得令，带了三军，来到关前讨战。有军士报进关中："启爷，今有薛将在外讨战。"元杰闻报问："哪个孩儿出去会他？"盛龙上前说："孩儿愿去杀此反贼。""你出去，须要小心。""得令！"盛龙上马提枪来到关前，吩咐开关。炮声一响，开了关门，放下吊桥。盛龙冲出关前，后拥三百多攒箭手射住阵脚。薛兴抬头一看，见一个年少后生，往吊桥上冲来。见他头戴束发紫金冠，身穿索子黄金甲，坐下一匹黄花马；左悬弓、右插箭，手执一条蛇矛枪，直奔上前，把枪一起，薛兴把银枪架定说："咄！来将留下名来！"盛龙说："你要问少爷

第八十四回　薛蚪兵打临阳关　薛孝争夺打潼关

之名么？我乃镇守潼关盛元帅大公子盛龙便是。你可要晓得少爷枪法厉害之处么？你这老匹夫想是活得不耐烦，前来少爷马前受死？这枪不挑无名之将，通下名来，少爷好挑你。"薛兴说："你要问某家之名么，洗耳恭听。吾乃忠孝王大元帅麾下前部先锋薛兴便是。难道不闻久占定军山薛大王的本事厉害么？快快献了潼关，还封你家一个总兵。若有半声不肯，打进潼关，杀得鸡犬不留。"盛龙呼呼笑道："原来就是定军山草寇。薛刚尚要活擒，何在你这狗强盗。"薛兴大怒说："休得胡言，招某家的枪罢。"把枪一起，插一个月内穿梭，直往盛龙面上挑将过去。盛龙不慌不忙，把枪架住。一来一往，二人正是对手。战到有四十个回合，盛龙越有精神，枪法如雨点，左插花，右插花，好枪法。薛兴是五旬之外的人了，本事哪里及得少年人？只有招架，没有还兵之力。薛蚪、薛孝在那里掠阵，见薛兴不能胜，大叫一声，拍马向前，冲出夹攻。盛龙只好战一人，那里又来了薛蚪，就当不起了，勉强战了几合，看看敌不住，面上失色。薛蚪扯出打将鞭在手中，才得交肩过，喝声："招打罢！"盛龙一闪，打中肩膀上。盛龙大喊一声，口吐鲜血，伏在马上，大败而走。薛兴父子说："你要往哪里走，我来取你命也。"催开双骑，追上来了。盛龙败过吊桥，那边军士把吊桥扯起，乱箭就射。薛兴、薛蚪扣住马说："关上的，快快报与老匹夫知道，叫他早早献关就罢了，如若闭关不出，打入关中，踏为平地。某家且自回营。"勒马回到帅营，说："元帅，末将打败关中守将盛龙，前来交令。"薛刚说："哥哥、侄儿果然英雄，明日再到关前讨战。"此话不表。

再讲盛龙败进关中，来见父亲说："爹爹，薛将果然厉害，第一次遇着一员老将，本事却也平常，与孩儿战有四十余合，正要拿枪挑他，不料又来了一员少将军，本事高强。孩儿肩膀上被他打一鞭，甚是厉害，吐血而回，来见爹爹。"盛元杰听了说："孩儿受伤辛苦，且回私衙将息。"盛龙应喏，回衙不表。

再言盛虎、盛彪来见父亲说："今日开兵，胜负若何？"盛元杰说："我儿不要说起。今回薛刚大队人马已夺了三关。今日你哥哥出去交战，被他打了一鞭，好不疼痛。"盛虎、盛彪不听犹可，听了此言大怒说："孩儿们出去与哥哥报一鞭之恨。"盛元杰说："两个孩儿动不得。薛家父子厉害不过，哥哥本事尚且不胜，何况你们？"盛虎说："爹爹，不妨。将门之子，未及十岁，就要与皇家出力，况且孩儿年纪算不得小，正在壮年，不去报仇,谁人肯与爹爹出力?"盛元杰说:"我儿虽英雄,还是年轻力小,骨肤还嫩,枪法不精,只怕你兄弟二人不是他的对手。"那盛老爷有意归唐,故此这般说,不道他两个儿子这般倔强!只得说道:"我儿不可出去,待等到救兵到了,为父的与你一同开兵。"盛虎说:"爹爹,孩儿们在后花园中,日日操演枪法,什么皆精,今日定要出去报一鞭之恨。"盛老爷说:"今日晚了,明日开兵。"盛虎、盛彪兄弟二人,顶盔贯甲,上马出关,与薛兵交战。不到三个时辰,兄弟二人大败进关。盛老爷说:"如何?你两个不听吾言,被他杀得大败。"盛虎、盛彪说:"爹爹,他们兵将甚多,孩儿杀他不过。待等救兵一到,管叫杀得他片甲不留。"不知后面如何,且听下回分解。

第八十五回

盛兰英仙圈打将　美薛孝帅府成亲

前话不表。再讲闺房小姐名唤兰英,闻知哥哥打伤,二兄又杀败,来到堂上,只见二兄与爹爹言谈,走上前说:"爹爹为何愁闷?"盛老爷说:"女儿不知,你哥哥被他打了一鞭,肩膀打伤。二兄又皆杀败。故此在这里与二兄商议。"小姐说:"爹爹不必忧闷,待女儿出去,必要杀却薛将,以洗二兄之恨。"盛老爷说:"不可。你三兄尚且如此,何况于你,不要去罢。"兰英说:"爹爹不知,女儿有师父传授,双刀精通,法术高强,哪怕三头六臂,定要出去!"盛虎、盛彪听言大喜,说:"贤妹既有法宝,待二兄与你掠阵。"盛爷无奈,想道:"这女孩儿不听父言,命也难保,凭他罢。"

再讲薛营诸将正要打关,报:"头运督粮官薛葵到了。"来到营中,见了父亲,拜见已毕。薛刚说:"兵多将广,正缺粮草,上了功劳簿。"有二运催粮官薛飞到,薛刚说:"解粮有功,升赏。"问:"哪位将军前去打关?"旁边薛飞说:"小弟到此,未见功劳,待我前去打关。"薛刚大喜说:"兄弟前去取关必破。同薛葵一同前去,须要今日攻破潼关,好进长安。""得令!"二将来到关前,会齐薛氏弟兄,盼咐军士叫关。关内得报,兰英听了说:"该死的到了。"

小姐跨上了马,手执两口绣花鸾刀,来到关前。后随二兄带领兵将,

第八十五回　盛兰英仙圈打将　美薛孝帅府成亲

吩咐开关。一声炮响，关门大开，放下吊桥，冲出阵前。抬头一看，只见金刚大的一人步战，手提大锤，喝声："婆娘看锤！"一锤往小姐面上打下来，犹如泰山一般，好厉害！小姐叫声："不好！"把双刀用力一架，不觉火星直冒，两臂酥麻，花容上泛出红来。想这大汉力大，不如放起宝贝伤了他。把手中圈起在空中，念动真言，青光冲起，指头点定，直取薛飞。薛飞抬头一看，好玩耍，原来是圈儿在空中旋下来，倒有井栏圈大，薛飞叫声："不好！"拳头打开，往项梁上打下来了。薛飞把头偏一偏，哪里来得及，打中脑盖，身子打为肉酱。此圈收去。

薛葵看见薛飞身死大怒，把牛头马一拍，双锤一起，大叫一声："鸟婆休得无礼，我来也。"冲出阵前，把双锤一起，"招打罢！"那小姐当不起锤，又将圈起在空中，打将下来。薛葵见势头不好，下马往本阵而走，竟打死了牛头马。兰英马上呼呼大笑说："来将许多夸口，竟不上两合，死的死，走的走，有本事的出阵会我。"

这里薛孝对薛蚪说："此功劳让了兄弟罢，今日不与哥哥报仇，不要在阳间为人了。"把双膝一催，哗啦啦追上来了。那小姐抬头一看，"嘎，原来是齐整的后生，貌若潘安，美如宋玉，我若嫁了此人，三生有幸，也不枉在世间"。并言说："小将军，你是何人？姓甚名谁？乞道其详。"薛孝说："你要问少爷之名姓么，吾乃雁门关总兵薛强之子、忠孝王之侄，薛孝便是。"小姐说："原来功臣之后嗣。俺家今年十六岁，我父潼关总兵。奴家还未适人，意欲与将军结成丝萝之好①。况你是总兵之子，我又是总兵之女，正是天赐良缘。未知允否？"薛孝听了大怒说："好一个不知羞的贱婢！你把我薛飞叔父打死，少爷不稀罕与你这贱人成亲。休得胡思乱想。看枪罢！"着实一枪，直往咽喉刺进去。小姐把刀架住说："小将军休要烦恼，你的性命现在奴家手中。你若允，奴家与父兄商议投降，献此潼关；若不允，我把指头取出宝圈，就要取你性命了。"于是放起圈来，小姐哪里舍得打他，把指头点定。薛孝大惊说："既承小姐美意，待吾回去与叔父商量，就来议亲，圈儿不可打下来。"小姐说："不妨，吾指头点定不下来的。"心中好不欢喜，说："小将军一言为定，驷马难追。你且回去，明日来议亲。"

---

①　丝萝之好——指婚姻。丝和萝均为缠绕于草木的蔓生植物，比喻联姻。

薛孝惧怕圈儿，只得回军。薛蚪说："兄弟，你好造化，在阵上对了一个绝色佳人。"薛孝说："哥哥休如此说，那圈儿厉害，勉强应承的，与叔父算计，除了这圈，潼关好破了。"二人同诸将来到帅营，见了薛刚，说起此事。薛刚一闻此言大怒，说："畜生，他打死薛飞，应该报仇，反与敌人对亲，要你这畜生何用？"吩咐："斩乞报来。"左右将薛孝绑定，正要推出辕门。薛孝吓得魂不附体；众将在旁，见元帅怒气不息，不敢上前去劝。

只见程咬金说："刀下留人！"对薛刚说："元帅不必发怒，老夫有一言相告。"薛刚说："老千岁有何话说？薛刚领教。"咬金说："潼关盛元杰乃是忠厚君子，况且他女儿美貌，又有宝圈阻住潼关，长安何日得进？父兄之仇难报。况且名门旧族，正好匹配。待进了潼关，长安指日可破，父母之仇可报，尔弟只生一子，若斩了他，去其手足，依老夫之言，待吾唤孙儿程千忠为媒，成就秦晋，共讨伪周，此乃全美。"薛刚听了甚喜，开言说道："果然我失于算计。"吩咐放了绑，令薛孝拜了咬金，此话不表。

再言盛兰英见薛孝回军，收了圈儿，回进关中，来见父亲。盛虎、盛彪弟兄二人在关外掠阵，见妹子打死薛飞，打走薛葵，心中大喜。又见妹子在阵上与薛孝当面议亲，心中大怒。一见妹子进关来到堂上，二人各拖出宝剑来斩兰英。兰英也拔出剑来挡住。元杰喝住。盛虎说："这贱人如此无耻，在阵上私自对亲。"一一说了。元杰说："我儿你不知，为父的本是大唐臣子，今武后灭唐改周，武三思丧师辱国，又失三关。目下小主在房州，不久为帝，难道我助周不成？况且薛氏弟兄世代忠良，赤心为国，武后将他满门斩首，难道他子孙不要报仇么？你妹子的师父金刀圣母对我言过，后来与薛孝有姻缘之分。前生已定，孩儿不必如此。"盛虎听了，默默无言。盛龙说："明媒正娶的好，阵上对亲，岂非苟合？还要三思。"正在此言谈，有军士报进说："启总爷，关外有鲁国公之孙程千忠将军要见。"元杰问道："他带多少人来？"军士说："他一人一骑，四名家丁跟随。"说："既如此，大孩儿出去请进来。"盛龙领命，接进千忠，来到堂上，宾主相见。

这程千忠也有七旬之外年纪，头发斑白，与元杰年纪差不多。元杰见了程千忠说："将军到贱地，有何见教？"千忠说起求亲一事："与薛孝为媒，与令爱求婚。"元杰满口应承，将庚帖送过，千忠接了回去。次日薛刚亲送薛孝同诸将进关。正是黄道吉日，作乐挂彩，当日就在盛府成亲。此话不表。

如今潼关上扑起大唐忠孝王旗号，停留半月起兵，竟往临潼关。三军司命，浩浩荡荡，大队人马，杀奔潼关，离城十里，放炮停行，一声炮响，安营已毕，明日开兵。

再讲临潼关离长安二百余里，若临潼关一破，长安就不能保，这镇守总兵官名陈元泰。这一日升堂，有探子报进说："老爷，不好了！薛刚打破潼关，已到临潼关了。请爷定夺。"陈元泰不听犹可，听了此言，吓得魂飞魄散，手足无措。想临潼关乃小小关津，怎能挡住大兵？况且兵微将寡，不如上表进京求救。关上多加灰瓶、石子，紧闭关门，不与你交战，待朝廷救兵到了，然后开兵。

差官星夜到京，见了武三思说："薛刚打破潼关，事在危急，乞千岁奏明圣上，请救兵保守临潼关，以退薛兵。"武三思听了大惊，如今耽搁不住，抱本上殿，奏知天子。武后见表大惊失色，忙问差官："薛刚叛贼怎能得到临潼？"差官奏道："薛刚先居临阳，兴兵三十万，其兵不可挡。打破三关，潼关总兵盛元杰献了潼关，与敌人对亲。今兵已到临潼前了，请旨定夺。"武后传旨，如有人退得薛兵者，官封万户侯。两班文武闭口不言。连问数次，并无人答应，武后大怒，班中闪出武三思奏道："臣闻大厦将倾，一人难扶。且今库藏空虚，都城虽有兵十万，没有良将。愿陛下张挂榜文，有人退得薛刚，重爵加封，彼此出死力以解此危。"武后说："此言甚是有理。"一面将圣谕张挂，一面整顿兵马，前去救援保护。不知后事如何，且听下回分解。

第八十六回

驴头揭榜认太子　梨花仙法斩驴头

适才话言不表，再讲西番莲花洞魔张祖师，这一日在洞中，驾坐蒲团，屈指一算，晓得武则天有覆国之祸，忙唤徒弟薛驴头到来，说："你在我山一十八年，力长千斤，枪法精通。命你下山到长安见你母后，领兵前去活捉薛刚，不可伤他性命，牢牢记着。"薛驴头跪在地下说："弟子不知，望师父说明,好去认父母,以退薛兵。"师父说:"你不知道?你父薛敖曹,与武后交好,生下你来,将你抛在金水河中。我救你回山,传授枪法。你母后被薛刚打破潼关,事在危急。作速前往。"

驴头醒悟,带了火尖枪,骑上狮子马,师父又与他一件宝贝,名曰飞铊,祭起拿人。驴头拜别师父,跨了狮子马,把马一拉,四足腾空而去。片时已到长安,按落云头,来到朝门,果见榜文。命军士通报武三思。武三思得报,正在用人之际,急忙请进,说起情由一同来到朝中。驴头朝见说:"母后在上,臣儿朝见。"武后一看,见其人诧异,驴马头,人身子,道童打扮,问道:"缘何称朕母后?"驴头奏说:"臣父薛敖曹,向年与母后交合,生下臣儿,抛在金水河中,被师父救去,今已年长。师父命臣儿下山,立擒薛刚,扫灭薛兵,天下太平。"武后听了,心中大悦,封驴头太子兵马大元帅,张昌宗为军师,起兵十万,出了长安,来到临潼关。总兵官陈元泰出城迎接,接进千岁、军师,到了帅府,下拜已毕,摆酒接风。他们三个俱是一样格式,你道为何?原来都是酒色之徒。二人一到,就接几个粉头①前来陪酒。一个叫做就地滚,一个叫做软如绵。筵散就在帅府房中行乐,二女客极其奉承,弄得太子快活不过。

次日问陈元泰道:"薛兵到关几日了?"陈元泰道:"前日到的,打关二日,无人出去应战,紧闭关门。千岁到了,传令开关迎敌。"太子说:"且慢,明日开兵。行兵打阵之事,再不必提起,只是饮酒,夜间多唤几个粉头陪吾。"陈元泰应喏,奉承得驴头太子不亦乐乎。

军师张昌宗对高力士说:"朝廷用酒色之徒为将,国家休矣。武后春秋甚高,其情不忘。不如弃了周朝去投南唐,此事如何?"高力士说:"老爷言之有理。"当夜主仆二人逃出临潼,竟往南唐。后来高力士成了阉人,唐朝皇宫内为太监,此后话不表。

再言薛刚领了三军在关外,对诸将说:"本帅起兵以来,未尝亲自交锋。今已得四关,这临潼关待本帅亲自讨战。"诸将皆曰:"元帅对阵,弟等愿为掠阵。"薛刚大喜,带领徐青、俞荣来到关前,诸将在后跟随,吩咐军士叫骂:"那关上的,报与主将知道,大兵到了三日,尔等闭关不出。今若再不出战,要蹿进关来,踏为平地。"

---

① 粉头——妓女。

第八十六回　驴头揭榜认太子　梨花仙法斩驴头

关上军士听得,报入帅府:"启上将军,不好了。薛军骂了三天,今若不出,要踹进关了。"驴头太子正在吃酒,听得此言大怒,吩咐备狮子马,抬枪,顶盔贯甲,打扮已毕,来到关前,吩咐放炮开关。一声炮响,大开关门,放下吊桥,一马冲出,来到阵前。陈元泰带同三军分立两旁。薛刚抬头一看,见来将生得怪异,莲蓬嘴,尖耳长鼻,铜铃眼,头带紫金盔,身穿索子乌金甲,坐下一匹千里狮子马,声如雷鸣。叫一声:"谁敢前来纳命?"薛刚大怒,拍马向前,把手中棍一起说:"留下名来。"太子说:"孤家乃当今武后所生驴头太子是也。可知孤家枪法厉害么?"劈面一枪,照前心刺进来了。薛刚说:"来得好!"将手中铁棍往上一迎,冲锋过去,带转马来,回手一棍。太子把枪一架,一来一往,战到二十回合,马有十个照面。驴头念动真言,祭起飞锉,一道红光,黄金力士平空将薛刚拿住,只剩得一匹马。

薛葵见父亲被拿,大惊,拍马出阵,不二合又被红光拿去了。徐青、俞荣叫声:"不好了!"双马齐出来战。与驴头战到十余合,又见红光飞出,大惊,借土遁而回。驴头太子打得胜鼓回关。这里诸将面面相视,出声不得。咬金见了流泪说:"此番拿去,性命不保,报仇之事休矣!"薛强护粮来到,听得兄被拿,大哭,欲同薛蚪、薛孝上去救护。徐青晓得阴阳,屈指一算说:"四将军,元帅拿去不妨,自有仙人相救,明日必到。临潼不日可得。"薛强说:"果有此事么?"徐青说:"阴阳算定,一些也不错。"薛强无奈,半信半疑,收军回营不表。

再言驴头太子拿了薛刚父子,打入囚车,解往长安,朝廷发落。陈元泰设酒贺喜说:"千岁拿了巨魁,功劳非小。"太子说:"待孤家明日拿尽了薛氏,班师回京。"当晚在帅府行乐不表。

再言囚车解薛刚父子在路上,薛刚怨气冲天,惊动了樊梨花。他在云端走过,被五鬼星怨气冲开云头,往下一观,方知薛刚父子有难。"待我救了他。"一阵风将薛刚父子提出囚车,往临潼关外,按落云头。薛刚见是母亲,倒身下拜说:"母亲久别多年,今日来救孩儿。"樊梨花说:"孩儿,你不知驴头邪法多端,待为母的除了他,好进长安。"正在此说,军士报入营中说:"元帅回了。"薛强大喜,同众将出营迎接。接进营中,薛强拜见母亲,薛蚪兄弟拜见祖母,众将又过来见礼,自有一番细说不表。

再讲解囚车军士见大风一阵,开眼不得,风息一看,不见了薛刚父子。

大惊,忙回报与太子,太子一听此言大怒说:"今番拿住,当地斩首。"传令开关,一声炮响,关门大开,冲出阵来,厉声大叫:"快叫叛贼早早出来会我。"这里探子报进营中。薛刚大惊。樊梨花说:"孩儿不必心焦,待为母的出去斩他。"薛刚甚喜,点起大队人马,来到阵前。驴头太子抬头一看,原来是员女将,说:"可教薛刚出来,你是妇人,有甚本事,枉送性命。"梨花大怒,一剑劈面砍来。太子把枪一架,战有数合,太子祭起飞锉,红光一道冲起,被梨花把手一指,红光倒往后去了,梨花把袖一张,将锉收了。驴头见收他飞锉大怒,把手中枪照前心刺来,梨花把剑一指,那枪跌落地下,两手动弹不得,被梨花赶上前,一剑砍死。薛刚见母亲砍死驴头,吩咐诸将抢关。陈元泰闭关不及,被众将杀入关中,将陈元泰杀死。取了临潼关,立起大唐忠孝王旗号。樊梨花对诸将说:"吾不染红尘,今救了吾儿,我去也。"一阵轻风归山。若知后事,且听下回分解。

第八十七回
狄仁杰一语兴唐　唐中宗大坐天下

适才话言不表,樊梨花化一阵清风而去,薛刚等望空下拜。养马三日,盘查国库。次日起大兵六十万,三声炮响,往长安而来,离城十里,放炮停行,一声炮响,扎营已毕。传令明日开兵攻城。此话不表。

守城军士报入午门,当驾官奏道:"驴头太子阵亡,临潼关已失。今薛军六十万,战将千员,其锋不可当,请陛下定夺。"武则天听奏,吓得魂飞魄散,跌下龙床,半时方醒,问道:"哪位爱卿与朕分忧?"闪出一位大臣娄师德上前奏道:"不若遣一能言舌辩之士,陈说君臣之义,令其罢兵,庶其①可解此危。"武后道:"卿举何人前去?"娄师德奏道:"臣保举谏议大夫②前往,可解国难。""依卿所奏。"宣狄仁杰上殿,狄仁杰上殿俯伏。武后开言说:"今日兵部尚书娄师德保奏说,卿往薛营,将大义说他讲和退

---
① 庶其——大概,差不多。
② 谏议大夫——古代官职名。

第八十七回　狄仁杰一语兴唐　唐中宗大坐天下

军,回朝朕当加封。"狄仁杰奏道:"陛下春秋鼎盛,宾天①之后,并无后嗣。今庐陵王乃先帝之子,去周复唐,天下太平。武三思丧师辱国,张君左弟兄纳表不奏,一并拿下,送入刑部天牢,候新主发落。若不依臣,臣不敢往。"武则天想:"所言不差。我八十多岁的人了,朝不保暮,久后必归庐陵王。若不依奏,恐薛刚打入长安,自立为帝,唐家朝代绝矣。"开言道:"依卿所奏,传旨将武三思、张君左兄弟二人发下天牢。"

狄仁杰退朝,出了长安,来到薛营。只见行营方正,遍处刀枪,千军万马。命军士通报,说朝廷遣谏议大夫狄仁杰要见。军士报进:"启元帅,营外有一员朝臣狄仁杰要见。"薛刚说:"令进来。"狄仁杰随了军士而入,好齐整,两旁刀斧手直摆到辕门,两边列坐着大小众将,中间坐着薛刚,咬金旁坐。狄仁杰上帐说:"薛将军,下官皇命在身,不能全礼。"薛刚忙起身迎说:"狄大人此来有何见谕?"狄老爷说:"今特来参谒,有一言相告。但不知将军肯容纳否?"薛刚说:"大人有话见教,但有可听者,无不从命,如不可行者,不必多言,大人谅之。"咬金见狄仁杰气概不凡,连忙出位逊坐。狄仁杰公然坐着,开言说:"将军起兵,为何旗上扯起忠孝王,倒要请教?"薛刚说:"大人不知。我父母遭奸臣所害,今起兵与父母报仇,尽忠于国,小主封为忠孝王。今到都城,长安已破在目下,拿住佞臣②碎尸万段,方泄此恨。不必在此饶舌,去罢。"狄仁杰说:"将军不必发怒,待下官说明。将军祖父受朝廷大恩,封为王位,封将军登州总兵,圣恩极矣。尔不去为官,劫法场打死长安府。张君左所奏,先帝不准,赐尔金锤一柄,上打奸臣,下打恶人。君待臣不过如此矣。后归山西,尔私进长安,大闹花灯,打死张保,惊死天子,尔之罪不小。周主将尔父拿捉,尔该挺身而出,却公然远避他方。尔父母兄嫂尽忠而死,你不忠不孝,勾连草寇,劫夺关梁。后世叛逆之名难免,请将军三思。"薛刚一听此言立起身,逊狄大人上坐说:"末将不明,愿大人教之。"狄老爷说:"将军,你不知目下小主在房州,应迎接到长安为帝。张君左弟兄与武三思,圣上今已拿下天牢,候新主一到,奉旨施行。奸臣可除,冤仇可泄,岂不是忠孝两全?上匡③君

---

① 宾天——称帝王之死。后亦称尊者之死。
② 佞(nìng)臣——用花言巧语谄媚的奸臣。
③ 匡——辅助。

以报先帝,下救民以安社稷。不知将军心内如何?"薛刚听了大喜,传令去了忠孝王旗号,扯起大唐元帅旗来,差官到房州接驾。狄老爷说:"将军前去接小主,待下官回朝同文武大臣打扫金銮,候接小主。"薛刚领命,送出辕门。狄仁杰回都城不表。再说薛刚传令:"军士不可乱离队伍,候小主一到,一同进城。取民间一物者,军法枭首。""得令。"

再讲庐陵王闻报薛刚得胜,大悦。今差官来接,同了徐贤、魏相、驸马薛蛟一路下来,来到长安。薛刚闻知,同程咬金、四虎一太岁以及诸将出寨,跪迎俯伏,接进小主,安慰一番,一同进长安。百姓香花灯烛,挂红结彩,满朝文武俱出远迎。咬金传令昭告天地社稷,然后请小主上金銮殿登位,受百官山呼万岁,复国号为唐,是为中宗。圣天子传旨:"赐宴百官,君臣共乐。"众官酒过数巡,皆谢恩而散。朝廷退朝,忽报武后宾天,朝廷大哭。次日哀诏颁行天下文武各官,二十七日国丧。非一日之功,足足忙了一月。立韦氏娘娘为正宫,在朝文武各皆升赏。狄仁杰加少保,娄师德为吏部尚书,徐贤封英国公,魏相封太保。封薛刚忠孝王大元帅,薛强袭父职封两辽王,薛孝封红罗都督,薛蛟驸马都尉,薛蚪封为青州总兵,薛葵封无敌大将军。秦红、尉迟景、王宗立、罗昌、程月虎世袭国公。程咬金年高爵重,无可加封,命家居安享,赐黄金万两,彩缎千端,荣归山东。子铁牛、孙千忠俱封侯爵。伍雄封南阳侯,雄霸为西平侯。大将阵亡者,子孙世袭,在生者各加爵禄,还乡。余外各路总兵,俱皆加级。旨意一下,众皆谢恩,此话不表。

再讲次日又出赦书颁行天下,犯十恶大罪不赦,其余流徙斩绞,不论已结未结,已发觉未发觉,俱一概赦免。中宗以前,周朝钱粮尽行蠲除。颁行天下,百姓欢呼载道,万民乐业。薛刚上殿哭奏说:"臣祖仁贵平定东辽,臣父丁山扫清西番,被奸臣张君左、张君右屈陷,将臣父三百余口尽行杀害,颠倒葬铁丘坟。臣兄子薛蛟,亏徐贤、俞元将亲儿掉换。他子被仙人救去,俱皆下山帮扶,徐青、俞荣大恩未报,武三思助恶不忠,伏望圣上恩仇报明,特此奏闻。武三思、张氏弟兄应该何罪?"天子听言大怒说:"朕晓得三人罪恶。吓,王兄你把三人拿来,任凭怎样处置,与父报仇。待朕请罪薛王兄便了。"薛刚谢恩,出朝归府不表。

再讲又有旨意下来,命徐青、俞荣认父,封节义侯。命开掘铁丘坟,将两辽王夫妇及薛勇夫妇骸骨归葬山西金顶御葬,地方官春秋二祭。命

"先禄寺备筵,程王伯代朕御祭。"将三将斩首,坟前活祭。两辽王府重新起造。不知后回还有何言,且听下回分解。

第八十八回
笑煞程咬金哭煞铁牛　　打开铁丘坟报仇雪耻

　　前话不表。再讲程咬金领旨,同薛刚往监中提出三人,来到铁丘坟,摆下祭礼,鸿胪寺读过祭文,程咬金代圣行礼,薛氏弟兄还拜毕,然后望北谢恩。薛刚、薛强大哭,行了八跪八拜;然后薛蛟、薛孝、薛蚪、薛葵俱皆叩首。薛刚立起身来,同了薛强各扯出一口宝剑,叫声:"父母兄嫂有灵,今日陛下命程老千岁亲在此赐祭。大仇人在此,孩儿与父母报仇了。"就把宝剑往张君左弟兄心内"豁绰"一刺,鲜血直冒,把手一捞,两指扭出心肝。张氏弟兄跌倒尘埃,两个奸臣往阴司里去了。下面那武三思吓得魂飞天外,束落落乱抖。薛刚、薛强把这两颗心肝放在坟前桌上说:"仇人心肝在此活祭,父兄慢慢饮三杯安乐酒,前去超生仙界。"程咬金说:"薛两辽,你儿子在此祭奠,放心去罢。"

　　薛刚命将武三思斩首。咬金说:"张氏弟兄是尔之仇人,三思他无大恶,乞宽免之。"薛刚依言,将武三思当坟前打了四十大棍,岭南充军。传令将张君左弟兄子孙、满门家丁三百余口斩首东市。

　　吩咐军士、匠人掘开铁丘坟,哪里掘得开?是生铁铸成馒头一样,年深月久,不能动弹。薛刚无计可施,只得命薛强打开,越打越亮,薛刚等拜谢天地。只见樊梨花按落云头,叫道:"若要开铁丘坟,且待今宵半夜间。待做娘的今夜前来摄去铁盖,好等你安葬。"薛刚听得此言,望空拜谢。当夜弟兄子孙在坟守到半夜,只听得一阵大风,梨花命黄巾力士揭去。一声响,众人一看,不见了铁盖,众皆大喜。大家上前,看见一堆白骨,不分皂白,哪里认得出父母兄嫂骨殖?忙忙然乱到天明。薛刚吩咐军士将榜文张挂,若有人晓得薛千岁骸骨者,官封总兵。不肯出首者,将造坟匠人不分男女,一齐斩首。

　　榜文一挂,来了一位老军,名唤王六,来见薛刚说:"千岁骨殖我晓得。"薛刚大喜，一同来看。王六说："这一堆老千岁，这一堆大夫人，这一堆二夫人，这两堆大老爷、大夫人。余下这些乱骨，都是家人妇女。"薛刚听了说："你怎么晓得？"王六说："小人向在千岁府中服侍，晓是千岁遇害，小人冲了匠人安排好的。"薛刚称谢，提他官职以报大恩。王六说："小人不敢受封。"薛刚看他不愿做官，赏银千两。王六叩谢而去。薛刚将父母兄嫂骨殖安放杉坊，停在坟中。余骨安放城外埋葬。在坟旁开丧七日，文武大臣俱来吊丧不表。

再讲徐青认明了父亲徐贤，抱头大哭，说起衷肠。王氏夫人已生二子，徐青见有了兄弟，拜别父母上山修道。徐贤夫妻不忍儿子离去，再三苦留。徐青说："爹爹、母亲，不必愁烦。师父有言，不可久在红尘，早早回头。"徐贤苦留不住。次日上表辞官，飘然而去。俞荣访问父亲死过多年，窦氏母亲生了一子，也回家去。也上本辞官，往山中去了。

再讲程咬金祭过丁山，回家想起我贾柳店结拜三十六人，都已人亡物去，吾今百二十岁多的了，看薛仁贵投军征东平辽，今他孙子开铁丘坟，如今五代见面，好不快活杀人也。呼呼大笑，一口气接不下来，竟笑杀也。

程铁牛也有九十八岁的人了，看见父亲死了，大哭一场，竟哭死了。

其子千忠打本进朝说："臣祖、臣父身死。"天子闻言，亲自祭奠。有百官俱来上祭，忙忙然过了七日。旨下：命千忠送丧归山东安葬。文武百官、薛氏弟兄送出城外，回山东不表。笑杀程咬金，哭杀程铁牛。此回书已说过了。

再讲薛刚在京半月，次日弟兄辞皇别驾，往山西安葬。满朝大臣送出都城百里。天子差官到山西御葬。一路下来，逢州过府，俱皆祭奠，扶灵到两辽王府开丧。一省文武俱来吊奠。薛刚等守制三年，回朝复命，自不必说。直到唐明皇，薛家子孙还在朝中。唐中宗即位以来，风调雨顺，国泰民安，四方朝贺，安享太平。在位五年而崩。传位玄宗，明皇登基。唐朝共有二十二主，相传三百余年而终。有歌为证：

　　唐太高武中睿玄，肃代德宗宪穆传。
　　敬宗文武宣宗续，懿僖昭帝与昭宣。
　　高宗以后多女乱，肃宗以后多强藩。
　　相传二十有二主，几及唐朝三百年。

第八十九回

山后薛强遇旧友　汉阳李旦暗兴师

今日不表武三思弄权之事，且说先朝有一个开国功臣，姓李名靖号药师，晚年学道，云游四方。一日屈指一算，笑说："今皇上气数将终，是有一个新君即位，该是薛强夫妻、子女等三人辅佐，我当往山后指点他。"遂驾起云头，来到山后，把云头落下，在演武场前。时薛强在演武场中，教子习学武艺。

李靖上前一揖道："驸马别来无恙？"薛强抬头一看，认得是李靖，即忙下堂还礼道："前日在小神庙蒙老师指点，得成佳偶，生男育女，时时记念老师，不敢忘情。未知老师今日要往何处？"李靖道："我今日特来指点汝，但此处不是说话之所，请到府中告明。"

薛强遂引李靖来到府中，重新施礼。薛强又唤八子二女亦上前施礼，礼毕坐下。薛强问道："老师此来有何教训？"李靖道："方今大唐皇帝，八月中秋有杀身之害。大位该是高宗王娘娘所生太子讳旦，如今住在汉阳。汝当去辅佐他，方能重整李氏江山，复兴唐朝社稷。"薛强道："气数如此，愚弟子即日兴师前去。"李靖道："依我愚见，你今八子俱皆英雄，二女亦精韬略。况又有九环公主之才，如此威风，何患不克？汝今率公主并八子二女，军士不可太多，只带五百，暗过雁门关，悄悄至汉阳，告知李旦。吩咐李旦发兵之时，亦只要好用五百人，合一千军，分作一百队，只许一将统领，皆要扮作商贾模样，或先或后，接踵而进。到长安时，只要分五十队，进城伏在皇宫左右，俟中秋半夜之时，宫内喧哗，喊杀起来，即时放号炮，会集军士，一齐杀入宫中，锁拿奸人。其余五十队，分伏在四门，缉获叛党，自然成功。汝当毋忽我言。"李靖遂起身告别。薛强又再三留之不住，无奈送出府门。一道紫云，只见李靖跳在云中，作揖而去。

薛强即时进入府中，把李靖之言一一对九环公主说了。孟九环道："李老师往往有先见之明，不可不从。"明早薛强同九环公主一齐到大宛城，将情由奏知国王。国王准奏。薛强遂同九环公主领八子二女，点起五百军陆续起程,暗往雁门关而进。

再言李旦自兴唐宗,请和之后,遂偏安汉阳,每以天下为念,终日训练兵卒,积聚粮草,以待无时。一日升殿,与徐孝德共议大事。徐孝德道:"臣昨日观天象,帝心不明,后来必有大患。主公一星朗耀,天下不久必属主公。又兼列宿扶向主公一星,将来必有勇将来助。"忽见黄门官来报说:"山后虎头寨武三王薛强举家来此,现今在府门候旨。"唐王命宣进来。黄门官传出钧旨。薛强遂同了九环公主及八子二女相率上殿,行了君臣之礼。唐王离座回礼道:"王兄今日到寒国有何见教?"薛强道:"臣因前朝李靖颇识天运,下界指点下臣。臣欲举家来助主公,共兴大唐江山。"遂将李靖所教一一说明。旁边徐孝德道:"真神人也,主公不可不依。"李旦大喜,大设筵席款待薛强父子,令后宫胡后亦排筵席,款待九环公主母女。次日乃是八月初一日,李旦选五百多军士,令李贵、袁成守城,自同徐孝德、马周众将人等,偕薛强夫妇、八子二女,共一千军,皆扮作商贾模样,分作一百队,陆续进长安而来。

又言黎山老母在黎山岛屈指一算,知中宗气数已终,派薛强辅佐李旦即位。其中奸党未能尽获,又该薛刚在长安城外缉获,方无漏网,但薛刚乃是凡胎,安能先知其事?必须天魔女下山去指点,方能有济。遂唤樊梨花出来问道:"汝知大唐天子之事乎?"梨花道:"弟子已知皇上气数已终,应该薛强辅佐李旦为君,但虑薛刚不知共成其事耳。"老母道:"然也,你今当下山去指点薛刚成事,待事成之日,速速回山,不可久恋红尘,以加罪恶。"梨花道:"弟子知道。"遂驾起云头来到会稽,在薛刚门首按落云头。当时薛刚已削去兵权,安顿在会稽,门庭下寥落,只有一个老家人看守大门,忽见樊太君来到,忙入内报知薛刚。薛刚忙出外迎接樊太君到府内,就唤妻子与侄儿并媳妇出来叩见。大家参拜毕,梨花道:"吾儿,我算皇上气数,该有害身之祸,应尔弟薛强辅佐李旦为君。你当引十八家丁,悄悄到长安城外,共拿奸贼,帮助成功。速速前去,不可迟误。我当指引你成事。"

薛刚领命,即便领了家丁,扮作卖药、算命模样,同樊梨花向长安而来。到八月十五日,离长安城只有十里,樊梨花吩咐扎住等候。不知后事如何,且看下回分解。

第九十回

仇怨报新君御极　功名就薛府团圆

　　再说李旦同薛强并将士人等，分作一百队，行到八月十五日已到长安。各队将士陆续进城，四处埋伏停当，准备夜间号炮一响，即出来行事。那武三思这日安排杀君之法，既已停当，走入宫来，适遇中宗在御花园游玩未回，遂悄悄告知韦后："今夜行杀之事，可保无虞，我已决矣。"韦后忙问："如何行弑？"三思道："夜宿卫壮士皆我心腹，无敢违逆我，今已安排妥当。况今夕又是中秋佳节，正好与陛下畅饮赏月，候陛下微醉，暗将药酒毒死。只说是醉后中风而崩，众臣自然无话。明日便可登位，必得行所欲。纵有不测，现有宿卫壮士抵御，不足畏也。"韦后道："此计甚善，宜速行也。"

　　及至日暮，中宗回宫，韦后道："今夕是中秋佳节，当与陛下登楼玩月消遣。"中宗道："正合朕意。"遂唤宫娥及武三思随驾上青桥楼。果见天色无尘，明月皎洁，遂排宴楼中，饮酒作乐。饮至半酣，中宗微醉。暗地里武三思将毒药放在酒里，进上劝饮。中宗吃了一杯，不多时药性发作，跳起身来，大叫一声，呜呼哀哉！妃嫔宫女见君惨死，不觉大惊，喧嚷起来。平时太子重后知武三思有不良之意，是日闻父王与三思在楼上饮酒，心甚不安，暗点几个御林军在楼前楼后听其动静。忽闻楼上喧嚷，又见天星落下如雨，知其有变，遂唤军士杀入。谁知三思亦暗伏军士在楼下，忽见太子杀入，两军交战，喊声大震。外面李旦、薛强等闻得喊声震地，遂放起号炮，四面伏军齐出午门，一齐杀入。

　　武三思一闻外面杀入，大惊失色，欲从御苑后门逃出，手执宝剑才欲下楼，适太子方到楼门，不提防三思出来，竟被三思一剑砍死。武三思忙忙逃出御苑后门，走到城门，天色微明，城门已开，只见军士相争。三思杂在军中，亦大呼拿人，暗暗逃出南门，走了十里，竟被樊梨花、薛刚一班人拿住，解入城来。城内薛强、马周众将人等杀入午门，逢人便捉。当时武后年七十余，睡觉起来，忽听得呐喊之声动天震地，吃了一惊，不觉跌倒，呜呼哀哉!

韦后正欲逃脱,被薛强拿住。不多时,天已日出,军马稍定,各拿奸人献功。李旦逐一查问,不见了武三思,心甚抑郁。忽见南门走进薛刚,手拿奸犯武三思。李旦并不深究,即令众将千刀砍碎,只要留一个首级,悬在午门外示众。

徐孝德同众将,皆请唐王早即大位,以安人心。李旦再三谦逊,众将固请,然后登金銮殿,即皇帝位,是为睿宗。受君臣山呼万岁毕,令御林军将韦后绑到法场,碎剐其身,又将武后尸首扛出斩首,以报母后王娘娘之仇。韦后一家不论老少,尽行剿灭。凡为武三思同党者,亦皆斩首。其余百官,概不查问,各居原职。追赠王后为皇太后,立胡后为正宫皇后,申妃为偏宫贵妃,立子隆基为皇太子。封徐孝德为太尉、护国军师兼武宁王。封薛强为上将军兼中书令。王钦、贾彪、殷国泰、贾清、柳德、李奇,俱为兴国公。薛霸、薛琼、薛瑶、薛璜、薛璟、薛璞、薛璫、薛魁、张籍、常建高、郭马赐皆为中兴侯。袁成、李贵皆为中兴伯。李相君为镇国夫人。孟九环为秦国夫人。薛金花、薛银花为中兴贤女。大赦天下,免一年赋税。凡前日阵亡功臣,及前朝被杀功臣,俱各加封赐谥,子孙复职。又前朝所表功臣,及削去兵权在家闲住功臣俱各加封职,入京调用。群臣受封,皆叩首谢恩。睿宗就令以王礼收殓中宗,择日安葬。朝罢,诸臣退出。薛刚、薛强及九环公主、八子二女,俱回至薛府。樊梨花先在府中,众人来见毕,樊梨花起身要回山去,薛刚再三苦留。樊梨花道:"我灾难将满,岂可又恋红尘,更加罪过。今日来此,是要指点你们立了此功,使你们一门团圆。今你功成名遂,我有何求?"遂驾云而去。

再过几日,薛刚子侄及家眷俱到。大家相见行礼毕,薛刚、薛强就命大排筵席,一家欢喜畅叙,又杀牛宰马,重赏随征军士。文武百官皆来庆贺,足足闹了一月,方安排安定。正是:骨肉团圆,一门欢悦,富贵之盛,一言难尽。有诗为证:

大闹花灯不可当,全家连累走他乡。
多少英雄怀国恨,诸人义气为君王。
阳州保驾扶王室,灭韦除奸姓氏香。
报仇可雪先人恨,复正河山兴李唐。

图书在版编目（CIP）数据

薛丁山平西/(清)中都逸叟编次. --北京：华夏出版社，2017.10
（华夏古典小说分类阅读大系）
ISBN 978-7-5080-9273-7

Ⅰ.①薛… Ⅱ.①中… Ⅲ.①章回小说－中国－清代 Ⅳ.①I242.4

中国版本图书馆CIP数据核字(2017)第214421号

薛丁山平西

作　　者	[清]中都逸叟 编次
责任编辑	杜潇伟
责任印制	顾瑞清
出版发行	华夏出版社
经　　销	新华书店
印　　刷	三河市万龙印装有限公司
装　　订	三河市万龙印装有限公司
版　　次	2017年10月北京第1版 2017年10月北京第1次印刷
开　　本	880×1230　1/32
印　　张	9.25
字　　数	290千字
定　　价	32.00元

华夏出版社　地址：北京市东直门外香河园北里4号　邮编：100028
网址：http://www.hxph.com.cn　电话：(010)64663331(转)
若发现本版图书有印装质量问题，请与我社营销中心联系调换。